致朱莉·纳基-马瑟

感谢她始终保护我们不受伤害

当然，还要感谢她的爱

网络风暴

[加] 马修·马瑟 著

邵杜罔 译

重庆出版集团 重庆出版社

版贸核渝字（2021）第28号

图书在版编目（CIP）数据

网络风暴 /（加）马修·马瑟著；邵杜罔译. — 重庆：重庆出版社, 2021.8
书名原文: Cyber Storm
ISBN 978-7-229-15890-3

Ⅰ.①网… Ⅱ.①马… ②邵… Ⅲ.①长篇小说—加拿大—现代 Ⅳ.①I711.45

中国版本图书馆CIP数据核字（2021）第113086号

网络风暴

［加］马修·马瑟 著 邵杜罔 译

出　　品：华章同人
出版监制：徐宪江 秦 琥
选题策划：李柯成 王 燕
责任编辑：王昌凤
特约编辑：彭圆琦
营销编辑：史青苗 刘 娜
责任印制：杨 宁
装帧设计：非书文化

重庆出版集团
重庆出版社 出版

（重庆市南岸区南滨路162号1幢）
投稿邮箱：bjhztr@vip.163.com
北京温林源印刷有限公司 印刷
重庆出版集团图书发行有限公司 发行
邮购电话：010-85869375/76转810
重庆出版社天猫旗舰店
cqcbs.tmall.com
全国新华书店经销

开本：880mm×1230mm 1/32 印张：13.125 字数：292千
2021年9月第1版 2021年9月第1次印刷
定价：59.80元

如有印装质量问题，请致电023-61520678

目录

序幕

我停了下来，把夜视镜推上额头，眨了眨眼睛，向黑夜望去。四周漆黑一片，无声无息，我感觉我的思绪突然脱离了现实。凝视着夜空，我成了一个存在于宇宙中的小小的浮点。起初感觉很恐怖，我的心灵在颤抖，但很快就安宁了下来。也许这就像死亡一样？孤独的一个人，平和，漂浮着，漂浮着，没有恐惧……

我把夜视镜重新戴好，可以看到幽灵般的绿色雪花飘落在我周围。

我的饥饿感在今天上午一直很高涨，这种饥饿感差点让我不顾危险，在白天就外出觅食了。查克把我拉了回来，不停地跟我说话，让我平静下来。我和他争论说，这不是为了我，这是为了卢克，为了劳伦，为了爱丽罗斯。可我像一个毒瘾发作的人一样，急切地想得到任何能让自己的肠胃获得满足的东西。

我悄声笑了起来。我对吃变得疯狂了。

飘落的雪花带有催眠的作用。闭上眼睛，我深吸了一口气。什么是真的？现实是什么？我感到自己现在沉浸在幻觉之中，我无法在思绪滑走之前牢牢抓住一样东西。得抓住它，迈克。卢克指望着你，劳伦也指望着你。

睁开眼睛，我让自己回到了现实，回到了眼下，轻点了一下口袋里的手机，增强现实（AR）视镜中显示出了一连串向远处扩散的小红点。我又深吸一口气，小心翼翼地按照屏幕上显示的方向慢慢向前探行，穿过第二十四街之后，走近了聚集在第六大道上的一簇红点显示的位置。

11月25日
切尔西，纽约

“我们生活在一个美好的时代！”

我仔细地看着眼前的那根烤焦了的香肠。

“这是一个非常危险的时代。”我的隔壁邻居，我最要好的朋友查克大笑着说，他喝了一口啤酒，又接着说，“你干得不错啊！那根香肠的里面有部分可能还冻着呢。”

我摇了摇头，把烤焦了的香肠重新放回烤架边上，然后对查克说：“不准嘲笑我的烧烤技术，连想都不要去想！”

今天是感恩节，但天气却异常温暖，所以我临时决定在我们改建的仓库大楼的屋顶上搞一次烧烤派对。我们的大多数邻居都还在家里度假，因此在早上，我就和还不到两岁的儿子卢克挨家挨户地邀请他们一定要来参加我们的烧烤派对。

沐浴在温暖的夕阳下，一个蔚为壮观的夜晚开始了。从我们第七层楼的露台往下看，在街道噪声和城市天际线的背景映衬下，沿着哈得逊河岸蜿蜒的红色和金色树木组成的深秋景色尽收眼底。即使在这里已经生活了两年，充满活力的纽约仍然让我感到兴奋。我扫视了一下聚集在一起的邻居们，差不多有三十人。有这么多人来参加我们的派对，我心中不禁暗自得意起来。

查克扬起眉毛说："所以你认为太阳耀斑不会伤害这个世界吗？"

他的南方口音非常悦耳，甚至在谈论这种灾难主题时说的话，听上去也都像唱歌一样。他穿着一条破旧的牛仔裤和一件雷蒙斯T恤，躺在日光躺椅上，一条腿翘着来回摆动着，看上去就像是一个摇滚明星。他乱蓬蓬的金发下的那双淡褐色的眼睛，戏谑地眨巴着，脸上的大胡楂看上去已经两天没刮了。

"那正是我不想让你挑头开始的话题。"

"我只是说……"

我翻了个白眼，说道："你要谈论的总是与灾难有关。请别忘了，我们好不容易才刚刚从人类历史上最为深重的灾难中熬过来，恢复到了和平状态。"我从袋子中拿出几根香肠放到烤架上，重新加火开始了又一轮烧烤。

我们大楼的门卫托尼站在我的身旁，他仍穿着他的工作服，系着领带，但他的西装外套已经脱掉了。他身材魁梧，脸相带有意大利人的特征且肤色黝黑，他一说话就让人听出是布鲁克林的口音，就像旧日的道奇队粉丝说话带的那种口音一样。托尼是那种自来熟的人，随时准备帮助别人，而且脸上总是带着笑容，嘴里还会不时冒出一两个笑话。卢克很喜欢他。从开始学会走路的那一刻起，每当我们下楼，一旦电梯到达了底层，卢克就会飞快地从电梯里跑出去，冲到门口旁的前台，高声欢叫着和托尼打招呼，两个人都会因此而喜笑颜开。

我从正在烤着的香肠上方望过去，对着查克说："在过去的十年里，已经有超过十亿的人口出生，这就像在过去十年中的每个月都有一个新的纽约市出生一样。这是历史上人口增长最快的时期，可能也将最终成为人口增长的最高纪录。"

我在空中挥舞着我的钳子以强调我的观点："当然，在世界的某些地方发生过一些战争，但都是小规模的。我认为这表明了人类的某些特征，"我停顿了几秒钟，以求增强效果，"我们正在变得成熟起来。"

查克回答说："那十亿新生儿大多数还在吃婴儿配方奶粉呢。再过十五年，等他们都想要汽车和洗衣机时，我们就会看清我们到底有多成熟。"

我说："和四十年前相比，按美元的实际价值计算，现在的世界贫困人口数量只是那时的一半……"

查克打断了我的话："然而，六分之一的美国人在挨饿，而且大多数人都营养不良。"

我继续说："就在一两年前，人类历史上第一次有更多的人是生活在城市里，而不是在乡下。"

"你觉得那是件好事吗？"查克带着嘲讽的口吻反问道。

托尼摇了摇头，喝了一口啤酒，仍然带着一脸微笑，这是他见过多次的斗嘴比赛中的一次，对我们的斗嘴他已经习以为常。

我说："那当然是件好事。在城市环境中生活远比农村更节省能源。"

查克争辩说："'城市'并不是一种环境。环境就是环境。照你的说法，城市好像是那些与外界隔绝，能独立运作维持生命的封闭大实验舱。但它们并不是。它们完全依赖于周围的自然世界才得以生存。”

我拿着钳子指着他，说：“我们正是通过在城市中一起生活来拯救那个世界的。”

我把注意力转回到烧烤上，看到香肠滴下的油脂燃起了新的火苗，正灼烧着烤架上的鸡胸肉。

查克继续争辩：“我只是说，当整个世界都退回到原始时代时……”

“你是说恐怖分子向美国发射一颗核弹，或者是一个威力无比的电磁脉冲？”我一边翻动着烤架上的鸡胸肉和香肠，一边问道，“或者是在网络上释放一个作为武器的超级病毒？”

查克点了点头，说道：“其中的任何一种情况都可以造成那样的伤害。”

我忍不住说：“你知道你应该担心什么吗？”

查克不以为然地问道：“担心什么？”

我觉得不需要再给他任何新的论据来证明了，我直接脱口而出：“网络攻击。”

从他的肩膀上望过去，我可以看到我的岳父母已经到了。我的胃开始打结。和我的岳父母相处绝不是一件容易的事情，不过话说回来，大多数人都和我一样，都需要面临同样的挑战。

我问：“听说过有关夜龙的故事吗？”

查克和托尼都耸了耸肩膀。

我向他们解释道：“几年前，在美国全国范围就发现有来自外国的计算机代码嵌入了发电厂的控制系统，而指挥并控制系统指令的线索似乎可以一直追溯到亚洲一个国家的某幢大楼。那些东西能使美国的能源网络瘫痪。”

查克不为所动：“所以，结果发生了什么事件吗？”

“没有发生任何事情，但你的这种态度正是问题所在。每个人都是这样的态度。如果外国人在美国采取行动，把C-4炸药包捆到一个个输电塔上，公众就会大哭大叫，说这是血腥谋杀，并要求立即宣战。”

“你说是以前需要投下炸弹才能炸毁工厂，而现在只需点击一下鼠标就行了？”

“就是这样。”

查克微笑着说：“看，你终于也知道需要事先做好准备了。”

我笑了起来，但我想我是绝对不会现在开始储备物资来应对灾难的。

“回答我的这个问题，谁在掌控互联网的运作？我们的生活现在已完全依赖于互联网了。”

“我不知道。或许是政府？”

“答案是没有人在管理。每个人都在网上操作，但没有一个人负责管理。”查克笑了，“现在这听上去好像是灾难的先兆。”

“你们这些家伙吓着我了，”托尼说，他终于找到机会能插上几句了，“我们能不能换个话题，比如谈谈棒球？”烤架上的火焰再次跳跃了起来，他装出害怕的样子退后了一步，“也许你最好让我来接管烧烤。你还有更重要的事情需要去做，不是吗？”

“况且我们想要吃一些没有被烤焦的食物。”查克笑着补充道。

“好吧，那当然啦。”我懒洋洋地把钳子递给了托尼。

劳伦又朝着我的方向看了一眼。我试图将那不可避免会发生的事情再推迟一会儿。她正在和别人说话，时不时开怀大笑，用一只手轻松地把她那长长的赤褐色头发向脑后掠去。

劳伦有高高的颧骨和一双明亮的绿色眼珠，在任何时候任何场合她都是引人注目的焦点。她有着家庭遗传的精美长相，尖尖的鼻子和下巴使她苗条的身材更惹人赞叹。即使与她生活在一起已有五年之久，即使现在只是在露台上远远看着她，我还是感觉喘不过气来，我仍然无法相信她选择了我。

深吸一口气，我挺直了肩膀，随口说："我把烤架留给你们了。"但他们已经回过头去讨论网络灾难了。

我把啤酒放在烤架旁边的桌子上，然后向我的妻子走过去。她站在我们大楼顶层大露台的另一边，和她的父母以及我们的另外几个邻居在聊天。我坚持要在今年的感恩节招待她的父母，但现在我已经开始后悔起来了。她的父母是老派有钱的波士顿人，骨子里视自己为上等人。在我们婚姻的早期，我曾经竭力想获得她父母的认可，但最近我放弃了这种努力，并忍痛接受了这样一个现实：我永远也配不上劳伦。但这并不意味着我会对他们不礼貌。

"西摩先生，"我喊着并向他伸出手去，"非常感谢你的到来。"

西摩先生穿着一件宽松的斜纹软呢外套，上衣口袋里插着一块海军蓝手帕，里面是蓝色的衬衫和棕色的佩斯利领带。他抬起头来，给了我一个嘴唇紧闭的浅浅的微笑。穿着牛仔裤和T恤让我感到自惭形秽。我紧走一步，抓住他伸出的手，用力握了一下。

我又转向我的岳母，"西摩太太，你永远都是那样可爱。"她坐在丈夫和女儿旁边的木凳边上，身穿棕色西装，头上顶着一个超大的帽子，脖子上戴着一串硕大的珍珠。她把手袋紧紧地抱在膝盖上，向前倾身，仿佛想要站起身来。

“不，不，请不要起身。”我俯身吻了一下她的脸颊，她微笑着坐了回去，“谢谢你来和我们一起过感恩节。”

西摩先生大声地对劳伦说：“所以你会考虑一下吗？”你几乎可以从他的音调中听出居高临下的味道，是那种既有特权地位，也有责任担当的语气。今天，他或许有点屈尊俯就的味道。他要确定我能听到他说的话。

“是的，爸爸，”劳伦低声说，朝我看了一眼，然后低下了头，“我会考虑的。”

我没有钻进那个圈套。“我很抱歉，我们有没有给你们介绍过鲍罗廷一家？”我移向坐在桌旁的那一对来自俄罗斯的老年夫妇。丈夫亚历山大已经在躺椅上睡着了，他在妻子艾琳娜的身边静静地打着鼾，而艾琳娜则正忙着织毛线。鲍罗廷一家就住在我们隔壁。有时我会花上几个小时听艾琳娜讲述关于第二次世界大战的故事，他们在列宁格勒（就是现在的圣彼得堡）围困中幸存了下来。我发现她虽然曾有过一段如此可怕的经历，但对世界的态度却依然非常正面和温存。她做的罗宋汤非常棒。

西摩先生嘟囔着说：“劳伦已经给我们介绍过了。很高兴能认识他们。”他向着艾琳娜的方向微笑了一下。艾琳娜抬起头来，朝他回笑了一下，又回过头去织她那只完成了一半的毛线袜。

我张开双臂，问道：“那你们都见过卢克了吗？”

“还没有，他和爱丽罗斯还有保姆一起，在楼下查克和苏茜的住处，”劳伦回答道，“我们还没有机会去看看他。”

西摩夫人忽然来了精神，说道：“但我们已经被邀请去大都会歌剧院观看新的阿依达歌舞剧的彩排表演了。”

“是吗？”

我瞥了劳伦一眼，然后转向我们的另一位邻居理查德，他绝对不在我的挚友名单上：“谢谢你，理查德。”

长着方下巴的理查德相当帅气，他在耶鲁的时候曾是一个有着橄榄球明星光环的人。他的妻子莎拉是一个娇小的女人，像一只害羞的小狗一样坐在他的身后。当我看向莎拉的时候，她拉下了毛衣袖口去罩住她那裸露的双臂。

“我知道西摩一家人都喜欢那部歌舞剧。”理查德解释道，就像一位曼哈顿股票经纪人在描述投资选择一样。

西摩一家是老派的波士顿人，而理查德的家人是老派的纽约人。“我们在大都会歌剧院有‘朋友和家人’优先订座权。我只有四张票，而莎拉又不想去。”

他的妻子在他身后微微地耸了耸肩，说道：“我并不是有意冒犯，但我猜想那不是你一个老男孩的喜好。我觉得这些票可以用来招待一下劳伦和西摩先生跟西摩太太，作为感恩节的一个小礼物。”

西摩先生的波士顿口音听起来很真实，而理查德那仿佛从英国预科学校学来的口音听起来却让我觉得不像是真的。

“我觉得那挺不错的。”他到底想干什么？

理查德停顿了一下，气氛有些尴尬。

他继而扬了一下眉毛，说道：“如果要去看表演的话，我们得马上出发。那场彩排开始得比较早。”

“但我们的晚饭马上就要开始了呢。”我指着铺着格子桌布的桌子，上面放着好几盘土豆沙拉和一叠纸盘。托尼正挥舞着钳子招呼我们过去。

“没关系，我们可以在半路上停一下买点吃的，”西摩先生再次带着他那双唇紧闭的微笑说道，“理查德刚告诉我们，上东区新开了一家相当不错的小酒馆。”

劳伦不自在地加了一句：“那只是随便提了一下。在我们谈论歌舞剧的时候理查德提到了它。”

我深吸一口气，双手握成了拳头，但马上又控制住了自己，吐了一口长气。我的双手松开了。家庭就是家庭，我希望劳伦高兴。也许这样对家庭会有所帮助吧。我揉了揉眼睛，又嘘出了一口气。“那是一个好主意。”我带着真诚的微笑看着我的妻子，感到她也放松了，“我会照顾好卢克的，所以你不用急着赶回来。好好享受一下吧。”

“你能行吗？”劳伦问。

她的一丝感激又把我们的关系支撑了起来。

“没有问题。我会和老男孩们一起喝几杯啤酒。”多想一会儿，这看上去越来越像是一个更好的主意，“你们赶快走吧。也许我们可以在晚上睡觉前再聊一会儿。”

“已经都安排好了吗？”西摩先生站在那里问。

几分钟后他们都走了，我又回到了我的朋友那里，在自己的盘子里垒起了一大堆香肠，然后在冷藏箱里翻来翻去，想找到一瓶啤酒。

我终于瘫坐在椅子上了。

查克在我旁边停了下来，正往他的嘴里送去一大叉子土豆沙拉，说道：“这就是你娶了一个有着劳伦·西摩那样的名字的女孩所得到的。”

我大笑了起来，打开了啤酒。

11月27日

西摩先生和西摩太太的来访进行得并不顺利。

灾难在感恩节晚餐开始时就降临了。首先是因为我们从切尔西市场订购了一只预制的火鸡——“哦，上帝啊，你们不会自己烤火鸡吗？”然后是围绕厨房柜台而坐的尴尬晚餐——“你们什么时候能买一套更大一点的公寓呢？”最后是我无法观看钢人队比赛的电视实况转播——“没关系，如果迈克想看橄榄球的话，我们可以回酒店去。”

理查德曾发出过邀请，让我们晚餐后去他住处享用餐后酒。我们来到了他那面向着曼哈顿的天际线、里面共有三层的富丽堂皇的公寓，莎拉出来招待我们。她说道：“当然，我们是自己烤的火鸡。你们也是自己烤的吗？”

谈话很快就转到了旧日纽约和波士顿家族之间的联系上。“非常奇妙，不是吗？理查德，你一定是我们劳伦三代之内的表兄弟。”西摩先生马上转过头来问道，“迈克，你知道你家族的历史吗？”

我当然知道，我的家族与钢铁厂和夜总会的工作有关，所以我说我不知道。西摩先生最后问到劳伦关于她找新工作的前景问题，目前劳伦的工作没有一点着落。理查德提出他可以为她做一些推荐介绍。他们有礼貌地问到我的业务进展情况。我是一家专注于社交媒体领域风险投资基金的初级合伙人，在宣称互联网太复杂以至于无法谈论它之后，我转而问道：“理查德，你现在能否谈谈你们家的信托投资是如何管理的？”

公平地说，劳伦确实为我进行了辩护，一切都保持得很文明。

我的感恩节大部分休假时间都花在了开车送他们到大都会俱乐部、核心俱乐部，当然还有哈佛俱乐部等地方与他们的朋友见面。西摩家族的特别之处就在于自哈佛大学成立以来，每代至少有一名家庭成员是学校成员。他们在哈佛俱乐部受到的接待，仿佛他们是来访的皇家贵族。

理查德甚至慷慨地邀请我们在周五晚上去耶鲁俱乐部喝上一杯。我差点为此想掐死他。

幸运的是，来访为期只有两天，我们终于有了自己的周末。

星期六早上，我坐在我们的花岗岩台面的厨柜旁边喂卢克苹果，他坐在高脚椅上，我尽力在酒吧高凳上保持身体平衡，同时看着美国有限电视新闻网（CNN）早间新闻。我把苹果切成小块，然后把它们放在盘子里面。卢克高兴地翻动着每一块苹果，向我露出牙齿傻呵呵地笑着，然后或者吃掉苹果，或者尖叫一声把它扔到地板上，喂给鲍罗廷的杂交救生犬戈比。

这是一场永远没完没了的游戏。戈比待在我们公寓里的时间似乎和待在自己家里与艾琳娜相处的时间一样多。每当他们家的前门打开时，它就会偷偷溜出来在我们家门上磨蹭。看着卢克向它扔食物，很容易就能理解那是因为什么。我想养一只狗，劳伦不同意，她说那会带来太多的狗毛，即使让戈比过来玩一下也是对她耐心的考验，每次她让我帮她从西装外套或裤子上取下狗毛时就证明了这一点。

卢克用拳头敲打着托盘，大声叫："大！"这是他在做任何与我有关的事情时所用的通用词语，然后向我伸出他的小手——请给更多的苹果。

我摇了摇头，笑了起来，开始切更多的苹果。

卢克还不到两岁，但他的体态已经有三岁的模样了。我微笑着想，那一定是从他父亲那里得来的。一缕缕金发垂落在他胖乎乎的充满笑意的脸颊上。他的脸上常常会显出一种淘气的笑容，露出一口洁白的牙齿，好像正要做一些他知道不该做的事情，而最终他几乎总是会去做他不该做的事情。

劳伦出现在我们卧室的门口，她看上去仍在半醒半睡的状态之中，嘀咕着："我感觉不太舒服。"她蹒跚地走进了我们的小浴室，这是我们不到一千平方英尺的公寓中唯一的另一个能关上房门的房间。我听到她在咳嗽，然后里面响起了"哗哗"的水声。

我叫了一声"咖啡已经好了"，劳伦悄悄地走到我的身后，低声说道："亲爱的，很抱歉我的父母打扰了你。"她身穿白色的割绒浴袍，拿毛巾用力地擦着头发，"别忘了，那是你的主意。"

她倾下身去搂着卢克，吻了他一下，他对母亲的疼爱喳喳叫唤。然后她用手搂着我，亲吻了我的脖子。

我把她拉回来，在紧张了几天之后我很享受这样的感情交流。我回答：“我知道的。”

一名美国海军军官出现在CNN的节目上。“五年前，日本曾提出要让我们的士兵们离开冲绳，但现在他们再次乞求我们给予帮助。日本有一支自己的航空母舰舰队驻扎在这里，为什么在地球上……”

劳伦把一只手伸到我的T恤衫下，开始抚摸我的胸膛：“我爱你，宝贝。”

“我也爱你。”

“你有没有想过圣诞节去夏威夷度假？”

我挣扎着起身离开她：“你知道如果让你的家庭来付钱我会感到不舒服的。”

“那么就让我来付钱吧。”

“那钱是从你父亲那里拿来的。”

“只是因为我没有工作，因为我辞掉了工作来生卢克。”这是一个痛点。她转身拿起一个杯子，向杯里倒满了咖啡，黑咖啡。今天早上家里没有糖。

她靠在灶旁，双手捧着热咖啡，倚向远离我的一侧。

“……启动了全天候的不间断行动，在三艘美国航空母舰上不断有飞机起飞和降落，这三艘航空母舰现在停留在……”

“这不仅仅是钱的问题。和你的父母亲一起过圣诞节我会感到很不自在，我们已经和他们一起度过了感恩节。”

她不接我的话，像是在自言自语而不是在对我说话：“我刚刚通过了律师执照的考试，并在莱瑟姆律师事务所签下了工作合同，而现在每家事务所都在裁人。我正在把机遇扔掉。”

“你没有扔掉机遇，亲爱的。”我看着卢克，“我们所有的人都在经受痛苦。这次新的经济低迷对每个人来说都是很困难的。”

我提议道：“去匹兹堡怎么样？去看看我的家人？”

“……有人声称篡改美国政府网站的是黑客的私人行为，而且大多数此类行为的消息来源都是俄罗斯人……”CNN 主播又开始了一个新话题。

“是这样吗？你不去不花钱的夏威夷旅行，而想让我去匹兹堡？”她脖子上的肌肉收紧了，“你的兄弟们都是曾被定罪的罪犯。我不想让卢克过多地出现在那种环境之中。”

“算了吧，当年发生那种情况时，他们都还是青少年。我们已经谈过这一点了。”

她什么也不说了。

我带着防守的语调说：“你的堂兄弟去年夏天不也被抓起来了吗？”

“被抓起来了。”她摇了摇头，说道，“但他没有被定罪。这两者是有区别的。”

我盯着她的眼睛，说道：“并非所有的人都那么幸运，能有一个叔叔是国会议员。”

卢克直愣愣地看着我们。

“所以，”我的声调开始升高了，“你父亲想让你考虑的到底是什么？”我已经猜到那是一个诱使她回到波士顿去的新的工作机会。

“你这是什么意思？”

“真是那样的吗？”

她叹了口气，低头看着她的咖啡。“罗伯斯和格雷律师事务所愿意提供一个将来能成为合伙人的职位。”

“你从没告诉我你申请过那个职位。”

“我没有申请……”

“劳伦，我是不会搬到波士顿去的。当初我们之所以搬到这里来，就是为了让你能开始自己的生活。”

“当时是那样想的。”

“我以为我们正在为卢克能再有一个弟弟或妹妹而努力，这不正是你想要的吗？”

“那更多的是你想要的东西。”

我看着她感到有点难以置信，我对我们未来共同生活的展望开始被那几个词给打散了。最近，我们是曾有过一些听上去让人感到不舒服的对话。我的肚子开始打结了。

她把咖啡杯重重地放在厨房柜台上，说道：“我今年要满三十岁了，这样的机会不会经常出现。这可能是我职业生涯的最后一次机会了。”

我们相互看着对方，陷入了沉默。

“我会去面试。”

“这是在商量吗？”我的心跳开始加快，“为什么会这样？到底发生了什么事情？”

“我刚才已经告诉你了，这是为什么。”

我们在相互指责的沉默中观察着对方。卢克开始在他的椅子上不安分起来了。

劳伦叹了口气，垂下了肩膀：“我也不知道为了什么，好吧？我感到很失落。我现在不想去谈论它。”

我松了一口气，心跳开始减慢了。

劳伦看着我，然后移开了眼光："我将和理查德一起吃早午餐，讨论一下他提供给我的一些建议。"

我的脸颊开始发烫："我想他打过莎拉。"

劳伦咬住了她的牙关："为什么你会说这些？"

"你在我们烧烤派对时看到她的手臂了吗？她试图掩饰，但我看到了手臂上的瘀伤。"

劳伦摇摇头，哼了一声："你这是在嫉妒。不要说荒唐的话。"

"我会嫉妒什么？"

卢克开始哭泣了。

她不以为然地摇着头，说道："我要去穿衣服了，不要再问愚蠢的问题。你明白我说的是什么。"

她不再搭理我，俯身亲吻了一下卢克，低声在他耳边说她很抱歉，她不是有意叫嚷，她是爱他的。让卢克平静下来后，她直起身子瞪了我一眼，然后走进卧室，重重地关上了门。

我叹了口气，抱起了卢克，让他的头靠在我的肩膀上，轻轻地拍打着他的后背："她为什么要嫁给我啊，卢克？"

抽了两三次鼻涕之后，他的小身体在我的怀中放松了。

"好吧，让我带你去看看爱丽罗斯和苏茜阿姨吧。"

12月8日

“那儿有多少这样的东西？”

“五十个。里面都是水。”

“你在开玩笑吧？我只有半小时的空闲，我得上楼去把保姆替下来。”

查克耸了耸肩，说道：“我可以给苏茜打个电话，让她去看护卢克。”

“太棒了！”我正在楼梯上挣扎着往下走，两只手各提着一个装满四加仑水的容器，“所以你每个月要花五百美元来储存两百加仑水吗？”

查克在曼哈顿拥有好几家卡津风味的连锁餐厅，你可能会想他可以在其中任何一家餐厅存放自己的东西，但他认为他需要把它们放在靠近住处的地方。他喜欢说，有会员卡的弗吉尼亚州生存主义者，个个都非常小心。他的敏感性绝对不是纽约人所拥有的。

他来自梅森—迪克森线以南地区。他是独生子，他的父母亲在他大学刚毕业后就因车祸去世了，所以当他遇到苏茜时，他们就决定来到纽约重新开始人生。我的母亲在我上大学时就去世了。我几乎不记得我的父亲，在我还很小的时候他就离开了，所以我几乎是由我的兄弟们养育长大的。当我和查克相识后，类似的家庭状况让我们很快就成了好朋友。

“大约是那样多的水。我很幸运，得到了这个额外的储物柜。”查克看着我吃力的样子，悄声窃笑了起来，“朋友，你需要去健身房。”

我紧走最后几步到达地下室。我们这栋楼的各个部位都装饰精美，维护良好。在健身房和水疗中心的旁边有精心修剪的日本花园，入口处有室内瀑布和每周七天二十四小时值班的保安，但地下室显然完全是为了实用。后门那里的抛光橡木台阶在地下室里就让位于粗糙的混凝土地板了，室内的照明灯都裸露在房顶墙壁的外面。没有人去过那里，除了查克之外，没有人会去那里。我对他的嘲笑并不在意，只当没有听到。我的脑子里一遍又一遍地想着劳伦。当我们在哈佛遇上时，看上去似乎一切都是可能的，但现在的感觉好像她正在慢慢地从我身边溜走。今天她去波士顿接受面试，并和她的家人一起过夜。今天上午卢克一直待在幼儿园，由于下午找不到保姆，我只能下班回家了。劳伦和我在是否去波士顿的讨论中有过一些“热烈”的交流，但她一定还有更多的事情没有告诉我。

我在走廊的尽头停了下来，用胳膊肘打开了查克的储物柜的门，用力提起那两个水罐，将它们堆放在查克已摆在那里的水罐堆上。

查克背负着他的水罐蹒跚而来，喘着气说：“堆放得整齐紧凑一点！”他放下了他的水罐，我们转身回去提更多的水罐。

“你今天看到网上的那些东西了吗？”他问，“维基解密公布了五角大楼轰炸北京的计划。”

我耸了耸肩，心里还在想着劳伦。我清楚记得第一次看到她时，她走在哈佛校园里的红砖建筑楼之间，和朋友们一起开怀大笑的情景。当时我刚刚开始 MBA 的课程，通过出售我在媒体创业公司的股份得到了支付学费的资金，而她也刚刚开始法学院的课程。我们的心里都充满了让世界变得更加美好的梦想。

“他们在媒体上大肆宣传，”查克继续说，“但我认为那不是一个大问题。只是老生常谈而已。”

“嗯……”遇上劳伦后不久，在哈佛广场啤酒馆进行的一场激烈的辩论让我们度过了一个激情四射的夜晚。我是我们家第一个上大学的人，我从来也没有想到能进入哈佛大学学习；我知道她来自一个老派的有钱家庭，但当时这似乎并无大碍：她想逃离家庭的束缚，而我想得到我在她身上所看到的一切。

我们毕业后马上结了婚，然后私奔，搬到了纽约。她的父亲对我并没有什么好的印象。几乎就在我们结婚的时候，劳伦怀上了卢克，那是一次幸福的意外事故，但却永远改变了我们才刚踏入的新世界。

“你没有在听我说话，是吗？”

我抬眼望去，查克和我已经走出了我们大楼的后门，站在了第二十四街的人行道上。天在下雨，冰冷的灰色天空与我的心情很般配。就在一个星期之前，它还非常暖和，但现在气温在急剧下降。

第二十四街的这一段更像是一条小巷，距离切尔西码头和哈得逊河不到两个街区。沿街覆盖着铁网格栅的窗户的下面，一辆接着一辆的汽车停放在狭窄街道的两侧。从远处的第九大道飘过来汽车的喇叭声。

在我们大楼的一侧有一个计程车维修店铺，几个男子聚集在肮脏的遮阳篷下面，抽着烟，高声笑谈着。查克让搬运公司把他的水送到了修车铺。

查克轻轻地拍了拍我的背，问道："你还行吧？"

我们在出租车司机和修理工人群中间穿过，走到车库另一侧的托架旁去提更多的水罐。

我停顿了一下，回答说："对不起，"然后一边提起水罐一边嘟哝，"劳伦和我……"

"是的，我从苏茜那里听说了。那她是去波士顿接受面试了吗？"

我点了点头。"我们住在一个价值百万美元的公寓里，但这还不够好。当我在匹兹堡长大的时候，从来也没有梦想过会住在百万美元的房子里。"付每月的公寓租金相对于我的工资来说，是很大的压力，但与此同时，我觉得我不能比这付得更少了。

"她也没有想到，我的意思是才一百万美元的房子。"他笑道，"嘿，你知道你陷入了什么状况吗？"

"当我上班的时候，她总是和理查德在一起。"

查克停了下来，放下了他的水罐。"不要那样去想。理查德是一条蠕虫，但劳伦不是那样的人。"他把他的出入证在后门的门禁装置上刷了一下，试了两次都没能打开后，他在口袋里翻找出了一把钥匙，低声嘀咕道，“这个愚蠢的玩意有一半的时候不工作。”打开门后，他转身对我说：“给她一些时间和空间来慢慢地想清楚。三十岁对女性来说是一个重大的关口。”

他站在那里扶着后门不让它关上，我走进开着的门，走在了他的前面，说道：“我想你是对的。你刚才在说什么来着？”

“今天的新闻。你看电视新闻了吗？据说事态在进一步发展。一些国家使馆外面有更多的示威人群，美国的名牌商品遭到了抵制。现在有‘匿名者’威胁将对他们发起报复攻击。”

“匿名者”是我们近来在新闻中越来越多地听到的民间黑客组织。

又一次到达储物柜了，我们将水罐堆放了上去。“这就是你要囤积淡水的原因？”我问。

“这只是巧合，但我也从新闻报道中听到对国防部的网络攻击已经增加了一个数量级。”自从我在烧烤时提到了那个问题之后，查克一直在研究网络世界。

“国防部也受到了攻击？”我有些担心地问，“情况很严重吗？”

“即使在情况较好的时候，国防部的网络也会在一天里被攻击数百万次。但现在有一些报道称那些攻击的目标越来越集中了。这让我感到紧张，有人正在策划要在人肉空间搞鬼。”

“人肉空间？”

“互联网有网络空间，而我们，”他停顿了一下以增强效果，“则活在人肉空间，明白了吗？”

打开后门，我们又走回到雨中。“愿上帝保佑我们，现在你可以有一些新东西来折腾了。”

查克哼了一声："这只能怪你自己。"

当我们走回到修车铺时，发现我们的邻居罗利正在和那群人中的一个说着话。

罗利看着我们，笑道："那么口渴啊？"他一定是看到我们提着的水罐了，"为什么要囤那么多的水？"

"只是做一些准备。"查克回答道。他对那个正在和罗利说话的男子点了点头，"迈克，这是斯坦。他在这里经营修车铺。"

我握了一下斯坦的手，说道："很高兴认识你。"

斯坦说："就眼下这个样子，不知道我这个修车铺还能开多久。"

查克同情地说："我们曾经有过鲍勃·霍普和约翰尼·卡什，但现在我们既没有希望，也没有钞票了。"

"那是千真万确的！"斯坦大笑了起来，所有在修车铺门口的出租车司机们也都笑了起来。

罗利问："你们需要人帮忙吗？"

"不用啦，朋友，谢谢！"查克向那边的十几个水罐挥了挥手，说道，"剩下的已经不多了。"

我们又一次提起了水罐往回走去。

12月17日

“你能让我用一下你的信用卡吗？”

“为什么？”

“因为我的所有信用卡都被停用了。”劳伦生气地回答。

她在感恩节之后成了身份被盗的受害者。有人以她的名义借钱，在网上交易系统中建立了对冲账户，一切都搞得一团糟。

“我可以把我的信用卡给你，”我说道，“但不要试着用它去购买任何东西。”

我们正在吃早餐。我把燕麦片从罐子里舀出来，劳伦喝着咖啡，用她的笔记本电脑上网，而卢克正沉浸在用苹果块喂狗的游戏所带来的欢乐之中。

爱丽罗斯在电视机前地板上的垫子上面翻来滚去。卢克在他那个年龄段算是大个子了，但爱丽罗斯身材娇小，才六个月大，她的头发还没有长全。她所做的一切似乎总是以直角的方式横着伸出去，就像一只土黄色的小鸟。她睁大了小眼睛不停地观看着周围世界正在发生的事情。因为苏茜要外出购物，我们已经照看了她几个小时了。

我那天待在家里。圣诞节前的一周没有什么生意可做，正是抓紧做完案头工作的好时机。在我面前的厨房柜台上摆满了我试图整理的纸片和笔记。不知不觉中，我拿起我的智能手机扫了一眼，以检查我的社交媒体更新。没有什么新鲜的内容。

“你这是什么意思，不要试着用它去购买任何东西？”当我正在进入度假的状态时，劳伦仍然在全力以赴，穿着西装准备去接受面试，“离圣诞节还有一个多星期的时间，我想下单订购一天能送到的礼品。亚马逊说过今年将……”

“这个问题与亚马逊无关。”

我从厨台上拿起了电视机的遥控器，调高了 CNN 频道的音量。“有报道说因为在物流运输控制软件中存在的病毒使整个系统陷入瘫痪，联邦快递（FedEx）和联合包裹（UPS）已经完全停止运作了……”

“那真是太糟了！”劳伦一甩手合上了她的笔记本电脑保护套。

“人们谴责黑客组织‘匿名者’，因为他们曾宣称打算惩罚快递公司向那些在美国大使馆前示威的国家运送禽流感疫苗。但‘匿名者’的发言人否认进行了这次攻击，声称他们发起的只是拒绝快递公司服务的运动……”

“那你今天准备去哪儿呢？”我问。

“……设想一下在这个假日期间将损失几百亿美元的营销收入，这会让经济陷入进一步的衰退之中……”

“在市中心见几个猎头公司的人，交谈一下，看看是否有机会尽快拿下一个职位。”

我强迫自己在脸上堆起一个令人鼓舞的微笑：“亲爱的，那很好啊！”我怎么会掩盖自己的真实情感，不得不开始骗她呢？

从波士顿回来以后，她就变得孤僻起来了。我试图让她有足够的空间来经历她需要经历的各种事情，但感觉就像是正在失去她。我努力表现得好像并不在乎，但我内心的每根纤维都想要拉住她，摇晃她，并问她到底正在发生什么。

她叹了口气，瞥了一眼电视，然后回头看着我。我注视着她的目光，然后垂下眼睛，给了她那个自由的空间。劳伦继续看了我一会儿，然后俯下身来吻了卢克一下，在他耳边窃窃私语了几句，然后拿起她的笔记本电脑，头也不回地快速走向了门口，扔过来一句：“我会回来吃午饭的。”

“待会儿见。”我对着那扇正在关上的门回应道。她甚至没有吻我一下。我把最后一块苹果递给了卢克。他咧嘴一笑，抓住了苹果，然后高兴地尖叫着把它扔到了地板上，感激的戈比正等在那里。整个晨间游戏进行得相当不错，只有一块苹果扔偏了，落在我正在阅读的报告上。

我微笑着擦了擦他的脸：“早餐吃完了吗？想和爱丽罗斯一起玩吗？”我拿起一张餐巾纸，擦干净了他的脸，然后把他从高脚椅上抱起来放到地上。他站立不稳地待了一会儿，抓住我的高凳腿以保持平衡，然后摇摇晃晃，一溜快步向爱丽罗斯冲了过去。在半途中他伸出手去抓住了沙发的突出部位，像一个溜冰初学者一样停了下来。他低下头看了一下爱丽罗斯，然后抬起头来，带着灿烂的笑容向我看来。

爱丽罗斯还没有掌握用肚子转向的技术。她躺在她的游戏垫上，睁大眼睛望着卢克。卢克哼哼唧唧地跪到地上，爬向她的身边，把一只手放到了她的脸上。

“小心，卢克，手脚轻一点儿。”我警告说。

他看着爱丽罗斯的眼睛，然后像保护神一样坐在她的身旁，一起看起了电视。

“国外禽流感暴发的严重程度现在还不清楚，但美国国务院现已发布了旅游警告。加上爆发了越来越多的反美抵制运动……”

我看着在看电视的卢克，对他说：“一个疯狂的世界，嗯？”戈比走过去蜷缩在他的身后。

我回过头去，继续看起了一份互联网上刊载的关于 AR 科技的潜在市场的报告。一家大型科技公司刚刚给我送来了一副新的 AR 眼镜。这是一项令我着迷的技术，我想参与创业，但劳伦认为那太冒险了。

花了十五分钟列出并计算我的开支表后，我突然意识到卢克非常安静，抬起头来看到他已经躺在戈比身上睡着了，我禁不住也打了个哈欠。午睡似乎是一个好主意，所以我把爱丽罗斯放进了窗边的婴儿围栏里，然后抱起了卢克，他的头懒洋洋的像一袋土豆一样靠在我的身上。我让他躺在沙发上，头枕在我的肚子上，我也慢慢地飘入了梦乡。

CNN 播音员仍在喋喋不休的播报变成背景音：“网络间谍在什么时候发展成了网络攻击？让我们的记者为你带来更多的报道……”

响亮的敲门声把我给吵醒了。当我的大脑还在懵懂中有待慢慢清醒过来时，一个粗暴的声音加入了敲门声：“我在发怒，我在喷气，我会把你的大门撞开！”

卢克嘴里流出的口水沾湿了我的T恤衫，我浑身肌肉有点僵硬。我睡过去有多久了？我一边哼哼唧唧着想要尽力坐起来，一边还得小心翼翼地抱着卢克。我大声喊道："好啦，好啦！再给我一秒钟，就来了！"

我一只手抱着卢克，蹒跚地走到门口，打开了大门。

查克冲了进来，两只手紧紧抓着一个棕色纸袋。他充满热情地招呼道："你想吃午饭吗？"然后就跑到厨房柜台边，开始把装在纸袋里的东西往外拿。

卢克半睁着眼睛看着查克。我走回到沙发边上，放下他，并用毯子盖住了他的身体，然后回到查克身边。这时他已经把所有东西都放在盘子里了。

"已经到吃午饭的时间了吗？我怕是睡过头了。"我揉了揉眼睛，伸了个懒腰，"那是什么？"

"我的朋友，那是鹅肝和炸薯条。"查克在空中挥舞着一个法式棍状面包，就像挥舞着一根魔杖一样，"还有一些蘸了黄油的克里奥尔虾。"

难怪我变胖了。"我可以感觉到我的动脉已经变硬了。"站在厨台边上，我打开一个抽屉，拿出两把叉子，一把递给他，另一把自己拿着开始吃起法式炸薯条来，"你不需要在一年中的这个时候去照看一下你的餐厅吗？"

"这是一年中最繁忙的时候。"查克在炸薯条堆上挑起了一大块鹅肝酱，"但我在这儿有事要干。"

"在你的世界末日储物柜里储藏更多的物资？"

他咧嘴一笑，把一块沾满油脂的鹅肝塞进了嘴里。

我摇了摇头："你真的相信这个世界会分崩离析吗？"

查克用一只手背擦了擦油腻的嘴唇：“你真的相信它永远不会吗？”

“人们总是说世界末日即将来临，但它永远不会来到。人类社会已经发展得太先进了。”

“应该把你的想法告诉复活节岛的居民和阿纳齐族印第安人。”

“那些人曾是与世隔绝的群体。”

“那么古代的罗马人又怎么样？你认为我们并不是孤独地生活在这个叫作地球的蓝色小点上吗？”

叉起一只虾，我开始剥虾壳。

“根据你的建议，我一直在研究网络世界，”查克说道，“你说得一点儿都不错。”

我后悔曾经对此说过些什么。

他低声说：“现在正在发生的事情，让冷战世界看上去就像是一个透明的、难以保护自己的时代。”

“你这样说就过于戏剧化了。”

“就整个人类历史而言，一个国家影响另一个国家的能力是基于对实际领土的控制。猜猜有史以来第一次破坏了那个规则的东西是什么？”

“网络？”我把剥好的虾塞进嘴里，品尝着浓浓的卡津香料和黄油。哦，真是好吃。

“不，是太空系统。自从1957年人类发射第一颗人造卫星以来，外太空一直是军事制高点。”

“这与网络有什么关系？”

“因为网络是破坏那个规则的第二样东西。网络正在取代太空成为新的军事制高点。”查克塞了一嘴油腻的薯条，“外太空已经成为网络空间的一部分了。”

“那是什么意思？”

“大多数太空系统都是基于互联网的。对我们来说，太空中的东西看起来很遥远，但在网络空间中，一切看上去都近在咫尺。”

“那有什么区别吗？”

“进入太空需要大量的资金，但进入网络空间只需要一台笔记本电脑。”我的注意力从虾转向了薯条，并在寻找一块大的鹅肝，“那就是让你担心的事吗？”

他摇了摇头：“令我担心的是你所谈到的能源网中的那些逻辑炸弹。某些人总想找到那些炸弹，想让我们知道他们是有能力做到那一点的。不然的话，我们永远也不会发现它们。”

“所以你认为中央情报局（CIA）、国家安全局（NSA），所有你讨厌的三个字母的机构都无法发现它们吗？”我带着怀疑的口吻问道。

他摇了摇头：“人们想象中的网络战就像电子游戏中的场景那样干净利落，但实际情况绝不会是那样的。”

“那会是什么样的呢？”

“据说1982年，CIA非法操控了一个逻辑炸弹，炸毁了某个国家的天然气管道，它造成了相当于三千吨TNT当量的爆炸，就像一个小型原子弹一样。他们所做的就是改变了控制管道的加拿大公司的一些计算机编码。”

才三千TNT当量？现在的原子弹不都是兆吨级的吗？“这听上去好像并不是很糟糕。”

“那是三十年前的事了。正在建造中的新的大规模杀伤性网络武器，还没有人对它们进行过测试呢，”查克继续说道，他的笑容早已消失了，“至少人们知道核武器是非常可怕的，听到广岛、比基尼岛的名字就会让人产生联想。但是对于网络武器来说，没有人知道如果让它们恣意作为的话，会造成多大的伤害，而且它们很容易就会嵌入各种系统中去，就像挂在世界末日圣诞树上的手杖糖果一样。”

“你真的认为情况有那样糟吗？”

“在执行‘曼哈顿计划’期间，参加那个项目的物理学家们在第一次引爆原子弹时曾就原子弹是否会点燃整个大气层打过赌，这你知道吗？”

我摇了摇头。

“他们估测的最好结果是五十对五十的概率，他们会毁掉这个星球上的所有生命，但他们仍然继续完成了他们的项目。政府的计划没有改变，我的朋友，没有人知道如果把那些新玩意放出来，它们会造成什么样的后果。”

“所以如果出了差错，大家都无处可逃了，你是那样认为的吗？”我反驳道，“如果情况急剧变坏，你真的想挣扎求生，而看着别人都死去吗？我更愿意马上死去。”

查克指着躺在沙发上的卢克，说道：“你难道不会为了保护他，竭尽你的所有一切进行战斗，直到最后一口气？”

我看着卢克。查克说得没错，我点点头，承认了这一点。

他大声宣告：“你对世界总是向前发展抱有太多的信心。自从人类开始制造东西以后，我们失去的技术比我们获得的更多。社会经常会倒退。”

“我相信你肯定有一些实例。”当他在兴头上时，想让他放慢语速是不会成功的。

“在挖掘庞贝古城时，他们发现古代的引水沟渠技术比我们今天使用的更好。”查克抓起一堆炸薯条，“埃及人是用什么技术建造起金字塔的，在今天仍然是一个谜团。”

“我们现在在谈论古代太空人了吗？”

“我是认真的。当郑和于1405年率领他的舰队离开中国港口时，他的船只就有现代航空母舰那样大，他随船带着近三万名士兵。”

“真的吗？”

“查一下你就知道了。四百年前，早在远征考察的刘易斯和克拉克带着萨卡加维亚来此‘度假’之前，郑和可能就与我们西海岸的印第安人有过接触了。我敢打赌，在哥伦布‘发现’美国一百年之前，中国人就与俄勒冈的酋长在比现代战斗巡洋舰更大的船上一起抽水烟了。你知道哥伦布那艘著名的尼娜号有多大吗？”

我耸了耸肩。

“才五十英尺长，可能有五十个人跟他一起在船上。”

“他难道不是有三艘船吗？”

查克用叉子叉起炸薯条：“远在我们能划着小水桶冲出欧洲之前，中国就已经能在全球航行了，他们有现代航空母舰那样大小的舰船，船上装载有三万名士兵。”

我停止了咀嚼：“你想说什么？我听不明白。”

“我说的是社会有时会倒退，所有那些关于中国的事情就说明了那一点。我感觉我们在自己骗自己。”

“他们不是敌人吗？“

“那是错误的看法。”他说道，“我们正在把他们当成敌人，因为我们需要有一个敌人。”

“所以你承认你的网络威胁的判断是错误的？”

“那没有错，只是……”查克把叉子放在薯条上，用手指捡起一只虾。

“只是什么？”

“也许我们正瞎了眼，看不到自己真正的敌人。”

“谁才是我们真正的敌人？我的阴谋论朋友！”我翻了个白眼，问道。我期待着他会发表一些有关CIA或NSA的高论。

查克剥掉虾壳，然后拿着那只虾指向我。“恐惧，恐惧才是真正的敌人。”他抬头望着天花板低声说道，“恐惧和无知是我们真正的敌人。”

我大笑了起来：“为了那些原因你就大量囤货，难道你不就是那个患恐惧症的人吗？”

“我并不害怕，”他直视着我的眼睛，一字一顿地说，“只是要做好准备。”

第一天
12月23日

上午8时55分

“离圣诞节只有两天了，是不是该休息一下啦？”

劳伦站在厨房柜台的另一边，对我皱起了眉头：“我必须去见那个人。理查德这次费了很大功夫才让那个人同意见我的。”

虽然关上了卧室的门，但卢克哭唤的尖叫声还是从厨台上的婴儿监视器里传了过来，这让劳伦停下不说了，她抓起婴儿监视器把它给关闭了，就像她在过去一个月里一直把我关闭着一样。

我摊开双手，无奈地说：“好吧，既然理查德已经安排好了，那你当然必须再抛弃你的家人一天喽。”

“别开这个头。”她咬紧了牙关，“理查德至少是在帮助我。”

我深吸一口气，在心里默默地数到十。马上就是圣诞节了，在这个节骨眼上让争吵升级是没有任何益处的。劳伦目不转睛地看着我。

我用一只手捋了捋头发，吐了一口长气："我觉得卢克的身体可能有点问题。我们需要去购买假期所需的食物。而且我向你提起过，我还得给客户送圣诞节礼物去。"我的新来的行政助理忘了向我们的十几位客户送去特地为他们准备的每个人都不相同的圣诞节礼品。因为那些在曼哈顿的客户不在邮寄的名单上，我的行政助理遗漏了他们。当我们发现这个错误时，她已经急于要和她的家人一起去度假了。而且由于 FedEx 和 UPS 停止了工作，我愚蠢地提出让自己去递送那些礼物。

当然，现在已到了最后的时刻了。昨天，卢克和我一起递送了一半的礼物，我在"小意大利"和唐人街周围走访了我们的一些小型初创合作伙伴，但还有一些礼物留给了我们更大的客户，需要在节前递送出去。卢克很享受这样的出游——他是一只社交蝴蝶，对我们见到的每个人都会喋喋不休。

"送几个雕刻的笔架真的会让你的生意有起色吗？"

"那不是问题的关键。"

她深吸了一口气，肩膀放松了下来："对不起，我忘了那一点。但这件事对我来说确实非常重要。"

我心中暗想，你的事显然比我们更重要。但我控制住了自己的舌头，并试图把那个念头从脑海中赶出去。负面的想法是会让人泄气的。

劳伦望着天花板，说道："你能不能找一下苏茜……"

"他们今天整天都在外面。"

"那么鲍罗廷呢？"

她并不打算放弃。当我在沙发旁边检查那棵放在桌子上的小塑料圣诞树时，空气中凝聚着沉重的气氛。

“好吧。我会想办法的。”我故作微笑，说道，“你可以走了，走吧。”

“谢谢你！”她拿起了她的外套和钱包，说道，“如果你把卢克带出去，别忘了你们两个人都要穿得暖和一点。在我离开之前，我会先让他安静下来的。”

我点了点头，又回到电脑前，在一些新的社交媒体企业的网页上继续搜寻。网络的速度非常慢，新加载的页面似乎永远也显示不出来。

劳伦走进了我们的房间，我听到她在跟卢克说话。她把他抱起来之后来回踱步，卢克的哭声停了下来。片刻之后，劳伦走出房间，穿上了外套，走到厨柜旁边，给了我一个轻轻的拥抱，在我脸上吻了一下。我耸了耸肩，接受了她的好意。她脸带笑意地看着我，然后就走出去了。

她刚一离开，我就跑到婴儿床边去看卢克怎么样了。他仍然在呜咽，但已经平静下来，并蜷缩在他的毯子里面。我重新回到自己的笔记本电脑旁边，准备继续进行更多的研究，但是过慢的网速使得我几乎无法再干下去了。我不想去检查我的路由器，所以决定放弃，不再工作了，今天就好好休息一下吧。

我让我们的前门半开着，这样就仍然可以听到卢克的声息，然后走到隔壁的鲍罗廷家去了。我们的公寓位于一个铺着地毯的狭窄走廊的尽头，内藏式的照明灯点亮了长长的走廊。苏茜和查克住在我们家的左边，鲍罗廷就在我们的右边。查克家的隔壁就是帕梅拉和罗利的住处，他们的门口正对着另一条走廊，在那条走廊的尽头转九十度，就是电梯的大门。紧急出口的大门就在罗利家的旁边，从楼梯间往下走六层楼就可以到达地面。走廊的一头是另外五套公寓，最后是理查德三层套公寓的底层入口处，它位于大楼的另一边。

艾琳娜在我第一次轻轻地敲门后就打开了大门，他们一直是待在家不出去的。她一定就站在门边，像往常一样在做饭。当门打开时，烤土豆和烤肉以及酵母面包的气味飘了出来。

“米哈伊尔，你有私密任务吗？”艾琳娜问道，她那温暖的笑容让她脸上的皱纹显得更加平和。

她已年近九十了，走路时弯着腰，踉踉跄跄，但眼睛里总是闪烁着光芒。她虽然已经老了，但在与她搞砸之前我仍然会三思而后行的。她曾是在俄罗斯北部的冰天雪地中击败纳粹分子的苏联红军的一员。她老是喜欢告诉我：“特洛伊沦陷了，罗马沦陷了，但列宁格勒没有倒下。”

她穿着绿色的格子围裙，上面沾了一些油污斑点，一只手拿着揉成一团的茶巾。她用另一只手示意让我进去：“来吧，来吧。”

我瞥了一眼他们的门框和装在门框上的门柱圣卷，那是一个小巧但雕刻精美的华丽的桃花心木盒子。我曾有一段时间认为这些就像是犹太人祈求好运的魔力道具，但后来我才明白它们更多是用来驱除邪恶的。

我不能进去，每次进去之后，出来时总得带上一盘香肠，并听她数落我太瘦了。话虽这么说，我还是喜欢她做的饭菜，更喜欢受到溺爱的那种单纯的乐趣。她让我觉得自己又像一个孩子那样，得到保护并能放纵，那是有自尊心的俄罗斯祖母都有的慈爱。

“对不起，我现在有点忙。”不管她煮的是什么，闻上去都会很香。我意识到如果把卢克寄放在这儿，我就会有一个完美的借口，可以稍后回来接受宠爱，“我不是有意想麻烦你，但如果你能看护卢克几个小时的话，那就帮了我的大忙了。”

她耸了耸肩，说道：“我当然可以帮忙，米哈伊尔，你知道你是不需要问的，不是吗？”

“那太谢谢了！我需要出去送一些东西。”我向门内看了一眼，可以看到她的丈夫亚历山大在正演着一部俄罗斯肥皂剧的电视机前的躺椅上打瞌睡，而戈比也蜷缩在他的旁边打瞌睡。

艾琳娜点了点头，问道：“你把卢克带过来吗？”

我点了点头。

“你得多穿几件衣服。今天的气温远远低于零度。”

我笑了起来。两个女人都告诉我要多穿衣服，我甚至还没有走到外面去呢，也许在她们眼里我还是个孩子。

“艾琳娜，我们这里使用的是华氏温度，天气很冷，但还没有低到零度。我想大约是十华氏度吧。”

“哎呀，你是知道我的意思的。”她甩着下巴告诉我该干正事了，然后让门半开着，转身回到了她的厨房。

我回到了自己的公寓，在近门的衣柜里翻找冬季外套、手套和围巾，然后我想起来了：因为天气如此温暖，劳伦昨天刚刚把我们的外套拿去了干洗店洗，而由于圣诞节的临近，送洗的客户太多，他们无法在当天给我们洗出来。我叹了口气，从衣架上扯下一件薄薄的黑色夹克，把礼物装进我的背包，然后走进卧室穿上了一件毛衣。

卢克已经醒了，他的脸颊一片绯红。

“你感觉不太好吗，伙计？”我一边说着，一边伸手把他抱了起来。他的前额很烫，小家伙正在出汗。他的尿片已经湿了，我替他换了尿片，让他穿上了工装裤、棉衬衣和厚棉袜，然后把他带到了隔壁鲍罗廷的公寓。

即使天气阴冷，卢克在看到艾琳娜时还是张开嘴笑了起来。

“啊，亲爱的！”她大声嚷嚷着，把仍然满带倦意的卢克从我怀里抱了过去，“他在发烧，是吗？”

我摸了摸卢克的额头，感觉到他乱蓬蓬的头发下沁着汗珠：“是的，我想他是在发烧。”

她把卢克抱进了怀里：“别担心，我会照看他的。你走吧。”

“多谢了！我会在吃午饭的时候回来的。”我抬起了眼眉，她也回过头来给了我一个微笑，我知道待会回来时将会有一场盛宴。

她呵呵地笑出了声，随手关上了大门。

有一个孩子真是一件神奇的事情。我回想着在有卢克之前我们的生活到底是怎么样的，有了一个孩子对我们到底意味着什么，我试图在纷乱的思绪中理清自己的希望、梦想和恐惧。然后，我突然间感到有一个缩小了的迈克在看着我，一切都变得清晰起来。我的生命的意义就在于保护并抚养这个新的生命，爱他并教会他我所知道的一切。

“忘了什么东西吗？”

“嗯？”

帕梅拉站在她门外的走廊里。她是一名护士，穿着浆洗干净的工作服，正要去上班。我们和她以及她的丈夫罗利是很好的朋友，但我们的关系还没有发展到与苏茜和查克那样亲密。实际情况是帕梅拉和罗利是严格的素食主义者，这就在某种程度上与我产生了一定的隔阂。每当我在他们旁边吃肉时，我总会感到有点内疚，尽管他们多次说过这纯粹是个人选择，我们对他们没有任何困扰。

我很喜欢帕梅拉。她是一个非常漂亮的金发女郎，很难有谁会不喜欢。如果说劳伦是那种可以称为具有经典之美的美女，帕梅拉则是更为性感的那一种。

“不，我只是把卢克寄放在鲍罗廷那里。”

“我看到了，”她笑道，“你在动脑筋思考问题，是这样吗？”

“不完全是那样。”我摇了摇头向她走去。她为红十字会工作，工作的地方就在几个街区外的血库，“马上就是圣诞节了，你们还在鼓励大家献血吗？”

“这是奉献的季节，对吧？你能不能也来献一下血呢？”电梯停在我们的楼层上，门打开了。我被逮住了。

“啊，你知道，”我张口结舌地说，“我还有很多工作要做。”

“假期是我们最需要捐赠者的时候。”她用歌唱般的声音敦促着我。

我让她在我前面先进入了电梯，现在我感到倍加内疚。在我能阻止自己之前，我说道：“好吧，我现在就去你们那里。”嘿，这是圣诞节吗？我心中暗暗地想着，有没有搞错！

“真的吗？”她的眼睛亮了起来，“我能让你不用排队就先进去的。”

我的脸因想象中的暗讽而红了起来：“那真是太好了！”

我们在电梯降到底层前一直沉默着。

“你需要穿更厚的衣服。”

“嗯？”

她正看着我的薄夹克：“你看到暴风雪警告了吗？外面已经是冰天雪地了。这是自1930年以来最冷的圣诞节，全赖全球气候变暖。”

“他们应该把它称为全球性警告。”我们俩都笑了。

她转向我问道：“你是搞互联网的，对吧？”我耸了耸肩，没有否认。

“你有没有注意到，今天早上几乎无法上网？”

这引起了我的注意。“我注意到了。你也使用时代华纳有线网络吗？”必定是大楼里的通信电缆出了问题。

“不，”她回答，“CNN说那是一种病毒或什么东西。”电梯停在底层，电梯门打开了。

“一种病毒？”

上午11点55分

献血花去的时间比我想象的要长一些。帕梅拉让我排在第一位，但当我最终手拿甜甜圈，离开红十字会赶往目的地的时候，已经是10点15分了。

我原想先在市中心访问四个客户，如果有人在家的话，放下礼物并握握手，然后在回家的路上顺便买些食物。我将赶回家里，放下食物并检查卢克的状况，同时抓住机会吃上一口艾琳娜的美食，然后前往金融区给最后两个客户送上礼物，也许再喝上一两杯节日的红酒。

我因为受到了献血的鼓舞而自我感觉良好，也许由于缺氧和红血细胞减少，我感到有些亢奋，在去往中城的路上，竟有种身处电影场景的错觉。我从出租车的窗户向外看去，街头挤满了熙熙攘攘的假日购物人群，大家在纽约圣诞节的兴奋气氛中忙碌着。天气寒冷，每个人都戴着帽子和围巾，手里提着大大小小的购物袋。

我的第一站就在洛克菲勒中心旁边。礼物送到后，我又花了十分钟去看大楼外面巨大的圣诞树，甚至还帮几个游客拍了照，我很享受周围人群发出的嗡嗡声。

我继续向北出行，经过了广场酒店，然后沿着中央公园转一圈再回到下城。一路上，我一直在和劳伦互发短信，讨论我们需要买哪些食物过节，但她已经有半个小时没回复我的短信了。在中城完成递送之后，我跳上了一辆出租车，让司机把我送回切尔西的全食超市。在超市的走道来回走了半个小时，装满了购物车，感受到了圣诞节的采购氛围之后，我终于到达了超市的收银台。

排队的人流很长。

我等了十分钟，几次试图在我的手机上查看电子邮件都失败了。我禁不住向面前一个看起来很沮丧的女人问道："发生什么事了？"

"我不知道，"她回答说，"好像他们的计算机出了一些问题。"

"你能帮我看一下我的购物车吗？我想去前面看看能不能帮点忙。"

她点了点头。

我留下了我的购物车，向收银台走去。当我接近收银台时，可以感觉到人群的骚动更为激烈，最后我陷入了一群愤怒的购物者当中。

“为什么你不能收现金？”其中的一个人大声嚷道。

“先生，除非你的物品经过扫描，否则我们不能让你带走任何东西。”一位显然受到了惊吓的收银员回答说。收银员是一个只有十几岁的女孩，她无助地挥动着她手中的条形码扫描仪。

我挤到收银台的后面，直接向收银员问道：“发生了什么事？”

她转向我说道：“这个设备仍然不工作，先生。”

她有些慌张，一定以为我是超市的经理。

“请告诉我究竟发生了什么，从头开始。”

她略为平静地说：“扫描设备突然间停止了工作。我们一直在等待技术人员来修理，但已经等了一小时了，还是没见到技术人员的身影。我在上东区的表哥发短信给我，说他们的商店也出了问题。”

一位愤怒的顾客，大个子的西班牙裔男子，抓住我的胳膊，说道：“兄弟，我只是想离开这里。难道他们就不能收现金吗？”

我举起了双手，说道：“这不是我能决定的。”

他直愣愣地看着我。我以为会在他的眼神中看到愤怒，但看上去他很害怕。“不管它了，我已经等了一个小时了。”他把几张二十美金的钞票扔到我们面前的柜台上，“伙计，不用找了。”

抓起他的购物袋，推开面前的人群，他朝外面走去。周围的人都在看着，有一些人也开始向前挤，并在走出去之前在柜台上留下了现钞。还有一些人也开始离开，拿着他们挑好的东西，但没有付钱。

“这到底是怎么回事？”这不像是纽约人在公开行窃。

“这是新闻里说的事情造成的，先生，是外国人。”收银员回答说。

但到那时，我已经挤到了大门边，突然间没来由地开始为卢克担心起来。

下午2点45分

“为什么你之前没有告诉我？”

我正在几乎占据了查克公寓一整面墙的巨大的平板电视前来回踱步。

“怕你以为我成了偏执狂。”查克回答道。一艘正在冒烟的航空母舰的模糊图像充满了我身后的屏幕。

我匆匆赶回鲍罗廷的公寓，大声敲着门。在匆忙从全食超市穿过几个街区赶回来的路上，我一直在智能手机上搜索当前的新闻，但手机只是一直在搜索，不能显示更新的页面。

我到家时卢克看上去情况还可以，但他的发烧变得更糟了。他大汗淋漓，艾琳娜说当我不在的时候他大部分时间都在哭。我让他仍然留在鲍罗廷那里，继续休息，然后就去了查克的公寓。

“你已经有好几天没有让食品供应商送货到你的餐馆去了，你以为这不会让我起疑心吗？”

“……有害的木马病毒现在已经感染了全球的DNS服务器。但现在更大的问题是‘抢夺’病毒已经感染了物流系统……”

“我认为那个问题并不重要，”查克回答道，“我们的计算机系统一直是有问题的。”

导致FedEx和UPS停业的病毒已经蔓延到了几乎所有其他商业运输公司的软件系统之中，全世界的供应链现在都难以工作了。

“我一直在浏览黑客的留言板，”查克补充道，“他们说 UPS 和 FedEx 使用的是与外界隔绝的专有系统，而病毒传播的速度之快意味着它一定带有几百个零日。”

“什么是零日？”苏茜问道。她正坐在查克旁边的沙发上，怀里抱着爱丽罗斯。当爱丽罗斯看着我转着圈子踱步的时候，她的头会左右摆动。苏茜是一个典型的南方美女，一头黑发，长着精致的雀斑和苗条的身材，但现在她那双漂亮的棕色眼睛里充满了忧虑。

“那是一种新病毒，对吧？”查克继续说道。

我不是网络安全专家，但我接受过电气工程师方面的训练，而计算机网络是我的专业领域。我试着解释道：“看上去是这样的。一个零日就是某个软件中尚未被探测到的一个漏洞，零日攻击就是使用那些漏洞来侵入系统。那是一种还未曾被确认的病毒攻击。”

任何系统都有自身的弱点。已知道有漏洞的那些软件通常会提供补丁或修复系统，而全世界数千个商业软件供应商的新的软件漏洞列表以每周数百个的速度在扩展着。一家典型的“财富五百强”公司会使用数以千计的不同软件程序，因此在任何特定时刻，漏洞列表可能会有好几万个。这是一场无法获胜的游戏，因为对手只要在一个系统必须不断修复的数百万漏洞中有一个保持开放就可以侵入某个系统了。

虽然所有的私营企业或政府机构都在尽力补上已知的漏洞列表，防止未知的漏洞或零日攻击，但实际情况却越来越糟，几乎无法防御攻击，因为根据以上释意，攻击路径是未知的。

查克和苏茜茫然无措地瞪着我。

“这意味着那是我们无法防御的攻击。”

据信，2010年让伊朗核工厂陷于停顿的震网病毒，曾经使用了大约十个零日才侵入了它要攻击的系统。它是新一代复杂的网络武器中的第一个，他们花费了大量的时间和金钱来打造病毒，所以是为了某些目的才会有人释放那些病毒。

“你说我们无法防御攻击是什么意思？”苏茜问，“网络上有多少那样的病毒？难道政府都不能阻止它吗？”

我回答：“政府主要是依靠私营公司来防止那些病毒的。”

四位评论员和分析师正在CNN的节目上进行讨论：“罗杰，让我担心的是计算机病毒，特别是像这样复杂的病毒，它们通常被设计用来渗透网络以获取信息。但这些病毒并没有那样去做，它们似乎就是用来搞砸计算机系统的。”

苏茜盯着电视屏幕，问道：“这是什么意思？”

就好像是在回答她的问题那样，分析师直视着摄像机的镜头，说道：“我唯一可以肯定的是，我们正在受到怀有敌意的攻击，敌人唯一的目标就是造成尽可能大的伤害。”

苏茜抬起一只手捂住了嘴巴。我说不出一句话来，只是坐到他们的旁边，试着打电话给劳伦，但我已经不记得这是今天的第十几次了。

她在哪里？

下午5点30分

“真对不起！”

劳伦双手抱着卢克，她的指关节由于用力已经变成白色的了。当我们从鲍罗廷那里抱他回家时，他哭得很厉害。我试着喂他，但他什么都不想吃，他的额头烧得很烫。

“抱歉又有什么用？”我抱怨道，“算了吧，把卢克给我吧。让我再试着喂他一下。”

“我真的很抱歉，宝贝。”劳伦低声对着卢克，而不是对我说道。她的脸颊因为外面的寒冷而冻得泛红，她的头发被风吹得乱蓬蓬的。

“你为什么四个小时不回复我的短信？”

我们回到了自己的公寓里，外面天已经很黑了。整整一个下午我一直试图与劳伦取得联系。五点半时，她终于出现在查克的门口，询问正在发生什么事情，并问卢克在哪里。

“我关掉了自己的手机。我把这一茬给忘了。”

我没有问她这么长的时间一直在做什么：“你没注意到正在发生的这一切？”

“没有，迈克，我没有注意到。不是每个人都通过手机连接到 CNN 上的。当我发现情况异常时，我就直奔家里了，但没有出租车，2号和3号地铁也已经停运，所以我不得不在寒冷的天气里走了二十个街区。你有没有试过穿着高跟鞋跑步？”

我翻了个白眼。每个人的神经都绷得很紧，现在并不是吵架的时候。我叹了口气，放松了肩膀，说道：“你不妨试试再喂喂他，如果是妈妈喂的话，或许他会吃上两口。”

卢克已经不哭了，只是还在抽咽。我从我们咖啡桌上的塑料盒里取出一张湿纸巾，试着给他擦脸。他浑身抖动，前后移动着他的头，身体向后倾斜，似乎不想让我给他擦脸。

劳伦凝视着他的脸，一只手摸着他的额头，说道：“他发烧发得很厉害呢。”

我又仔细看了卢克一下，说道：“这只是一次冬天的感冒。”他看起来情绪不高，但情况并不那么糟糕。

我的手机发出了收到一条短信的响铃声。劳伦的手机也叽叽喳喳地响个不停。通过我们公寓开着的门，我可以听到查克和苏茜的电话也铃声不绝。我皱着眉头从口袋里拿出手机，打开屏幕，点击之后打开刚收到的短信。这是在查克的鼓动下我们才订阅的来自纽约紧急警报通告服务中心的短信：

“健康咨询警告：纽约州、康涅狄格州正在流传易感染的禽流感 H5N1。高致病性。建议公众都待在室内。紧急关闭费尔菲尔德县、曼哈顿金融区以及周边地区。”

“短信说什么？”

我惊恐万分地抬起头来，看着劳伦正在用手擦去卢克脸上的唾液。不顾脸还湿着，她不停地亲吻着卢克裸露的脸颊。我记得前几天带着卢克去见我的客户，我的脑海里充满了他在唐人街和小意大利各处让人亲吻的场景。

“是什么？”劳伦问。当她看到我的脸色时，她的音调升高了。

“亲爱的，放下卢克，赶快先去洗一下手。”

我说出的话声音听起来很奇怪，就像是由一个外星人说出来的那样。我的脑子飞转，心在胸腔里怦怦直跳。这可能只是一个误报，卢克可能只是感冒了。但我觉得从全食超市跑回来时所感受到的那种莫名的恐惧，又再次在我的血管里奔涌了起来。

“你说什么，把卢克放下来？”劳伦用命令的口气问道，“迈克！你在说什么？那条短信说的是什么？”

查克出现在我们的门口，劳伦抬头看着他。我向劳伦和卢克走去，顺手从沙发上抓起了一条毯子。我把毯子裹在卢克身上，试图把他从劳伦身边抱走。

“这只是一个预警，”查克说道。他双手伸在胸前，慢慢地走进了房间，“我确信这只是一个巧合。我们并不知道正在发生的是什么。”

“什么是你不知道的正在发生的事情？”

劳伦抬头看着我。她相信我，但却不理解我，最后还是把卢克给了我。

“禽流感疫情报告。”我低声说。

“什么？”

查克开始说：“我们没有在新闻中听到任何消息……”然后我们就听到从隔壁他们的公寓里传过来的电视播音员的声音，“突发新闻：康涅狄格地区的医院刚刚报告了一例禽流感病毒的病例……”

劳伦站起身来向卢克伸出手去：“把他还给我！”

我没有反对，她双眼直瞪着我，我只能退缩了。

“劳伦，他说的没错，”查克边说边向她走去，“我能肯定这算不了什么。但这不仅仅与你或卢克有关，我们大家都处在危险之中。”

“那就离我们远点！”她把脸转向了我，脖子上的血管已经清晰可见，“那就是你的第一反应？先把你的儿子隔离起来吗？他还是个婴儿。”

“……位于亚特兰大的疾病控制中心无法确认或否认疫情的暴发，他们说不知道是谁发出了警告信息，因为当地的应急救援人员没有报告……”

“那不是我想做的事情，我是担心你。”我在空中挥舞着毯子，大声嚷道，“当听到一种致命的病毒正在传播时，我不知道该做什么。”

当劳伦刚要对我的嚷嚷作出回应时，苏茜在查克身后出现了。她一只手抱着爱丽罗斯，一只手指着我们，说道：“你们都要冷静下来，现在不是争吵的时候。我知道最近你们两个人的关系有点紧张，现在不能再那样下去了。”

苏茜走到房间的中间，高举起她那只空着的手，掌心向外，作出一个保持平静的体态。

“苏茜，我想你应该把爱丽罗斯带回去……”我开始争辩。

“不，不，”她反对，“如果发生了感染，那就让它感染，我们现在是同生共死了。”

爱丽罗斯看到卢克后嘴里开始吱吱呀呀起来，脸色绯红。流着鼻涕的卢克看到她时，也试图咧嘴一笑。

苏茜继续说：“我们不该为了一点小事就把事情搞大了。卢克只是得了一点感冒。今天的事情是有点怪，但我们需要冷静下来。”

在她稳重的语调影响下，紧张的气氛稍微缓和了点。

“要不要让我把卢克带到医院急诊室，请医生看一下？”我缓了口气，说道，“他病了，我不介意去一趟医院。”我对劳伦笑了笑：“只是想让医生确认一下。”

“等一下，那可能是最糟糕的做法，”查克反对，“如果真的暴发了疫情，医院现在是最不能去的地方。”

“但如果他确实被感染了，那该怎么办？”我回答，我的声调又高了上去，“不管怎样，我都需要把情况搞清楚，并让卢克得到治疗。”

劳伦看了我一眼，说道：“让我们一起去吧。”

“我到楼下去拿几个口罩上来，”查克说，“你们至少应该戴上口罩再出去。”

苏茜狠狠地瞪了他一眼。

“我是实话实说，禽流感的毒性是鼠疫的两倍。”

“你犯什么傻了？”苏茜恼怒地说道。

“不，那是个好主意，”劳伦同意，然后抱起卢克，“去拿两个口罩来吧。”

傍晚7点

查克下楼去他的储物柜拿口罩时，我们去他们的公寓继续看CNN的新闻报道。过了不久，他就提着一个装满东西的冰球袋回来了。

他把冰球袋放在房间的中间，然后把里面的东西一件一件拿了出来，好几袋冻干的食品和露营设备，最后找到了医用口罩。那些医用口罩看起来就像你在喷涂油漆时戴的那种口罩。他把两个口罩递给了我，然后就出去向邻居们分发剩下的那一些。

查克试图让我们戴上乳胶手套，但劳伦拒绝了，我也不想那样做。让我们戴着手套把儿子抱在怀里，就像把他当成某种危险品而要保护我们自己那样，实在无法接受那样的想法。如果卢克真的是因为像他们在新闻中所谈论的那种疫情而生病的话，我们早已被感染上了，再多加几道保护措施也无济于事。戴上口罩只是为了能保护其他的人。

但谁知道现在外面的世界又是什么样子呢？卢克可能只是感冒了，我们可能会在医院里遇上一大群禽流感的感染者。现在不可能作出明确的判断，但我们必须确保卢克始终是安全的。我把几双乳胶手套放进了牛仔裤的口袋里。

苏茜走过大厅，去看护士帕梅拉是不是已经回家。我希望能先让她看看卢克，或者帮我们偷偷地从医院的后门溜进去。但我们运气不好，她和罗利都不在家。我们试着打他们的手机，但是整个手机网络完全瘫痪了。

在查克喋喋不休地谈论如何识别感染性疾病的症状，并建议我们不要触摸或擦拭我们的脸部时，我忙着在电话簿的白页里翻寻我们家附近的诊所和医院，把找到的信息抄写在一张纸上。我已经很多年没翻过电话簿了，当我在橱柜的底部抽屉里找到电话簿时，不禁松了一口气。

我的第一个反应是在我的智能手机上搜索地图，可屏幕仍然是一片空白，连接不上传入数据的信息源。在刚才短暂的一刻，手机上收到许多朋友发来的问讯电子邮件之后，就再也没有接收到任何信息了。

我根本无法访问互联网。

我的智能手机和笔记本电脑都不能加载任何网页，或者至少不能加载任何可以看得懂的网页。当我尝试打开谷歌网页时，要么屏幕上是一片空白，要么是出错的信息，要么出现随机网页：非洲的某个旅游网站或某个大学生的博客。

因此我只能在纸上乱涂乱画了。

一半的邻居都到大厅来给我们送行，大家脖子上都挂着口罩，低声说着话。当我们走出去时，他们都往后退去，大部分人都想避开抱着卢克的劳伦。理查德已经打电话给他的司机，让他开车送我们去。当我伸出手想要感谢他，他退了回去，戴上了口罩，喃喃地说我们最好能快点出发。

在外面的街道上，理查德的黑色凯迪拉克“凯雷德”和司机正在等我们。司机马尔科已经戴上了口罩。我还是第一次见到他，但劳伦似乎认识他。

我们先去了位于第二十四街拐角处的长老会诊所。电话簿上说它是开放的，但当我们到达那里时，只看到一些人正在往外走。我们被告知它已经关闭了。我们拐了个弯，再去附近的贝丝以色列诊所，但那里排起的长队已经延伸到街道上了。

于是我们没有停车继续往前开。

劳伦抱着用几层毯子裹起来的卢克，给他哼着摇篮曲。卢克不哭了，只是不时抽着鼻子，在劳伦的怀里蠕动。他可能自己也感觉到了什么地方不对劲，这让我们很害怕。

在劳伦的衣橱里能找到的最保暖的东西就是一件皮夹克和一条围巾，我依然穿着先前的薄夹克和毛衣。凯雷德车里很温暖，但车外面却非常冷。

我开始担心如果时间太晚了，马尔科会把我们扔在某个地方，毕竟他也有家庭。而在这个时候，要想找到一辆出租车几乎是不可能的，劳伦已经说过地铁早已停运了。我小心翼翼地试探着向马尔科提出这个问题，他却回答说不用担心，一切都会顺当，我们尽可以信任他。我还是十分担心。

纽约的街道已经没有了节日的气氛，只剩下寒冬腊月的一片荒凉景象。长长的人流从便利店和杂货店中以及银行外面的取款室内蜿蜒而出，加油站里汽车也排起了长长的队伍等候加油。

刚刚过去的暴风雪所造成的灾难还深深地留在人们的记忆里。

人们匆匆地在街上行走，提着袋子和包裹，没有人说话，每个人都只是低头看着路面。没有一个包裹看上去装的像是圣诞礼物。纽约人一直有一种感觉，我们的城市会是一个被攻击的目标。现在，我从车内向街道上看去，人们拱肩缩背，四下窥视，而那个攻击我们的怪兽又要再次从天而降了。

那是一个从未完全愈合的伤口，它影响着来到这里的所有的人。当劳伦和我搬进切尔西的公寓时，她一直担心我们离金融区太近了，我跟她说不要犯傻。难道我犯下了一个可怕的错误吗?

我们在位于第十五街和第十六街之间的第九大道的大纽约地区医院的急诊室停车就诊。急诊室挤满了人，不仅有许多看起来像是得了病的人，也有许多看上去近似疯狂的人。我下了车，与站在急诊室入口处的警察和医护急救人员交谈，看能不能请他们帮忙让卢克看上医生。但他们摇摇头说，整个城市现在都像这样，他们没法帮忙。劳伦在车内等着，在我四处走动试图寻找可以帮忙的人时，她的视线一直跟着我。一名警察建议我去位于第三十四街宾夕法尼亚广场旁的圣裘德儿童医院试试。

我跳回到车里。

在开往圣裘德儿童医院的路上，卢克又开始哭起来。现在他哭的时候，脸色绯红，急促的呼吸声中不时伴随着尖细的叫声。劳伦颤抖着，也开始哭了起来。我搂着他们两个，嘴里不停地说着没有关系，一切都会好的。当我们最后到达圣裘德儿童医院时，急诊室外面没有看到排队的人群，我们急忙跳出车跑进急诊室，却发现里面早已挤着一大群人了。

一名前台护士为卢克作了快速检查，用她称之为N95的口罩替换了我们的口罩，并立即把我们关进了一排房间中的一间，里面已挤满了一些父母和他们的孩子。我在一张宣传各种食物对幼儿健康的重要性的黄色海报下面，为劳伦找到了一把椅子，椅子旁边是一个正在漏水的饮水器。我们等了一会儿，可感觉就好像过了几个小时一样，终于来了一位护士把我们带进了检查室。她告诉我们，眼下要看上医生几乎是不可能的，但她可以先给卢克检查一下。

在迅速做完检查之后，她说看起来像是感冒。在给了我们一些儿童用泰诺之后，她礼貌但坚定地告诉我们可以回家了，因为我们在医院已经无事可做了。她告诉我们他们不知道新闻上说的是什么，他们的医院目前还没有发现任何禽流感病例。

我感到彻底的无能为力。

当我们出来时，马尔科就像他承诺的那样，还在外面等着。天气非常冷，在我为劳伦和卢克打开车门时，我觉得我的双手都有些麻木了。凛冽的寒风穿透了我薄薄的夹克，每一次疲惫的呼吸都会将长长的一股白气喷到空中。几片细微的雪花开始落了下来。白色圣诞节通常会让我兴奋不已，但现在却让我有一种不祥的感觉。

在坐车回家的路上，纽约安静得就像置于太平间里一样。

凌晨3点35分

“我不会把他们留在这里！”我听到苏茜在房间里喊道。

“我说的不是那个意思。”查克回答，音调更为平静。

我有些畏缩不前，犹豫了片刻之后还是敲了敲门。可以听到脚步声朝我走来，门打开了，明亮的灯光洒进了门厅。

“啊，嘿！”查克一只手揉着他的后颈，有些尴尬地问，“我想你都听到了？”

“没听清楚。”

他笑了：“嗯，你还好吗？想来杯茶吗？是洋甘菊还是其他什么？”

我摇着头走了进去：“不用，谢谢！”

他们的住处是一个只比我们的房间略大一些的两居室公寓，里面堆满了盒子和袋子。苏茜坐在沙发上，她是她周围一片混乱中的一点绿洲，她看上去很尴尬。他们没戴口罩，所以我把我的口罩脱了。

查克问：“你得到了一个新的口罩？”

“他们给了我们叫什么N95的口罩。我不知道那意味着什么。”

查克哼了一声，“N95，哈！我给你的那个比N95要好得多呢！你不应该让他们拿走你的口罩。不过没关系，我可以再给你搞几个来。”

“他就像在为第三次世界大战做准备一样，”苏茜笑，“你确定你不想要一杯热饮吗？”

“不要热的，但要烈性一点的。”

“啊，好吧。”查克说着，走进了厨房，他从橱柜里取出了一瓶苏格兰威士忌和两个杯子，“加冰，还是不加冰？”

“不加更好。”

他向两个杯子中各倒了小半杯。

“卢克怎么样？”苏茜问，“医生是怎么说的？”

“我们没法找到一个医生来给他看病。一位护士给他做了检查，说看起来不像禽流感，其他也没多说什么。他发烧发到华氏一百零三度。劳伦已经把他带上床，和他一起躺下了。他们现在可能已经睡着了。”

“这真是个好消息，不是吗？你外出的时候帕梅拉回来了，说如果你需要的话可以随时叫醒她。我听说她拥有热带医学的学位。”

我不确定热带医学的学位在目前这种情况下能有什么帮助，但我知道查克是想让我宽心，而帕梅拉就近在咫尺确实令人感到欣慰：“等到明天早上再说吧。”

“你觉得到弗吉尼亚去过一个小小的假期怎么样？”查克边问边递给我酒杯。

“弗吉尼亚？”

“是啊。你知道吗？我们老家住在雪兰多附近的山上。它在国家公园里面，整座山上只有几间小屋。”

“啊，”我回答，眼前仿佛出现了一线光明，“出逃的时间到了？”

他朝电视机那边走去。电视机仍然开着，但关闭了声音。CNN的滚动文字播报着加利福尼亚报告的禽流感疫情。

“没人知道到底发生了什么。一半的国家认为这是恐怖分子干的，还有另一半人认为这根本算不上什么。“

“你有太多的一半一半了。”

“很高兴你还能保持着幽默感。”

他啜了一口杯中的威士忌，从厨房柜台上抓起了遥控器，把CNN的音量调高了：“全国各地涌现出了未经证实的禽流感报告，最新的报告来自旧金山和洛杉矶，那里的健康事务官员已经隔离了两家大医院……”

我叹了口气，喝了一大口酒。

“我完全不觉得这有什么趣味。”查克说，“全国各地的紧急服务系统都瘫痪了，手机网络被堵塞了。哪儿都是一团糟。”

“不需要你告诉我这个，你应该上医院去看看。疾病控制中心确认过什么了吗？”

“他们确认了紧急警告通知，但没有人能够进入那些地区去了解到底发生了什么状况。”

“这需要那么长的时间吗？已经过去十个小时了。”

查克摇了摇头，说道：“因为互联网崩溃了，并且这种病毒让物流系统一片混乱，没人知道其他人在什么地方或他们自己该做些什么。”

我揉了揉眼睛，又啜了一口威士忌，看了看窗外。外面正在下着一场大雪，白色的雪花在黑暗中一连串地闪过，旋转着随风飘舞。

查克随着我的视线也向窗外望去：“暴风雪正在到来，这将比几年前圣诞节的风雪更猛，就像是一场冰天冻地的桑迪风暴一样。”

2010年的大暴风雪袭击这座城市的时候，我还没到纽约。那场暴风雪在圣诞节后的第二天降下了两英尺多厚的雪，我甚至听说在中央公园大风吹起了七英尺高的雪堆，街道中央的雪也深及人们的腰部。现在几乎每年都会有那样糟糕的暴风雪。尽管我来纽约后经历了飓风桑迪，但一个冰天冻地的桑迪确实让我害怕。纽约仿佛已经成了一个吸引巨大风暴光临的大磁铁了。

“你们应该赶紧离开！”我一边看着雪，一边说道，“卢克病成这样，我们是没有办法离开的。他需要休养，我们需要靠近医院。”

“我们不能把你们留在这里。”苏茜看着查克，语气坚定地说道。他耸了耸肩，一口喝完了杯里的酒。

“查尔斯·芒福德，”她停顿了一下，继续说，“不要太过分了。所有这一切都会过去的，你说话太过分了！”

“过分？”查克回嘴，他指着电视机，差一点就把他的玻璃杯扔了过去，“你有没有和我一起看同样的电视报道？”

“那只是几个政客在摄像机前作秀。”苏茜反驳。她扫视着她的周围，“看看所有这些东西。上帝保佑，我们可以在这屋里躲着，靠这些东西一直活到下一个圣诞节！”

喝完了杯里的酒，我试着平息自己的心情。“我希望你们不要吵架。我认为这一切都会过去，也许明天早上情况就会平静下来。”我转向查克，说道，“如果你想离开，我完全能够理解。你得为你的家人考虑周全。这是我的真实想法。”我看着他的眼睛，脸上露出一丝微笑，试图以此来表达我是非常认真的。我长嘘了一口气后，又说，“我得好好睡一觉了。”

查克挠挠头，将玻璃杯放在厨房柜台上。“我也得好好睡一觉了。朋友，明天我们再见！”他走过来拥抱了我一下，拿走了我的酒杯。

苏茜站起来，在我的脸颊上吻了一下。“我们明天早上再来看你。”她在我耳边低语道，紧紧地抱住了我。

“如果他想走，就和他一起走吧。”我低声说道。

他们在我走出去之后关上了门。我回到了自己的公寓前，悄悄地打开了门。锁好门后，我蹑手蹑脚地走进了卧室，轻轻关上了门。我的整个世界现在就躺在我面前的床上。在我们床头闹钟LED显示屏的幽灵般的光照下，我可以看到劳伦和卢克的轮廓。房间里的气味潮湿，带着生命的征候，就像鸟巢一样。这个想法让我感到我脸上出现了笑容。我静静地站在那里看着他们，感到奇妙和喜悦，他们有节奏的呼吸舒缓了我的紧张心情。

卢克咳了起来，并快速地深呼吸了两三次，好像他无法正常呼吸，但随后他嘘了口气，又安静下来了。

我悄悄地脱下衣服，滑进了被子下面。卢克睡在床的中间，我就蜷缩在他的身边，劳伦在他的另一边。我撑起身来，伸手掠去劳伦额头的一缕头发，吻了她一下。她嘟哝着，我又吻了她一下，然后深吸了一口气，把一个枕头塞到我的头下，闭上了眼睛。

一切都会好起来的。

第二天
圣诞节前夕，12月24日

早上7点05分

我从睡梦中惊醒过来。

我的梦中充满了令人困惑的景象，一个愤怒的男子在森林里奔走。我在飞翔，卢克从我的手中滑脱了，劳伦也不见了，我从楼梯井中掉落下去，一直落进了土层之中，不停地飘浮着，飘浮着。

一声尖叫把我从睡梦中拉了出来，扯开了一层层的梦幻情景，我呆愣愣地坐在床上，直喘粗气。

我喘着粗气，向四周张望，四周漆黑一片。等等，不完全是漆黑一片。在我们卧室的窗帘轮廓周边，一道淡淡的灯光像一个灰色的光环一样悬挂在那里。卢克和劳伦仍然在我身边。我停住喘气，俯身凑近卢克。

感谢上帝，他还在呼吸。

四周非常安静。劳伦略微转动了一下身子。一切都安好。我浑身颤抖着，把床毯拉上来盖住了身子，把头重新放回到枕头上。我的心慢慢地平静了下来，一种死神般的寂静降落了下来。

天太黑了。我看了看放在枕头旁的闹钟。它已经关掉了，显示屏上一片空白。我们一定遇上了电力供应故障。我从床头柜上拿起了手机：早上7点05分。天还早，但房间里很冷。

我悄悄地从床边滑落下来，在衣柜里翻找我的睡袍，然后在地板上摸索寻找我的拖鞋。身上裹着长长的睡袍，我颤抖着慢慢走出了卧室。

我们公寓的客厅同样也是死一般寂静。没有熟悉的闪亮小灯，家用电器上没有任何显示时间的光亮。边桌上的小圣诞树也是完全黑暗的。窗外，雪片在昏暗的光亮下扫过窗户，唯一可以听到的声音是凛冽的寒风吹到玻璃上时发出的吱吱声，仿佛是一片片雪花撞到窗户玻璃时发出的撞击声。

我走到公寓的入口走廊，按了一下墙上数字恒温器的按钮，它的显示屏也是一片空白。我又悄悄地回到卧室，从衣柜中取出一条毯子盖在卢克和劳伦身上，然后为自己拿出一件毛衣，我感到自己对正在发生的事情在精神上毫无准备。

我决定去看看苏茜和查克是否已经起床。穿上我的牛仔裤、运动鞋和毛衣之后，我打开门蹑手蹑脚向紧挨在我们隔壁的苏茜和查克的公寓走去。

在外面的走廊里，紧急照明灯仍然亮着，一道刺眼的白光从出口楼梯上方的泛光灯里照射过来，我在身后空旷的走廊里投下了长长的影子。站在查克公寓的门前，我犹豫了一会儿，然后敲了几下，又停了下来。

完全没有回应。他们已经离开了吗？我很难想象他们会这样离开，但是……

我再次敲起门来，这次有了更坚定的气势，一定要引起他们的注意。但仍然没有回应。我试了一下门把手，轻轻的“咔哒”一声，门在我的面前静静地打开了。公寓里面，窗帘仍然低垂着，在昏暗的光线下，我可以看到混杂的袋子仍然放在地板上。我去看了一下卧室和浴室，查克、苏茜和爱丽罗斯都不在。

也许他们把所有这些东西都留给了我们？

我从他们的床上把毯子抓起来，裹在自己身上，然后走进客厅，瘫倒在沙发上。恐惧悄悄潜入到我的身体里面。到底发生了什么事？为什么关闭了电源？如果出现了问题，为什么查克没有叫醒我？

我突然想着要和我的兄弟们取得联系，看看他们是否安好。他们在老房子里有一个油炉，有足够的柴油可以熬过冬天。所以如果那里出了问题，他们至少还是暖和的。其实我的兄弟们足智多谋，我不需要为他们担心。

寒风鼓着劲吹向窗户，风声在空空的房间里回荡，没有一点生气。平常我被束缚在由信息数据构成的电子茧中所感觉到的那种让人舒适、心安的机器嗡嗡声，那些闪烁的小灯，那些电机的转动，现在都没有了。

但是有一盏灯仍然还亮着——我的手机至少目前仍然有电。它就像我肢体的一部分，我甚至能感觉到它对我的牵引。也许我应该检查一下，看看手机里是否有任何新的信息，并把电池取出来省着用，以防万一。

也许手机网络不会再被卡住。也许固定电话还能正常工作。固定电话有自己的电源吗？应该有的吧？我试着回想，以前是否曾在停电期间使用过固定电话，但是我想不起有什么人现在仍然还安装有固定电话。

必须知道现在的情况如何，但是怎么去知道外面的情况呢？我得有一台收音机，无线电台还在广播。我没有电池供电的收音机，但我确信查克必定在那些装满各种货物的口袋里留下了一台。感谢上帝他留下所有这些东西。

我再次看了一眼窗外，外面看起来非常冷。昨天早上，我最大的挑战还是如何送出那些圣诞礼物。世界变化的速度真快！

如果卢克的病真的不是感冒，那该怎么办？如果一次瘟疫真的在这场暴风雪中蔓延开来，那又该怎么办？

“能过来帮一下忙吗？”

我转过头去，看到查克正站在门口，他背着一大堆的袋子和背包，试图挤进门来，但被卡在那儿了。

卡在门口的查克皱着眉头，“嘿，你还好吗？卢克还好吗？”

在我的一生中，我还从未有过一次因为看到某个人而感到那么高兴的。我用一只手背擦了擦眼睛，大声说：“一切都好！”

“你说好那就行了，”他再次试着挤进屋内，然后又再次问，“能帮点小忙吗？”

我晃了晃脑袋，让自己更清醒了一点，跑过去接住了几个袋子。苏茜出现在查克的身后，胸前绑着爱丽罗斯，背上也背着几个袋子。我们的门卫托尼紧跟在她的身后，背着比查克更多的东西。他们每个人都在冒汗，进门后就散乱地放下了所有袋子和背包。

托尼弯着腰，喘着粗气，问道:“想要我再去一次吗？”

查克吐了口气，用一只胳膊擦了擦额头说:“你还是和苏茜跟爱丽罗斯在这里休息一下吧。或许在丁烷烧炉上煮一些咖啡？我和迈克去拿发电机。”

发电机？现在轮到我皱起了眉头:“这听上去是很重的东西。”

“是很重，”查克笑道，“来吧，胖子，现在是该你锻炼身体的时候了。”

电梯无法工作了，查克和我从紧急出口顺着楼梯往下走。这是我第一次走进楼梯间，楼梯间里回荡着我们踩着裸露的金属台阶发出的声音。

我问道:“发生了什么事情？”

“大约5点的时候断了电，打那时开始，我就一直在楼上楼下跑来跑去，想在其他人醒来之前尽可能多地拿些东西上去。”

“在所有的人都醒来之前？”

“你可以说我偏执，但我希望只让尽可能少的人知道我们从芒特—福德堡里淘出了多少东西。”

他的公寓已经成了一个军事基地了，我不知道那个基地到底有多大，到底储存了些什么东西:“我的意思是，为什么电力供应中断了？为什么大楼里这么冷？”

“大楼里这么冷是因为电力供应中断了，这座大楼是通过互联网来进行控制的。炉子里有油，但是所有的控制装置都是数字化的，而现在网络不工作了。”

“啊哈。”我忽然想起我们这座新建筑的一大卖点就是能够使用互联网来操作一系列设计精巧的装置，甚至可以让你即便人在香港也能远程控制你家中每个房间的温度。问题是远程控制也是通过 IP 网络来实现的，可根据查克所说，网络已经无法工作了，“难道备用发电机不会自行启动吗？”

“它应该可以自行启动的，但它没有启动，而且暖气通风口也没有正常运行。大楼里所有的工作人员都走掉了。外面的积雪已经有一英尺厚了，而且雪越下越大。国民警卫队已经出动了，他们告诉大家不要轻举妄动。看来我们得自己来解决问题了。”

“托尼为什么留下来了？”

“他把他妈妈送到坦帕她妹妹那儿去度假了，你不记得了吗？”

我点了点头：“那么再问一次，电力供应系统发生了什么问题？”

查克在三楼的楼道上停了下来，这里正好是全楼的一半。“我在早上大约4点45分的时候搜寻过新闻频道，他们开始报道说康涅狄格州断电了。然后突然间，5点的时候这里的灯就全灭了。”

“是暴风雪造成的吗？”但另一种可能更令人害怕。

“也许是吧。”

“他们对禽流感说了什么吗？”

“都是乱七八糟，一片混乱，”他耸了耸肩回答道，“没人知道到底发生了什么事情。”他慢慢走了几步，又说道：“边境已经关闭了，国际旅行也暂停了。”他继续讲述着现在全球爆发的各种危机，就像在描述早餐菜单上列出的食品，“疾控中心不能确认或否认任何事情，但各地的医院涌进了大批出现症状的病人。他们说这是一次系统性发动的生化进攻，但我并不相信。”

“为什么？”

查克坚持的阴谋论让他一直在新闻背后寻找“真实”的故事，

此时我渴望能听到他的理论。我们下到了一楼，离开大堂，走向通往地下室的楼梯。我们在日本花园旁边的白色大理石门厅里停了下来，这里现在被应急照明灯照得透亮。

“你知道美国近百分之九十的紧急通知系统都是由同一家公司提供的吗？”

“所以呢？”

“只要侵入了那家公司的系统，马上就可以发出错误信息，造成全国性的混乱局面。”

“为什么有人要那样去做呢？”

“制造混乱和恐惧。但我有另一种理论，”他打开了通往地下室的大门，“入侵。”他从我的前面走了下去。

我赶紧跟在他后面：“入侵？”

查克打开了第一个储物柜的门，用手电筒检查着箱子上的标签：“想一想，扰乱政府服务，切断物资供应链和交通运输，断绝通信，用切断电力的办法将老百姓限制在室内，然后摧毁工业基地，这与俄国人在2008年入侵格鲁吉亚时使用的网络攻击手段是不是大同小异？”

“那样做没有什么意义吧？”

他找到了他正在寻找的盒子，然后把它拖了出来：“我说的是在亚洲的格鲁吉亚，而不是亚特兰大的佐治亚州。”

“我明白了。”

他打开盒子，回头看着我，说道：“来吧，小子，抓住那一头。”

俯下身去，我抓起了放在箱子里的发电机的一头，当他抬起另一头时我感受到了它的重量，我们侧身横着向楼梯走去。在接下来的几分钟里，我们不停地挣扎着上楼。其实发电机并不是很重，但它很不好抬，感觉就像是我们在抬着一具死尸。当我们到达三楼时，我想要休息一下。

“停一下吧，”我几乎喘不过气来了，嘴里哼哼唧唧。我们把发电机放下后，我伸了个懒腰，问道，“这家伙有多重？”

“盒子上说是一百二十磅。这是一个好东西，可以烧汽油、柴油，几乎可以用所有的燃油。”

“伏特加也行吗？”

“那东西我们得留下来喝。”他笑着说。

我深吸了一口气，擦去了流到太阳穴的汗水：“从来没有人入侵过美国。你是在开玩笑吧？”

查克大笑了起来：“加拿大人就干过，他们甚至还烧毁过白宫呢。”

“那是很久以前的事了。这次更像是一种捣乱，而不是入侵。”

“历史往往会重演的。”他示意我去抬发电机，“拜托啦，伙计。”

我深吸一口气，再次伸直了后背，然后凑过去和他抬起了发电机：“所以你认为我们遭到了加拿大人的入侵？”

“这样就可以解释为什么会下雪了，呃？”他笑道，“也许不是一回事，但这可以算是一种理论。”

“这也算是一种理论？”我翻了个白眼。居然会认为是加拿大入侵？

我哼了一声，又支撑着上了两层楼，然后不得不再次要求停下来歇一会儿。查克也出汗了，他已经这样干了好几个小时了，可看上去就像没事一样，我甚至听不到他的呼吸声，这让我意识到自己的喘息声和怦怦的心跳声是如此之大，以致很难听到其他的声音了。我想在新的一年里我该做的首先是申请一个新的健身房会员资格，然后全身心地投入到健身运动中去。

就在我们到达五楼的楼梯平台时，我们身旁的边门突然向外打开，猛烈地撞在查克身上。有人戴着头灯出现在打开的门口处，他的头灯直接射照着我。

“哦，哇，对不起！”那个人惊呼。

查克在被撞到时大叫了一声，舞动着一只手向后跳去。那个开门的人走进了楼梯间，眯着眼睛打量着那扇门。

“对不起，我没想到……”

“没关系。”查克恢复了镇静，坦然地说道，但还是在按摩着被门撞到的那只手。

我们和那人互相注视了一秒钟。

“你们知道供电系统出了什么问题吗？”

“我们也不清楚，”我回答道，“我是迈克，这是查克。”

“是的，我认识你们。我有看到过你们进出大楼。”

我不认识这个人，但这栋大楼里住着很多人，我不见得都认识。

“我是保罗，”他说道，然后停顿了一下，“住在514室。”

他伸出了手，我也伸出了我的手，但是查克把我推到了一边。

“对不起，”查克说道，眯起眼睛看着保罗的头灯，“我们对那个禽流感和其他所有的警告都得十分小心。嘿，你能把灯关掉吗？“

“当然。”保罗关掉了头灯，然后低头看着发电机说，“这是什么东西？”

查克犹豫了一下说：“这是一个发电机。”

“是从大楼那里或其他地方拿来的吗？”

“不，这是我们的。”

“你们有什么多余的东西可以让我借用一下吗？”

“很抱歉。我们就拿到了这个，”查克开始说谎了，“这是留在我干活的地方的，所以我们就把它拿来了。”

“哦。”

查克瞪着他没有出声，短暂的沉默让人感到有些不舒服。“是啊。如果你不介意的话，我们得走了。”

保罗耸了耸肩，说道：“好吧，我只是想从邻居那里得到一点帮助。正在发生的事情十分奇怪。你见到外面的雪了吗？街上几乎看不到车了。”

又是一两秒钟让人感到不舒服的沉默。

“好吧，祝你好运！”查克说道，示意我再次抬起我的那一头，这次他只用一只手就抬起了他的那一头，“我确信电力供应很快就会恢复的，我们可能只是在浪费时间。”

我们开始沿着楼梯向上走，保罗则下了楼，打开了四楼的门扇，然后就消失了。

当我们到达我们的楼层后，查克放下了他的那一头，问道：“你注意到他的裤子了吗？”

我摇了摇头：“注意什么？”

“他的裤子膝盖以下都湿透了，他的运动鞋也湿透了。他一定在外面走了很长时间。”

“所以呢？也许他就是到外面看了看。”

“早上7点到外面看了看？我以前从没见过那个人。托尼一定没有关上大楼的前门。他到底为什么会这样直接就跑到五楼来了呢？”

“也许这只是一个你不认识的邻居。”我反驳道，但脖子上的头发竖了起来，一个入侵者？

“你把这家伙拖到我们的房间去。我要到楼下去把大门给锁起来。”

查克说完就沿着楼梯往下冲去，一步跨过两级台阶，我听着他的脚步声在空荡荡的楼梯间回响，渐渐消失。推开我们楼层的门，我俯下身去，哼了一声，用力拖着发电机向前慢慢移动。

上午10点05分

尽管周围的情况是如此的纷乱，早上的时候依然能够感受到是节日的气氛。

在查克锁好楼下的大门回来以后，我马上就走过去敲开了帕梅拉的门，请她来看看卢克。托尼走到楼下，再次仔细检查了大门是否锁好，并留下一张纸条说在查克的房间可以找到他。

查克规定只有我们这伙人，包括托尼在内，才会被允许进入他的公寓。他把帕梅拉作为了一个例外。在大家的一番抗议下，帕梅拉的丈夫罗利也被包括了进来。查克点燃了一个煤油加热器，公寓很快就变暖了，我去唤醒了劳伦和卢克，让他们搬进了查克和苏茜公寓里空着的那个房间。

帕梅拉对卢克进行了快速检查后宣布，至少从她的知识水平来看，卢克肯定没有禽流感的症状，而他的高烧正在退下去。虽然他的体温还有一百零二度，有危险，但已在可控范围，她答应将密切观察并定时对卢克进行检查。

帕梅拉昨晚一整夜都在红十字会血库工作。那儿已经变成了一个紧急诊所，志愿参加诊疗的医生几乎和那些声称有症状的人一样，很快都到了那里。其中一位医生曾在疾病预防控制中心从事过禽流感研究工作，帕梅拉与他交谈了很久，想了解到底发生了什么问题，那位医生告诉她说，现在媒体报道所描绘的情况不像是真的禽流感，包括病毒的孵化、传播、症状等都不像，看起来这像是一次误导或虚假的警报。

我们与可疑的入侵者遭遇过这件事很快就被大家遗忘了。查克打开了一瓶香槟，给所有的人做了一杯含羞草鸡尾酒。他宣布说，现在是圣诞节前夕，我们迎来了一个白色的圣诞节。看着窗外肆虐的暴风雪，我们都笑了。

早上当我们挤在温暖的房间里，把查克的装备一件件从袋子里取出来的时候，好像我们正在进行一次室内的野营旅行，危险感消失了。我的小男孩因发烧致病，但这只是一种常见的流感或其他的感冒而已，对此我感到非常高兴。

我们打开收音机收听新闻，播音员正详细介绍着道路封闭的情况，I-95、I-8和新泽西收费公路全都关闭了；美国东北部地区失去了电力供应的家庭数量估计有一千多万；地铁系统也被关闭；电力故障是由于供电网络中的某种级联效应造成的，几年前也曾发生过一次，只是这次的暴风雪使情况变得更糟了；疾病预防控制中心仍然没有确诊一例禽流感病例，他们也无法确定警告的来源……

收音机里播音员的声音，使人感到与外界多少有了一点联系，给大家带来了一种熟悉的感觉，就像纽约人在经历其他灾难时所表现的那样，团结起来，开始重建。

在含羞草鸡尾酒的鼓舞下，我决定去隔壁查看鲍罗廷家的情况。我记得艾琳娜的女儿和她的家人就住在隔壁的一幢大楼里，但一家人已经离开纽约去度假了，只留下鲍罗廷和艾琳娜在这里。播音员提醒我们要照顾好老人，但我觉得鲍罗廷他们应该不会有问题。

但不管怎样，我得去看一下。

我敲了敲门，听到艾琳娜说让我进去，我就像往常一样走了进去。艾琳娜正坐在摇椅上编织她的毛袜。在一台没有画面显示的电视机前，亚历山大已经在他的躺椅上睡着了。戈比躺在他身边。唯一与往常不同的是他们都裹着厚厚的毯子，他们的公寓里非常冷。

“要来一杯茶吗？”艾琳娜问道。

看着她仔细地完成又一个针脚，我真希望在我九十岁的时候，自己的手能像她的那样灵巧。不过我能活到九十岁的话就该很高兴了：“好的，谢谢！”

他们在厨房里装置了一个看起来像是古董的营地炉灶，上面煮着的一壶茶正冒着热气。鲍罗廷是犹太人，然而他们却有一棵高大的装饰精美的节日树，那棵树占据了他们客厅近一半的地方。去年这个时候，他们让我帮他们搬运一棵树时，我感到很惊讶，后来我才知道他们并不把它称作圣诞树，而是他们庆祝新年的节日树。不过无论称呼它是什么，它都是我们楼层里装饰得最漂亮的一棵树。

艾琳娜去到她的食品储藏室门口，开门为茶水取些糖，这是我第一次看到他们的食品储藏室，里面从地板直到天花板，堆满了罐装食物和整袋整袋的豆子和大米。她注意到我在看着她。

“老习惯很难改，”她说道，微笑着回来倒茶，“小王子怎么样了？”

“他很好。我的意思是他病了，但他正在好起来。”我回答，把双手捂在那一杯热茶上，“这里不是很冷吗？你要不要去查克那里？”

“啊，”她哼了一声，挥着手像要赶走我的担忧，“这儿不算冷。二次大战后我曾在西伯利亚的窝棚里度过更寒冷的冬天。很抱歉，我为了呼吸新鲜空气打开了窗户。”

亚历山大发出一声特别响亮的鼾声，我们都笑了。

“你需要什么吗？”我用拇指朝查克家的方向指了一下，“你随时可以到隔壁来。”

她摇了摇头：“啊，不用，我们没事的。保持安静，不去打扰任何人。”她喝了一口茶，像是想起了什么事情，看着我说，“如果你需要什么，米哈伊尔，你得记住，到这里来，明白吗？我们会照看你的。”

我说我会那样做的。我们又聊了一会儿，艾琳娜的冷静让我感到惊讶。电力故障在我内心深处引起了震荡，听不见机器的嗡嗡声，我觉得自己好像失去了某种感知，变成了瞎子。但坐在隔壁的公寓里，被查克的那些小玩意儿环绕着，听到广播电台播音员沉稳的声调，让我感觉到一切似乎正常了。然而在艾琳娜这里，感觉又是完全不同的。当然这儿更冷，但却更平静，更安全。她是来自不同时代的上一辈人，我想那些左右我们的机器设备是我们生活的一部分，但并不是他们生活的一部分。

喝完茶我向她道了谢，走出鲍罗廷家准备回去检查卢克的状况。一群邻居集聚在走廊里，他们都穿着冬季的夹克和围巾，看上去并不像我所感受到的那样快乐。

“该死的大楼管理！”我刚一出门，就听到理查德在咆哮，“有人将会为此丢掉工作的。你们家有暖气吗？“

“没有，但查克有一些可以供热的小玩意儿。你知道他就是那种喜欢收集这些小玩意儿的一个人。”

“我能从他那里买一个吗？”理查德迈步朝着我走了过来，“我那个地方冷极了。”

我举起双手，示意他别过来：“对不起，因为禽流感的问题，我们应该保持距离。我会问一下查克，但我想他是不会卖的。”

理查德皱起了眉头，停了下来。

我转身打开了查克家的大门，一股温暖的气流扑面而来，我正准备和查克分享与理查德的相遇而大笑一场，却发现屋内每个人都端坐在那里，紧盯着收音机。“发生什么事了？”我问道，随手关上了我身后的大门。

“嘘！”劳伦紧张地说。

“……事故的毁坏程度还不清楚，也暂时不能判定是脱轨还是对撞。”收音机里播报着。

“发生了什么事？”

查克在沙发上移动了一下，把盒子和袋子推到一旁。他要保护那只被门撞到的手，所以把它抱在胸前。雪片急促地撞在窗玻璃上，大风带着呼啸声掠过窗外的世界。我甚至看不到二十英尺外的另一座大楼。整个世界变得一片雪白。

“火车出了事故，”查克低声说，“在纽约到波士顿铁路的中点附近，美国国铁的火车发生了事故。事故发生在今天早上，但他们现在才刚发现。这是关于这次火车事故的第一个公告。”

“……遭受了可怕的生命损失，至少有数百人丧生，如果不是在事故时直接死去的话，接下来也会在暴风雪中被冻死……”

下午12点30分

“为什么我们不能把它放在室内，然后把烟排出去呢？”

即使戴着厚重的手套，我的双手还是被冻得有些麻木，而且我对在距离地面近一百英尺的窗户中间伸出半个身子感到有些紧张。尽管我尽力抖掉落到身上的雪，但大风鼓动的雪花还是在我的脸和脖子上堆积了起来，融化的雪水顺着领口和袖口渗了进去，粘在皮肤上面，使人感到很不舒服。

查克回答说：“我们没有时间来焊接连接管道并进行压力测试。”

将发电机安装在起居室窗外，这是一项比我们想象的要难得多的工程。查克受伤的那一只手几乎不起作用，那只手现在像愤怒的紫色葡萄柚一样肿胀了起来。

托尼去帮助二楼的一些居民了，帕梅拉也回到了红十字会。当我们打开窗户时，我们让劳伦和苏茜带着孩子们去了备用卧室玩耍。公寓里非常寒冷，到处是冲进来然后又开始融化的雪片。

“一氧化碳中毒，造成的死亡是很缓慢平和的，”查克补充说道，“但那不是我圣诞节想要的礼物。”

“你快完了吗？”我咬着牙呻吟，“只要把电缆接上就行了。”

我能听到他在四处摸索并发出一阵咒骂：“好了，你可以放手了。”

松了一口气，我松手放开了胶合板平台，发电机就安放在那个平台的上面。当我俯身回到公寓里的时候，顺手转动着关上了一些窗户。查克站在我的旁边，对我挤挤眼笑了笑，他把那只受伤的手小心翼翼地放在发电机上，用他那只没有受伤的手拉动了发电机起动器的弦线，发电机结结巴巴地轰鸣了起来。

“希望这该死的东西不会在外面被冻成一团。”查克说。他关上了窗户，让发电机悬挂在外面，但留下了一条小缝让电源线进到了屋里。

公寓没有阳台，我们也不想冒险将它放在火灾逃生梯上，以防万一有人把它偷走。所以我们就把它放在了一个在窗户外改造的平台上。

“我更担心它会进水，”我暗想，“不知道它是否能在冰雪融化时防水。”

“我们很快就会看到结果的，不是吗？”查克靠在窗户上，小心翼翼地从胶带卷筒上截下了一长条胶带递给了我，我可以用胶带封住那条电缆穿过窗户留下的小缝。“有了足够的胶带，你可以修复任何东西。”他笑着说。

“太棒了！我给你一千卷胶带，然后把你送到爱迪生联合电气公司，去把电力重新搞回来。”

我们都对这个想法大笑了起来。

广播电台仍在不断更新火车事故的情况、风暴的严重程度以及有关停电的报道。新英格兰的所有地区都瘫痪了。这是另一个风暴——弗兰克风暴，这是强大的东北方向气流与从东南部北上的低气压系统相撞造成的后果。气象台预测，当弗兰克风暴在东部海岸线一带滞留时，它会在纽约地区倾倒下三到四英尺厚的大雪。有一千五百万人现在没有了电力供应，而且受灾人数还在持续增加。许多人没有食物和暖气，也无法获得紧急救援。

有关火车事故的最新报道是大量相互矛盾的信息。一些目击者说，军队几乎立即就到了现场，而新闻媒体过了好几个小时才报道了那起事故，这导致人们纷纷猜测军方由于某种原因试图隐瞒事故，造成事故的原因也一直没有报道。

随着风暴的严重情况变得清晰起来，围绕火车事故的谣传不断地蔓延，公寓里的大家情绪也从乐观变成了焦虑。

我解下帽子和围巾，拉开查克借给我的风雪大衣的拉链，抖动着身体，用力甩掉卡在我脖子后面的雪粒。查克踩过盒子和袋子，走到厨柜边，点燃了煤油加热器，然后开始翻找电缆延长线。

这时响起了敲门声，帕梅拉出现了。

“这么快就回来了？”我问道。

劳伦和苏茜听到敲门声后也来到了客厅。

帕梅拉环顾了一下房间，好像被困在那里一样：“我不得不离开那里。”

“发生什么事了？”劳伦问道。

“今天只来了一名医生和一半的护士。我们尽其所能提供服务，但人们已从担心禽流感的传染转向要求提供药品和庇护的地方，再后来应急发电机不工作了。”

“我的上帝！”劳伦说道，她的一只手捂到了嘴上。

“我们想把医疗站关了，但人们拒绝离开。后来电池供电的应急灯亮了，就在我们想让人们出去的时候，大家惊慌失措起来，开始抓抢任何他们拿得走的东西……”帕梅拉泪流满面，把脸埋在她的手里，浑身颤抖着。她含泪说道，“人们没有准备，因为大家以为总有人会出来解决问题的，通常出了紧急情况，最后都是那样的。但这次没有任何人来帮助我们。”

这是事实。尽管纽约人极其依赖复杂的生存基础设施，但不知何故他们总是以为自己是天下无敌的。在我出生的匹兹堡郊外的小镇，风暴甚至是汽车撞倒一根电线杆子，都随时可能导致大面积停电。但在曼哈顿，任何时间的停电，即使只停了极短的时间，几乎都是无法被人接受的。典型的纽约人的紧急购物清单里包括葡萄酒、微波炉爆米花和哈根达斯冰淇淋等，因为他们在灾难中遇到的最大问题往往是过于无聊。

“我们可以提供帮助，帕梅拉。”查克说，“来吧，坐下来喝杯茶。演出即将开始了。”他拿起了一根延长线并在空中晃动起来。

劳伦搂着帕梅拉，低声说着话，带她去了厨房，往燃烧器上的水壶里加了水。查克和我继续将延长线连接到发电机上。我们试着点亮几盏灯并打开电视，看看CNN上有什么最新的报道。

“走廊里的八卦说不只是发生了一起火车事故，”查克低声对我说，“他们说肯尼迪机场也有飞机失事，全国各地都有飞机失事。”

我坐在一个盒子上，低声问：“这是谁说的？收音机里可没有那么说。”沉默了一会儿后，我说，“不要对任何人说起这些。”

查克看着劳伦，问道：“她的父母是否在禽流感警报发出之前就已经离开了？”

她的父母应该是在那之前一天去夏威夷的。

“我们没有得到任何消息。”我回答说，我们无法收到任何信息。

查克说：“我希望GPS在这样混乱的情况下仍然能够工作。在任何时候都会有五十多万人在空中飞行，如果没有全球定位系统，飞越大洋水面的飞行员将无法确定飞机的位置。”

我接上了最后一根电缆线：“让我们先来看看 CNN 吧。我可以有开启电视机的荣幸吗？”

查克将电源接线板递给了我，我们把电视机和几盏灯的插头插了进去。他走去坐在沙发上，用他那只未受伤的手拿起了电视遥控器。

“大家注意了！”我宣布，“我们已经都准备好了。我可以开始倒计时了吗？”

劳伦走进了房间，说道：“直接插上电源，迈克，不要搞花样了。”

我耸了耸肩，说道：“好吧，现在就开始。”

当我将电源插头插入发电机时，我们在房间四周设置的那几盏灯都亮了起来，电视机也“啪”的一声打开了。与此同时，房间里所有其他的灯也都亮了，厨房里的家用电器开始发出“哔哔”的启动声响。

我惊讶地看着手中的插头，问道：“这是怎么回事？”

查克在我的身后示意。我转过身子，透过雪花，看到我们对面的大楼里闪烁着微弱的灯光，我的思维终于回来了：“又有电了？”

查克点了点头，继续操作他的遥控器。每个人都端起一杯茶，挤在沙发上。当查克最终找到合适的频道后，电视屏幕上闪出了七彩的光芒。

我鼓足勇气准备接受最糟糕的现实，预想会在白雪皑皑的背景中看到正在燃烧的飞机残骸。屏幕上图像闪烁，一会儿是杂乱的像素或是色块，一会儿又是一片空白，但最后终于稳定了下来，出现了一个模糊的绿色区域，图像很不稳定，好像是从直升机上拍摄的，看到的像是一片倒塌的房屋。那是被毁坏的房屋！镜头后延将整个绿色山谷中的破坏场景都显现了出来，峡谷倾斜的两侧岩壁一直延伸到了远处的山顶。

“那是什么地方，是蒙大拿州吗？”

“不，”查克回答道，“天知道是什么地方。”图像再次闪烁起来。我们断断续续地听到了声音。

然后电视机里的声音变得清晰起来：“警告美军立即后撤。双方都否认负有任何责任。联合国安理会召开了紧急会议……”

“他们要宣战吗？”查克说道。他站了起来，走到电视机前，敲了几下机顶盒，电视图像又稳定了下来。

“这是来自安纳波利斯的信息战专家格兰特·莱瑟姆教授。”可以听到 CNN 主播声音，“教授，你能告诉我们正在发生的是什么吗？”

“这是典型的教科书式的网络战的升级。”莱瑟姆教授说。

“网络战升级？”主播问。

“对计算机系统和网络发动的全面攻击。”

主播想了一下，然后说：“你对大家应该如何做好准备有什么建议？他们能做点什么吗？”

莱瑟姆教授深吸一口气，闭上了眼睛，然后睁开眼睛，直视着摄像机：“祷告。”

傍晚7点20分

“他的高烧肯定已经退了。”帕梅拉看着婴儿体温计的读数，说道。

她给我看了看体温计的读数，一百零一，然后把体温计递给了劳伦。劳伦正俯身倾向婴儿床上，对着卢克嘀嘀咕咕地说个不停。卢克仍然脸色绯红，但他更加安稳，也更少哭闹了。

“你的手骨肯定破裂了。”帕梅拉检查了查克肿胀的左手后说。

查克做了个鬼脸，说道：“我们现在对此什么也做不了。”

“我可以先把它包起来。”帕梅拉建议。

“等会再说吧。情况还没有那么糟。”

我们邀请了帕梅拉和罗利以及查克和苏茜一起到我们公寓吃晚饭。随着电力供应的重新恢复，人们的情绪虽然仍然有些紧张，但更乐观了。暴风雪正越下越大。在过去的二十四小时内，已经降下了近两英尺厚的积雪。CNN 宣布说，另一场暴风雪将紧随其后而来。

然而外面的天气，与世界新闻网上正在播出的离奇的戏剧性事件相比，已经成了次要的新闻。一个诋毁先知穆罕默德的视频和德黑兰燃烧的美国国旗的图像出现在伊朗的一个网站上，然后被迅速传播。

世界似乎转向反对我们了。

视频对美国政府的指责被美国政府完全否认了。但在那一天，这只是世界各国政府否认的一长串的事件名单中的一个。没有人对最近发生的事件负责，但是有人却能让世界戛然而止。

全世界的互联网已经慢到了蜗牛爬行的速度，这使得日常业务和通信陷入了困境。欧洲受到了几乎和美国一样的影响——混乱导致了银行挤兑和哄抢食品，西班牙和葡萄牙也发生了类似骚乱。

唯一相对不受影响的是伊朗的清真互联网，它的防火墙不是西方国家建造的。而几乎与互联网没有连接的朝鲜也不受影响。美国与互联网的连接是最为紧密的，因而正在遭受最大的痛苦。电视上与电台的广播中充斥着各种阴谋论的调子。

尽管如此，或许正因为是如此，苏西坚持我们应当准备一个正式的节日晚餐，托尼也打算参加。我甚至想去邀请理查德和他的妻子，但劳伦不喜欢这个建议。

“为什么你突然间不想让理查德来这里了？”我带着嘲笑的口气问。查克抬起眼来看着我，但我无法停下来，“他最近成了你最好的朋友。”

“我认为那不是一个好主意。”她回答。

我看到查克朝着我直摇头，苏茜也一直瞪着我不转眼，我就不再说下去了。由于查克的公寓里堆满了各种袋子和瓶装水，所以大家会在我们的公寓里共进晚餐。

女士们正在准备自己的拿手好菜，查克、罗利和我就在一旁喝着啤酒，看着 CNN 的新闻。电视上的图像一直都混杂着块状图像和杂乱像素的干扰，声音也时有时无。而这不仅仅是我们这一个地方的问题，CNN 报道说，全国各地的有线电视运营商都遇到了带宽受限的技术问题。

电视机屏幕上不时播放着环绕 CNN 大楼的坦克图像，这明显突出了 CNN 的持续运作对整个国家的重要性。我不知道在我们城市的其他街角上是否还有更多的坦克。在眼下，能多有几辆坦克肯定是件好事。

“外面的雪下得像天崩了一样。”罗利评论。今天白天，他花了很大的劲去了《纽约时报》大楼一趟，他在写小说的同时，还在那家报社兼做记者的工作。我们聊天时，CNN 仍在继续播放："五角大楼在几年前曾非常明确地表示过，如果美国因遭受网络攻击而导致生命损失的话，美国军队将会立即进行还击。"

我在白天花了大部分时间来帮助邻居们恢复他们的供暖。虽然电力供应已经恢复了，但互联网还是阻塞着，而我们的整座大楼的设备都是靠 IP 网络运行的。现在走廊已经变暖了，所以解决取暖的方案就是让所有的住户把大门敞开着。

"……还击意味着将使用常规武器，炸弹和坦克……"

鲍罗廷一家当然没有问题，不需要任何帮助。当我进去看望他们时，他们的电视机依然和平常一样，播放着俄罗斯的肥皂剧，而亚历山大还是在电视机前睡着了。我打算在晚饭后给他们送一盘食物过去。

罗利继续说道："他们只清扫主要的大街，第八大道上的雪堆现在比我还高。港务局汽车站和纽约火车站里早已挤满了人。"

"……总统宣布全国进入紧急状态，并将援引斯塔福德法案在美国国内部署军队……"

我走到了我们大楼的前门外面。在遮阳篷之外，雪几乎已经到了腰部那么深，气温低于零度并且有风，这绝不是我能在外面待的那种天气。我很佩服罗利能在这样的天气里，不畏寒冷步行将近二十个街区去上班。

CNN 在继续播放："东海岸有六千万人受到了这场风暴的影响，虽然许多地方已经恢复了电力供应，但仍有数百万人没有电，而应急服务仍处于停滞状态。"

我看着电视，然后回过头来问罗利："我们开战了吗？"我没有半点开玩笑的意思。

罗利耸了耸肩，说道：“我们现在正面对的战争是这场暴风雪，早些时候莱瑟姆教授在 CNN 上说的那些话，只是为了在摄像机前表现得更加戏剧化一点罢了。”

“你算了吧！”我指着电视机对他说，“你认为所有这一切都是巧合吗？昨天传说要开战。而今天就发生了停电和火车事故……”

“迈克的话是有一点道理的，”查克说，“有人正在干什么。”

“是的，”罗利回答，“有人正在干什么。但你不能因为互联网被关闭，就去轰炸地球上的每个人。”

罗利揉着他的后脖，噘起了嘴唇：“美国军队没有承认进行过那样的袭击。也没有对其他国家宣战，他们否认跟美国发生的事情有任何关系。”

“没有人承认干过任何事情！这完全可能是一次虚拟攻击！”我站起身来，指着窗外飞舞的大雪，我的声调升高了，“但实实在在的，人们正在那里死去！”

“男孩们！”传来了一声低哑的呼喊，那是苏茜，她正瞪着我们，“请安静一下！孩子们正在睡觉呢。”

“真对不起！”我怯怯地说。

“你可以把电视机关了吗？”她问道，“我想我们今天已经经历了够多的事情了。”

“但那样的话我们可能会错过一些新闻的……”

“迈克，如果你不关掉它，你就不能来吃这顿极其美味的晚餐。”劳伦站在通往厨房的过道口说，“来吧，你们来帮忙摆好桌子吧。”

我拿起遥控器，又看了一眼电视。

“……现在的问题是尽管肯定有人已经失去了生命，但使用武力的依据是什么？今天上午，美国国铁的火车事故至少造成了一百多人死亡，还有数十人失踪；有八人疑似死于禽流感；有十二人因停电和抢劫而导致死亡。”

我摁了一下遥控器的开关，关闭了电视。

晚上9点

当我们手牵着手围坐在餐桌旁时，蜡烛的火焰在昏暗的灯光下摇曳闪烁。在一片静默之中，只听见风在窗外的黑暗中呼啸，叮叮当当地撞击着窗玻璃，想要闯进来。我想象着那些现在被困在外面的可怜的人们，不知道他们是如何走过那些纵横交错的街道，孤独地在冰天雪地中与宇宙的元素对抗。劳伦紧紧地握着我的手，我对她微笑着，试着把受困的念头从我的脑海中驱赶出去。

“亲爱的上帝，请眷顾我们，保佑这儿所有的人，保佑我们的家人！”苏茜祷告着，“感谢你赐予我们这份食物，感谢你赐予我们生命！我们祈求所有人都能平平安，祈求你带领我们走向光明！”

我们再次陷入了静默。大家坐在酒吧凳子上，围绕着黑色花岗岩台面的厨柜台排成了半个圆形，尽量让这摆设接近平时餐室里的餐桌。我把我们的小圣诞树放在厨柜靠近墙根的那一头，它在厨房顶灯的照射下交替反射出红、黄、蓝等不同颜色。劳伦点上了几支带香草味的蜡烛，烛光在饭桌上不停地闪烁。查克满怀激情地说：“阿门！让我们开吃吧！”在我们吃晚饭时，整个房间里充满了人类为求生存而忙碌的声音。

我本来没有感到非常饥饿，但是当他们开始把火鸡、配料、土豆泥和烤土豆等堆放到厨柜台上时，我的肚子开始咕咕叫起来。顺便说一下，不仅仅是我，所有的人都在往自己的盘子里装吃的。

“你最近不常到教堂去吗？”查克扯下了一只火鸡腿，笑着问。当苏茜要求每个人手牵手作祷告时，他注意到了我有些犹豫。

他在戏弄我。教会让我想起了小时候度过的那些无聊的星期天早晨。那时候的星期天早晨，我和我的兄弟们总是在教堂的长椅上坐立不安。当牧师说着那些我听不懂的语句时，我会坐在破旧垫子的边上，在磨损的油毡地板上方摆动我的小腿。

“这也许是上帝对纽约罪人的惩罚。”查克一边将调味肉汁舀到他的盘子里，一边开玩笑似的说，“我敢打赌，宾夕法尼亚州的那些阿米什人将会笑到最后。”

我点着头，似听非听地听他说着。在我的右边，帕梅拉正在问劳伦，她的父母是否已经飞往夏威夷了。劳伦耸了耸肩，回答说她认为他们已经走了。帕梅拉又问为什么我们没跟他们一起去。劳伦犹豫了一下，然后撒谎说她不想去。实际上劳伦曾恳求我去夏威夷，我不知道她是为了支持我而说了一个善意的谎言，还是因为过于尴尬而无法说出实话。如果我当时同意让她的父母付钱，我们可能已经在一百万英里之外，躺在阳光明媚的海滩上远远地观看这场闹剧，而查克可能也早已安全地隐蔽在他的藏身之处了。但现在我们都被困在纽约，这全是我的错。

从婴儿监视器里传来了卢克的嘟囔声，我的心紧抽了一下，我放下了手上正叉着的一大块火鸡。

坐在厨柜台对面的罗利问：“你设法让网络恢复工作了吗？”

我眨了眨眼睛，说道："你说什么？"

罗利答道："我说的是互联网，你今天下午能上网了吗？"

我停顿了一会儿才转过神来，结结巴巴地说："是的。嗯，没有。我确实上了网，但速度非常慢。"

罗利点点头，说道："《纽约时报》科技板块的人说了，互联网从上到下完全被病毒感染了。他们将不得不关闭所有的设备，在全世界范围内逐个重新启动节点，就像从一座房屋到另一座房屋一样逐屋清理整个城市。"

我点了点头，但并没有真正明白那是怎么一回事。

"嘿，你们最后一次吃肉是什么时候？"查克指着罗利盘子里的素鸡问道。苏茜特意为他们做了一些素菜。

"大概是十年前吧，"罗利回答，"我不可能再吃荤食了。"

"吃肉就是杀生，"查克笑道，"极其美味可口的谋杀。当你真正需要的时候，你会为能吃下去那些东西而感到惊讶。"

罗利笑了笑，答道："也许是吧。"

"那么，《纽约时报》的那些人在说些什么呢？"劳伦问罗利。

"嘿！"苏茜噘起了嘴，说道，"我们说好了吃饭时不谈论那些事情的。"

"我只是想，也许他们听到了没有在新闻上播出的消息。你知道，飞机……"餐桌上顿时安静了下来。

罗利说道："没有任何关于空难或其他交通事故的消息。但那段时间我们也几乎得不到任何信息，我们得到的只是一堆相互矛盾的杂乱消息。"

"你这是什么意思？"

"即使在911事件之后，也需要花费数周时间才能弄清楚到底发生了什么事情。那些网络攻击看起来可能来自中东、亚洲和欧洲的任何地方，甚至可能来自美国境内……”

“够了！”苏茜嚷道，她举起她的叉子，“我们能找点别的话题来谈谈吗？”

“我只是……”罗利刚要继续说，苏茜再次把他的话题打断了。

“电力供应重新恢复了，我忘了为此感谢上帝。”她笑着说，“到明天时，所有这一切都可能会结束了，到那时你们可以谈它一整天。但现在，我想要的是一顿正常的美味圣诞大餐，拜托了！”

“这真是一只很棒的火鸡！”查克大声说，他想转换话题，“来吧，为我们美丽的妻子们干杯！”

我、查克和罗利都一起举起了杯子。

“为我美丽的妻子！”我对着劳伦说，她抬眼遇上了我的眼神，但随后她把目光移开了。我伸出手去，试图将她的脸转向我，但她摇着头让开了。

“怎么回事？”我低声问。

“没什么事。”她看着我凝视的目光，“圣诞快乐！”

我拿起酒杯大大地喝了一口，但劳伦似乎只是从她的酒杯中啜了一小口：“祝你圣诞快乐，宝贝！”

“只看一分钟。”我再次恳求道。

劳伦叹了口气，从满是肥皂泡沫的厨房水槽里拿起一只碗，开始认真地擦洗起来。因为苏茜提供了整个晚餐，所以当其他所有人都回家以后，我们就负责清洗餐具。在我们洗碗盏的同时，在烛光下享用一杯葡萄酒是令人非常惬意的。

我想打开电视看看CNN正在报道什么。整个晚上我一直渴望着能再看看CNN的新闻报道。

“好吧，只看一分钟，我想尽快和你谈谈。”她说道，眼睛定定地看着我，“我们需要谈谈，迈克。”

这话听起来像是不祥之兆，我停下了擦拭锅子。当我在晚餐时给自己的盘子里堆满了食物之后，我就完全失去了胃口。劳伦一直很安静，躲避着我的注视，她可能很担心她的父母……

“你想谈什么？”我问道。虽然听起来似乎很随意，但我的头皮开始发麻。

她深吸了一口气，说道：“我们先把清洗工作做完了再说吧。”

我一只手拿着锅子，另一只手拿着擦拭的抹布，盯着她看，但她把注意力转回了水槽，用力地擦洗起来。我摇了摇头，把最后几口煮锅和平底锅堆放好，把最后一个杯子放进了洗碗机，然后把抹布放在了柜台上。我在牛仔裤上擦干了双手，然后拿起了遥控器。

劳伦再次大声叹了口气。

CNN立刻又活了过来：“这是美国军队历史上第四次被召唤进入三级戒备状态。”

“世界又发生了什么事情？”我一屁股坐到了沙发上。劳伦放下了她正在擦洗的锅子。航空母舰的图像填满了我们墙上的巨型屏幕。这次是美国的一艘航空母舰。

“我们的军队在历史上曾进入三级戒备状态的其他时间，一是在1962年的古巴导弹危机时期，当时我们与俄罗斯已处于核战争的边缘……”

“发生什么事了？”劳伦问道。

“……或是在1973年的赎罪日战争，当时叙利亚和埃及对以色列发动突然袭击，几乎引发了另一场核战争……”

“我不知道。”我摇了摇头。劳伦在我身边坐了下来。

“……当然还有在911事件发生时，我们遭到了后来被称为基地组织的不明身份的武装力量的攻击。”

我从沙发上站起身来，想去查克那边，看看他是否知道更多的消息，但劳伦伸出手来拦住了我。我没有问她为什么就坐了下来，注意力又转回到了电视上。

“我们获得的唯一信息是，负责美国军方的内部指挥和控制通信网络的中央司令部已经遭到了入侵……”

“迈克，你能把电视机关掉一会儿吗？”

我对着电视皱起了眉头，我正想从新闻报道中了解在美国到底发生了什么事情。从国家安全局到部署在前线的军事单位，多个秘密通信网络都已被入侵了。而那些受到入侵的单位的人们还不知道入侵的程度以及入侵目的。我们的军队正在准备发起某种攻击。

“迈克，请把电视机关了。”劳伦又重复了一遍。

我摇了摇头，转过身来说：“你是认真的吗？你现在真想谈谈吗？世界即将爆炸了，你还想着谈谈？”

她的眼睛里充满泪水：“让外面的世界去燃烧吧，但我现在需要和你谈谈。我要告诉你一些事情。”

我的心跳开始快了起来。我知道她想说什么，但我不想听。我咬紧了牙关，摇了摇头，问道：“不能等一下吗？”

“不能再等了。”眼泪在她的脸上流了下来，“我……”她结结巴巴地说道，“我，嗯……”

“我们刚收到国土安全部的紧急警报。哦，我的上帝……”

CNN的主播茫然不知所措。劳伦和我转向了电视。

“……美国国土安全部的报告称，目前在美国大陆上空，正有多个未知且无法确定身份的空中目标在飞行，要求公众提供任何相关的信息……”

突然间，一切都变黑了。

电视机和其他电器都沉默了，我发现自己正紧盯着一片黑暗看着。一秒钟之前，CNN的主播还在那上面说着话呢。我能听到的只有自己心脏急剧跳动和耳膜里血液涌动的声音。我屏住呼吸等待着，等待着热核爆炸时产生的耀眼光芒穿透我的视网膜，但我听到的只是外面的风在静谧的夜空中呼啸。过了一会儿，我的眼睛慢慢适应了在厨柜台上仍然燃烧着的蜡烛的昏暗光线。

又过去了几秒钟。

我用不太肯定的语气说：“我们带卢克到隔壁去好吗？看看到底出了什么事情。”

劳伦抓住了我的胳膊，恳求道：“先别去好吗？我需要现在就把它说出来。”

“你要说什么？”我心中的愤怒和恐惧一下子沸腾了起来。

“你现在想要变干净了吗？”

“是的……”

“我不想听你说这个，”我大吼了起来，“我不想听你说如何与理查德睡觉，不想听你说你是多么感到歉意，不想听你说你当初并不想伤害任何人。”

她泪流满面。

“你选择这一刻，”我喊道，“这个该死的时刻来说这些……”

“不要那么浑蛋，迈克，”她抽泣着说道，“请不要发那么大的脾气。”

“我是个混蛋？你和别人睡觉，还说我混蛋？我要杀死那个狗娘养的！”

“请别这样……”

我瞪着她，她也挑衅地瞪着我。

“你想要说什么？”我把双手伸向空中，大声喊道。这时可以听到卢克在后面的房间里发出的哭泣声。

在摇摇欲坠的烛光下，她把一只颤抖的手放到了嘴边，回答道：“我怀孕了。”

第三天

12月25日　圣诞节

上午9点35分

“你没有问那是不是你的孩子，是那样的吗？”

我停止了铲雪，大口喘着气。

“你问了，是吗？”查克笑道，“你真是个混蛋！”

我垂下头，用一只沾满了雪的手套揉了揉脸。

“这是我能对你说的最客气的话了，我的朋友。”

“谢谢！”我摇着头，叹了口气，然后俯身向下挖出了又一满铲雪。

查克靠在门框上，说道：“不要给自己太多的压力。她会原谅你的，今天是圣诞节。”

我哼了一声，全神贯注地投入了铲雪的劳动。帕梅拉包扎了查克手上的伤处，他的一只手绑上了一块夹板，这使他无法拿雪铲了。我的运气太好了。

查克接着说："你必须停止胡思乱想，不要再去想那些不存在的东西了。劳伦是很喜欢你的。"

"嗯哼。"我嘀咕着，并不相信他的话。

天还在下雪，虽然下得不像昨天那么大，但这个圣诞节仍然是纽约有史以来降雪最大的一个圣诞节。外面的一切都被大雪覆盖了，沿着第二十四街街边停放的汽车像是厚厚的雪毯底下凸起的肿块。现在这个沉寂并被大雪笼罩的纽约令人毛骨悚然。

在停电的一刹那，我们并没有看到地平线上升起蘑菇云的辉光，所以最糟糕的事情并没有发生。我们几个人曾经走出去过，挣扎着走过两个街区到了切尔西码头，想透过哈得逊河上被大雪笼罩的黑暗看到些什么。我期望能看到或听到一些什么，例如一架战斗机在与一个看不见的敌人作战，但是并没有看到或听到任何东西。在紧张了几个小时之后，除了雪变得越来越深，没有发生任何事情。

在电源中断之后，查克启动了他的发电机。我们大楼的威瑞森电信的光纤线路应该在停电期间仍能工作，如果你可以为自己的电视机和有线电视盒供电，那么你仍然可以收看电视节目。当我们试着接通 CNN 电视频道时，杂乱的图像和声音持续了几个小时，然后屏幕上变成了一片空白。所有的电视频道都是一片空白。然而，广播电台仍在广播，但播报出来的都是些自相矛盾的东西。有人说，身份不明的空中飞行物是入侵美国领空的敌方无人机，但又有其他的人说那些是导弹，整座城市都被它们给摧毁了。

午夜时分，播发了一条总统的简短公告，说国家遭受了某种网络攻击。他说，现在仍在评估被攻击的程度和范围。还没有关于身份不明的空中飞行物的确切信息，但是没有收到任何关于美国城市遭到攻击的报告。他也没有提到无人机。在那时候，许多地区已经恢复了电力供应，至少，总统的公告是这么说的。然而，我们仍然没有电力供应。

“你确定我们必须这样做吗？”我问，“昨天，仅仅几个小时之后电力就恢复了。这次可能就在今天下午就又会重新恢复供电的。”

查克想把街上停着的汽车油箱里的汽油抽取出来。他辩解说我们将不会把每一辆车里所有的汽油都抽走，而那些车在可预见的未来也不可能开去任何地方。我们需要更多的发电机燃料，而汽油不是被允许在室内存放的东西。加油站也都关闭了。

“我的爷爷总是说，宁可拿在手上，总比事后后悔更好。”查克回答。

当我们待在屋里时，这个计划听起来非常好。但当我们来到外面之后，就完全不是那么一回事了。

打开后门成了一项冒险行动，因为堆积起来的积雪把门都堵上了。我花了很大的劲才从门里挤了出去，然后又花了二十分钟在门外把雪铲开，才能把门开得再大一点。

当我铲走最后一铲雪时，我隔着门对查克喊：“好了，我们走吧。”他打开门，跌跌撞撞地走到外面的雪地里，我们挤过齐腰深的厚雪，艰难跋涉到最近的一辆车旁边。在我多层衣服下面，我的身体正在出汗，浑身发痒，很不舒服，而我的手、脸和脚却因寒冷而感到麻木。

查克笑着说：“你得提醒我在我的购物清单中添加雪鞋这一

项，以应对下一场灾难。”

在扫掉了第一辆车顶部两英尺厚的雪后，我们发现它的油箱口是锁着的，所以我们只能移向下一辆车。这次我们的运气要好一些。在花了五分钟挖出了一条雪地沟槽之后，我们将汽油罐放在尽可能低的位置上，然后将一段橡胶管插入了油箱。

“我记得在买这种医用橡胶管时，还想不到能用它干什么。”查克跪在雪地上，若有所思地说，“现在我知道它有什么用了。”

我把橡胶管的末端递给了他，说道：“我做好了铲雪工作，现在该轮到你来吸汽油了。”我还从来没有在实际生活中用这种医用橡胶管吸过任何东西。

“好的。”他俯下身去，用嘴含住了管子。每吸几口，他就会停下来用拇指捂住橡胶管的末端，吐出吸进嘴里的油气。最后，他终于得到了他的宝贝。

在查克翻转身子，咳嗽着吐出一口汽油时，我禁不住对他开起了玩笑：“圣诞快乐！”

接着他俯下身子，将管子的末端插入汽油罐，然后松开了拇指，容器里响起来的液体流动声令人心满意足。我们搞定了！

我深受鼓舞，情不自禁地赞扬：“干得真是不错！”

他用绑着的那只手从嘴边擦去了唾出的汽油，对我笑了笑，说道：“顺便说一句，恭喜劳伦怀孕了。”

坐在雪地上，我突然想起了小的时候，我和我的兄弟们会在暴风雪过后，从我们在匹兹堡的小房子里走出去，在后院建造雪堡。我记得母亲时常会从后面的门廊走出来查看我们。她实际上是在查看我，确保我没有被我那些顽皮的兄弟们埋在雪底下，因为我是家里最年幼的。

现在，我需要保护我的家人。我单身一人也许可以带着背包闯入荒野，生存下去，并应对我会遇上的任何困难，但有了孩子之后，一切就都变得截然不同了。我深吸了一口气，抬头望着飘落的雪花。

“说真的，恭喜你啦！我知道那就是你想要的。”查克弯下腰来，把一只手放到了我的肩上。

我低头看着陷在雪中的四加仑油罐，里面大约装满了三分之一。“但那不是她想要的。”

“你说什么？”

我得和他分享多少内情？但现在要把它遮盖起来已经没有意义了：“她准备去堕胎。”

查克的手从我的肩膀上滑落了下来。雪花飘落在我们身边。“去堕胎？”

我的脸颊开始发烫：“我也不清楚。那是她告诉我的。她原本计划等到圣诞节假期过后去堕胎的。”

“她怀孕有多久了？”

“也许有十周了吧。当我们举办感恩节聚会的时候她就知道怀孕了。当时她的父母就在这里，而她的父亲还为她在波士顿的一家律师楼里谋得了一个职位。”

查克噘起了嘴唇，不说话了。

“你知道有卢克是一次意外，一次幸福的意外，但仍然是一次意外。劳伦的父亲期待她能成为马萨诸塞州的第一位女参议员，或是其他行业的出类拔萃的人物。她承受着巨大的压力，但我想我没有关心这方面的事情。”

“而现在又怀上了一个孩子……”

“她本不想告诉任何人的。她原来打算在新年后就去波士顿的。”

“你同意去波士顿了？”

“如果我不那样做的话，她会独自前去的。那样的话，我们就分开了。”我的脸上流下了一滴眼泪，查克转过来头去，不再看我了。流下来的那滴眼泪在中途冻住了。

“对不起，兄弟。”

我挺直了身体，摇了摇头，说道：“不管怎么说，所有那一切都结束了，至少目前情况就是这样。”

油罐快满了。

“下个月她将三十岁了，”查克说，“人生的重要节点会给人们带来很多思维上的混乱，尤其在确定什么是重要的，而什么又是不重要的事情上面。”

“她显然已经确定了什么是重要的。”我把橡胶管从油罐中拔了出来，汽油溅到了我的身上，弄湿了我的手套。我口中骂着娘，用力把盖子扣到油罐口上把它密封起来，但盖子卡住了，我再次开始骂娘。

查克俯下身来，把他戴着手套的那只手放在我的身上，阻止我再骂下去：“放松一点，迈克。你得放松自己，更重要的是，对她要放松一点。她什么也没干。她只是想干点什么。我敢打赌，你想干的很多事情别人也并不会喜欢。”

“但想做那样的事情……”

“她很困惑，她什么也没做。现在她需要你，卢克也需要你。”他用没受伤的那只手提起油罐，试图站立起来，却转身倒向雪中，侧身陷了下去。他看着我，加了一句，“我现在需要你。”

我摇着头，从他手中提起了油罐。我们踉踉跄跄，慢慢地蹭回我们的大楼。“你认为CNN昨晚为什么没能恢复广播？”查克问。

“本地运营商的网络可能受到了干扰，”我推测道，“也可能发电机失去了动力。”

“或许CNN遭到了轰炸，”查克开玩笑地说，“除此之外，我觉得没什么理由了。”

“大型数据中心通常会为备用发电机准备一百小时的燃料。罗利不是那样说的吗？”

“我想他说的是《纽约时报》为他们的备用发电机准备了那么多的燃料。”他看着四周街上的大雪，说道，“会有一段时间没有油可加了。”

我们到达大楼的时候，看到门口又堆起了很高的雪层。如果我们想要再出去的话，最好得定期来清理门道。托尼仍在底层另一头的工作岗位上，他向我们招了招手。

就在这时，我们听到了第九大道上一辆大型铲雪车驶近的隆隆声，然后看到它在大楼之间的道路上扫雪而过。这几乎是整个城市仍然在运作的唯一证据，看到它确实令人感到欣慰。

当电力供应第二次中断的时候，地方的广播电台仍在播放，但今天早上很多电台都静默了。现在仍在广播的电台中充满了对眼下正在发生的事情的近似疯狂的猜测，它们和我们一样，也都陷于黑暗之中。唯一一致的消息是第二次停电不仅影响了新英格兰，而且影响了整个美国，至少有一亿甚至更多的人没有电力供应。广播电台播音员能做的最好的事情就是报道当地的情况。我们不知道世界其他地方发生了什么事情，也不知道世界上的其他地方是否仍然存在。

纽约好像与这个地球的其他部分完全断开了，独自无声无息地飘浮在白雪皑皑的灰色云雾之中。

晚上8点45分

我眼前的人脸上闪着耀眼的鲜绿色光芒，然后绿色的聚光灯扫过了走廊，照亮了金属的门框。

“很酷，嗯？”

“非常酷！”我摘下了头上的夜视镜，“开灯了，好吗？”

开关“咔嗒”一声，连接在查克的发电机上，我们拉到走廊上的灯亮了起来。我看着堆放在查克周围的军用器具，带着惊讶的口吻说道：“我简直不敢相信，你有能值一万美金的夜视镜和红外手电筒。你有没有短波电台？”

“我有一个，但它在弗吉尼亚州的乡下小屋。”

他没有补充说，他应该也在那个地方。我低声说道：“再次感谢你能留下来！”

“是啊，谢谢能留下来！”站在大厅另一头的我们的一个邻居瑞安也大声说道。他举起了一杯热气腾腾的朗姆酒。

他的同伴雷克斯也举起了杯子，说道：“为我们准备充分的朋友查克干杯！”

“干杯，干杯！”挤在走廊里的其他人发出了半心半意的欢呼声。我们有将近二十个人挤在椅子上，或是从公寓里拉出来的沙发上。我们都举起了酒杯，大口喝酒。

苏茜决定在圣诞夜举办一场热朗姆酒的托德派对。我们所有的邻居，端着热气腾腾的酒杯，都一起来参加了。

为了这次聚会，我们把煤油加热器拉了出来，放在走廊的中央，人们围在四周取暖，仿佛它是一堆野营篝火。大楼里面能保持热量，但气温还是在很快地往下降。我们转而使用在查克公寓里的电加热器。煤油加热器的能量虽然强大，但会产生一定量的一氧化碳，苏茜担心会影响到孩子们的健康。

走廊已经成了我们的公共起居室，成了大家聚在一起聊天的地方。一台收音机一直在播放电台的新闻，新闻报道大部分时间是在罗列纽约周围各个紧急避难所的位置，并宣称电力将会很快恢复供应，人们应该留在室内，但实际情况是大多数道路和高速公路根本无法通行。

走廊里的每个人都坐在靠近自己公寓的地方。住在大厅另一头理查德公寓旁边的中国家庭也走出来了，男主人与太太的父母一起挤在一张沙发上，两位老人在一切都崩溃之前来看望他们的女儿。这还是第一次听说，访问美国成了一个糟糕的选择。他们几个人的英语都说得不太好。

坐在中国家庭旁边的是一对日本夫妇，丈夫的名字是希罗，但我没能听清妻子的名字。他们的对面坐着雷克斯和瑞安。鲍罗廷一家坐在我的右边，亚历山大曾经醒过一次，迷迷糊糊地喝着他的热朗姆酒，艾琳娜就坐在他的旁边。查克、苏茜、帕梅拉和罗利坐在我的左边，小爱丽罗斯坐在托尼的腿上。

唯一缺席的人是劳伦，我不知道该对她说什么，她也不想说话。我试着让她出来，但她想独自一人待着，正在苏茜的房间里睡觉。

卢克不知道发生了什么事，现在发生的一切，对他来说，完全是一场大型游戏、一场派对，他穿着防雪装跑来跑去，向所有的人问好，并展示他在圣诞节时得到的红色消防车玩具。那辆消防车的灯会亮起来，并发出警笛的鸣叫声，这原本是件很烦人的事，但在眼下，它却让人感到一丝宽慰。只是我不知道玩具车里的电池能持续多久。

理查德从公寓的那一头走了过来，坐在我从我们的公寓里拖出来的皮沙发的扶手上，问道："我能拥有一个那样的加热器吗？"

他整天都在向我们唠叨，想拿走那个煤油加热器。"我可以用一些食物来交换。"

不知通过何种渠道，他获得了大量的罐头食品和其他杂货，他很可能为此花了不少的钱。

"如果天气变得越来越冷，如果我们都只能待在自己的公寓里，我们就都会被冻死的。我会接纳那个中国家庭、那对同性恋者以及希罗和他的妻子。莎拉和我将在我们的公寓里设立一个庇护所，你们也可以在你们这儿设立一个。我所需要的只是煤油加热器和其他一些东西。"

他提议在他的公寓里设立一个庇护所让我感到有些惊讶。也许我错怪了那个家伙。我回答："这事你得和查克谈。"

理查德看了看查克，我确信查克能听到我们的谈话。他坚持认为我们必须保留我们自己拥有的每一样东西，而苏茜也同样坚持我们需要和大家分享。

苏茜低声对查克说："查尔斯·芒福德，我们不需要那个煤油加热器。理查德，你就拿去吧。"

查克叹了口气，转向理查德说："好吧，你就拿去吧。我会为你们再找一些其他的东西。为整个一层楼的住户设立庇护所是一个好主意。”

理查德又问：“我们可以用一根电缆接上你的发电机吗？”

这让查克深深地叹了一口气。我们向隔壁的帕梅拉和罗利的公寓连接了一根延伸电缆，为他们的一个小型电加热器和电灯提供了电源。他们的住所很小，比我和劳伦的公寓更小，所以还能勉强维持。谁知道这让我们打开了一罐蠕虫，把事情变得复杂了，现在每个人都想要一个电源连接。

“发电机只有六千瓦的功率，我们已经接上了三台加热器了。”苏茜踢了一下他的腿。

“啊，我忘了。如果仅用于晚上的照明，当然没有问题。每个人都会去虹吸汽油的，是吗？”

“你放心好了，”理查德同意，“你是一个好人。”他起身离开，转向我，“劳伦好吗？”

“她很好。”我平淡地回答。

理查德皱了一下眉头，然后耸了耸肩，回到他妻子那里去了，他妻子正试着和中国家庭交谈。卢克和他们在一起，那位祖父正在欣赏他的新消防车。我冲着他们笑了笑，那位老爷子也回应着笑了笑。我们认为那些禽流感的警告纯粹是一场骗局。

这时，楼梯间的门打开了，每个人都转过头去看。那里出现了一张脸，那张脸尴尬地笑了笑。那个人是保罗，就是前一天被我们怀疑是入侵者的那个人。查克的眼睛眯了起来，他低声对托尼说了些什么，托尼抬头看了看保罗，然后对着查克耸了耸肩。

“嘿，伙计们！”保罗大声打着招呼，他头上的头灯灯光又直射我的眼睛，“哇，这里真是舒适！”

我眯着眼睛，举起一只手，“你能把灯关上吗？”

“对不起，我忘了。你们是大楼里唯一拥有真正灯光的人。”

“住在514室的保罗，对吧？”

“嗯。”

查克靠向我，低声说：“托尼几个小时前就锁上了前门，他说这个人看起来很面熟。我想我怀疑错了。”

大家都很安静，等待着我们的回应。我向保罗笑了笑，说道：“想喝点什么吗？”

“那简直太好了！”

大家又重新交谈起来。我向保罗逐个介绍了围坐在这里的众人，苏茜则给了他一杯热腾腾的朗姆酒。保罗与每个人握手，热情交换圣诞快乐的问候，直到他到了艾琳娜和亚历山大的面前。

他说：“圣诞快乐！”并伸出手去。

艾琳娜抬头看着他，紧闭着双唇，皱起了眉头。她点了点头，回答道：“是的，节日快乐！”但她和亚历山大都没有伸出手去。

也许因为他是犹太人？我不常看到他们如此冷漠，但压力感正在蔓延到每个人的身上。

保罗放下了他伸出去的那只手，仍然保持着微笑，指着他们旁边沙发上的一个空位，艾琳娜耸了耸肩，微微移动了一下身体。保罗让自己挤坐在她的旁边，双手捂在苏茜给他的热朗姆酒酒杯上。他对着酒杯吹了一口气，然后酌了一口，“你们这儿看起来打理得井井有条。知道发生了什么事吗？”

我摇了摇头，“我们知道的和其他人一样多。”

“但是每个人都有自己的看法，”查克举起了他的酒杯，说道，“来一次简单的民意测试怎么样？”他向保罗示意道，“先从你开始。”

“那很容易。”他望着亚洲人的角落，“没有冒犯你们的意思。”

中国家庭笑了笑，也许并不理解他说的是什么。但希罗摇了摇头，“我们是日本人。”

查克大笑了起来，说道：“这次可能不是你们干的，但你认为是谁干的呢？”

保罗举起了他的酒杯，“我希望他们现在正在将那些混蛋炸回到石器时代去。”

这次他没有为这样说而道歉。

托尼说道：“如果有谁和我们一直在争吵，那就是那些阿拉伯人。自从1979年他们将我们的大使馆工作人员扣为人质，他们对我们就一直心怀怨恨。”

托尼看上去有些困惑，他继续说道：“也许是他们干的吧。”

罗利叹了口气说：“也许是吧，这很难说。”

理查德接着说：“是俄罗斯人，这是俄罗斯人干的。还有谁能侵入我们的领空？”

理查德问查克：“你是否知道他们刚刚重新启动了战略轰炸机在北极飞行？采用的是与冷战时期相同的飞行模式。”

“我不知道。”查克承认。

“是的，他们是那样做的。”罗利证实。

理查德继续说道：“俄罗斯人在20世纪90年代中有几年缺少经费，但你可以确信他们是不会甘心居于美国和中国之后的。”一时间，大家都安静了下来，“我打赌，一半的美国现在都成了弹坑，这就是为什么没有军队出现的原因。我们搞砸了。”

“你不要吓唬大家，”一个细弱的声音，“我认为这只是一次偶然的事故。”

那是理查德的妻子莎拉。他转向她，很生气地吼道：“好像你什么都知道似的。”

大家都看着他们，她退缩了。

我试图将注意力从莎拉身上转移开来，就转向艾琳娜和亚历山大那边，问道：“你认为是你的同胞袭击了我们吗？”

艾琳娜朝天花板挥着手，吸着鼻子说：“这不是攻击。攻击是指有人用枪瞄准你的脑袋。这是在黑暗中鬼祟行动的罪犯。”

“你认为这种罪犯可以消灭整个美国并侵入我们的领空？”

艾琳娜耸了耸肩，仿佛不以为然：“许许多多犯罪分子，甚至在政府中也有罪犯。”

“我们最后得到了阴谋论的结论。”我说道，然后转向查克，“你认为所有这些都是一个内部阴谋吗？”

“直接或间接地，我们很可能会对自己干出这种蠢事。”

“我以为你喜欢加拿大人阴谋论的说法。”

查克微笑着，表示赞同这种玩笑说法，“用雪来作为一种战略武器确实让加拿大有嫌疑。但我同意艾琳娜的看法——现在唯一能让人接受的就是其中一定有我们的犯罪分子的参与。”

查克公寓的大门打开了，劳伦走了出来，看上去很惊恐的样子。发生了什么事情？

我向她迈了一步，“你还好吗？宝宝好吗？”这是我想到的第一件事。

“宝宝？”我听到苏茜在问，“什么宝宝？”

查克摇了摇头，举起一只手让她安静下来。

劳伦把她的手机递给了我，“我的父母有麻烦了。”

“他们在给我们打电话？”

“没有，他们留了一条留言，我的手机一定是在网络中断之前收到它的。”

“他们遇上意外了吗？”

“不是意外，他们飞往夏威夷的航班因为禽流感警报的原因，在起飞的最后一分钟被取消了。他们在纽瓦克，联系我们是想看看我们是否可以去接他们。”

我过了一会儿才回过神来，“他们还在纽瓦克？”

“他们被困在纽瓦克了。”

第四天
12月26日

上午7点35分

“快醒醒。”

我睁开了眼睛，眼前一片漆黑。

“你醒了吗？”查克低声问，语气中带着一丝紧张。

“现在醒了。”我哼唧着用胳膊肘把自己撑了起来。

劳伦抱着卢克睡在我的旁边。外面仍然笼罩在黑暗之中，在昏暗中，我可以看到查克跪在我的身边。我们睡在他的备用卧室里。

“出什么问题了吗？”

“是的，出了一些问题。”

一阵恐慌让我的感觉敏锐起来。我从床上起身，身上仍穿着昨晚的衣服，“发生了什么事情？”

“有人偷走了我们的东西。”

我穿上运动鞋。“从这屋里偷走的？”

他摇了摇头，“从楼下。”

我深吸了一口气，心跳开始平缓了下来。至少在我们睡觉时没有人跑进来。

查克点头示意，我跟着他走进了起居室。发电机低沉的轰鸣声激发了我五官的感觉。托尼睡在沙发上，查克轻轻地推醒了他。

“出什么事了吗？”托尼的声音中带着一丝惊恐。

“是的，出了一些问题，”查克回答，他从地上捡起了两件夹克和一个包，把夹克分别扔给我和托尼，低声说，“穿上夹克和靴子。”同时他拿起了他的猎枪，“我们得到外面去。”

“他妈的！”

查克手中拿着一把被砸破的锁，紧盯着他那现在已经被掏空一半的储物柜。地下室里所有的储物柜的门都被砸开了，但是大多数储物柜里塞的都是些旧自行车、旧衣服或大堆的书籍，这些东西都没有被搬走，查克的储物柜里只剩半柜子的应急装备和食物。

托尼指着水罐说：“我猜那些东西太重了，所以没能被搬走。”

我们都戴着头灯，所以当托尼转过身来时，我被照射得一阵目眩。我移开视线，再次查看了储物柜。

“我真太傻了！”查克又低声咒骂了一句。

我们检查了大堂楼层，前门仍然紧锁着，但后门是打开的。除了托尼以外，查克是公寓楼里唯一有后门钥匙的人。一定是我们昨天进来的时候忘了把它锁起来。我那时感到很冷并且很疲惫，因此也就没去想过关门的事。

“那也是我的错，”我说道，“好在我们已经把很多东西拖到楼上去了。”

“但搬上去的大部分只是一些小工具。”查克叹了口气。

在上楼的途中，我们在五楼停了一下，敲了敲保罗所住的514公寓的门。但敲了好几次都没有人应答，情急之中，查克一脚把门给踹开了。那个地方空无一人，住在那里的人可能早已离开度假去了。我们在厨房抽屉里寻找旧的账单，只发现了内森和贝琳达·德马克的名字，并没有保罗。

然后，我们逐一去敲五楼所有公寓的房门。大多数公寓都没人应答。有一间公寓，无论我们如何解释我们是谁，里面的人都拒绝开门。而另一间公寓，一对看上去很惊恐的年轻夫妇，穿着全套的冬季服装应了门，他们以为我们是紧急救援工作人员或是警察。他们告诉我们，他们楼层的大多数住户不是离开去度假了，就是在听到暴风雪即将来临时离开了。那天早上，他们原本是要离开去紧急避难所的，但发现没有出城的交通工具。

大楼的大部分公寓里已经空了。我们的楼层可能因为查克所拥有的那些装备，是唯一一个住满人的地方。我们交谈过的所有人都没有听说过有一个叫保罗的住在那里。

我们又来到地下室。查克看着他的储物柜旁边的一个储物柜说：“他们肯定使用了卢瑟福家的儿童雪橇，他们从迈克和克莉丝汀的储物柜里拿走了雪鞋。但他们没有拿走滑雪板。”

地下室里有十几个储物柜，查克知道哪个是属于哪家的。“如果要追上他们，我们需要尽快出发。”

可以看到从大厅通往后门的地上有一条痕迹，他们将所有东西都拖了出去，拖进了仍在不断下着的大雪之中。那条痕迹很快会消失的。

我惊讶地问道："追他们？我们在一场暴风雪中追上他们，发现他们正在挣扎着拖走我们的东西，然后请他们把东西还给我们？"

查克从他挎在肩膀上的袋子里掏出手枪，说道："就是这样。"给了托尼一把，也给了我一把。

"你疯了吗？"我举起了双手，拒绝接受那把手枪，"我甚至不知道如何使用手枪。"

我对狩猎步枪也许能够接受，但是查克掏出的手枪让我感到震惊。虽然犯罪分子可能很容易就能在纽约获得枪支，但普通公民几乎不可能在纽约合法地拥有枪支。我不打算问他是否取得了拥有枪支的许可证。

"现在是学会用枪的时候了。"查克吼道，"托尼，你知道怎么用枪吗？"

"我知道的，先生。我去过伊拉克。"

我看着他，情不自禁地问道："真的吗？"

突然我感到自己对托尼了解得太少了。他总是快乐地出现在大门口，一双坚实的臂膀随时准备向你提供帮助，但我从来没有想得更深一点。他是唯一留在大楼的工作人员，我以为他留下来只是因为我们有物品供应，还因为卢克在这里。

"是的，我去过伊拉克。"

"迈克，托尼和我一起出去看看，你可以到楼上去等我们回来。"

我深吸了一口气，让脑子里的思绪平缓了下来。我不能躲在楼上，我需要知道外面到底发生了什么。如果他们将纽瓦克那里的人们运到纽约城里的话，也许我就可以了解到在纽瓦克发生的事情，那样的话就可以缓解劳伦的紧张情绪。

我觉得我必须做点什么：“你知道吗，孩子们在这儿。如果托尼留在这儿，我觉得他们会更加安全。”

“你确定吗，米哈伊尔先生？你不担心劳伦已经怀孕了吗？”每个人都知道劳伦怀孕的事了。

“我很确定。”我知道他会像他照顾自己的家人一样去照顾他们。说实话，如果他们真的需要保护的话，他会干得比我更好。

“我怀疑我们能找到小偷。不管怎么样，我想去一个紧急避难所看看。”我的语气没有留下商量的余地，托尼耸了耸肩，不再说什么了。

我们上楼进了大厅，查克和我穿上了我们带下来的雪裤，而托尼向我讲解了手枪的发射机制，把几个弹盒塞进我穿着的皮大衣的口袋里。我开始有一种梦幻般的感觉。

“准备好了吗？”查克一边问，一边忍着痛拉上厚厚的手套去保护那只受伤的手。

我点了点头，也戴上了手套，注意到它们没有完全干，还散发着昨天沾上的汽油味。

托尼打开后门上的锁，用肩膀把门往外推，推开了门外再次堆积起来的雪。外面的冷空气和雪随即冲进了大厅。查克瞥了我一眼，然后在开着的门口处消失了。我深吸了一口气，跟着他走进了雪花漫卷的灰暗夜色里。

上午9点45分

我们跟着拖曳的痕迹，在第二十四街的积雪中挣扎前行，一直走到了第九大道上高耸的雪堆的陡峭边缘。查克想尽快找到小偷，所以要我和他一起匆匆往前赶。而我却希望找不到他们，我担心如果找到小偷，将会发生一些预想不到的事情。

当我们到达第九大道时，我发现我的担心完全是多余的。拖曳的痕迹已经无可救药地与其他步行留下的痕迹混杂在一起了。继续追查下去的念头蒸发成了旋转的雪花。

查克突然站起来，抬头望望街道的这头，又望望街道的那头。

漫天白色的背景中浮现出几个黑色的人影，他们正步履蹒跚地沿着雪堆和建筑物之间的“峡谷”行走。当他们从我们面前走过时，我对其中一个点了点头，但是没有得到任何回应。

我轮流踢着两只靴子，把靴子上沾着的雪抖掉。“要不要去纽约火车站？”我想得到一些消息带回去，以减轻我对劳伦的内疚。

查克不再坚持他原来的计划了，点了点头。我们手脚并用，开始从第九大道雪堆的陡坡向上攀爬。我跟着他爬到了顶端，从雪堆的另一边滑了下去，踩进了脚踝深的雪地。

远处，铲雪车的大灯在乱卷的雪花中闪着光，低沉的隆隆声使我隔着靴子也感觉到了机器的振动。至少他们还在铲雪。我们朝着迎面而来的灯光走去。我一步一步跟在查克身后，大声问：“你对你的那些东西那么在乎，甚至想拿我们的生命去冒险吗？”

“不拼命保护我们的东西，就会给我们带来危险。”

“算了吧。圣诞节前夜断电不到一天，电力供应就恢复了。甚至在桑迪风暴侵袭之后，纽约的大部分地区也都在几天后就恢复了电力供应。现在没有任何洪水或风暴，就只是这些要命的雪。”

查克低头看着地上，摇了摇头，说道："人们不会接受教训的。任何事情都是相互关联的，这不仅仅是一场暴风雪。"

"那么，你认为这需要一周时间才能恢复？甚至长岛大部分……"

他停下来看着我，一字一顿地说："现在正在发生的，是以前从未发生过的事情。"

"你总是喜欢危言耸听。电力供应可能几个小时后就恢复了。"

查克一边继续向前走着，一边问："你有没有听说过极光测试？"我摇了摇头。

"2007年时，爱达荷国家实验室与能源部进行了一场网络攻击的演习。他们从千里之外发送了一个二十一行的软件代码包，以病毒方式嵌入到了一个电子邮件中，进入能源部的某处设施。它造成了断路器开关的快速切换，从而使发电机自行毁坏。"

"那就换一个新的发电机啊。"

"你不能在沃尔玛买到那些设备。它们有几层楼高，重达数百吨，需要几个月的时间才能造出来。"

"只要能源部知道了问题所在，他们不就能解决问题了吗？"

"问题并不那样简单。大多数发电机都是传统的设备，是在互联网发明之前建造的，它们几乎是无法替代的。"

"如果它们是在互联网发明之前就建成的，它们不应该就不受互联网的影响吗？"

"它们曾经是不受互联网影响的。但有人有了一个聪明的想法，通过互联网的控制来重新布线供电，就像我们的大楼一样，这样可以节省资金，于是现在就可以通过互联网对一切进行攻击了。”他叹了口气，低声说，“情况会变得更糟的。”

铲雪车正向我们开过来，我们赶紧走到路边，爬上雪堆，让它咆哮着扫过去。透过冰雪覆盖的窗户可以看到驾驶员头顶上方的一盏小灯照亮了驾驶室的内部，他弯着腰弓着背，戴着口罩。驾驶台上固定着一张照片，我想那张照片应该是驾驶员的家人，现在为了替大家铲雪他不得不离开他的家庭。

铲雪车轰鸣着向远处驶去。我问：“怎么会变得更糟？”

“美国已经不再制造那样的发电机了。”

“那么谁能造呢？”

查克沉默了一会儿，在原地踏了几步，然后说：“你猜猜看。”

我能看出这是怎么回事了，“中国？”

“是的。”

“所以他们可以进行远程破坏，而我们可能无法进行更换？”

“他们可能已经破坏了那些发电机。所以我们可能会有几个月甚至几年没有电网供电。情况还可能会变得更糟。”

这下，轮到我叹气了。

查克对着一大块冰踢了一脚，说道：“所有关键的系统——水，大坝，核反应堆，火车和轮船，食品，应急系统和政府服务系统，甚至是军队，可能或多或少都遇上了相同的情况。你能说出有哪样东西没有连在互联网上，有哪样东西不使用中国制造的零件？”

“他们不会对我们进行同样的指责吗？我的意思是说，如果他们攻击我们，我们不会也对他们进行反击吗？双方都可以破坏对方的网络。”

“不一样的。我们是地球上网络最健全的国家。这里的一切都可以通过互联网访问，远远超过了其他任何国家，远远超过了我们的敌对国家。我们完全无法抵御大规模的网络攻击，而那些国家网络暴露的程度要低得多。”

“但如果是那样的话，我们就只能轰炸他们了，对吗？”我指出了问题的关键，“谁愿意冒那个风险呢？”

“问题没有那么简单。你怎么知道是谁攻击了我们？世界上有一半的人因为某种原因与我们争吵。我们不可能去轰炸所有的人。”

“到现在为止，不是一直都在策划轰炸报复吗？”

查克大笑了起来，说道：“我很高兴你还能保持幽默感。”

我们走到了第三十一街，深一脚浅一脚地沿着街道继续前行，试图从纽约火车站的后门进去。紧贴着巨大的纽约邮政局大楼的混凝土墙往前走，我们先越过了一排货运仓储的大门，然后走到了一堵矮墙的边缘，那堵矮墙像是围绕着邮政局大楼的一道护城河，这里可以看到帝国大厦阴暗的顶部隐约出现在麦迪逊广场花园的上方。

邮政局大楼入口处的警卫小屋是空的，但大楼的许多窗户都亮着灯。当我们走过大楼的时候，我看着其中的一扇窗户问：“那是什么意思？”我指的是在大楼入口上方刻着的邮政服务的服务口号。

查克明白我说的是什么。他说道：“不管下雪，不管下雨，也不管天气炎热……我不知道，如果你想要搞清楚的话，我们可以走过去看看。”

“不用啦。我认为今天的邮件可能会晚到。我不肯定那份邮件上有没有网络攻击的病毒。我不记得那份名单上有网络攻击。”

查克笑了起来，我们又继续往前走。

攀爬上第八大道人行道边的一个雪堆的顶端后，我们才第一次看到了到目前为止这个城市应急服务的成效。我的心沉了下去。好几百人挤在纽约火车站和麦迪逊广场花园的后门外面，可以看到在远处第三十一街的街口处聚集着更大的人群。

“我的上帝，已经有这么多人了吗？”

查克回答说：“我们不也在这里吗？大家都很害怕，都想知道到底发生了什么事情。”

走了几步，我们跳下了雪堆。跨过了第八大道，然后爬过了另一边的雪墙，加入了那里的人群。当我们小心翼翼地择路前行时，可以听到我们周围挤成一团的人群中不时发出的关于战争和轰炸的窃窃私语声。国民警卫队的士兵正站在大门口，试图制止混乱，维护秩序。在一排为防风而匆匆竖立起来、固定在脚手架上的塑料板的保护下，第八大道上排起了一条长队。应急救援人员正在向排队等候的人们发放带有红十字标志的灰色毯子。

在入口处拥挤着一群愤怒的民众，一些人大喊大叫着想要冲进去。卫兵们坚守着他们的阵地，不停地摇着头，指着那条长长的队伍的尾部，我们可以看到那条队伍正在变得越来越长。查克在外围观望了一会儿，然后走过来，拽着我往里挤去。“对不起，先生，到后面排队去。”一名年轻的卫兵挡着我们说，他举着右手向第八大道指去，现在，队伍的长龙已经排到了那里。

“我们不是想进去，”查克大声说，“打仗了吗？”

“没有打仗，先生。”

“所以我们没有去轰炸任何人？”

“就我所知，没有轰炸任何人，先生。”

“如果我们轰炸了谁，你会告诉我们吗？”

那个卫兵叹了口气，低头看着人群，“我所知道的是，援助马上就会到来，电力应该很快就会恢复，你需要待在室内并保持温暖和安全。”他看着查克的眼睛，补充说道：“先生。”

查克走近了他，那个卫兵挺直了身子，抓紧了他的M16步枪。“口罩，先生！”他说道，点头向我们示意旁边那个警告禽流感传染的布告。

查克低声说：“对不起！”然后从口袋里掏出他带来的口罩。

他给了我一个，我戴上了它：“那么暴发了禽流感是真的吗？”

“是的，先生。”

“你并不比我知道得更多，是这样吗？”

卫兵的肩膀垂了下来：“保持温暖和安全，先生。请往回走。”

“里面没有人可以和我谈谈，让我了解更多的情况？”

他摇了摇头，表情变得柔和了一些：“你可以排队等候，但里面现在是一团糟。”

这年轻人看上去已经忍受得够多的了。

“谢谢！”查克同情地说，“我打赌，你想和你的家人在一起。”

卫兵眨了眨眼，向天空望去，“是的。我希望上帝会保佑他们平安。”

“他们是怎么召唤你来执勤的？”查克问，“电话网都坏了，又没有互联网……”

“我当时正在执勤。当命令下来的时候，我们没有办法去召集更多的人。根本没有办法进行协调指挥。除了一些陆基无线电台以外，没有其他任何通信设备。”

“我们可以明天再来看看有什么新的消息吗？”

“你可以试试，先生。”

“你听说有从纽瓦克机场转运来的人吗？”我问。

一群人从我们身后挤了上来，把我们推向士兵的身上。他大声喊道：“退回去！”并用他的M16步枪用力把我们往回推，他的脸色变得僵硬起来。他看着我的眼睛，摇了摇头，再次大喊道，“退回去，该死的！”

查克从后面抓住我，拉着我往后退去，“走吧，我想我们该离开这里了。”

下午3点40分

“是哪一辆？”

“黑色的那辆，上面第五层。”

我指向半空中，问道：“就是那辆？”

天色渐渐暗下来。雪下得更大了，几乎接近了暴风雪的状态。我们冒着风雪走了近三十个街区，去到位于肉类加工区的查克停车的停车场。除了我们走过的第九大道上有个花哨的甘斯沃尔特酒店以外，这个城市的大部分街道都像是被废弃了一样。甘斯沃尔特酒店仍然像圣诞树一样通透明亮，外面有很多人想要进去，但几个身材魁梧的门卫对着他们直摇头。每个人都在大喊大叫。我们从旁边走过，停都没有停一下。

“不是那辆，是它旁边的那辆。”查克说道。

我眯起了眼睛：“啊，哇！这真是一辆漂亮的越野车。可惜离地面有五十英尺，真是太糟了！”

我们面对着一个立体停车场，就在甘斯沃尔特酒店旁，第十大道的拐角处，旁边是城西高速公路的入口。如果你的度假车不是停在五层楼高的地方的话，这里是你快速离开纽约外出度假的理想地点。查克吼叫着再次咒骂起来：“我告诉了那些家伙把我的越野车降到一层来的。”

停车场的构造是一组开放式平台，每个平台只能停放一辆车，悬挂在垂直的金属梁之间，而那些金属梁依附在后面建筑物的墙壁上，支撑着堆叠在各层平台上的车辆。每组垂直金属梁之间都有液压式升降机，操作员可以升高或降低平台，让汽车升上去或者降下来。当然控制升降机需要电力。

“现在没有人会来。我们难道不能搭线启动另一辆，一辆停在路边上的车？”

大雪完全覆盖了地面上的所有汽车。“不行，我们需要我的越野车。没有别的车能在这样的冰天雪地里帮助我们离开这里。”透过飘落的大雪，他凝望着他的宝贝，“1994年的路虎野狼XD110，底层防护装甲，深水排气管，重型绞盘，三十六英寸的越野径向雪地轮胎……”

“真的非常出色！”我用赞同的语气说道，“但现在却在那么高的地方。即使我们把它弄下来了，你认为它能够爬上那个雪堆吗？”

我指着第十大道上八英尺高的冰雪堆问道。那是从车库进入城西高速公路的唯一障碍，然而却是一个令人生畏的障碍。

他看着雪堆沉思了一会儿：“不管用什么办法，我们总能翻过去的。但我们现在不能让车从上面直接摔下来。那样的话，即便是野狼也会摔烂的。”

“我们最好走回家吧。”气温正在往下降，我整个人开始发起抖来，“让我们回家再好好想一下。至少现在它还没有被盗走。”

查克最后看了一眼他的越野车，转过身来，我们爬出了停车场，然后朝第九大道走回去。甘斯沃尔特酒店外面的大多数人已经消失在即将来临的黑暗之中了，但当我们走过酒店门口时，还有几个人站在外面，默不作声地看着我们，显然他们对我们背着的背包很感兴趣。查克把手放在他的大衣口袋里，握着他的点三八口径的手枪，回头看着他们。好在什么事情也没有发生。当经过他们，走到苹果商店之后，我们松了一口气。苹果商店的所有橱窗玻璃都被打破了，里面的地上飘满了雪花。

我笑着说：“现在正是你决定是否需要一台新的 iPad 的极好时机。”然后我注意到了另一个问题，“街上的积雪越来越深了。”

我们正走在第九大道的道路中间。今天一整天我们一直在大街上走来走去，而铲雪车也一直来回不停地把雪铲到街道的两边。在铲过的街道上，雪的深度从没超过我们的脚踝。但现在，雪却深得已经到我们的小腿肚子了。

我眯起眼睛向黑暗中望去，却看不到任何向我们驶来的车辆。

查克说道：“如果他们停止铲雪，城市的服务系统必将完全瘫痪，纽约城将变得更加丑陋。”

“也许他们只是放缓了速度？”

“也许。”查克不肯定地回答道。

我们决定从查克的餐厅里拿一些我们能带走的东西，这总比让别人来把它们拿走要好。所以我们又走回到了上城，在离我们住处最近的一家查克的餐厅停了下来，尽可能多地把高热量罐头和腌制食品装进了我们的袋子。

当我们再回到外面时，街上几乎是漆黑一片了。在往回走到第二十四街时，我似乎有了一种奇怪的感觉：我们公寓大门的锁打不开了，我们被困在了外面的世界。

天气这样寒冷，我们可能会死在外面。我不由自主地加快了脚步。

当到达我们大楼的后门时，我几乎快冻僵了。查克把钥匙塞进锁孔，门却从里面打开了，托尼的脸出现在了门口，他看着我们傻笑道："小伙子们，我很高兴能见到你们！"

"没有我们见到你那么高兴！"

查克和我的头灯都亮着，但托尼好像一直坐在黑暗之中。

我们问他为什么，他说他不想引起别人的注意，所以我们也就不再问他了。托尼留下来锁门并打扫地板，他告诉我们赶快上楼，楼上所有的人都担心得要命。我们开心地爬上楼梯，摘掉帽子和手套，脱下一层层衣服，享受着温暖的感觉，想着马上就能有一顿热饭、一杯热咖啡和一张温暖的床。

到达六楼时，我们停了下来。深吸了一口气，我打开了楼梯口的门。我期待会听到卢克跑过来，然后我将跳出去给他一个惊喜。

然而我看到的却是一群惊恐且从未见过的面孔。

一大群无家可归者散坐在我公寓门外的几个沙发上，一位母亲和两个小孩蜷缩在鲍罗廷的沙发上。至少还有十几个我不认识的人挤在走廊里。一个年轻人裹着理查德的一张昂贵的羽绒被站起身来，向我伸出了手，但查克突然从门口冲了进来，用他的手枪指着那个年轻人的脸，大声问道："你们对苏茜和劳伦干了什么？"

那个年轻人举起了双手，指着查克的公寓说："她们就在那里，一切安好！"

托尼紧跟在我们身后，正在往楼上赶，他在后面气喘吁吁地喊道："等一下，等一下，我忘了跟你们说了！"

当托尼出现在我们身后的门口时，查克的枪还指着那个年轻人。托尼把手放在查克的枪上，让枪口指向了地上，"是我让这些人进来的。"

"你干了什么？"查克喊了起来，"托尼，这不是你可以作的决定……"

"不，那是我的决定。"苏茜说道。她走出了他们的公寓，一把紧紧地抱住了查克。

劳伦也出现在门口，卢克站在她的身边。她跑过来拥抱着我。她在愉快的抽泣声中低声说道："我真怕你会出什么事。"

"我很好，宝贝，我没事。"

她深吸了一口气，放开了我。我俯下身来，亲吻了抱着我一条腿的卢克。

"现在没事了吧？"那个年轻人问道，他的双手还举在空中。他看起来好像有点不高兴。

"我想没事了。"查克回答，说话间把手枪收了起来，"你叫什么名字？"

"文斯，"年轻人边说，边伸出手来握着我的手，"文斯·英迪格。"

第五天
12月27日

上午9点

阳光透过窗户照了进来。这是早晨时分，但我不知道现在是几点钟。我的手机早已没有电了，我也有好几年不戴手表了。

突然间我恍然大悟，外面的天空是蔚蓝色的。我透过窗户，凝视着蔚蓝的天空。

劳伦仍然蜷缩在被子下面，卢克睡在我们两人中间。我探过身去，吻了一下她的脸颊，试着从她的头下抽出我的胳膊。她在睡意蒙眬中提出了抗议。

我低声说道："对不起，宝贝，我得起来。"

她噘起了嘴，但还是让我抽出了胳膊。我从床上起身，小心翼翼地给她们两个盖好了被子。颤抖着，我穿上了我那条仍然僵硬的牛仔裤和一件毛衣，悄悄地离开了被我们当成卧室的查克的备用卧室。

发电机仍然在窗外发出嗡嗡的轰鸣声，但接在它上面的小型电加热器并没能提供足够的热量。即便有点冷，我还是再次因外面清澈湛蓝的天空变得心情愉快起来。

从查克的橱柜里拿出一个玻璃杯，我俯向水槽，想要放满一杯水。我打开了水龙头，但没有水流出来。我皱着眉头，关掉了水龙头，然后再打开，还试了热水龙头，都没有水。

前门吱吱作响，收音机里播音员的声音飘了进来。然后出现了查克的脑袋，他看到我正在打开水龙头，说道："没有水了。"然后他在地板上放下两罐四加仑的水，"还好只是水龙头里没有水了。"

"你没睡觉吗？"

他笑了起来："我5点起床时就已经没有水了。不知道是因为水泵停止工作了，水压无法将水送上六层楼来，还是因为管道被冻结，或是因为城市没有电源供应。但有一件事是肯定的。"

"是什么？"

"那就是外面现在冷得要死，至少在零下十度以下，风也很大。蓝天带来了寒冷的空气。我还是更喜欢下雪。"

"我们可以想办法恢复供水吗？"

"想都不要去想。"

"你想让我跟你一起去提水吗？"

"不需要啦。"

我沉默了。我可以看出他有几句不受用的话要向我说。

"我需要你去为发电机搞点汽油。"

我嘟哝道："不能让理查德去吗？另外还有其他那么多人待

在那里。”

“我昨晚让理查德去了，他完全没有用。他就像公牛身上的奶子，产不出一滴奶来。带上那个年轻人一起去。”

“那个年轻人？”

查克探身面向走廊深处大声喊道：“嘿，英迪格！”

从远处传过来应答声：“在这儿呢！”

“穿上冬天的装备，你将和迈克一起去冒一下险。”

查克转身要离开，但又停了下来，对我笑了笑说：“装满两个四加仑的罐子，行吗？”

“英迪格这个名字有什么特别的意思吗？”

我蹲下身子，试图避开风口，让那个年轻人去干活。一路走来时，他一直很安静，只是不时看着天上。当我要他挖第一辆车时，他一声不吭就开始挖了起来。

“我老家在路易斯安那州。人们在那里种那种东西，所以他们用它来给我起名字了。”

他看上去不像是非洲裔美国人，但也不像白人——深暗的肤色，短发，有异国情调，似乎是亚洲人的特征。他身上不寻常的最引人注目的东西是一条挂在脖子上的金项链，项链上面挂着一个水晶吊坠。

我试图和他进行交谈，所以问他：“英迪格是蓼蓝，那不是有毒的吗？”我们现在在第二十四街上，在街道的另一边，离我们住的地方隔着几栋大楼。我们的人已经把附近大部分汽车的油箱都吸空了。

年轻人点了点头，继续挖着：“当然，看上去就是那样的。”往街的两头看，我想象着有数百万人和我们一起被困在这片城市荒漠里。从这里望过去，整座城市看上去已经荒废了，但我能感觉到躲藏在那些灰色建筑中的人们。那些建筑物一幢挨着一幢，一直伸向远处，混凝土塔楼之间是一片片冰冻的荒原。

我听到一种“嘶嘶”的声音，担心哪里在泄漏汽油，后来才意识到那是冰的微粒被风吹着擦过雪面时发出的声音。

“你是怎么想到来敲我们的门的？”

他指着我们六楼的窗户说道：“其他的窗户没有多少有灯亮着。我自己是不会来打扰你们的，但是维基和她的孩子们需要帮助。”

他指的是仍然在走廊的沙发上睡着的那个母亲和两个年幼的孩子。他们看起来非常疲惫。

“她不是和你住在一起的？”

他摇了摇头：“但他们和我在同一辆火车上。”

“什么火车？”

他把铲子放到雪地里，然后俯身在油箱盖上清除冰块，稍微敲打几下后把它打开了，“美国国铁。”

“你就在那辆火车上？你受伤了吗？”

“我没有……”他的情绪明显地低落了下去，闭上了眼睛，“我们可以谈谈其他事情吗？”他抓起了一个油罐，看着我，天空倒映在他清澈的蓝眼睛里。

“你们的大楼里不是有应急发电机吗？”

我点了点头：“但无法启动。你问这个干什么？你认为你可以启动它吗？”

“即使我能启动它，它也不能运行加热系统。”

“那你为什么问那个？”

他单膝跪地，指着我们的大楼说：“查克说他的发电机可以烧汽油和柴油。你们有没有检查一下，大楼应急发电机的油箱里有多少柴油？”

风呼啸着吹过我们身旁。我笑着说道：“没有，我们没有检查过。”

不到五分钟，我们就站在了大楼的地下室里，听着第二个油罐里发出的注油的响声。地下室很冷，但比外面要暖和的多。我们甚至不需要进行虹吸，因为油箱底部有一个释放阀。

我读了一下油箱侧面的标识，激动地说道：“二百加仑！这能让我们的小型发电机运行好几周呢。”

文斯微笑着关上了释放阀，并将盖子拧到塑料罐上。

我想知道美国国铁的车祸到底严重到什么程度。但文斯看上去受了一点刺激，所以我需要谨慎行事。

尽管这里没有其他人，我仍然低声说道：“我想要你答应一件事，这个油箱是我们的小秘密，好吗？”

他皱起了眉头。

“我的意思是，不要告诉别人有关备用发电机油箱的事，我们可以把取油当成我们的工作。当大家都以为我们在外面的冰天雪地里从汽车上把油吸出来时，我们可以坐在这里放松一下，聊聊天。你觉得怎么样？”

他笑了起来。“当然可以。但他们不会注意到我们取回来的是柴油而不是汽油吗？”

这年轻人的脑子转得很快。

“除了查克之外，没有人会注意的，而他是很善于保守秘密的。”文斯点了点头。

我问道：“感觉我们现在还是像刚开始聊天那样拘谨吗？”

“不太确定。”

“行了，我们聊一会儿吧。”

下午3点45分

“我能上来吗？”

我低头看着地毯，避开了她的眼睛。

“我们已经照顾了比我们真正能够照顾的更多的人了。”查克代我回答。住在315公寓的那个女人丽贝卡看上去很害怕。她那个楼层的其他住户都早已经离开了。

她穿着一件闪亮、蓬松的黑色夹克，上面镶着人造皮草饰边。金色的头发从她头上戴着的夹克连衫帽两边撒落了出来，在她身后的光的照射下，她苍白的脸庞周围映出一个飘逸的光环。至少她看上去是很温和的。

“你真的不应该独自留在这里，”我说道，想象着她晚上独自一人，在黑暗和寒冷中苦守。

她那只戴着手套的手扶着门框，心神不安。

我心软了：“你为什么不下午上来，喝一杯热咖啡，然后我们可以陪你去贾维茨中心。”

“非常感谢你！”她几乎要哭出来了，“我该带些什么吗？”

“尽可能多穿几件保暖的衣物，”查克摇摇头回答，“一个你可以随身携带的包。”

这个城市还有四个仍在工作的广播电台，为中城作紧急通报的广播电台宣布，第三十四街和第四十四街之间的贾维茨会议中心已经设置成了曼哈顿西区的疏散中心。

“我们可以借几条毯子，以及任何可以保暖的东西吗？”我问道。

她点了点头："我会把我所有的东西都带来的。"

我加了一句："还有你不需要的所有食物。"

她又点了点头，然后退回公寓里面，关上了门，把我们留在了黑暗之中。外面的天色仍然很亮，但是由于没有任何外窗，走廊就像是一个阴暗的洞穴，一百英尺长的走廊里只有两个应急灯还亮着，一个在电梯口的上方，另一个在楼梯间入口的上方。

我们一家接一家地敲着门，就像查克所说的，进行一次盘点，以获得一些"态势感知"。大楼里的大部分居民都不在这里了。我们的探访让我想起了就在几个星期前，当我们一家一家敲门邀请他们参加感恩节烧烤活动的时候，现在感觉那发生在一个完全不同的时空里。

当我们打开通往楼梯间的门，开始向上攀爬时，查克说道："大楼里有五十六个人，其中大约一半的人在我们的楼层上。"

"你觉得二楼的那些人能坚持多久？"212号公寓里也装有一台小型发电机，有九个人像我们一样联合了起来，但他们的装备不够好。

查克耸了耸肩说："很难说。"

由于其他楼层的人不断地上来，我们的楼层变成了一个紧急避难所。理查德继续让我感到惊讶，他出去又设法搞到了一个煤油加热器和一些燃料，以及更多的食物。在外面，钱还是能买到东西的，至少目前来说仍是如此。

"现在外面到处是水。"我说道。这不是一个问题，我们在收音机里听说了城里各处都是水。

"要在现在这种环境生存下去的话，轻重缓急的顺序是温暖、水，然后是食物。”查克回答道，“你可以在没有食物的情况下存活数周或数月，但不能两天没有水，而如果无法取暖，只要几个小时你就会冻死。所以，我们需要保持温暖，并让每人每天能有一加仑的水。”

我们沿着楼梯向上攀爬，脚步声在我们周围回荡。楼梯间的温度已经下降到与外面的温度相仿，每一次呼吸都会在面前喷出浓密的蒸气。为了保护受伤的手臂，查克把那只手吊在了肩膀上。他现在只有一只手可以发挥作用，只能慢慢地向楼上挪动着步子。

“外面到处是五英尺高的雪堆，我们当然不会缺水。”

“北极的探险者和撒哈拉沙漠里的人一样感到口渴。”查克说道，“你必须先让雪融化，那需要消耗能量。直接吃雪会降低你的体温，并使你痉挛，那可能会要了你的命。腹泻和脱水就像感冒一样，也都是我们现在的敌人。”

我向上爬了几步。我不在乎有太多的水。没有它，我们如何保持浴室的清洁和环境的卫生？但我仍然为查克因为我们而留在这里而感到内疚：“你认为我们应该离开吗？把大家带到疏散中心去？”

楼里的大多数公寓都已经空了，只有我们整个楼层和那些难民还留在这里，因为我们有发电机和暖气。也许我们犯了一个可怕的错误，我们没有足够的食物来支撑走廊里近三十个人的长时间的消耗。我脑子里对那些以“难民”的身份加入我们楼层上的人的念头让我自己感到震惊。

“卢克的身体还没有强健到能够出行，而爱丽罗斯还太小，无法自理。我认为去疏散中心将是一场灾难。如果我们离开，我们将失去我们在这里所拥有的所有东西。如果我们被困在那里……那我们将遇到真正的麻烦。”

当我们继续往上走时，我可以听到我的靴子落地时发出的有条不紊的节律。在过去的两天里，我已经在这些楼梯上爬上爬下二十几次了。爬楼梯成了我锻炼身体的好方法。尽管眼前还有那么多的困难，我还是笑了。

爬到六楼时，查克转向我说道：“迈克，我们现在已经陷进去了。不管发生什么事情，我们必须把一切搞定。你会和我一起吗？”

我深吸了一口气，说道：“我和你一起。”

查克伸出手去开门，但在他抓到门的把手之前，门突然打开了，几乎将他撞倒在楼梯上。

托尼的脑袋出现了。

“该死的！”查克骂道，“你能不能更加小心一点？”

“长老会医院有麻烦了，”托尼气喘吁吁地说道，“他们正在广播上招募志愿者。”

我们看着他，不明白他说的是什么。

“街那头，医院里的病人们正在死去。”

晚上8点

“保持通风。”

走进医院的过道就像是在做一场噩梦。在应急灯的照明下，目光呆滞的人们躺在担架上无人照顾，管子和血袋悬挂在移动的金属支架上。在昏暗的灯光下，人们大喊大叫着，手电筒和头灯的光照四处闪动，所有人都发疯似的冲向底楼，冲向外面那个天寒地冻的世界。

我和一个护士正顺着楼梯往下跑，我拼命地试图跟上步子。我的手上握着一个蓝色的塑料气袋，并且我还要将气袋始终保持在一个新生婴儿的嘴和鼻子的上方。每隔五秒，我就得挤一下气袋，给婴儿送去一点新鲜的空气。这名婴儿来自新生儿护理病房，早产了五周，昨晚刚出生的。

小孩的父亲在哪里？母亲又怎样了？

护士把婴儿抱在怀里，和我一起尽可能快地协同跑下楼梯。到达一楼以后，我们冲向了大门的出口。

我问那个护士："你准备把他带到哪儿去？"

她专注地看着面前的通道，说道："我也不知道。他们说麦迪逊广场花园有应急服务。"

我们穿过了前面的双层大门，然后停在一架轮床后面，等两名工作人员用力把它推到外面去。轮床上躺着的老人抬头看着我，他双臂紧抱着，想说些什么。我也看着他，想知道他想要说什么。

"把这给我吧。"纽约警察局的一名警官从我手里拿过了气袋。

感谢上帝，长老会医院紧靠着第六大道，那是他们一直在铲雪的主要街道之一。走到外面，我可以看到有几辆警车、救护车和民用车辆正在通过一个雪堆的缺口，开进了两边都是长长的雪堤的第六大道。

护士和警官继续向前走着，一波人涌过我的身边。注意到护士穿的只是短袖制服，我赶紧追上去，脱下我的派克大衣，把它盖在了护士的肩膀上，然后浑身颤抖着走回大厅里。

从楼上往下跑时，我看着那个新生的婴儿，脑子里一直想着的就是劳伦。护士怀抱中的小宝宝好像就是我的那个还未出生的孩子。一想到这，我差一点要哭出来了，我的呼吸开始急促起来。

“你还好吗，伙计？”近旁的另一名警官问道。我深吸了一口气，点了点头。

“我们需要人到外面去，把病人送到纽约火车站。你能帮一下忙吗？”我不确定是否能够做好，但不管怎样，我再次点了点头。

“你有外套吗？”

我指着大门外说道：“我把我的外套给了一位护士了。”

他向出口大门旁边的一个柜子指了指说：“到失物招领处去找件外套穿上，到外面以后他们会告诉你该做什么的。”

几分钟后，我穿着一件上面沾有污渍，带有白色褶边袖口的褪了色的樱桃红大衣，戴着灰色的羊毛手套，推着一架轮床上了第六大道。查克给我的厚重手套被我塞在送给护士的派克大衣的口袋里了。

这件大衣的尺寸对我来说太小了，这是一件女装，所以我必须用很大的气力才能把拉链拉到我的肚子上面。我觉得自己现在就像一根红色的香肠。

医院里面的世界一片躁动，但外面的世界却是一种超乎现实的平静。街道上几乎是一片漆黑，沉寂无声，只是时不时会出现来回运送病人的车辆前灯的灯光。一辆救护车从我身边开过，闪烁的灯光照亮了前方幽灵般的队伍，一队带着简陋装备的人在雪地上蹒跚而行。

刚走了前半个街区时，寒冷还是可以忍受的。但当我走了两个街区，到达第二十五街的转角时，就感到寒冷开始渗入肌肤。

顶着风向前行走，我把粗糙的羊毛手套按压在我的脸颊上以保持温暖。然后拉下了其中一只手套，抚摸着脸颊，感到脸上有些凹凸不平。我已经冻伤了吗？我的双脚已经开始麻木了。冰雪覆盖了整个街道，我不得不集中精力保持轮床的车轮不会卡在车辙中，不断地前后倒向，并在车轮卡住时用力向前推进。轮床上的女人裹着薄薄的蓝白相间的毯子，人被包裹得就像一具木乃伊。她有意识，仍然清醒着，抬头用害怕的眼光看着我。我不停地跟她说话，告诉她不要担心。

一袋液体悬挂在床边的撑竿上，来回摆动着，上面接着的管子蜿蜒进入她盖着的毯子。我试图稳住那袋液体，诅咒把它放上去的那个人为什么没有把它绑定，同时也想知道那里面究竟是什么东西。它会被冻起来吗？如果轮床翻倒了又会怎么样？会把那根管子从静脉里扯出来吗？

轮床再次卡在雪地里，几乎要翻倒了，那个女人发出了一声低低的呼叫。几乎用尽了所有的力气，我终于把轮床翻了回来，虽然气喘吁吁，但还得继续往前推。

在过往汽车和救护车的灯光闪亮的间隔中，我的世界成了一个冰冷黑暗的死茧，我的心怦怦直跳，我的眼睛紧盯着我那昏暗的头灯灯光能照到的眼前的那一点点地方。世界上只有我和那个女人，我们在生与死的边缘上联结在一起了。

一弯薄薄的镰刀状的银色新月悬挂在我头顶的黑色夜空之中，而我已记不起曾在纽约看见过怎样的月亮。

七个街区成了似乎永远无法跨越的距离。我错过了分岔路口吗？我凝视着黑暗，苦苦挣扎着。我的前面还是有人在走着。又过了两个街区，我看到了一辆蓝白二色的纽约警察局的面包车。

我抓住了轮床的冰冷的金属把手，强迫自己继续前进。我的脸和手脚几乎都冻僵了，我的手臂和腿都感到极度的疲劳。

“让我们接手，从这里推到那里去吧，伙计。”纽约警察局的两名警察来到了轮床的两端，抓住了推把。

我浑身已经被汗水湿透了。

当她被推到第三十一街上的一个雪道口时，那个女人对我说：“谢谢你！”

但是我实在太累，已经没有气力来回答她。我气喘吁吁，俯下身去对她笑了笑，然后直起身来，沿着街道在黑暗中向长老会医院走去。

凌晨2点25分

“我真希望我们能够提供更多的东西。”威廉姆斯警长说道。

我摇了摇头说：“这已经够好的了，非常感谢你！”我双手捧着一碗热汤，尽情地享受着它的热量。当血液流转正常起来以后，我开始感到了手指上传来的针刺般的疼痛，但我的双脚仍然麻木。在走进医院的时候，我在盥洗室检查了一下我的脸。脸上很痛，脸色通红，但是没有冻伤，或至少没有看到我认为是冻伤的症状。

跟着排在餐厅里的长队，我拿到了一个坚硬的面包和一点黄油。除了一些饼干和几袋薯条之外，那儿并没有剩下多少东西。

紧邻纽约火车站和麦迪逊广场花园的办公大楼的二楼已经被改建成了纽约警察局的营房，里面挤满了人。经过几次转送病人的来回挣扎之后，威廉姆斯警长看到我快不行了，就拦住了我，提议让我到他们的营房去休息一下。当我穿着带褶边的红色外套进去的时候，没有一个人多看我一眼。大家都太累了。

扫视着人群，我没看到一个认识的人。查克留在我们的公寓里了。他的手受了伤，在医院没有多大用处。当我们宣布打算来这儿帮忙时，就看不见理查德的影儿了。托尼、文斯和我来到了医院，但我在混乱中和他们失去了联系。离开医院的时候，每个人都戴着口罩，但在这儿的餐厅里没有人戴口罩。

要么他们知道一些老百姓不知道的情况，要么他们已经不在乎了。

威廉姆斯警长示意我在旁边桌子还有一些空位，我们得穿过人群在那里坐下来。在纽约警察局的一群警官之间迂回前行，我最后将那碗热气腾腾的汤放到了桌上，并伸出手去，四处握手。威廉姆斯警长坐在我对面，脱下了帽子和围巾，把它们扔到乱堆在桌子上的一大堆户外服装上。我把我的大衣也放到了那一大堆衣服上面。这儿的气味闻上去就像在一间更衣室里一样。

一位警官一面低头去喝他的汤，一面抱怨道："外面的世界真他妈的是一片混乱！"

"发生了什么事？"另一个问道。

"不知道发生了什么事？"那位警官回应道，"这就像我们在自己的城市里打一场该死的战争。"

"够了，"威廉姆斯警长说道，"外面的情况已经够糟的了，我们不能再添乱了。我们还不知道到底发生了什么，我不想再听到有人说这样的话了。"威廉姆斯中士沉下脸来看着那个警官，说道："有一个在那儿捣乱的人，就有五个像迈克这样的人，"他朝我点了点头，"会站出来，冒着生命危险来帮助我们。"

那个警官摇了摇头说："捣乱的人？我马上就可以找几个给

你们看看。你们都会受不了的。我已经受够了。”他抬起头来，端起他的那碗汤，快步走到了餐厅的另一个角落去了。他旁边的那几个警官装作没看见，但一个接着一个，也都起身离开了。

威廉姆斯警长说道：“你得谅解罗曼赖斯。今天我们在第五大道的枪战中死了几个人。一些白痴抢劫那里的精品商店，一群暴徒！”

俯下身去，我解开了靴子上的鞋带，松开了鞋口，试着弯曲了一下我的脚趾。从脚趾上传来的强烈的刺痛让我坐立不安。

威廉姆斯警长建议道：“把靴子脱了。这里暖和，你的靴子是隔热的。如果你把脚放在靴子里，你的脚就一直是冰冷的。”他叹了口气，看了一下四周，低声说，“第五大道在枪战之后到处都是尸体和鲜血，找不到地方存放那些尸体，货车或救护车也无法开到那里，所以我们不得不把他们留在街上冰冻。情况真是太糟糕了。”

踢掉了我的靴子，我把一只脚放到另一条腿的膝盖上，然后开始揉捏我的脚趾，“很抱歉听到那样的消息。”我不知道该说什么才好，也许什么都不说更好。我换了一只脚，开始揉捏那只脚的脚趾。

“纽约市的停尸房都已经是满满的了，医院似乎正快速地变成肉类储藏所。”

我正在按摩的那只脚突然传来一阵烧灼般的疼痛。我抖动了一下，然后问道：“长老会医院到底出了什么问题？”

威廉姆斯警长摇了摇头，慢慢地说道：“当他们把发电机的加油泵从一个油箱切换到另一个油箱时，加油泵上的一个垫圈爆裂了。这座城市的八十家大医院，再加上几百家诊所，都将很快崩溃。我们已经停电快三天了，即使没有任何设备故障，所有的发电机难以支持它们超过五天，而且也看不到有任何加油的可能。”他将面包浸到汤里面，继续说道，“最糟糕的问题是水。当一个系统故障报告说有污水溢出时，环境保护局就关闭了山景水库的二号和三号水道。但当他们发现那只是一个小故障时，却无法再次打开水道。真是绝顶的天才！我们听到的是控制系统瘫痪了，还有就是一些没用的废话。”

“他们不能做点什么吗？”

“百分之九十的城市用水是从那里流过来的。他们打算炸开水道的控制闸门，但即便如此，在现在这样的温度下，没有流水，那些较小的管道可能很快就被冻住了。不用很久，人们就得在东河上砸开冰块，喝底下被污染的河水。这个城市中的八百万人在冻死之前就会先渴死的。”

我喝完了汤，然后把双脚放回到地上，尽管脚上发出的疼痛使我的双腿发抖：“难道就没有国家派来的救援队吗？”

“联邦应急管理署？”他笑了起来，然后停下来说道，“他们正在做他们能做的，但他们没有做过应急救援六千万人的准备。网络全都瘫痪了，他们甚至无法找到他们的人员或设备。波士顿和我们一样糟糕。那个东北向寒潮袭来的时候，那里也下了一场大雪，哈特福德、费城、巴尔的摩的情况都差不多。”

“难道总统没有命令军队来救援吗？”

他叹了口气说：“小子，就连华盛顿也危在旦夕啦。我们有一整天没有从那里听到任何音信了，就好像他们都一起掉进了黑洞一样。从禽流感恐慌开始，整个国家都陷入了混乱。我们能知道的事情实在是少之又少。”

“你有没有见到有军队来过？”

“他们来过了，但他们也因为目标身份不明而恼火。他们认为我们正在进行某种新的无人机战争，并启动了二级戒备状态来保护一个正在防线后面瓦解的国家。当我们在这里饿死或冻死的时候，那些白痴正准备在世界的另一头发动战争。而且仍然没有人知道到底发生了什么事情。”

“但是确实有人干了些什么。”

“是的，是有人干了些什么。”

我环顾了一下拥挤的房间，说道：“我的家人都还在公寓里。我们应该出去，转移到一个疏散中心去吗？”

“疏散到哪里去？外面是一片冰天雪地的荒原。即使你有什么地方可去，你怎么去那里呢？”他深吸了一口气，伸出手来握住了我的一只手，这是一个出乎我意料的亲密姿态，“你有安全的地方？一个暖和的地方吗？”

我点了点头。

“那就待在那里，喝干净的水，不要乱出头。我们会解决这个问题的。联合爱迪生电力公司说他们几天之内就会恢复供电的，有了电其他就都好办了。”他放开了我的手，直起了身子，揉着眼睛说，“还有一件事情。”

我把勺子放了下来，等着他继续。

“还有一场暴风雪即将到来，几乎和第一场暴风雪一样糟糕。”

“什么时候？”

“明天。”

我看着他说不出话来。

几乎像耳语一样，他说道：“愿上帝保佑我们所有的人！”

第六天

12月28日

上午8点20分

一个婴儿在我的怀里不停地尖叫着。我试着抓住他，但他很滑，还在他的胎盘里。我独自一人在树林里，双手很脏，身上沾满了树叶，手指甲缝里全是污垢。我不停地擦洗双手，想把它们清洗干净，想着去抱住婴儿，但他滑动着并滑落了下去。

我的上帝啊，不能让他掉下去。快来人哪，快来帮帮我。

大口喘着气，我直直地从床上坐了起来。外面是平静灰暗的天光，天色阴沉。除了床边电加热器的咕噜声外没有其他声音。劳伦和我睡在一起，卢克就睡在我们中间。他醒了，微笑着看着我。

“嘿，小朋友！”我柔声柔气地对他说道。

我人在出汗，心跳仍像是在赛跑一样，在我的意识中那个婴儿正从我的旁边滑落下去。俯下身去，我在卢克胖乎乎的脸颊上吻了一下。他嘟哝着，嘴里发出吱吱呀呀的响声，他饿了。

劳伦转过身来，睁开了眼睛，说道："你还好吗？"她眨着眼睛问道，用一只手肘撑起了身子。她穿着一件灰色的棉质连帽衫，深深地埋在毯子下面。我靠过身去，手伸到了毯子下面。当我冰冷的手指触摸到她温暖的身体时，她微微退缩了一下。我的手轻轻地滑下去抚摸着她的肚子。也许有十一个星期了，但她的肚子仍然是平坦的。她微笑着看向别处。

"昨天晚上……"我叹了口气，轻声说，"真是太可怕了。我一直想着你。"

"因为我太可怕了？"

电加热器发出了嗡嗡的响声。我把手伸到她的后背，把她拉向我这边，亲吻着她的脸颊。她的身子颤动着。

"不，因为你太棒了。"

"我很糟，迈克。我真的非常抱歉！"

"需要道歉的是我。我没有听你说话，我错怪你了。"

她的眼睛里充盈着泪水，"那不是你的错。"

"我们在外面取油的时候，那个年轻人文斯告诉我，他在美国国铁的列车事故中失去了他的未婚妻。"

"天哪！"

"这让我想到，如果我失去了你……"

挤在我们中间的卢克尖叫了起来。我强忍着自己的眼泪，微笑着对他说："一秒钟，小朋友，我需要和你妈妈说几句话，行吗？"我回过头去看着劳伦，"你是我的全部。很对不起，我没有听你的话。等这一切都过去之后，如果你想去波士顿，我就和你一起去。你可以得到那份工作，无论你想要干什么都行，我可以做一个待在家里的爸爸。我只要我们一家子能在一起。”

“我也非常想我们全家能待在一起。我真的很抱歉！”

我们之间的隔阂消失了，她仰起头来吻我。卢克再次尖叫了起来。

“好了，我们会给你做早餐的。”劳伦笑了，然后又吻了我一下。

走廊已经成为一个公共场所，两头各放着一张作为睡床的沙发，中间有两张咖啡桌，周围放着一圈椅子。有人拿出了一个小书柜，作为放置台灯、收音机和咖啡机的桌台。煤油加热器放在一张咖啡桌上，正向周围的空间散发着温暖。

那个无家可归的男人已经走了，但是那个年轻的女人和她的孩子们还在这里，在鲍罗廷公寓门口沙发上的一堆毯子里又睡着了。来自315室的女士丽贝卡在楼上过了一夜。那个中国家庭住在理查德的家里，托尼在查克的客厅里度过了他的夜晚，他就睡在我们卧室门外的沙发上。

当我起床的时候，那个年轻人文斯已经在楼梯间装好了一根绳索和一个滑轮系统，并组建了一个工作团队。电梯间的底层放着不少装满了积雪的器具，他们正在把那些器具吊上来，让积雪融化，成为我们的饮用水。

我揉着睡意蒙眬的双眼，朝手里提着两桶雪，正穿过楼梯间门口走过来的托尼挥了挥手，走向了放在书架上的那壶热气腾腾的咖啡。

帕梅拉正往一个杯子里倒咖啡。她把那杯咖啡递给了我，低声说道：“我可以和你说几句话吗？”

我嘀咕道："当然可以。"当我接过杯子时，她把我拉到了一边。我一边移动脚步，一边抓紧时间喝了一大口咖啡。

"你需要好好照顾劳伦，即便是中度脱水和营养不良，也会导致流产的。"

"当然，我会非常小心的。"我又喝了一口咖啡。

"那个孩子就全指望你了。"

"我知道，帕梅拉。"我开始感到有些不耐烦了，我不正在尽我所能吗？"谢谢你的关心！"

她看着我的眼睛说："如果需要的话，随时来找我。"

"好的。"

她点了点头，然后就去提雪了。

罗利和查克坐在靠近我们门口的沙发上，玩着他们的手机。

"手机能工作了吗？"当我重新倒满一杯咖啡时，我满怀希望地问道，很高兴能转换一个话题。

查克没有抬头，回答道："还没有完全正常工作。"

这时，我听到电台播音员在说："今天将会有更多的医院计划关闭。纽约警察局招募志愿者……"

"还没有完全正常工作？那是什么意思？"

"那个年轻人教会我如何使用点对点信息传递应用程序。我正在罗利的手机上安装那个程序。"

"点对点信息传递应用程序？"

"它被称为网状网络。"

"预计将会出现大雪和强风，这将阻碍军队展开营救行动……"我又啜了一口咖啡，靠过去坐在他们旁边，想看清他们在做什么。

查克从罗利手机里取出了一个小小的内存芯片，又把手机电池装了回去，然后打开了手机。他手上拿着那个内存芯片，说道："我们用那个应用程序下载了一大堆有用的东西，那个年轻人很会用短信。我们可以直接在两个手机之间互相发送短信，就像通过移动网络发短信一样，只要两个手机的距离在几百英尺之内。不需要无线通信网络，甚至还有Wi-Fi的功能。"

"由于我们的无线电发射站没有油可加，在天气变得更加恶劣之前，这个广播电台将在今天下午4点关闭。如果想持续收听紧急广播的话，请把收音机频道调到……"

"你能把那个应用程序加到我的手机上吗？"

查克向我示意咖啡机下面架子上有一个装满手机的特百惠箱子，每个手机上都用胶带作了标记。"早就在你的手机上安装好了，并且还替你的手机充了电。我们想在尽可能多的手机上安装这个应用程序，但手机需要先解锁，而且并不是所有型号的手机都能使用这种网络。但能使用的手机已经够多的啦。"

我问道："你听到那场即将来临的暴风雪的消息了吧？"

他点了点头道："又会下一两英尺厚的雪。我们准备去帮助把贝斯以色列医院和退伍军人医院里有用的资源以及危重病人转移到贝尔维尤去。"他看着我的眼睛，继续说，"他们需要得到尽可能多的帮助。你能去么？"

他讲的是曼哈顿东城的几家大医院，就在史岱文森镇和字母城的旁边。我考虑了一下，说："只要劳伦在我离开的时候没问题就行。"

查克手中的手机警铃响了一下，他开始在手机上面打起字来。

"你觉得你能出门了吗？"我问他。

"我没问题。那个年轻人会留在这里，给这些手机都装上应用程序，并与邻居们交换信息。"

他正试图用他那只受伤的手握住手机，同时用另一只手打字。

他那只受伤的手仍发紫并肿胀着。

我摇了摇头，突然间想到了什么，问道："你有没有察看过艾琳娜和亚历山大？"

"有一阵没去了。你可以在出发前去察看一下。"查克朝他们的门那儿点了点头。

他又问道："还有件事儿，你会越野滑雪吗？"

下午3点30分

当天色变暗的时候，雪又开始下起来了。

将贝斯以色列医院和退伍军人医院的资源和危重病人转移到贝尔维尤的行动，比前一天晚上在长老会医院的行动要有序得多。这是一次有组织的转移行动，或者说是在目前状况下尽量组织起来了的行动。紧急救援的资源和燃料同时被集中到了少数几个最大的医疗中心。医院知道发电机什么时候将会断电，所以提前进行了转移。只有危重病人被转移到了贝尔维尤，其余的病人都去了疏散中心。

查克和我使用储物柜里盗贼没有搬走的滑雪装备，一起滑到了医院。我们不是唯一想到了这种办法的人，医院门口的街道上排满了越野滑雪的雪板，纽约人正在迅速地适应新的出行方式。我们在穿越中城的跋涉中看到了各种各样的临时雪地装备，甚至在第六大道上还看到了骑自行车的人。

汽车都被埋在雪里了，但是有一些爱冒险的家伙把他们的汽车挖了出来，冒险开到了街上，但大部分的汽车又再次陷入到了雪堆之中。

响应收音机上发出的请求，几百人来到了贝斯以色列医院帮助纽约警察局和紧急服务机构，他们把第一大道变成了一个热闹的活动场所。在此之前，纽约这个地方给人的印象几乎是完全荒废了的感觉，但今天的使命激发起了一种充满友情和团结的气氛。这个城市还没有被打败。

我在离开之前去看了鲍罗廷他们，他们好像什么事也没发生过一样。艾琳娜和亚历山大都坐在他们平常待的地方——亚历山大在沙发上打瞌睡，戈比躺在他的旁边，艾琳娜编织着又一双袜子。艾琳娜甚至要我吃一口她为早餐烘烤的香肠，我当然接受了邀请，再加上一杯热气腾腾的茶。

鲍罗廷他们不想出来和我们其他的人在一起。艾琳娜解释说他们能照看自己，他们以前经历过这样的情况。

从医院撤离的时候，我再次遇上了威廉姆斯警长。当时我正沿着第一大道的一边向前走，他在一辆迎面驶来的警察巡逻车上向我挥手。

“该是回家的时间了吧？”查克问道，硕大的雪花开始飘落下来。

我们来回跑了七次，我已经筋疲力尽了。我低声回答道：“该回去了。”纽约的市政工人们还在第一大道上铲雪，我们沿着第一大道走到了史岱文森镇的拐角处，成片的高楼矗立着，伸向我们头上的天空中。楼群入口处的青铜牌匾上列出了一百幢住宅楼的名称，在那些红砖墙内住着大约五万人。

我口渴得很厉害。红十字会在现场分发了毯子和物资，但他们缺水，我们每人只领到了一瓶瓶装水。即使我们有自己带来的水，但还是不够。白天的时候气温上升了大约十五度，虽然还是很冷，但是足以让汗水湿透了我的全身。随着太阳开始落下，我的身体正在快速地降温。

退伍军人医院在贝斯以色列医院和贝尔维尤之间，我们在退伍军人医院大厅内的安全检查站取回了我们的滑雪板。穿上滑雪板后我们开始返回西城区，我们得在第二十三街上滑行近两英里。雪下得越来越大，我一次又一次地压制住了检查手机上电子邮件的冲动。

帮助医院转移的队伍成了一座谣言制造工厂，我已经听到了十几种不同的理论谈论着正在发生的事情。

“那你听到了些什么？”查克问道。

“说是空军一号被打下来了，俄罗斯人和中国人联手入侵了美国。”我戏谑地回答道。由于有刚下的雪，沿着街道中间的滑雪道可以滑得很快，查克在我面前加快了节奏。

“人们想知道为什么没有人从华盛顿听到过任何消息，为什么军队没有来救援。”

“和我听到的一样，但我最喜欢的是关于外星人的理论。”查克耸了耸肩大声说，“我遇上了一帮从乡下来的人，他们准备戴上锡箔帽来阻止外星人探测到我们的想法。”

“这将和迄今为止采取的所有其他措施一样有效。”

“大多数人都想知道紧急救援中心的位置。大家都害怕下一场即将到来的暴风雪。”

我们默默地滑行了几秒钟，抬头看了看漫天飞舞的大雪。

“这也让我感到非常害怕。”我说道。

往前看，第二十三街看上去就像是一个冰冻的峡谷。一道双行的滑雪板轨迹伴随着两侧的足迹，沿着道路中心向前方延伸，消失在远处。雪花被风吹着，从街道的中间，倾斜着飞向街旁雪堆的边缘，覆盖在停放的汽车上面，也在路边建筑物的墙下形成了雪堆。有些地方，雪堆覆盖了一楼的遮阳篷和脚手架。时不时地可以看到在建筑物的出入口处挖出了供人进出的雪道，人类为了在这场巨大的灾难中挣扎着生存下去，正躲藏在那些洞穴之中。

经过第二大道的拐角处时，我们听到了玻璃破碎的声音，一群人从幽暗中出现了。其中一些人冲进了橱窗玻璃被打破了的食品市场，剩下的人正等着他们的领头人把窗户边缘的玻璃碎渣清理干净。

除了在位于切尔西的苹果商店破碎的前窗外，我没有在其他地方看到过任何抢劫的痕迹，但人们一定缺少食物和水。尽管有些人趁混乱参与了抢劫，但大多数纽约人仍然坚持洁身自爱。然而在眼下看不到任何帮助的情况下，人们心中的恐惧和腹中的饥饿感花了四天时间战胜了大脑里的法律意识。即使在目前这样的情况下，这是不可避免的。但亲眼看到它的发生，又唤醒了堆集在我的脑海里的恐惧，我想起了艾琳娜曾经讲过的列宁格勒的故事。当流窜的团伙开始攻击并吃人的时候，警察被迫组建了专门的队伍来打击人吃人的恶行。我们在外面停了下来，远远地看着。

店里面没有那种疯狂的推挤，而是一种有序的抢劫，甚至大多数人脸上带着歉意的神情。两名男子停下来帮助一位老太太跨过窗户的碎玻璃，看到我们在看着他们，其中一个人对我们耸了耸肩，“你们想要干什么？”他在飘落的雪花中喊道，“我得养活我的家人。等情况好了以后，我会回来付钱的。”

查克看着我，问道：“你觉得怎么样？”

“还能怎样？去阻止他们吗？”

他笑了起来，摇了摇头说：“你想进去捞一把吗？”

我看着雪花旋转飞舞的灰白色的远处，那儿是我们的家，住着我们的家人，“是的，我想我们应该尽可能地多捞一点。”

我们松开了滑雪板，将我们的装备绑在了他的背包上，然后加入了等待进入商店的行列。查克掏出了我们的头灯，我们从橱窗口爬进了商店。拿着塑料购物袋，我们走到了较暗的地方，那里人要少些。

“我们需要高热量的东西，但尽量不要拿垃圾食品。”查克发出了指示。即使有头灯照着，但还是看不清楚，我只能拿走我能拿到的东西。我开始想离开这里了。几分钟之后，我们从前面的橱窗口爬了出来，我们已经尽可能多地装上了能带走的东西。我的手指已经因为提着袋子而疼痛起来。

“这很遭罪。”我抱怨道。风刮得更大了，迎面而来的风里夹杂着大片的雪花。也许我们拿得太多了。

我大声说道：“我觉得不可能带着这么多的东西穿过整个中城回到家里的。”

查克回答道：“带着这些东西，要想滑雪回去是不可能的。我们只能走路回去。如果觉得太多的话，可以丢掉一两袋。”

这让我有了一个主意。我放下袋子，用牙齿咬着脱掉了一只手套，然后透过一层层衣服取出了手机。我打开了去年夏天参加卢克的幼儿园外出游览活动时用过的寻宝应用程序。我吹着气让手指暖和一点，然后在屏幕上点了几个图标。

“我们只需要沿着第二十三街直走。”查克皱着眉头说道，“我们最好马上动起来，我以后可以告诉你如何使用指南针……”

我摇了摇头，抬头看着他说：“把你的袋子放在这里，到里面去再多拿一些。我有一个主意。你说GPS还在工作，是吧？”

他点了点头，问道：“你有什么好主意？”

“尽管相信我，在东西被拿完之前再回到里面去。”他耸了耸肩，放下他的袋子，然后回到商店里去了。

我收起了手机，提起了他的袋子和我的袋子，走回到了第二大道，远离了商店里的人们。我笨拙地在齐膝深的雪地里移动，把袋子拖到我的身边。我在一家仍然看得见标志的手机店前停了下来，在雪堆上踢出了一个大洞，然后小心翼翼地环顾四周，确定没有人注意到我以后，我往踢出的雪洞里面塞了几个袋子，并用雪把它们埋起来，然后使用寻宝应用程序拍下了店面的照片。我在几个不同的地方重复了几次同样的操作，直到把所有的袋子都隐藏好了。

当我回到那家食品商店门前的时候，查克正在等我，手里提着几个新的袋子。他问道：“现在能解释一下了吗？”

我拿过他的袋子，说道：“我们把这些袋子埋在雪地里，用那个寻宝应用程序标记他们的位置。只要我们可以将本地图像添加到GPS数据中去，它们的位置就应该精确到几英尺之内。我们可以等到以后再把它们挖出来。”

他笑了起来，说：“当网络松鼠，嗯？”

“大概就是那样吧。”

一阵大风吹了过来，差点把我们刮倒。我说道：“我们最好快点。”

在我们又进入食品商店两次以后，食品店里面所有的东西都被人拿走了。在我们回家的路上，到处可以看到被抢劫过的商店。又一次袭来的暴风雪给人们带来了深深的恐惧，唤醒了他们的生存本能。法律已被打破，但还是有秩序的。制定规则的目的旨在维护一个社区的生存与生活，但在这一刻，社区需要打破规则才能生存下去。它正在自行管理自己的紧急服务秩序。

我们在看到抢劫的所有地方都停了下来，找寻任何有用或可以吃的东西，并在我们继续前行的时候把它埋在外面的街道上。

如果没有查克加载到我们手机上的地图软件，黑暗和大雪将是非常可怕的威胁。地图软件提供了一个让人放心的连接，一个小小的发光屏幕，我们可以时不时地打开，查看到我们所在位置的那个小点，更为重要的是，我们可以找到代表我们家的位置的那个小点。差不多晚上10点钟的时候，我们回到了我们公寓的后门。我感到筋疲力尽，手脚因为寒冷而麻木了。托尼和文斯在等我们，门口没有积雪，被他们清理了。回到楼上，劳伦仍然没有睡，她当然很担心，而我没说一句话就瘫倒在床上，睡过去了。

第七天

12月29日

“现在我们只能等待我们面临的问题慢慢过去。”

我从柜台上抓起了一个碗：“就像一个衰老的色情明星？”

查克皱起了眉头，试图在话题中建立起某种逻辑上的联系：“如果你把技术当作性来看的话，”他在停顿后沉思道，“那么也许是吧。即使已经变老了，还是需要继续工作。”

“相对于性来说，很多人更喜欢技术。”

“你是他们中间得第一名的那个，”他笑着回答，同时拿起一个碗向我挥了挥，接着说，“我注意到你对手机和电子邮件到了一分一刻也不能离开的境地。”

“男孩们，男孩们，我们这里有孩子。”苏茜微笑着摇着头，双手捂住了爱丽罗斯的耳朵。

我们聚在理查德的住所，这是我们楼上唯一一个足以同时容纳二十八人的空间。我们又增加了三个来自其他楼层的难民，但雷克斯和瑞恩已经离开了这里去了紧急避难所，试图在那里找到一条出路。理查德提出要为每个人提供午餐，所以我们都挤到了他那开放式装修风格的一楼。

“你认为这次停电会持续多久？”莎拉问道，她往我的碗里填满了她做好的炖菜。理查德能设法搞到这些东西真是令人惊讶。

“我想还得再要一个星期。这场暴风雪明天就会结束了。纽约警察局的警长告诉我，联合爱迪生公司已经找到了问题的症结。到新年的时候，至少曼哈顿的灯应该会亮了。”

查克扬起了眉毛，我耸了耸肩。当他悲观的时候，我便充当一个乐观主义者，用他的理论去吓唬人实在是没有任何意义的。

“这听上去很不错嘛。”托尼说道。

我们试图轮流担负楼下大厅里的警卫职责，但托尼轮值的班次比所有的人都多。我刚才用文斯的短信应用程序给他发了信息，让他上来吃一点东西。

风在窗外呼啸并搅动着。我们能接收到的仍在广播的电台只剩下几个了，大家一致同意把频道调到了纽约公共广播电台，以收听源源不断的紧急通知。许多通知都是请求援助的，但没有一个地方在我们附近。像现在这样的天气状况，走出去太远太危险了。

“我说的等待问题平稳过去的意思是，”当莎拉填满他的盘子以后，查克继续说道，“如果事情搞砸了，就不能再恢复到以前的技术状态了。”

“你能举个例子吗？”

“就像那个搞砸了运输的被称作物流的东西。一切都是‘及时到位’，导致那几个位于中部偏僻地区的中央仓库里几乎不储存任何东西。”

“所以如果供应链中断了，本地库存就马上见底了？”

“没错。支撑城市的复杂系统在刀尖上保持着平衡。如果打断了一条支撑的腿，比如说物流，然后‘噗’的一声，”查克一边说，一边对着他的手吹了一下，“整个事情就玩完了。供应链供给是一个很大的薄弱环节。”

理查德坐在厨房柜台边，说道：“那么，我们又将回到马拉大车的年代去吗？”文斯、查克、罗利和我围坐在一起，孩子们与劳伦和苏茜一起躺在沙发上。

查克笑了起来：“马在哪里？”

“在乡下？”

“现在不像过去那样了，那儿早就没有马了。我们现在的人口总数是人类最后一次用马作运输工具时的人口的五倍，而马的数量可能只是当年的五分之一了。那个时候，百分之八十的人住在农村，并且自己养活自己。现在百分之八十的人都住在城市里。”

我说道：“你们真的在谈论马吗？”

理查德摇了摇头，笑着说：“我让你们这些男孩们去逗乐子吧。我得去洗手间。”他说完，就起身离开了。

由于没有自来水，我们开始使用五楼那几间门被打破的公寓的卫生间作为公共厕所，以保持最低限度的卫生标准。我们用桶收集废水，用它来冲洗厕所。理查德在出门的时候，从门边提了一个装着废水的桶。

“我能告诉你问题的症结所在，”文斯说道，“那就是没有法律的控制。”

“你认为律师们可以阻止这场暴风雪吗？”查克笑着说。

文斯说道："不是暴风雪，而是网络风暴，是的，也许就是网络风暴。"这是我第一次听到"网络风暴"这个词语。每个人都安静了下来。

"纽约不是被暴风雪打败的，以前也曾有过大的暴风雪，"文斯继续说，"它是被网络给打败了。"

"而你认为律师能够阻止网络风暴？"

文斯抬头望着天花板，然后又把眼神收回到查克身上。他问："你知道什么是僵尸网络吗？"

"在网络攻击中由于受到病毒感染而被用作攻击工具的计算机网络？"

"没错。除了受到感染之外，人们可能在不知详情的情况下自觉地让他们的计算机成为僵尸网络的一部分。"

"他们为什么要那样做？"查克皱着眉头问。

罗利在空中挥舞着他的汤匙，说道："想加入僵尸网络的人会说出非常充分的理由的。"

虽然罗利和查克都可能被称为自由主义者，但查克更保守一点。

"你喜欢那种兔子吃的饭食吗？"查克抬起眉毛说道，"应该吃些能够刺激人体产生热量的食物，现在正是转变的最好时机。"

而罗利仿佛试图说明他坚持素食主义，吃着一整盘的胡萝卜和豆子。

"素食是养生的最佳选择，我们还没有落到吃'玉米洋葱圈'的地步。"罗利微笑着回答，"再回来谈谈僵尸网络，拒绝服务的网络攻击是一种合法的公民不服从的表现形式，就像是六十年代静坐的网络版本一样。"

“你是《纽约时报》那个报道‘匿名’黑客的博主，对吧？”文斯问道。

罗利点了点头。

“所以你支持‘匿名’黑客对物流公司干的事情，让我们陷入了眼下的困境？”查克不客气地质问。

“我支持他们捍卫和表达自己观点的权利，”罗利回答道，“但我不认为那是他们……”

“如果在暴风雪来临时我们把你锁在那该死的屋顶上，我们就能看到你对他们的支持是多少了。”查克气愤地说道。

“嘿，”我举起双手说，“大家客气一点。”

查克哼了一声，说：“那是犯罪分子干的事。”

“但事实并非如此，”文斯说道，“这就是为什么我认为需要有法律约束的原因。”

“因此操作僵尸网络并使用它们进行攻击是合法的吗？”

“运作僵尸网络是非法的，”文斯解释道，“但作为个人加入僵尸网络是完全合法的。在拒绝服务的攻击中，每台计算机每秒只会连接目标几次，而指令你的计算机执行这样的操作并没有错。但是，当你控制成千上万台计算机并指令它们做同样的事情时，就会出问题了。”

“因此，运行僵尸网络是非法的，但加入僵尸网络是合法的。这会带来什么问题吗？”

文斯耸了耸肩，回答道：“在一个地方是非法的事情，到了另一个地方可能就是合法的了。这意味着即使你远在天边，依然可以通过贝宝在网上操作僵尸网络来攻击竞争对手。联邦调查局怎么可能到胡泽斯坦去逮捕某个人？他们有国际法律来对付洗钱、毒品和恐怖分子，但针对网络攻击，却没有任何法律规定。”

查克对着文斯皱起了眉头，说道：“那我们必须要让任何一个敢于尝试网络攻击的人知道他们将会被追踪，从而吓跑他们。”

“像武器那样让他们害怕？”罗利耸了耸肩膀，说，“基于恐惧的威慑是冷战的延续。你认为那是真正的解决方案吗？”

“这是一大堆‘左派的马粪’，你想要找些替罪羊吗？”查克指着在房间角落的楼梯上挤在一起的中国大家庭，然后他放下了手说，“你知道吗？我很害怕。”他继续说道，“我害怕外面发生的事。我很害怕。”

房间里一片寂静，只听见外面的一阵阵风声。

“你们都要等到亲眼看见或是亲身经历以后才会害怕吗？”闻声，我们都看向了公寓门口的方向。说话的这人是几天前的那个入侵者保罗，他手上拿着一把枪，指向了理查德的脑袋。一群男人出现在他身后，修车库的老板斯坦也和他们在一起，手里也拿着一把枪。

斯坦看着查克和罗利说道：“对不起，我们也有家庭要养活。没有人想要受到伤害。”

保罗把理查德推进了房间，把枪指向了托尼：“这儿没人想逞英雄吧，对吗？”

托尼低声说道：“真对不起！”屋外的风在号叫，天开始黑了。

“这不是你的错，托尼。是我要你上来的，记得吗？我当然不想在有孩子的地方发生枪战。”

托尼点了点头，但并没有完全接受我所说的。

他们一定是趁托尼上楼的那几分钟，大厅里空无一人的时候溜进大楼的。进入理查德的公寓后，他们立即逼向托尼，从他的口袋里拿走了手枪。他们一定在暗中观察我们很久了。

查克低声说道："我们可以直接冲上去把他们干倒。"

我说道："你疯了吗？"

劳伦让卢克坐在她的腿上，直直地看着我，意思是让我不要乱动。在我儿子面前被枪杀的念头令人恐惧，我们只能让他们拿走他们想要的东西。即使他们拿走了所有的东西，我们仍然还有藏在外面的东西。所以最好是忍耐一下。

"那边的人安静一点！"保罗喊道，他坐在楼道入口处斯坦的旁边。

他们把我们所有人都赶到公寓的另一头。我们可以听到他们的人在走廊上拖拉东西。那是我们的东西。

"我们不能让他们拿走一切。"查克低声嘀咕。随着我们听到的每一次刮擦和磕碰声，他都会神情紧张，瞪着保罗低声咒骂。

"查克，什么也别做，"我低声说道，"你听到了吗？"

查克点了点头。

"我说过了要保持安静！"保罗拿着手枪指着我们喊道。

我们听到门外"哐当"一声，好像有东西重重地撞到了地上，听起来像他们正在拖走发电机。然后一切又安静了下来。

保罗拿着枪坐立不安，脸上还强装着微笑。

门开了一条缝，保罗转过头去问道："你们都搬完了吗？"

"没有。"

这时，门缝中出现了一支长长的步枪枪管，门被轻轻地推开了。艾琳娜出现了，双手端着一把老旧的双筒霰弹枪。她仍然像往常一样穿着她的烹饪围裙，一条茶巾搭在肩膀上。她哈着腰端着枪，慢慢地从门口走了进来，她试图让枪保持平衡，但枪管仍在微微颤抖。

保罗和斯坦从门口往后退去，并分别向两边移动。

“把枪放下，老奶奶，”保罗慢慢地说着，把手枪指着她，“我不想开枪打死你。”

亚历山大出现在艾琳娜身后的暗影之中，走廊里的灯都不亮了。他手里拿着消防柜里的斧子，上面正往下滴着血。

艾琳娜把枪直接瞄准了保罗的胸口。她笑着说道：“你知道我被枪杀了多少次吗？纳粹和斯大林都没能杀死我。你以为像你这样的蠕虫就能杀死我吗？”

“把那把该死的枪放下，你这个臭女人！”斯坦喊道，对着我们挥舞着他的枪，“我向上帝发誓，我会打死其中的一个。”

亚历山大眨了眨眼，嘴里咕噜着站到了他妻子的旁边，然后慢慢地说：“你敢伤了随便哪个人一根头发，我就会让你知道你的下场会有多悲惨，我会拿你的肝当晚饭吃。在你那当妓女的妈生出来之前，我就杀过像你这样的混蛋。”

“我警告你，老奶奶，把枪放下！”保罗大声尖叫，他的声音微微发颤。

他用枪指着艾琳娜的脑袋，但眼睛却盯着亚历山大斧子上往下滴的鲜血。艾琳娜笑了起来。“扯淡！真是太愚蠢了！想要杀人的话，最好不要打头。”

她的眼睛眯了起来，“你得瞄准胸部，那样会更痛，也更不会失手。”她微笑着，露出一口镶金的牙齿，开始扣动她的霰弹枪的扳机，“说再见，再见……”

“行了，行了，停下来吧。”保罗呜咽着把他的枪指向了上方。艾琳娜抬了抬下巴，示意他把枪扔掉，他猛地把枪摔在地板上，发出一声巨响。

“你在干什么？”斯坦尖叫道，他把枪转向了艾琳娜，“你从来没说起过会遇上这些疯狂的精神病。”

“不要拿枪指着我的妻子，”亚历山大咆哮着，手中举着斧子，向斯坦迈了两大步。斯坦见状丢下了枪并向后退去，举起双手护着自己的脑袋。

“好了，好了！”我喊道，站起身来朝他们跑去。我跑到艾琳娜身后，关上了门，然后问道，“其他人在哪里？”

艾琳娜说道：“一个在走廊尽头，我想他已经死了。其他的人都跑了。”

查克说道：“我们必须确保他们不在这里，”他从地板上捡起了两把枪，又伸进保罗的夹克口袋，取出了他从托尼那里拿走的手枪，然后把它交给了我，“你看着这些家伙，我和托尼、理查德去检查一下，确保他们都走了。”

查克低头看着保罗的裤腿，然后对他笑了笑，说道：“看起来老奶奶让你尿湿了裤子。”

第八天
12月30日

我闻到了一点可怕的气味。

这时，查克喝道：“继续往前走！”

我们正在把我们的俘虏带到纽约火车站去，送到那里的纽约警察局营地。暴风雪肆虐了一整夜，现在虽然还下着雪，但已经很小了。细细的雪花从朦胧的天空中轻轻地飘落下来，纽约的世界就像是一个无声的灰白色的冬日坟墓。

洁白的积雪中已经开始出现垃圾，大部分都是绿色和黑色的袋子，但也有其他东西四处散落。包装纸和塑料袋在一阵阵寒风的吹动下与雪花一起盘旋飞舞。我闻到了街边一些垃圾袋里发出的臭味，正当我试图找到臭味的来源时，一团棕色臭物差一点砸到了我的头上。

我意识到了它是什么。人们正从窗户往外扔他们的废物、他们的大小便，以及他们想要扔掉的所有其他东西。雪雾挡住了人们的视线，但挡不住气味。今天的气温刚刚在零度以下，我第一次为天气的寒冷而感到高兴。

看到我因遭遇粪便而躲闪时，保罗笑了起来。

这是谁扔的？我伸长了脖子朝上看去，我面前的大楼二十层以上都消失在天空的白雾之中了。在密密麻麻的数也数不清的窗户中，我看不到一个人影。

查克说道："继续笑吧，你这混蛋！我敢肯定你很快就会活在你自己的秽物之中。"

我没有说什么，只是一直盯着窗户看着。在街上行走时，我很少会抬起头来往上看，上面那个浩瀚世界令人迷失。

"你还好吗，迈克？"托尼问。

我深吸了一口气，集中起自己的注意力，回答道："还行吧。"

在确保了我们所在楼层的安全之后，查克带领我们一群人检查了整座大楼，确保入侵者都已逃走了。保罗那一帮人袭击了附近所有的公寓，拿走了他们能拿的所有东西，从我们这里也拿走了很多食物和设备。幸好艾琳娜和亚历山大在他们拿走所有东西之前出手阻止，我们的发电机仍在我们手里。

亚历山大用斧子砍中的那个男人并没有死去。当我们来到他身边的时候，他正躺在暗红色的血泊中扭动并呜咽着。帕梅拉设法将他的肩部和颈部之间很深的伤口包扎了起来，但他已经失去了很多血。

他是保罗的弟弟。

理查德和查克审问了保罗和斯坦，要他们交代同伙的姓名和地址。亚历山大和艾琳娜同我们待在一起，他们没说什么，只是在我们审问的时候，在一旁看着。保罗显然很害怕我们会把他们单独留在鲍罗廷那里，所以他几乎立即就回答了我们所有的问题。他们没有砸门进入大楼，他在几天前从前门钥匙柜里偷走了大门的钥匙。

“你们想走第九大道吗？”查克在十字路口中央停了下来，问道。

我摇了摇头，说：“当然不走第九大道。让我们穿过第七大道，然后直走。纽约警察局营地的入口就在马路的那一边，我不想挤到纽约火车站外面的人群中去。”

“你能肯定？”

“是的，我们不应该走到第九大道上去。”

查克把保罗推到他的前面。文斯也和我们在一起，扶着保罗受伤的弟弟行走。

查克和托尼他们几个人在天亮的时候冒险去了保罗交代的街道拐角处的一座大楼。我拒绝参与这样的行动，这已经变成了一种武装对峙。守在那座大楼入口处的人当然不让查克进去，他站在街上挥舞着手枪，高喊着有人抢走了我们的食物。

托尼低声告诉我，查克曾威胁说要把保罗和斯坦押到他们大楼前面，如果他们不把我们的东西交出来，就打死他们。但里面的人只是告诉查克走开，说他们什么都不知道，他们也有家庭和孩子。

而那座大楼就在第九大道上，我绝不会从它下面经过前往纽约火车站。此刻，查克的神情很严肃。我们排成单行，沿着第二十四街街道中间踩出来的道路往前走。走到第七大道之后，就朝着纽约火车站的方向继续前行。所有建筑物底层的窗户玻璃都被打碎了，各种各样的垃圾和废物从雪堆顶上散落下来。街上有很多人，成群结队，背着背包或拿着袋子，他们在去往某个地方的路上，但不知道他们的目的地是什么地方。一群一群的人在第七大道上会合成流动的人潮。看到我们带着枪押着囚犯，所有的人都尽量离我们远一点，没有人停下来看我们，或询问发生了什么事情。

当我们走到第三十一街和纽约火车站的拐角处时，几个方向涌过来的人群像一股股洪水般汇聚在一起。成千上万的人，一起大喊大叫。有人在用扩音器喊叫，试图引导人群。悬挂在火车站北入口上方的横幅上写着“食品紧急供应”，排在那里的长队一直延伸到街区的拐角后面。

托尼和查克把保罗和斯坦的双手绑在背后，然后抓住绳索走在他们后面。查克俯身向保罗说道：“我希望你会逃跑，混蛋！那样我就可以把一颗子弹打在你的头上。试一下吧。”

保罗看着他自己的脚下，没有吱声。

“跟我来。”我说着，挥着手让他们跟着我挤进了人群。我可以看到在纽约火车站入口上方办公楼层的大门口有一群纽约警察局的警官。我们花了不少力气穿过了人群，终于到达了有警察守卫的第一道护栏。

我对站在那里的一个警察大声说道：“我要见威廉姆斯警长！”我指着保罗和斯坦说道，“这两个人袭击了我们，并持枪抢劫。”

当那个警察看到文斯支撑着保罗浑身是血的弟弟走过来时，伸出手去摸他的手枪。他大声喊道：“放下你们手中的武器！”

“拜托，你能找到威廉姆斯警长吗？”我再次问道，“他是我的朋友。我的名字叫迈克·米哈伊尔。”

警察从枪套拔出了他的手枪，对着我喊道：“你必须……”

“威廉姆斯是我的朋友。请你去问一下他。”

那个警察退后了一步，对着他的对讲机说了几句话，并不时地看着我们。他听到了对讲机里的回答，然后点了点头，把枪塞回了枪套，打开了护栏，向我们挥着手，高声喊道：“跟我来！”他在一片嘈杂声中大声说道，“你很幸运，他在这里。不过，你们得把武器交给我。”

查克和托尼把他们的枪交给了他，然后我把塞在我的外套口袋里的手枪也递给了他。那个警察带着我们走过一层楼梯，穿过主大厅到了我以前去过的自助餐厅，我们把保罗的弟弟交给了一名紧急医疗救护员去照顾。威廉姆斯警长正在那里等着我们，带我们来的那个警察向他低声说了几句话后就站到旁边去了。

威廉姆斯警长疲惫地看着我们，说道：“有些麻烦吗？”

我一直期待着那个警察能把我们带到更正规一些的地方，把我们带到办公桌前，填写文件，把我们的囚犯带进一个带双面玻璃的混凝土牢房，但他只是示意让我们坐下来。

“这些家伙昨晚袭击了我们……”

“我们袭击了你们？你们用一把斧子砍伤了我的弟弟文尼！”保罗喊道，“你们这些该死的畜生！”

威廉姆斯警长说道：“闭嘴！”他转向我问道，“那是真的吗？”

我点了点头，说：“他们用枪指着我们，指着我们的妻子和孩子，抢走了我们的东西。我们别无选择……”

威廉姆斯警长举起一只手打断了我，他说道：“我相信你，孩子，我完全相信你！我们可以暂时把他们关起来，但我现在不能对你们作出任何承诺。”

“你这是什么意思？”查克说道，“把他们关起来。我们会向你提供证词的。”

威廉姆斯警长叹了口气，说道：“我会接受你们的证词，但没有人会来处理它们。今天早上，纽约州惩教局释放了所有罪行较轻的囚犯。没有食物，没有水，没有工作人员，没有发电机，也无法通过电控来打开或关闭牢门。只能让他们都出去，现在空出了将近三十所监狱。如果他们把阿提卡或兴格监狱中的混蛋也放出来的话，只能祷告上帝来保佑我们了。”

“那么，你会让这些人出去吗？”

“我们可以暂时将他们关在楼上，但我们可能不得不让他们离开，这取决于目前的状况会持续多久。但即使我们这样做了，也不意味着他们不会受到惩罚，只是时间推迟了而已。”他皱起了眉头，对着保罗和斯坦说，“或者我们就在地下室里朝他们头上打一枪。”

他是认真的吗？我屏住呼吸，等待着。

威廉姆斯警长拍了一下桌子，大笑了起来。他带着嘲笑的口吻看着保罗和斯坦说道：“你们应该看看自己的脸色，该死的白痴！”他回头看着我们，接着说，“军队现在就在这里，控制了急救站。今天晚些时候会宣布戒严。从现在开始，再有这样的事情发生，就将是一颗子弹，明白吗？”说完后，他把目光转向了保罗和斯坦。

他们点点头，脸上泛起了一阵红色。“行了，拉米雷斯，把他们带走。”

拉米雷斯警官抓住了保罗和斯坦，将他们从桌子旁拉起来，带出了餐厅。他把我们的枪留在了威廉姆斯警长的桌子上。

“对不起，年轻人，这是我们现在能做到的最好的地步了。还有别的事吗？”威廉姆斯警长温和地问道，“你的家人还好吗？”

“我们挺好，没事。”我回答道。

自从进房间以来，我第一次有机会看了一下四周。上次我在这里的时候，这是一个充满活力而且很干净的地方，但在短短几天内它就变得很肮脏了。它现在几乎是空荡荡的，已经没有了忙碌的人群。

看到我脸上的疑问，威廉姆斯警长知道我在想什么，“我失去了我的大多数人。我的意思不是说他们牺牲了，虽然我们曾有一些警官倒下了。他们大多数人都回家了。在这儿不能睡觉，也没有补给。感谢上帝，军队终于赶到了。但眼下，在岗的人数还不到需要人数的十分之一。”

“你不回家去照顾你的家人？”

他笑了：“这些警察就是我的家人。我是离了婚的，孩子们也讨厌我，都住得尽量离我远一点。”

“对不起！”我嘀咕道。

“现在对我来说，在这里和在任何地方一样的好。”他又拍了一下桌子，继续说道，“在这一切都结束之前，我可能还需要你们的帮助。”

“我们确实有一样东西，或许你会觉得非常有用。”查克说道。

“真的吗？”威廉姆斯警长说道，“你真有一样东西能帮助我们收拾这个烂摊子吗？”

查克从口袋里掏出了一块小小的记忆芯片，说道：“我们确实是有一样非常有用的东西。”

第九天

新年前夜，12月31日

“喜欢冒险，”查克带着醉意说道，“这就是美国的问题，这就是为什么我们会陷入现在这样的困境。”

“喜欢冒险？”我有些疑惑地说。

“是的，”他的反应明显有些迟钝，慢吞吞地说，“或许我的意思是，我们对冒险少了点兴趣。”

我们又聚到了理查德的公寓里，参加新年前夜的聚会，整栋大楼里的人几乎都来了，总数超过了四十人。在发生了昨天的抢劫事件及戏剧性变化之后，我们在大厅里安排了两个人轮值，他们各有一把点三八口径的手枪和一部手机，可以用手机通过文斯的网状网络向大楼里的每个人播发警报信号。

黑暗的隧道尽头终于出现了一线光明。纽约公共广播电台和纽约公共服务广播电台仍在广播。他们预计，曼哈顿下城将在第二天恢复电力供应。美国陆军的工程兵团已经抵达，并且正全力以赴地解决各种各样的问题。城市的上空整天都有重型军用直升机飞过，噪音和喧闹带给人们一种安全感，让我们知道那些士兵们就在这里。

我们一直在忙于把积雪提到楼上融化为生活用水、到外面觅食、与邻近大楼里的人交换物品、尽力清理并装饰大楼的内部和烹饪美味的食物这些事。查克已将发电机的电接到了理查德那里的音响系统和电视机上，现在正在播放视频和文斯手机上的音乐，天花板上还悬挂着各色飘带。

我们还邀请了二楼的那九个人来参加我们的聚会。在两天前的袭击中，保罗那伙人也抢走了他们的一些物资。这群人正在向艾琳娜和亚历山大敬酒，感谢他们成为阻止抢劫的英雄。那对老夫妻虽然不想当英雄，但还是微笑着点头接受了他们的谢意。

人们站着，三五成群地聊着天，有人甚至跳起舞来了。如果你闭上眼睛，能感觉到周围的一切似乎就像往常一样。但我们已经有五天没有洗过澡了。

“冒险的兴趣？”罗利反问道，“昨天你说我们需要更多的恐惧，今天你又说我们需要更多地去冒险？”

“你说得没错。”查克回答道。

“你到底在说什么？”一脸茫然的罗利问道。

“我想过了，你是对的。恐惧不是答案。如果我们害怕一切，那么我们就会害怕去做任何事情，这意味着我们将放弃我们的自由。你昨天说的没错！”向查克的身后望去，我可以看到苏茜和劳伦坐在起居室的地毯上，一起护着卢克和爱丽罗斯，让他们跳舞。每个人看起来都很开心。

查克咧嘴一笑，从桌子中间拿起一瓶酒给自己又倒了一杯。

我们坐在理查德家的厨房桌子旁边，桌子上放着各种各样上好的苏格兰威士忌。

查克接着说：“几个星期前，猜猜谁走进了我的一家餐馆？”这将又是一个故事。

“谁？”

“吉恩·克兰兹。”

除了文斯之外，每个人都耸了耸肩。文斯说道：“阿波罗登月的首席指挥官？”

“对！回到吉恩那个时代，他们将自己捆绑在火箭雪橇上，并用雪茄点燃了火箭的发射器。你们知道执行阿波罗登月控制任务的人员的平均年龄吗？”

我们所有的人都耸了耸肩，但他并不是真的在问一个问题。“二十七岁！”

“你想说明什么？”

“我想说的是，现在的人们几乎不信任让一个二十七岁的人来为他们做汉堡包，更别说登陆月球了。无论做什么事似乎都需要由一百万个委员会来进行审查，我们几乎做任何事都会有所畏惧。我们不再愿意面对风险了，恐惧正在杀死这个国家。”

“没错，”罗利表示同意，“我们害怕恐怖分子，所以我们开始让政府收集关于我们在哪里以及我们在做什么的个人信息，到处都是摄像机。”

“没有风险，”查克说着，一只手指在空中舞动，“等于没有自由。”

“但如果你没有做什么错事，”我指出，“你就没有什么可担心的。为安全起见，我不介意放弃一点隐私。”

罗利反驳说："这你就错了，你有充分的理由要感到害怕。你知道那些信息去了哪里吗？"

我耸了耸肩。在我正在进行的新媒体业务中，我们在网上收集了大量有关消费者的信息并将它们出售给了企业。我并没有意识到这有什么问题。

罗利又说："你应该知道，有新法律赋予政府权力，他们可以查看你在网上所做的一切，并随时随地监视你去了哪里。"

我摇了摇头。

"任何时候只要感受到政府在限制公众购买枪支，人们就会为他们剥夺了自己的自由而疯狂。但那项新法律赋予了政府监视你生活各个方面的权力，事先也没有征求取得你的同意——这几乎就是在偷看。这明显违反了宪法的第三和第四修正案，却没有人出来说一句话。"他深吸了一口气。

"你知道自由到底是什么吗？"罗利以执拗的口气问道，"自由是公民自由，公民自由的根本就是隐私。没有隐私就意味着没有公民自由，也就意味着没有自由。你知道为什么他们没有采集每个人的指纹吗？"

"在我看来，那倒似乎是个好主意。"查克笑着说道。

"因为一旦他们有了你的指纹，"罗利无视查克，继续说道，"你立即就成了每一项犯罪活动的嫌疑人。他们会对发现的所有犯罪线索进行指纹处理。你就从一个自由的公民变成了一个犯罪嫌疑人。"

"指纹只是识别你的一种方式，"文斯补充说，"你所在的位置，你在摄像机上显示的脸型，你买的东西——所有你的个人信息都可以用来创建一个数字指纹。"

查克并不接受那样的逻辑，他说道：“但是，如果政府掌握了有关我的大量信息，有谁又会真正去在意这些信息呢？他们能用它来干什么？”

“他们能用它来干什么？这正是问题所在。如果他们拥有了那些信息，那么任何人都可以偷走那些信息，”罗利回答道，然后指着我说，“你工作的新媒体应用程序将让情况变得更糟。”

我举起了双手，说道：“嘿，省省吧。”

很明显，罗利现在醉得比查克更厉害。当他瞪着我的时候，他的眼睛似乎并没有聚焦在我脸上。“如果你没有为一件产品买单，那么你就是那件产品。不是吗？你是不是把收集到的消费者的所有私人信息都出售给了营销公司？”

查克摇了摇头，问道：“你到底想说什么？”

“我到底想说什么？”罗利从椅子上站了起来，眨了眨眼睛，喝了一口酒，继续说道，“我会告诉你我说的到底是什么。我们的祖父辈们冲上了诺曼底的海滩，以保护我们的自由。而现在，因为我们害怕并且不愿意接受个人应承受的风险，我们放弃了他们为之奋斗并为之献身的那些自由。我们放弃了我们的自由，只是因为我们害怕。”

他的话有一点道理。

文斯点了点头，说：“人们不能通过放弃自由来保护自由。”

“没错！”罗利说着坐了下来。

就在这时，音响系统里的音乐停止了，传来了一个人的声音，“眼前的景象令人难以置信，我简直无法用语言来描述它……”

“你们玩得很过瘾吗？”苏茜抱着爱丽罗斯问道。当我们在热烈讨论时，苏茜走到了查克的身后。

"我们只是聊聊天而已。"我回答道。

查克抬起头来，一只胳膊搂着苏茜的腰，俯过身去亲吻了一下爱丽罗斯。

"来跟我们坐一会儿吧，"苏茜对我和查克说，"我们正在收听收音机里的倒计时。"

"成千上万的人站在雪地里，手里拿着蜡烛或灯笼，或是任何他们能找到的东西……"

我皱着眉头站起身来，问："哪里的倒计时？"

她笑着说道："当然是时代广场的倒计时啰。"

拿起我的酒杯，穿过几个沙发的旁边，我挤到了劳伦身边。我把卢克抱了过来，让他坐在我的腿上。

"在这个广场被命名为时代广场以来的一百多年里，这是第一次，"播音员继续说道，"在新年的时候一片漆黑。然而，尽管城市里的霓虹灯黯淡无光，纽约人心中的灯火仍然通透明亮，到处都是从黑暗中走来，聚集到街上的人群……"

房间里一片静谧，大家都听得出了神。窗外，大片的雪花在黑暗中飘然而下，被我们的避难之地浅淡的灯光短暂地照亮之后，又再次消失在茫茫的黑暗之中。

"……官方的庆祝活动已经被取消了，当局发出警告不要举行集会，但人们仍然聚集在一起。在雪地中间竖立起了一个临时搭建的台架，一个投影屏幕和一台发电机……"

我低声对卢克说道："记住这个时刻。"

"还有一分钟就是午夜时分了。人群聚集在一起，自发地唱起了我们的国歌。让我来调整一下麦克风的位置……"

伴着收音机中的噪声和静电干扰，我们听到了《星光灿烂的旗帜》那熟悉的旋律。每个人都因为歌声的感染而情绪激昂。这是我们的国歌，是这个国家在历史上遭受困境时诞生的歌曲。在那个时刻，美国因压迫而被迫低下头来，但它没有投降。那些歌词并没有随着时间的推移而被忘却，它们将我们与过去和未来联系了起来。

然后听到了掌声和欢呼声："十…… 九…… 八…… "

"我爱你，卢克！"我说着，把他紧紧地抱在怀里，亲吻着他。劳伦也俯下身来吻着卢克。

"我爱你，劳伦！"我吻了她，然后她也回吻了我。

"……二……一……新年快乐！"

房间里爆发出一阵喧嚣和新年快乐的欢呼声，每个人都站了起来，大家互相拥抱和亲吻。

"嘿，"有人喊道，"看那边！"

我正忙着给爱丽罗斯一个吻的时候，查克轻拍了一下我的肩膀。人们都挤到公寓那头的窗户旁边去了，文斯挥着手让我们过去。

"灯亮了！"他指着窗外大喊。

在窗户的前面是一片黑暗的地方，柔和的光亮现在从黑暗的另一面穿透过来，照亮了窗户前飘落的雪花。我抱起卢克，走了过去。

这不是一盏灯或街上的路灯，整条街道和我们对面的大楼都被照亮了。实际上，从我们这个角度看过去，我们看不到对面大楼的灯光，看到的只是反射过来的闪烁的光亮。但抬头向上看去，可以看到就连天空都被照亮了。就像政府承诺的那样，隔壁的街区一定有电了。

查克喊道:“走！我们下楼去看看！”

劳伦对我说:“我可以留在这里和孩子们在一起，你去看看吧。”

我又吻了她一下，说道:“不，一起去，我希望卢克也能看到那个场面！”

在我们身体里酒精的刺激下，每个人都在寻找可以穿上的衣物。外面并不是很冷，所以我抓了件我能找到的东西，小心翼翼地将卢克包裹起来，然后和其他人一起快步奔下了楼梯。到了大厅才发现前门被雪堵住了，所以我们一个接一个地从后门挤到了第二十四街的街道上。

卢克有点搞不明白到底发生了什么，但我们的一举一动都让他感到高兴。

我拿头灯照着地面，小心翼翼地摸索着走向第二十四街的街道中心，去那里的道路已经被挤得水泄不通了。在半暗半明中，我紧紧抓着卢克，看着自己踩下去的每一步，慢慢地向前挪动。查克和托尼就在我的前面，文斯紧跟在我的后面。那光亮也照在了我们前面的第九大道上，一群人已经走到了街上，正看着第二十三街的方向。

雪开始下得更大了，风也刮得更猛了。转过拐角，我错开了查克的位置，进入一个空当，抬起头来，我以为会看到路灯和霓虹灯。

迎接我的却是烟雾和火焰。

坐落在第二十三街和第九大道拐角处的高楼起火了。卢克抬着头，他的小脸上反射着火焰的光亮。正在他笑着指向大火的时候，有人从顶楼的窗口穿过烟雾跳了下来。那人的身体在空中静静地下坠，掉在下面的雪地上，发出一声令人害怕的巨响。

人群退缩了，然后有两个人跑过去，试图帮助那个跳楼的人。劳伦就在我们身后，当我回头张望她时，可以看到她正在黑暗中朝我们走来。她微笑着，像是没有看到我所看到的。但当她看到我的脸色时，她知道一定是发生了什么大事情。我在雪地里往回跳去，一把抓住了文斯，说道：“你马上和劳伦上楼去，把卢克也一起带着。”

透过我紧张的神色，劳伦终于也看到了火焰。我把她拉转过身来，直视着她的眼睛。

“回到大楼里面去，宝贝。快带着卢克回到大楼里面去。”说着话，我把卢克递给了她。

不只是一栋大楼着了火，那个街区的其他建筑物也起火了。黑色的滚滚浓烟不断地涌了出来，掺和在旋转的白色雪花之中，一片不祥的云彩被炼狱的火海照亮。成千上万的人在街上看着这场大火，远远望去，拥挤的人群，一眼望不到边。在冰天雪地中熊熊燃烧的火焰发出阵阵咆哮声和爆裂声，没有警笛声，也没有任何噪声，整个世界一阵死寂。

纽约既陷于冰雪，又在大火中燃烧。

第十天
新年，1月1日

躺在床垫上的男人呻吟着抬起头来看着我，他的脸被严重烧伤了。我努力保持着镇静，对他说道："尽量不要动。马上会有人来帮助我们的。"

他闭上了眼睛，脸上显露出痛苦的表情。

我们把大楼的大厅变成了一个临时医务室，从没人住的公寓里拖下来一些床垫铺在了地上。帕梅拉与一位医生以及邻近大楼的几位紧急救护员正一起对伤员进行救护。烟雾和大火带来的刺鼻恶臭和体臭以及未经处理的伤口的气味混合在了一起。我们拿了一个燃油加热器放在大厅里，但我们的汽油很快就烧光了，所以我们开始烧柴油。糟糕的是柴油很难燃烧充分，在各种气味混合的空气中，又增加了烟尘和柴油燃烧的味道。

我们将后门打开，以增加大厅的通风能力。外面的天气已经变得暖和一点了，一周以来，气温第一次高于冰点，雪也停止了。雪下了好几天之后，我们又重新见到久违的灿烂阳光。

外面的大火仍在燃烧。感谢上帝，我们的大楼没有连接在邻近燃烧的大楼上。

整个晚上，大风不停地吹着，将火焰从一栋大楼引向另一栋大楼。纽约不止发生了我们亲眼见证的这一场火灾。公共广播电台报告说，在新年庆祝活动期间，由于室内的火源和蜡烛遇上了酒精，曼哈顿还发生了另外两起大火。当局发出警告，警告人们不要在室内使用明火，使用蜡烛和加热器时要格外小心。

这样的警告太少了，也来得太晚了。而且，在现在的情况下，人们深陷于寒冷和黑暗之中，如果不使用蜡烛和加热器，他们又能怎么样呢？

前一天晚上，一大群人逃出了燃烧的建筑物。其中有些人肺部吸入了烟雾，有些人受了重伤，所幸大多数人都没有受伤。然而，他们所有人都害怕待在既寒冷又黑暗的室外。他们背着可以携带的所有物品，却不知道能去哪里。

此前出现了一支军队的悍马车队，在黑暗中从西侧高速公路的出口，碾压着第二十三街上的积雪开了过来。可他们无法扑灭大火。在建筑物失火面前，他们没有水，没有消防队支援，也无法提供紧急服务。悍马车队只能用无线电报告了他们看到的情况，把伤员装上了汽车，然后在半小时内消失了。大约过了一个小时之后，又来了第二支车队。

此后再没有出现第三支车队。

第二支车队离开后，一群本地的消防员、医生、护士和休班的警察开始试图维持秩序，来控制混乱不堪的场面。不知道还能做些什么，我们开始将一些伤员带回到我们的大楼，并试图让附近大楼的居民也能这样做。

刚刚变得无家可归的人，满含热泪地恳求让他们进入邻居的公寓。有些人找到了愿意接受他们的人家，我们也同意接受两对夫妇。但提出要求的人实在太多了，我们只能站在那里，看着孤苦无援的人涌向贾维茨中心和纽约火车站。他们看上去满是沮丧和恐惧，很多人还带着孩子。长长的新难民队伍在黑暗的积雪道路上慢慢挪动脚步，间或向站立在路边的人们恳求一个避难的住所，但更多的人只能把手机当作手电筒来照亮夜晚的漫长雪路。

后门出现的嘈杂声引起了我的注意。文斯和一个相邻大楼的孩子一起出现在了后门口。文斯向帕梅拉和我挥手，让我们过去。他手里拿着一大包东西。文斯低声对帕梅拉说："我四处寻找止痛药和抗生素，我能想到的只有布洛芬和阿司匹林。"他伸出手给我们看了看几个瓶子，"即使这样的东西也很难找到，但我还有一个想法。"

"什么想法？"帕梅拉问。

文斯犹豫了一下，说道："我们可以让他们抽大麻烟，那是一种很好的止痛药。"他向他旁边的那个看上去应该只有十五六岁的孩子示意了一下，那个孩子尴尬地笑了笑，然后从包里掏出了一大袋大麻。

"这些人因为大火吸入了烟雾，甚至可能还烧伤了肺部。"帕梅拉嘶哑低声说道，她睁大了眼睛，朝着我们在地上匆忙搭建起来的那二十张病床示意了一下，"我还能让他们吸烟吗？"

文斯的脸色一下子变得黯然无光了。

"等等！"那个孩子说，"我们可以像制作布朗尼一样，或者说，不是……做成茶！我们可以用大麻叶来泡茶，再加入少许酒精来帮助溶解四氢大麻酚。那一定管用。”

帕梅拉的脸色变得柔和了。

“这实在是一个好主意！”床上有人忍痛喊道。

“你能马上做出来吗？”帕梅拉问。

那个孩子点了点头，文斯让他去六楼，向查克索要他需要的东西。

就在这时，文斯的手机响了起来。加入了他创建的网状网络的人们一直在昼夜不停地给他打电话。

在向威廉姆斯警长展示了如何安装那个软件以后，我们建议警长让尽可能多的人使用它。连接的人越多，消息就能传得越远。文斯还带着记忆芯片去了邻近的大楼，并向人们解释了程序的功能和用法。从目前收到的消息来看，文斯和威廉姆斯警长一直很忙，网状网络已经飞快地扩展出去了，有好几百人加入了网络，大约每小时就会有几十人加入。人们正在寻找为手机充电的方法，或是使用发电机，或是使用太阳能电池，或是把汽车从积雪中挖出来，然后启动汽车充电。还有人向每个连接在网络上的人发布了一条广播信息，解释了如何拿出汽车的蓄电池，并连接手机给手机充电。

我问文斯：“你能否广播一条消息，问一下我们地区的人能不能再多贡献一点大麻？”他点了点头，拿出了手机。

我又加了一句：“我们可以在回来的路上收集那些大麻。”

我们要把伤得最重的几个伤员送到纽约火车站去。在我们的大厅里，有两个人需要重症护理，这已经超出了我们的能力范围。托尼正在把安全带装到背包上去，改装成可以套在双肩上的拖带，然后把拖带绑到临时雪橇上去，这样我们就可以拖着雪橇穿过雪地了。我走在去地下室的楼梯上，想看看他做得怎么样了。

当我到达地下室时，他正要上楼。他将做好的东西拉到身后，卢克在一边“帮助”他，当然卢克所能做的只是跑来跑去，排好成堆的空水罐，他喜欢黏在托尼的身边。

托尼上楼时用一只手臂抱着卢克，他看到我时，说道：“应急灯坏了。”走上楼以后他把卢克放了下来，帕梅拉抱过卢克，把他带去了楼上。

托尼说：“我们最好省着用头灯，因为很难找到头灯用的电池。”我伸手去帮他把雪橇拉顺，然后把它们滑到了大厅里。

“你是最好的滑雪人。”托尼说着，拿起了他装配好的背包拖带，给我展示要如何使用它，“我和你应该在前面拉雪橇，让文斯做我们的后备。”

文斯耸了耸肩，说道：“我会试试看的，伙计。和滑雪相比，我的冲浪技能要强得多。”

一个来自路易斯安那州的孩子怎么会在波士顿上学，后来又成了一名冲浪者？我叹了口气。今天早上穿上牛仔裤的时候，我不得不把腰带抽得比以前紧了一格。从好的方面来看，我减去了劳伦以前一直对着我唠叨的那些体重。但在另一方面，事实上我正饥肠辘辘。

挨饿，会使人产生一种昏昏沉沉的感觉，我突然意识到我这是第一次获得了饥饿感的真实体验。

托尼、文斯和我穿上外衣时，几个紧急救护员已将雪橇拖到了我们将送往纽约火车站的那两个严重烧伤的人身边。尽管受伤的人不时会发出哭喊和呜咽声，但救护员们还是尽力把他们包裹起来以抵御寒冷，并将他们捆绑到雪橇上去。

打开了后门，我们爬到了外面堆积的雪堆顶上。天空一片暗灰，但空气感觉比以前要温暖一些了。人的身体调整适应寒冷的速度实在是令人惊讶。就在两个星期前，我还在抱怨这样的气温，浑身还会发抖。但是现在，气温刚升到冰点以上几度，就有些像是身处热带的感觉了。

雪堆几乎有人那么高，站在雪堆上，我们的脚就好像踩在大厅里的人们的头上。里面有一个人把门打开抵着，其余的人把载着病人的雪橇推上陡峭的雪坡。这是一项十分困难的工作，每次雪橇颠簸都会让躺在上面的病人痛苦不已。

不久，我们就套上了滑雪板，一前一后，拖着雪橇在第二十四街的街道中间开始滑行，文斯徒步跟在我们的后面，在雪地中跳来跳去，尽可能地跟上我们。滑雪的路线和步行的路线都已经踩磨得很平整了，在街道上的雪堆中切割出了一个开口，所以我们前进的速度很快。

我们在第九大道的拐角处停了下来。从那儿往前看，第九大道和第二十三街拐角处的大楼现在只剩下一个烧焦的躯壳了，而位于第九大道至第二十二街拐角处的几栋大楼，大火仍在肆虐，厚厚的黑烟弥漫在大半个灰色的天空中。当我们沿着第二十四街继续前进时，街上的人越来越多，人们向各个目的地走去，拖着或背着他们能够带上的东西。

两天前，我就注意到有人乱扔垃圾，现在街道上的垃圾更多了，在街道两边堆积了起来。随着天气变暖，稍微有风吹过，就可以闻到从融化的积雪中飘出的人类大小便的臭气。在交叉路口附近较大的垃圾堆边，老鼠与捡垃圾的人群展开抢夺战，都想从垃圾中搜寻到食物。

好像是在恍惚之中，我从这个城市衰落败腐的景象前滑过，看着人们脸上略带沮丧的神情，再看看他们正在检查的行李，猜测着他们决定携带的是什么东西。这里有一把椅子，那里是一袋书，远处还有一个人提着一只金色的鸟笼。

透过破碎的商店橱窗往里看，我可以看到人们蜷缩着，围在油桶做成的火炉旁边，烟雾从窗户中飘散出来，给大楼的两侧染上黑色。尽管如此，周围都很安静，只听到雪地上柔软的脚步声，还有流离失所的人们在悄声嘀咕着。

“等一下！”文斯在后面喊道。

我们正在第七大道的拐角处，准备转向纽约火车站滑去。回过头去，我看到文斯蹲在路旁的一堆垃圾袋旁边，用手机对着一个坐在那里的人拍照。

他在干什么？现在可不是闹着玩的时候。我放慢了速度，不想让他太落后于我们。几秒钟后，他回到了我们滑行形成的小路上，慢慢赶了上来，然后又跑到了我们前面，再次冲向了街边的雪地。他扒寻出了一些袋子，但看来没找到他要找的东西，就跑回来跟着我一起走。

“刚才的那个人已经死了，”他气喘吁吁地解释道。当他和我一起走的时候，他边走边摆弄着手机，按出了几行字。

会有更多的人死去。如果他们已经死了，我们也无能为力了。我不知道说什么好，只有深深地沉默。

“我们应该记录下发生过的事情。那个人可能是某个人的爱人，也可能是某个人的家人。”完成了打字输入后，文斯将手机收了起来，继续说道，“我创建了一个网格地址，连接在放在家里的我的笔记本电脑上面，人们可以向那个网址发送图片并添加文字，注明地点、时间和内容。等到现在这一切都结束的时候，我们也许可以将各种片段拼凑起来，从中找到一些解决方案。”

深吸了一口气，我意识到我想错了。我们还是有一些事情可以做的。我们可以给他们的亲人送去一些最后时刻的信息。

“那是一个好主意啊。你能把那个网址发给我吗？”

“已经发了。”

突然又有什么的东西引起了他的注意，他跑过去了。

托尼在我身后说道：“真是个聪明的孩子。”

就在正前方，围在纽约火车站周围的人群比两天前要大得多了。地上的雪已经被踩得像泥浆一样了，上面覆盖着人们扔掉的垃圾，形成一层黑色的铺垫。成千上万的人挤在车站的入口处，疲惫不堪的士兵已经取代了纽约警察局的警官，他们仍在尽力维护秩序，可以看到他们手中拿着武器，另外还有一些重型武器隐蔽在指挥部前方的沙袋后面。

当我们走近时，刚才听见的嗡嗡声渐渐变成了高昂的咆哮，混杂着警笛声和扩音器里传来的指示声。我们停了下来，仔细观察着人群。

托尼说道：“我们不可能从这里进去，也许我们应该试试港务局大楼，或者去中央火车站或贾维茨中心。”

“那些地方也会和这里一样糟糕。”我脑子里突然有了一个主意，我边掏出手机，边说，“让我发个短信给威廉姆斯警长，也许他可以派人出来接我们进去。”

我在发送信息的时候，文斯和托尼解开了我们的拖带，检查着伤员的情况，向旁边的人解释我们在做什么。我按下发送按钮只有几秒钟，在我把手机放回口袋里之前，我听到了收到信息的铃声。

我看着手机的屏幕，说道："他正派人来接我们。"网状网络真是一个大救星。

托尼调整了一下雪橇上伤员盖着的毯子，低声对伤员说救援马上就会来了。

"你有没有得到任何消息……"我问文斯，但是我的问话忽然被前面人群中的一个尖叫声给打断了。

"给我那个袋子，臭婊子！"一个大个的男人喊道，他正试图把一个背包从一个小个的亚洲女人身上拖走。

当那个男人拉扯着背包的时候，他那肮脏的金色长发在他的头上左右晃动，而那个女人紧紧抓住背包的一条带子不放。他一边将她在雪地上拖行，一边从一个口袋里掏出了一把手枪，他们周围的人群迅速四散开来。

"我警告你！"他咆哮着，一只手拉着背包，另一只手握着枪指着那个女人。

那个女人抬头看着他，用不知道是韩文还是中文，高声尖叫着，但她放开了背包带，人也摔到了雪地上。她低着头，用英语哭喊着："那是我的包，我所有的东西都在里面。"

"该死的婊子，我现在就应该打死你！"

站在我旁边的托尼掏出了他的手枪，垂着手，用我们的身体挡着不让人看到它。我瞥了他一眼，摇了摇头，伸出一只手把他拉了过来。我用另一只手拿起手机，用拇指点开了相机功能，拍了一张照片。

那个男人对我冷笑了一下，说道："你喜欢那个女人？"

我又拍了一张照片并点击了几个按钮，说道：“不，我不喜欢。我刚把你的照片发给了纽约警察局的警官，他们正往这里赶来。”

他脸上的笑容消失了，露出了困惑的神色。他说道：“现在，手机根本不能工作。”

“你错了，而你刚才所做的也是错误的。”

他脸上的困惑变成了愤怒。在我的一生中还从来没有与人打过架，现在我也不想发生肢体对抗，但是非对错是不可扭曲的。我说道：“仅仅因为我们经历了一段时间的艰难就开始伤害别人，这是完全没有道理的。”

那个男人直起身来，他的个子看上去更大了：“你说这是一段时间的艰难？你在跟我开玩笑吗？这是世界的终结，兄弟……”

“你正在做的事情并不会有所帮助。”

“这会帮助我。”他笑道。

“人们将会知道你做了什么。你犯了罪，我记录了下来。”我拿起了手机向他显示着，接着又说道，“眼下的情况终究会结束，到了那时你就会受到惩罚。”

他又笑了起来，说道：“像现在这个样子继续下去的话，你认为会有人来关心我偷了一个包吗？”

“我想会的。”托尼说道，他仍然隐藏着他的武器。我们身边聚集起了一小群人。

“这里还有其他人关心这个婊子吗？”那个男人环顾着四周，大声喊道。大多数人都站在那里，愣愣地看着他，但有很多人点着头，表示对托尼和我的支持。

有人在背后喊道:“这样做是不对的。”

前面的另一个人说道:“把那位女士的包还给她。”

那个男人摇了摇头,说:“你们全见鬼去吧!”

他从背包里抓出了一些东西,然后把背包扔回到了那个女人的身上,转过身去走了。托尼举起了他的手枪。

“让他走吧。”我低声说道,把托尼拉了回来,我的身体在颤抖,“这不值得。”

托尼哼了一声,显然不同意我的说法,但是把枪放下了。人群开始散开,有两个人走过来帮助那个女人。有几个人走近了我们。

“你的手机真的能用吗?”一位十几岁的女孩问我。

“部分能用,”我回答,然后朝着文斯示意道,“你得问他如何让手机工作。”才几分钟时间,文斯的周围就聚集起了一大群人。他们中的大多数人仍然带着自己的手机,但他们的手机都没有电了。文斯先给他们讲解了可以为手机充电的几种方法,然后开始从他们的一些手机中取出内存芯片,将网状软件复制到上面去。

托尼这时说:“拍下那个家伙的照片真是一个好主意。”

我们看着文斯在教一大群人使用网状网络,他就像是一个网络时代的民间英雄强尼苹果籽(Johnny Appleseed,原名 Johnny Chapman,是美国的民间英雄,他穷尽四十九年的时间撒播苹果种子,梦想创造一个人人衣食无忧的国度。——译者注)。

“没有警察在场,有人就以为可以逃脱罪责。”托尼说道,“拍照可能会让他们三思而行。”

“也许。”我叹了口气说,“有总比没有好。”

“肯定比什么都没有要好,比相互开枪更好。”

纽约火车站入口，路障附近的人群中出现了一些骚动，然后警官拉米雷斯挤进了人群，身后跟着纽约市警察局的另外两名警官。当走近我们时，他摇了摇头，说道："我们不可能再接收伤员了。"

我向雪橇那边示意了一下，说："这些人是昨晚大火时烧伤的。如果他们得不到医治，就会死去的。"

"很多不幸的人都在死去。"拉米雷斯嘟哝着，跪在一架雪橇旁边，拉开了盖在伤员身上的毯子。看到伤员烧伤的程度之后，他闭上了眼睛，站了起来。

"好吧，伙计们，抓住这些雪橇，"他对跟着他的两名警官说道。然后转向我说，"我们收下这两个人，但不会再接收更多的人了。"他指向麦迪逊广场花园说道，"那里面的情况也一样糟糕，甚至可以说更糟。明白了吗？"

我点了点头。那里面的情况已经很糟了？

"还有一件事，"他转身离开时说，"你带来的那个叫保罗的人，他的弟弟昨晚因伤情过重死了，我们可能不得不把保罗放了。"

"把他放了？"我记得威廉姆斯警长曾这样提过，但我仍然无法相信他们真的会那样去做。

拉米雷斯耸了耸肩，说，"他们今天释放了所有中等危险的囚犯，我们也没有办法关押那么多人。我们可以把所有抓来的人关一两天，记录下他们的口供，但我们必须让他们离开，等到所有这一切都结束以后再说。"

我擦了一下自己的脸，看向天空。我的上帝，如果保罗的弟弟死了，而他们又把他放了……

"什么时候会放他？"

“也许是明天，也许再过一天。”拉米雷斯说，然后在人群中消失了。我看着他离开，一种郁闷不已的感觉渗入了我饥肠辘辘的腹中。

“你还好吗？”

这是文斯在问我。我们周围的人群已经散去了，他完成了他的网络课程。

“不知道。”

托尼也听到了拉米雷斯的话，我看到他握住了放在口袋里的手枪。

文斯看了我们一会儿，然后说：“就在那个人攻击那个女人之前，你是不是问我有没有收到任何信息？”

我笑了笑说：“没错。”

“你想知道什么？”

“有没有人给你发电邮说他们能给我们一些大麻？”

“有的，我收到了两条这样的短信。”

“那太好了，因为我现在就需要用一点。”

第十一天

1月2日

“两天，也许三天。”

“只够两天了？”查克点了点头。

“而且爱丽罗斯不是什么都能吃的，”苏茜怀里抱着爱丽罗斯，补充说，“我们几乎让她断了婴儿奶粉。”她叹了口气，低着头说，“我们并没有太多的选择。”

我想提出用母乳喂养，但感觉有些尴尬。况且卡路里只会来自苏茜，而她已经很瘦了。

当我们昨天外出，而苏茜下楼去帮助帕梅拉看护伤员时，劳伦注意到了我们的物资遭遇了偷窃。我们现在在查克和苏茜的公寓里，坐在客厅中间的沙发上进行清点。卢克戴着查克的夜视镜跑来跑去，指着我们叽叽喳喳。

“小心点，卢克！”我说道，顺手拿走了夜视镜。可他还想把夜视镜拿回去，我就在沙发旁边的一个袋子里翻找，结果找到了一根纸管，我把它递给卢克，他马上就把纸管塞进了嘴里。

我们使用文斯发现的一个应用程序将一部手机变成了收音机。昨天曼哈顿只剩下两个官方的广播电台还在广播，但今天我们突然发现有数十个本地电台冒出来了，“野鸡”无线电台是由本地的市民运作的，但每个电台的接收半径都只有几个街区。

“整个国家都陷入了困境。”收音机里传来海盗电台播音员杰克·迈克的声音。

查克困惑不解地看着我，说道：“你知不知道你刚给了你儿子一个花炮？”

“迈克，你要小心一点！”劳伦喊道，从我身边走过去拿走了卢克手中的花炮。

卢克尖叫了起来，但看到在走廊里的托尼之后，马上就朝他跑了过去。劳伦对我摇了摇头。

“对不起！”我嘀咕道，心里仍然感到震惊。

我从没有真正接受这样的事实，那就是这样的状况可能会一直持续下去，心里始终存有一丝希望，以为电力供应会马上恢复，而我们现在正在参与的生存游戏不久就将结束。我带着一丝不太确定的口吻问道：“我们只剩下两天的食物了吗？”

查克关掉了收音机，把手机放回到咖啡桌上，说道：“如果我们与楼层里的每个人分享我们的食物的话，大约还能维持两天时间。我们现在有，”他看着天花板，心里在计算，“三十八个人住在这里，另外还有四个人在一楼的医务室。不管他们怎么说，现在的局面不可能在一两天，或两三天以内结束，所以我们不能再继续让大家分享我们的东西了，况且还有人一直在偷我们的东西。”

政府官方的广播电台仍在广播说，纽约电力管理局将在明天让联合爱迪生公司向曼哈顿下城提供电力，但没有人再相信那样的许诺了。

在我们刚刚收听到的新闻中——这是我们在灾难发生以后收听到的第一个关于外地的真实新闻，我们了解到在南波士顿、费城和巴尔的摩发生了大规模的火灾，而哈特福德几乎已被完全摧毁了。从到目前为止接收到的消息来看，纽约是唯一失去了自来水的城市。没有关于华盛顿的消息，而一些简略的报道说欧洲也处于混乱状态，互联网仍然无法工作。

对基础设施进行的某种网络攻击已被确认是造成城市保障系统故障的根本原因，但没有人能够确切地判定攻击来自何处。指挥和控制服务器遍布世界各地，但其中大部分位于美国境内，它们已被一个接一个地关闭了。

美国军队仍然处于二级戒备状态，这表明很可能即将发生针对美国的攻击，但攻击来自哪里，谁将发起攻击仍是一个无法确认的问题。军方在继续搜寻那些在第一轮重大停电事故发生之前侵入美国领空的不明飞行物体。海盗广播电台在嗡嗡作响，我们猜测中西部各地的城镇都遭到了网络入侵——就像1984年的电影《红色黎明》中所发生的那样。

这些消息很有意思，但与我们眼前的状况无关。

“有件事情不对劲，”查克继续说道，“当保罗和那些家伙进到这里时，保罗说他从前台偷了钥匙。但托尼检查过了，没有丢失钥匙。必定是有人让他们进来的。”

“那我们要做什么？”我问道。

“我们需要做长期的准备，不能再试图拯救世界了。”查克举起了手，阻止了苏茜的反对，“我们需要先救我们自己。”

我说道：“我们不可能只顾自己，拿走这里的一切。那样的话，我们将在自己的大楼里开始一场战争。”

“我并没有建议那样去做。我认为我们应该把我们所拥有的东西分给大家，并向大家说明从现在开始，他们将自行负责了。我们有藏在外面的那些东西，所以应该没有问题。”

“前提是我们还能找到它们。”我回答道。我们在雪堆里掩藏食物，在当时看来，那似乎是一个聪明的主意。但现在我们把生存的希望寄托在藏在外面雪堆里的食物上面，似乎风险极大。

“所以，让我们先出去看看能否找到那些东西。但我们不能和别人分享那些东西，也不能告诉任何人。”

“那样做是不对的。”苏茜说道，但这一次她的口气不再那么肯定了。

查克说：“这会显得很丑陋，但现在一切都已丑陋不堪了。而且到目前为止，我们一直表现得很温和，我们不能再那样下去了。”他看着我说，“让文斯送一个信息，召开一次大楼里全体人员的会议。”

“什么时候？”

“今天傍晚，太阳下山的时候。”他向下伸出手去，重新打开了收音机。“……我认为我们之所以没有得到华盛顿和洛杉矶的任何消息，是因为他们都已被一种新型禽流感的生化攻击所摧毁了。我不会离开纽约，绝对不会离开纽约。如果有人来敲我家的门，我就会拿起我的霰弹枪……”

文斯在走廊的尽头设置了他的控制中心，就在我的公寓门口与查克和苏茜的公寓门口之间。两部手机通过USB线连接到了笔记本电脑的背面。

他向我解释道："我就是通过它们连接到我们的网状网络上来的。我已经去过邻近的大楼，我们附近会有人保持手机处于工作状态，并在网络上维持在一个固定的位置。"

他指着一叠写有潦草的笔记和图表的纸张，继续说："通常在街角处大楼三楼的位置，大约每隔一百码左右就有一个固定装置，有点像我们这个手机信号点。这些固定位置的装置可以作为我们网状网络中的一些固定的联络点，而其余的手机则是完全可以移动的。"

我让他直接告诉我们他在做什么，我上工程课已经是很久很久以前的事了。

"这不像大家习惯了的中心辐射型网络，而是点对点的网络，并使用了被动呼应而不是主动呼叫的路由模式。"

这已经远远超出了我的知识范围了，我问道："人们怎么知道如何使用它呢？"

文斯看了看我，然后笑了，他解释道："你可以把它看作网络堆栈底层的代理服务器，而它对用户来说是完全透明的，也就是说用户是感觉不到它的存在的。人们可以像往常一样使用手机，只是需要把他们联系的人添加到新的网状网络地址列表中去。"

"到目前为止已经连接上了多少人？"

"没有精确的计数，但已经超过一千人了。"

文斯创建了一个"网状911"的短信地址，并将其连接到了威廉姆斯警长下属警官们的手机上去了。他们每小时会收到几十个短信。

“有人给你传照片吗？”

我们要求网状网络上所有的人将受伤、死亡以及犯罪的人的照片图像，以及他们能想到的灾难中的任何记录、细节和内容描述都发给我们。那些送来的材料全都存放到文斯的笔记本电脑的硬盘上去了。

他回答道：“已经有几十个人传来了照片。我很高兴这个系统能够工作，但那些照片……”他垂下了头，说不下去了。

“也许你不应该看那些照片的。”

他叹了口气，说：“要那样做很难。”我把一只手放到了他的肩膀上。

文斯一直很忙，他还创建了一个网状网络数据库，人们可以通过那个数据库分享有用的生活窍门和经验，包括寒冷天气下的生存技巧以及如何使用各种手机应用程序，例如紧急服务收音机、手电、指南针或纽约地图的使用，还有烧伤治疗和急救，等等。文斯自己发布了第一个应急生存技巧——如何将大麻提炼成液体止痛药。

“你做了很多好事，文斯，拯救了很多生命。你已经竭尽全力了。”

“如果我们能够预见未来，也许我们可以避免所有这一切。”

“我们不可能预见未来，文斯。”

他看着我的眼睛，极其严肃地说：“总有一天，我会改变它的。”

我停顿了一下，不知道该说些什么好，于是决定最好还是把我们带回到眼下：“你能发送个短信给住在我们楼里的所有人，请他们在日落的时候来参加一个会议吗？”

“会议将讨论什么？”

我深吸了一口气，望着走廊的尽头。托尼正在和卢克玩耍，那是一种捉迷藏的游戏。我说道：“就通知一下，让他们来吧。我们需要谈谈。”

查克解释说：“我们谁也没有想到这样的情况会持续这么久。我们将继续和大家一起分享电源、供暖和工具，但你们将不得不为自己承担更多的责任。”

“这是什么意思？”罗利问道。

我数了数，来了三十三个人，都挤在走廊里。尽管我们尽了最大的努力，但走廊还是变得更脏了，覆盖在家具上的成堆的毯子和床单沾上了污渍。没有人在过去的一个多星期里洗过澡，而且大多数人都没有换过衣服。空气中弥漫着汗水的气味，五楼的厕所区域已经变得一团糟，恶臭似乎穿过墙壁和地板传了过来。地毯浸泡在我们拖上来的积雪融化后的水滩中，湿气也渗透进了家具和靠垫中去，沿着踢脚板向上，慢慢开始发霉。

“我们想要说的是，你们将不得不开始为自己寻找食物。”我一边看着我指甲下面的污垢，一边故作轻松地说，“我们无法继续分享我们剩下的那点东西了。”

更准确地说是查克的那点东西，现在走廊上的每个人都需要理解，我们必须画出分界线。查克和苏茜将会确定与哪些人共同分享，而哪些人将必须自力更生。

“所以每个人都只对自己负责了？那是你说的吗？”理查德问道。

他刚接纳了几名遭遇大火的难民，也仍在为中国家庭提供住宿。我虽然开始对他有了一点敬意，但我还是指着堆在咖啡桌上的食物说道："不，我们仍然需要分担守卫公寓、到楼下取积雪融化成生活用水和清洁楼层的职责。但对于食物，我们需要对我们所有的东西实行配给了。现在，我们已经将我们可以分享的东西分配好了，这些东西加上你们现在手中还有的东西吃完后，你们将需要排队去领取紧急救援食品。"

下午开会之前，查克和我已经溜出去了一次，使用我的寻宝应用程序尝试找到我们前几天隐蔽起来的一些食物。那个程序很管用，我们第一次尝试就挖出了三个袋子。查克又一次指着桌上堆着的那些小包，说道："每个人都能得到一包口粮，然后你可以决定多快或多慢把它吃光。在那以后，你就需要到外面去找你能找到的一切。"

理查德摇了摇头，走到桌子旁边抱起了一堆包裹。查克看着他，问道："你在干什么？"

理查德指着走廊尽头的中国家庭和几个新接受的难民，说道："我们有十个人，我们将分享我们所有的东西。"他愤怒地走回了他的公寓，他的那些人也跟着他一起进去了。

罗利一边看着查克，一边从桌上抓起了四包口粮，他和帕梅拉接待了一对从楼下上来的夫妇。他说："我想我们现在知道谁是我们的朋友了。"

我说道："我很抱歉，我们现在画这样一条界线也是不得已的。"

罗利看着文斯，然后默默地转过身去，带着帕梅拉和另一对夫妇走回了他的公寓。

剩下的九个人是文斯带来的年轻家庭和六个从楼下公寓上来的人。他们都低声说着谢谢，拿着他们的包裹走了。

查克、文斯和我去了查克的地方做晚饭，而托尼回到了楼下。我停了一会，说道：“谢天谢地！总的看起来，还算顺利。”

查克却说：“我想在我们这头的走廊上建一个阻挡外人的屏障。除了我们这几个人以外，我不希望任何人进到这里来。”

“你觉得这是个好主意吗？”文斯反问。

我的手机“丁零”一声，收到了一条短信。我从口袋里取出了手机，看到了屏幕上显示的廉姆斯警长送来的信息。“我们不得不释放保罗和斯坦。我们也警告他们不得靠近你们，但你们要小心。我能做的就是这些了。”

我又看了一遍那条短信，然后把手机递给了查克。我回答文斯：“是的，我认为建个屏障是一个好主意。”

当查克看那条短信的时候，文斯一直盯着我看着，他脖子上的肌肉都抽紧了起来。

查克咬着牙说道：“而且我们还需要更多的枪支。”

第十二天
1月3日

我们挤在查克公寓里的咖啡桌旁，看着文斯的笔记本电脑的屏幕。劳伦坐在我的旁边，卢克骑在她的膝盖上，他正在玩一把炒菜的铲子。爱丽罗斯先前坐在苏茜的双膝上哭，但后来安静了下来。她放了一个小屁，然后又开始哭闹了起来。

苏茜把爱丽罗斯递给了查克，说道：“现在该轮到你来照顾她了，我去找几件干净的衣服和一些水来。”

查克闻了闻爱丽罗斯的背部，然后耸了耸肩，他没有闻到任何奇怪的气味。虽然最初几天我们用毛巾拼接起来的尿布来替代婴儿纸尿裤，但我们试图回收临时尿布再循环使用却变得十分困难。

查克嘴里哼着催眠曲，摇晃着爱丽罗斯，让她慢慢安静了下来。一名电台播音员以稳定的语调说道：“如果你今天要去中城地区寻求紧急救援，红十字会建议你不要去纽约火车站或麦迪逊花园广场，而是前往其他几个较小的救援站。”

我们在楼下的一个厕所公寓里放了一个洗尿布的桶，里面倒上了洗涤剂，但是要让尿布干燥就意味着得把它们挂在煤油加热器旁边烘干，这让大家很不好受。

“利用我设置的固定点手机的信号强度，”文斯向我们解释道，“我可以利用三角测量法确定我们附近网状网络上任何人的位置。”

“你找到他们了吗？”我问他。

文斯摇了摇头，答道：“可以说找到了，也可以说没有找到。我假设他们是连接在网络上的。”他指着地图上标示的七个脉冲点，他一整晚都在那上面工作，“网格地址有点像电话号码，当人们创建它们的时候，他们通常会标上自己的名字。这是一个开放的网络，所以任何有一点技能的人都可以立即看到其他人。我现在跟踪的这些网格地址，都使用了‘保罗’或‘斯坦’那样的名字，它们最近一直在我们附近转悠。”

“他们会不会知道如果他们连接到网络上来，我们就可以追踪他们？”文斯耸了耸肩，说：“我怀疑他们知道是我们创建了网状网络。人们现在只是分享它——它是自行推广出去的。一般来说，人们往往不会去考虑这方面的事情。”

“他们看起来不像是如此机敏的人，”查克补充道，“你能不能想出一个办法，在他们离我们只有一个街区的时候，让手机发出某种警报来？”

文斯抬起头来说：“我能做到那一点，并且能给每个人发一条短信。”

查克说：“不能给每个人，只是发给我们这些人。我不相信外面的任何人。”

“所以你真的认为我们楼层里有人和保罗以及他的帮派是一伙的？”劳伦问道，“我无法想象有任何人会……”

查克转而问道：“托尼，我们没有丢失钥匙，是有人开门让他进来的，对吧？”

托尼点了点头。

“他们怎么会知道我们所有人都在理查德家里参加派对？他们有那么好的运气？我不认为是那么回事。”

“那你认为是谁干的呢？”

“我不知道。”查克摇了摇头，说道，“我不认识那几对来自楼下的夫妇，而罗利……”

“罗利？”劳伦惊呼道，“你真是那样想的吗？”

“他是斯坦的朋友，他一直在搞那个‘匿名’黑客的东西，网络入侵，犯罪……”

“黑客并不等于就是罪犯。”我说道。

查克摇着头，反问我：“嗯，那你觉得是谁？”

我说道：“会不会是理查德？”

劳伦听着，瞪大了眼睛。“你有什么问题吗，迈克？难道你还在嫉妒吗？”

“他是那个把我们聚集在一起的人。”我回答说。

“如果我没记错的话，他慷慨地为每个人提供了食物。”

查克举起一只手，用另一只手抱着爱丽罗斯，说道：“嘿！我们只是在猜测。我只是说发生的有些事情是有问题的，我们必须对这个跟踪工具保密。”他转向文斯说，“我们可以跟踪任何人，甚至是我们自己大楼里的人吗？”

劳伦摇了摇头说：“这就是让世界陷入混乱的同样愚蠢的举动。”她抱起卢克离开了公寓。查克挠了挠头，等劳伦身后的门关上之后，又再次看着文斯。

文斯回过神来，说道：“可以。只要他们在我们附近并连接在网络上，我们就可以跟踪他们。”

爱丽罗斯的脸变成了鲜红色，她又开始哭闹。查克抱起了她，再次在她身上嗅了一遍。“怎么回事？”他低声对她说道，然后转向我们，“你们不介意吧。”

他想检查她的尿布。

文斯和我喃喃地说：“当然没有关系。”

查克把爱丽罗斯放在笔记本电脑旁边的咖啡桌上。当他拉开尿布时，我以为会看到褐色的条纹，结果却看到了已经发炎的鲜红的皮疹。它看上去有很大一片，并且已经感染了。爱丽罗斯不停地哭闹着。查克闭上了眼睛，然后说：“你们能给我几分钟吗？我们需要继续讨论这个问题。但现在我需要……”他的声音有些颤抖。

文斯收起了他的笔记本电脑，说道：“没问题。”

在现在这样不卫生的状况下，尿布湿疹是很危险的。苏茜因为周围的压力不可能产生很多奶水，而爱丽罗斯的胃也很难适应我们随机找到的那些食物。她瘦了不少，但我们没有办法来改善现状。我们成人可以忍受几乎任何疼痛或不适，但孩子们……

我看着那扇关着的门，心想：“我最好能和劳伦谈谈。”我还想去看看卢克。

第十三天

1月4日

“用它遮一下你的鼻子和嘴巴。”我说着，递了一条头巾给查克，我的脸上已经绑上了一条。这不是为了预防感冒，外面实在是臭气熏天。

温度已经攀升到华氏四十多度了。在明亮的蓝天和微暖的阳光下，融化的雪将街道中间的轨迹变成了泥泞的棕色溪流。这次觅食之旅，我们不能用滑雪板，而是选择穿着厚厚的橡胶靴步行。外面的气味和我们五楼的厕所一样糟糕。

我看着查克系上头巾，说道：“劳伦昨天说的确实有一点道理。”戴着头巾和太阳眼镜，查克看起来就像个罪犯。

昨天晚上，因为我们为自己建立私人跟踪系统的事，劳伦跟我念叨了一整夜。虽然我们需要跟踪保罗和斯坦，但她坚持认为我们不应该使用我们的跟踪工具，在他人不知情的情况下去监视其他人。尽管我试图尽可能地去包容她的指责，但仍然禁不住对她的动机产生了怀疑，这让我很想搞清楚她是否向我隐瞒了什么东西。

她让我答应把她的看法向查克提出来。

我半心半意地向查克说："监视我们的邻居是不对的，那正是我们所指责的政府正在干的事情。"

"但你难道不想知道保罗和斯坦在哪儿吗？"

我们在泥泞的主干道一侧的颗粒状的积雪中走了几步，每一步都会深深地陷入小腿高的积雪中去。我的脚经常会陷得很深，我必须非常小心地把它拔出来，每次都会从我的靴子口掉进去一些肮脏的积雪，我的脚已经浸湿了。

"我当然想知道，但这与监视我们的邻居不是一回事。"

"如果我们知道他们中有一个人正与坏人合作，我们是不是就可以进行监视了呢？"

"但是你并不知道，"我回答道，"你看到的是阴谋论，就像剥夺别人的自由来满足自己欲望的偏执狂。"

"偏执狂，谁说的？什么样的人说什么样的话。你应该怀疑劳伦在你背后做了些什么。"

我叹了口气，不再说什么了。我们默默地走过了一个街区。

温暖的天气让许多人跑到外面来了，有些人漫无目的地四处游荡，但大多数人都在捡垃圾。通过破碎的商店橱窗，我们可以看到人们在空架子中穿梭，寻找遗留下来的东西。人们尽力将垃圾袋堆放在一起，十字路口旁已经堆起了一座座小山丘，粘在面上的是冷风吹来的残雪和垃圾碎片。

我注意到沿街有几根电缆从位于一楼的公寓窗户里接了出来，穿过街道连接到仍埋在雪中的汽车上去了。那是文斯发现的另一个窍门：让汽车在原地发动，然后用它们来发电。这个做法已经通过网状网络传播开了。

我说道："你知道，我们其实需要罪犯。"

"我们需要罪犯？"

"社会需要罪犯。没有他们，我们就完蛋了。"

查克笑了起来，他说道："我现在必须听听你的高见了。"

"任何博弈论所模拟的社会，都会因为有了犯罪分子的存在而变得更加强大。"

"那是模拟的社会，对吧？"

"罪犯迫使社会进行改革。他们清除了弱者，并迫使我们加强国家机构和社会网络建设。"

"所以他们是狼，我们是羔羊？"

"大概是这样。"

我的寻宝应用程序上记录的最近的食物藏匿标记位于第八大道和第二十二街的拐角处，我掏出手机再次查看了地图。风变得更大了，我开始有些发抖，点头向查克示意我们必须沿着第八大道继续往前走。

"如果没有一定数量的人利用其他人的话，"我继续说道，"社会就不会进步。"

"对于那些被利用的人来说，这听上去很糟糕。"

"但这对整个社会来说是件好事。我不是说我们不会去抓住并惩罚那些罪犯。我只是说我们需要他们的存在。"

我们就快走到埋着那些袋子的地方了。

查克摇了摇头，"理论虽然不错，但等你在一条黑暗的小巷里遇上一个罪犯以后再告诉我，你那时的想法是什么。"

“我所说的犯罪分子帮助社会进化，意思是，”我继续说道，“当哥伦布来到美洲时，社会还处于合法的奴隶制时期，所以人们不会评判他，但放在今天来看，他的行为是不合法的。甘地在推动废除印度的盐税制度时，也被英国人视为犯了罪。而现在他们都是英雄。犯罪分子帮助社会突破了界限。”

“所以你现在把保罗他们与甘地相比了？”

我哼了一声，说道：“我没有把他们相提并论，我只是赞赏某些罪犯。”

“哪些罪犯，阿尔·卡彭？”查克嘲笑着我。

“也许是那些自称‘匿名’的黑客。”我回答道。

查克摇了摇头，说：“那些罪犯就留给你自己欣赏吧。”

我们到了藏匿食物的那个地方。我掏出了手机，找出了我那时拍下的照片，确认了埋下袋子的地方。我从背包里拿出了铲子。

“就在这里。”我跪了下来，开始挖掘。快速挖了几铲松软的积雪后，我感到我碰上了什么东西。我用一只戴着手套的手将四周的雪推开，看到了一个破旧塑料袋的边缘部分。我用力一拉，就拉出了一个装满杂货的袋子。

查克笑了起来，伸手提走了我挖出的袋子。他满面笑容地说道：“太棒了！我记得那里面装的是牛排和香肠。我们中大奖了！”

我用双手继续在雪堆上往里挖，又找到了另外两个袋子，并将它们拉了出来。当我正想告诉查克这两个袋子里装的也是牛排和香肠时，我注意到我们身边已经聚集起了一群人。

他们中的一个人问道：“你们怎么知道那里面有这些东西？”他看上去好像已经有一星期没有吃过东西了，他急切地说道，“我可以付给你一百万美元买那几个袋子。我是一个对冲基金经理。我发誓，我一定会付钱给你。”

查克把他的手枪装在他的皮大衣口袋里。当他转过身去时，我可以看到他正在握起他的枪把，准备把它从口袋里掏出来。

“查克，别……”我刚开始喊着说的时候，我的眼角扫视到了什么东西。随着沉闷的一声“砰”，一根粗重的木桩狠狠砸到了查克的头上，他向前扑倒，像一个布娃娃一样，脸部先着了地。他手里提着的袋子破了，里面的东西散落了一地，人群像饿狗一样猛扑过来，抓住查克的背包，将他拖走，在他头部落地的雪地上留下了一摊深红色的血迹。

第十四天
1月5日

“他出了不少血。”

“他没什么大碍吧？”苏茜的脸上满是泪水。

查克一整天都处在时而清醒时而昏迷的状态当中，但即使是他醒来的时候也几乎认不出我们是谁。在把他带回大楼以后，我们就让他躺在查克和苏茜卧室的床上。

“我想他没有什么大问题，”帕梅拉一边在测试他的脉搏，一边回答说，“他的心跳很强，很有规律，这是好的征兆。他需要睡眠和大量的液体……”说到这里，她犹豫了起来。

“你想说什么？”我问道。

“他需要尽可能地多吃些东西。”一时间没人说话了。

“谢谢你，帕梅拉！我们会尽量让他多吃的。”我最终蹦出来这样一句回答。

让苏茜照看着查克，我陪着帕梅拉走出了公寓，走过了大厅尽头我们建立的屏障。

走廊一整天都空着。在过去的三天里，因为大家都知道了食物供应的严峻现状，所以每个人早上都要离开公寓，去某个救济站排队等候食物和水的发放。红十字会每天分发给每人一个食品包，大约刚刚能保证一个人一天的热量需要。经过三天以后，我们楼里的其他人——走廊里的，罗利公寓里的和理查德公寓里的那些人——都有了他们的供应，他们每个人的口粮基本可以维持一个人的生命，而我们的口粮却几乎耗尽了。

情况转变得有多快啊！

苏茜正在用碎米做晚饭，这几乎就是我们剩下的最后一份口粮了。在查克明确表示我们不打算与他们分享之后，楼里的其他人也就不再有分享食物的心情了。

我们原本寄希望于找到我们藏在外面的食物，但在昨天的混战中，我们失去了以前掩藏的食物。我们这一群人忙着照顾孩子、护理查克，文斯致力于运行网状网络，托尼处理安全事务，来回奔忙，没有人能空出五六个小时的时间去排队领取食物，或找到我们的另一个食物藏匿处。

从来没有人告诉过我饥饿的感觉是如此的痛苦。我得让劳伦和卢克把我所分配到的大部分东西都吃下去。有时候，饥饿只是一种疼痛的感觉，但更多的时候，它是一种在我的肠胃里燃烧的强烈的苦痛，这使得我无法集中注意力。最糟糕的时候是晚上，缺乏食物在那时候将转化为无法入眠。

叹了口气，我瘫倒在文斯旁边的椅子上，他几乎锁定在他用作网状网络控制中心的笔记本电脑上了。他的生存所需似乎只有不停地喝咖啡，但咖啡几乎也难以为继了。

“所以当时有人掏出手机来拍照了？”他问道。

“好像正是因为那样，我们才保住了性命，”我摇着头回答道，“是你救了我们的命。”

当查克头部被击中时，我将食物扔到了人群中去，并跳起来试图帮助查克。在袭击者把查克的背包扯下来的时候，我抓住了他的一条腿，并在他的口袋里摸索，试图把枪拿出来。但那把枪已经掉到雪地里了。那个用木桩打了查克脑袋的人也开始袭击我，我蜷缩在雪地里，举起双手保护自己。

就在这时，有人大声喊道：“住手！”并拿出了手机拍照。站在我的前方的那个家伙，举着棒子的手开始犹豫起来，然后又有其他人也用手机拍了照片。在众目睽睽之下，那个家伙退缩了，他扔下了棒子，胡乱在地上抓起了一些食物就跑了。

在雪地里摸索了一会，我发现枪就掉在查克的身下。我把枪藏进了自己的口袋里，然后发了短信说我们需要帮助。几分钟后托尼和文斯就到了。他们到达的时候，人群已经散去了。我们就像抬一袋土豆一样，将查克抬回了公寓，而他头部的伤口一直在流血。

文斯说道：“这已经不是第一次了，社交媒体成了一个救命的工具。顺便说一下，我有袭击你和查克的那个人的照片。”

“真的吗？”

尽管到那时为止，网状网络的速度非常缓慢，而且网络连接也像是补丁那样，从一块连到另一块，并不是覆盖整个地区，但这个网络真的是非常有用。

“东曼哈顿的一些黑客找到了一个无线上传网状软件的方法，所以现在已经有成千上万的人在用网状网络了。”

昨天有人上传我们的遭遇。我站起来细细地看着计算机的屏幕。

“认出他了吗？”

那个图像很粗糙，不过还是可以辨认的。

一个穿着红黑色格子夹克、戴着羊毛帽子的大个子，正气势汹汹地扑向一个蜷缩在雪中的可怜人影。我的脸背对着相机，我的一只手高举着，试图挡住即将到来的打击。但那个大个子男人的脸看得很清楚。

文斯放大了图像。

“那就是我们。”我没能好好看清楚照片拍摄的时间。我以前在哪里见过这个人？“嘿！这不就是楼下车库里的那个人吗？”

我记得当我们从查克的托盘上往下卸水时曾看到他在旁边闲逛。而罗利和斯坦谈话时，他也一直站在那里。

“你肯定是他吗？”

我再仔细看了一遍，这肯定是那天我看到的那个人。“绝对是他。”

文斯摇了摇头，说：“这些混蛋正在跟踪我们。我将运行一个网络地图，看看是否可以把这个人找出来，看看那家伙是否会和斯坦或保罗接上头。”

“罗利从领取食物的地方回来了吗？”

文斯在键盘上打了几个字，然后说：“还没有，为什么这么问？”

“只是问一下。”我不想再增加更多的八卦了。

文斯耸了耸肩，给我做了一个鬼脸，又埋头继续工作了。

“如果那些家伙出现在我们任何一个人的一百码范围内时，

你能发一个警告短信吗？”

“想要实时警告是很困难的，因为会有各种原因导致信息延迟。但是，我们还是可以试一下的。”

我颤抖着，挠了挠一处突然感到发痒的地方。

尽管煤油加热器已经开到了最高的一挡，但一阵冷风吹进了走廊，气温又再次降了下来。我今天没有到过室外。但因为昨天一整天雪都在融化，今天气温又急剧下降到了冰点以下，街道变成了一个溜冰场，就像一个冰冻的障碍赛道。

“还有什么情况呢？”

“我已经与东曼哈顿的那些黑客们联系过了，他们已经编写了一个网状推特，并且像我那样设置了其他一些基站。人们正在建立邻里保安巡逻、易货交易、充电站、犯罪报道等秩序——通信是实现文明的关键。”

“他们是黑客，对吧？”

文斯摇了摇头，仍然敲打着他的键盘，然后停下来挠挠头，看着我说：“我使用的‘黑客’一词，其原意是修补代码的人，他们进行的是一种创造而非滥用。黑客已经被人说成贬义的了。但他们和那些坏事没有任何关系。”

“那些‘匿名’的家伙承认攻击了物流公司，如今这个烂摊子有一半就是他们造成的。”

文斯又挠了挠头，说：“但我所联系的黑客们没干那个。”

他似乎对他的说法蛮有把握。我摇了摇头，不想再谈论这个问题了。

我开始抱怨道：“这里太冷了！”身上又再次发起痒来，随着又一股寒风袭来，我整个人开始发起抖来。

“昨天暖和的时候，大厅尽头的窗户被打开了。”文斯回答。他继续在计算机上编写着代码。“你为什么不把它们关上？”

我点了点头，站起身来，脑子里想着，不知道文斯与“匿名”的关系到底有多深。

第十五天

1月6日

璀璨的星空悬挂在我们的头上。

“我一直以为在纽约看不到星星。”文斯说道。他抬起头来望着天空，想把它们全部收入眼帘，“至少不是现在天上的那些星星。”

我凝望着天空，低声说：“过去两周里，整个东海岸没有产生太多的污染，而寒冷的天气也使天空更加清朗了。”

整个灾难开始以后，这是我第一次登上屋顶，迎接我们的挤满星星的天空，让人目不暇接。能够看到这种只有在偏远乡村才能看到的星空，还有一个原因是今夜没有月亮。

此刻，绚烂的星空在我看来就像幸灾乐祸的众神，在遥远的天际俯视着纽约城里苦苦挣扎的人们。

“你确定想在今晚做这些吗？”文斯问道。

我低头看着大楼之间的黑暗，回答道：“今晚是一个极好的时机。不管怎么说，我们并没有太多的选择，对吧？”教会周日学校的回忆在我脑海中浮现了出来。今晚将是领悟之夜，是三贤哲跟随着星星把上帝的礼物带给婴孩耶稣的那个晚上。今晚我们将用自己的魔法来寻找宝藏，我希望星星和众神都会善待我们。

“你是一个贤哲之人吗，文斯？”

“我肯定是聪明的，但不知道算不算得上是贤哲。”

身体颤抖着，我把我的外套拉链拉上，遮住了脖子。艾琳娜和亚历山大把屋顶上的雪铲到了这里，堆成一堆，然后把雪提下去融化成饮用水，提着雪桶往下走要比往上提六层楼容易多了。气温骤降，外面已远远低于冰点。一股强风吹来，我们赶紧躲到屋顶末端的护墙后面避风。

“今天晚上我需要一位贤哲来帮我一把，”文斯笑着说，“那样我也就成了贤哲了。”

我观察着大楼下面的纽约城市，低声对自己说道：“没有一个地方透出一丝灯光。”从我站着的位置看出去，我们周围有一个城市存在的唯一证据就是星光被附近的大楼遮挡后留下的黑暗的影子。

在头灯的光照下，文斯坐在靠墙的长凳上，开始改装我的手机，将电缆从手机连接到我的AR眼镜上去。当科技公司在所有这些发生之前送给我这副眼镜时，我曾想过它可能会给我带来一些乐趣。后来的事实证明，或许是它救了我们的性命。

我坐在文斯旁边的栏杆上，把自己蜷缩成一团以抵御寒冷。看着无尽的黑暗，想象着几百万人挤在那里，我突然问道：“你知道是什么驱动了20世纪，奠定了我们今天所处的世界的基础的吗？”

文斯摆弄着手机，说道：“是金钱？”

“嗯，是的，再加上人造光。”

如果没有人造光线，人类就只是在日落时分会因为害怕而退入巢穴的动物。黑暗中隐藏着存在于我们集体想象中的原始怪物，藏在床底下的怪物，而所有那些怪物都会在打开白炽灯开关，灯泡散发出温暖的光芒时消失。现代城市充满了巨大而令人畏惧的建筑，但如果没有人造光线，人们还会居住在大楼内部的黑暗之中吗？

“你知道是光让洛克菲勒成为商业巨头的吗？”我总是对著名企业家、著名商人的身世着迷。

“不是石油让他发财的吗？”

文斯戴着AR眼镜，来回晃着头，低声嘀咕着。看来有些事情他还没有搞好。

“石油是货币，但光是产品。正是人们对光的需求驱使洛克菲勒走到了聚光灯下。”

文斯听到我这个不是笑话的笑话后，轻声笑了出来。

“在1870年纽约才有煤油供应，在此之前，每当太阳落山，美国就变成黑暗一片。煤油是第一种以廉价并清洁的方式产生人造光的物质。在那之前，洛克菲勒只是一个落魄的商人，坐在克利夫兰的一块潮湿的石油油田上，还不知道能做些什么。”

“我不知道那个故事。”文斯说道。然而，他并没有真的在听我讲。

“是的，克利夫兰在狂野西部时期就是美国的沙特阿拉伯。到了19世纪初，这里的煤油产量已经超出了用于照明的煤油的需求，所以猜猜，接下来会发生什么？”

“摇滚中心？”

“汽车。你知道世界上第一辆汽车是电动的吗？1910年，纽约街头的电动汽车数量超过了使用汽油发动机的汽车数量。当时每个人都认为电动汽车才是未来汽车的发展方向，相比靠控制易爆、有毒的化学品而驱动的疯狂的发动机，电力驱动才更合理。但是洛克菲勒资助福特，确保汽油动力的汽车而不是电动汽车成为未来汽车的发展方向，以便他有机会出售他的石油。”

“我想我搞好了。”文斯说道。他再次戴上了AR眼镜，来回晃动着脑袋，说道：“而后‘噗’的一声，我们就有了20世纪的混乱，中东所有那些战争，整个世界对石油的依赖，以及全球变暖等一大堆难题，甚至包括眼下正在发生的事情。这一切都源于对光的追求。”

“那是因为待在黑暗中是很糟糕的。”文斯说，然后坐到我旁边把AR眼镜递给了我，“试一下看看。”

我深吸了一口气，戴上了眼镜，关上了我的头灯。向东看去，我看到了在黑暗的街道上散布着红色的微小发光点，到处都是。

文斯解释道：“我把你的寻宝应用程序中的地图数据加载到眼镜上去了，它们现在通过网状网络连接起来了。因此，当你戴着眼镜看的时候，埋着那些袋子的地方就会在AR眼镜上显示出红点。”

“是的，我看到它们了。”

自从查克被打了以后，我们都认为白天出去取回我们藏匿的食物太危险了。劳伦求我不要出去，我也答应了她不会出去，但是我们已经吃完了最后那一点食物。而且听说应急中心发生了骚乱，所以我不想让任何人去那里。即便如此，我们还是需要吃饭的，劳伦和苏茜依然打算第二天带着孩子们一起去纽约火车站或贾维茨中心排队领取食物。

除非我今晚出去，找回一些我们隐藏的东西。

我们走到屋顶边上，为的是确认一下街道是否像我们想象的那样黑，看看哪里还有灯光。毫无疑问，外面漆黑一片。

“你肯定不让托尼或我跟你一起去吗？”文斯问道。

“我们只有一套夜视镜。如果两个人在街上，而其中的一个人什么也看不到的话，那个人就成了一种负担。而我又是埋食物的那个人，所以我应该是最能搞清楚埋藏位置的人。”我停顿了一下，继续说道，“不管怎么说，在已经实施了戒严的情况下，我们应该只让一个人出去冒险。”

文斯耸了耸肩，表示了认可。他说：“你根本不需要看你的手机，直接朝红点的方向走去就行了。”

因为在漆黑一片的街道上，我的手机会像灯塔一样发亮，引来不必要的注意。

文斯又说：“当你靠近其中一个藏匿地点时，只需点击一下口袋里的手机屏幕，AR 眼镜就会循环显示你埋袋子时拍摄的照片。如果你将夜视镜罩在 AR 眼镜外面，你就应该能够很好地将两层图像叠加在一起，从而确定先前拍照的位置。”

我从文斯手中拿回了我的手机，点了一下屏幕，一连串微弱的、分层的、我在埋袋子时拍摄的照片就出现了。

“你刚才讲的那些都很有趣，但那都是过去的事情了。”文斯说道。我玩着我的新玩具，放大并循环显示我拍摄的那些照片。

文斯继续说：“我对未来更感兴趣，我希望能够预测未来。”

我说道："你对未来太着迷了，不是吗？"

文斯叹了口气说："如果我能够看到一点点未来的话，我或许可以救她不死。"

我有时会忘记在他身上曾经发生过的那样的事情。我抱歉地说道："真对不起，文斯。我不该说这些……"

"不用道歉。顺便说一句，我有办法从立体停车库中把查克的汽车取下来。"

我开始感到刺骨的寒冷。我想着，如果要在外面待几个小时，恐怕必须多穿几件衣服。我最好从托尼那里把手枪拿来，以防万一。

听到文斯说有办法把汽车拿下来，我赶紧问道："真的吗？你有什么办法？赶快说给我听听。"

在我头灯的灯光照耀下，文斯咧嘴一笑，说道："只要有绞盘，就有办法。"

我慢慢穿过了冰冻的街道，花了半个小时，才走了两个街区，到了最近的埋藏袋子的地方。在极度寒冷的情况下，街道上闻不到什么异味，如果滑倒的话，也不用担心会摔进一堆湿软的粪便中去。

夜视镜使用了低光和近红外成像技术，即便周围一片漆黑，我也能看得很清楚。如果用上口袋里的红外线手电筒，我甚至可以在需要的时候用闪亮的绿色照亮周围的世界。

当我越走越近，显示最近的袋子位置的红点不断地增大，直到它成了一个大约二十英尺宽的红色圆圈，这是GPS的大致误差范围。

文斯真是一个聪明的孩子。

我站在圆圈的中间，把一个垃圾袋踢到一旁，轻点了一下口袋里的手机屏幕，与这个地方相关联的图像突然出现在AR眼镜上了。这层图像与我通过夜视镜看到的店面和路灯灯柱非常匹配。在我后退了几步并向左边移了一步之后，两层图像就完全重合在一起了。真是太棒了！

我跪了下来，卸下了背包，从里面取出来一把折叠铲。我用铲子的一侧敲开了冰冻的表面，等到冰面破裂之后，把面上的大块的冰雪挪开，然后铲开了下面柔软的积雪，挖出了一个同心螺旋形的坑洞。

这是一个力气活，当我的铲子碰到第一个袋子时，我的背部已经感到痉挛般的疼痛。我用戴着手套的手拨开了袋子上面的雪，然后拉出来了两个袋子。在夜视镜幽灵般的光线下，我查看了其中的一个袋子。

“多力多滋，”我赞了一声，点了点头，“我喜欢多力多滋。”我俯下身去，伸手拉出来剩下的几个袋子，然后把它们塞进了我的背包里，还看了看四十码远的下一个红色圆圈。在我的头顶，夜空中点缀着的星星在大楼之间的空隙中闪闪发光。

第十六天

1月7日

我浑身发痒，躺在床上翻来覆去，试图找到一个舒适的睡姿。我的睡梦断断续续，似乎总处在半梦半醒的状态之中。我在黎明时分就躺下了，已然筋疲力尽。我揉了揉枕头，想在肮脏的床单上再换个角度尝试入睡。

在睡梦中，我仿佛听见有人在哭泣……然后意识恢复了，我知道那不是一个梦。

睁开双眼，我看到劳伦坐在床边的椅子上，裹着她喜欢的有花朵图案的毯子。她的下巴放在交叉的双腿之上，人靠在卢克的婴儿床边，他在那张床上睡得正香。劳伦正拉扯着垂在她脸庞前的头发，在清晨薄霭的微光中一根接一根地检查着它们。

她在哭泣，身体来回地轻颤着。

我深吸了一口气，试着赶走脑海中迷迷糊糊的睡意："宝贝，你没事吧？卢克好吗？"

她把头发捋回原处，擦去了眼中的泪水，抽了一口气，说道："我们没事。我也没事。"

"你真的没事吗？行了，到床上来和我说会儿话吧。"她低下头去看着地板，没有出声。

我又深吸了一口气说："我昨晚出去了，你是为那个生气吗？"她摇了摇头。

"我本来打算告诉你的，但是……"

"我知道你打算出去。"

"所以你不是因为这件事而恼火吗？"她又摇了摇头。

"你是哪里不舒服吗？"她耸了耸肩。

"劳伦，你到底有什么事情，告诉我……"

"嗯，我是感觉有些不舒服，牙齿也疼。"

"那是因为怀孕吗？"

她看着天花板，点了点头，然后又开始抽泣起来："我身上有虱子，到处都是虱子。"

过去一周里，身上瘙痒的情况愈发严重了。我抬起手来挠着我的后脑勺，感觉那些虱子就像入侵者一样正在我的全身爬行。

"卢克身上也全是虱子，"她哭着说，"我的宝贝儿子。"

我起身坐到了她旁边的椅子上，伸出双臂抱着她，侧着头看着卢克，至少他看上去很平静。深吸了几口气后，她慢慢安静了下来，直起了身子。她叹了口气，说道："我知道这只是虱子，不是世界的末日，我只是忍不住犯傻……"

"你不傻。"

"从我记事的时候算起，我不记得我以前曾有过一天不洗澡的。"

“我也是。”我吻了她一下。

“卢克和爱丽罗斯都得了可怕的皮疹。”

我们俩坐着看着卢克。我转过身去，看着她的眼睛说：“你知道今天我准备做什么吗？”

她叹了口气，说道：“建一个新的滑轮系统，把水提上来。我昨天听见文斯他们在谈论这件事……”

“不，”我笑着说，“今天要做的，就是让我太太能舒服地洗个热水澡。”

她低下头，说道：“我们还有更重要的事情要做呢。”

我探过头去，一边用鼻子在她身上嗅来嗅去，一边说道：“没有什么事情比你更重要。”她笑了起来。

“我是认真的。给我一两个小时，让我为你准备一些热气腾腾的洗澡水。”

“真的吗？”她又开始哭了，但这次流下的是高兴的眼泪。

“当然是真的。你想洗多久就洗多久，你可以躺在浴缸里好好放松一下，让爱丽罗斯也洗一下，让卢克带着他的橡皮鸭子一起进去。等你洗完以后，我们可以用洗澡的水来洗衣服。”

“这真是太棒了！”我拥抱着她，她也用力紧箍着我，眼泪不停地从她的脸流下来。

“你为什么不放松一下？”我继续说道，“我要和文斯商量一下，看看每个人都要做些什么。”

她躺回到了床上，蜷缩进了毯子里面。我走了出去，关上了我身后的房门。在客厅里，托尼盖着好几层毯子，在沙发上打着鼾。他一直值夜班，当我黎明前回来时，他就在门口等着我。窗户上的窗帘放了下来，以保持房间的昏暗，我没有叫醒他就走了出去。

我在走廊里看了看，几乎所有的人都已经离开，去救济站领取食物和水了。外面非常安静。

罗利正伸手拿着一个水瓶，从电梯走廊拐角处的一个水桶里往瓶里装水。我向他点了点头打招呼，他盯着我看了会，然后点了点头，低声说了一句："早上好"，就顺着楼梯走下去了。在走廊的另一头，有两个人在一大堆毯子底下睡得正香。

在走廊里保护我们的屏障后面，文斯正躺在那里熟睡，我跨过了他，去敲鲍罗廷家的房门，想看看他们怎么样了。没过几秒钟，艾琳娜就开了门。亚历山大还是在他的椅子上睡觉，艾琳娜正在一旁煮茶。她告诉我他们很好，反倒问我是否需要什么，然后又问劳伦现在怎么样了。我提到了虱子，她说她会为劳伦准备一种药膏，并说如果男人们都剃光了头，状况可能会好一些。

有趣的是，没有人向鲍罗廷家求援。他们家好像有着源源不断的热茶和厚实的饼干，但他们明确表示不会打扰任何人，甚至还清楚地表示不想让任何人去打扰他们。不过，我常常会看到艾琳娜偷偷地把饼干塞给走廊里的一个孩子。

十分钟后，吃完了好几块饼干，装满了一杯茶，我又回到了走廊里。文斯已经醒了，但看上去还是有些睡意蒙眬。

"你还好吗？"我问道。

他哼了一声，说道："不太好。我头痛得厉害，关节也痛……我感觉很不舒服。"

我不由自主地退后了一步。是禽流感吗？也许我们都搞错了。

文斯笑了，他挠了挠头，然后抬起头来看着我说："我不怪你，去拿口罩吧。即使这只是一次普通的感冒，现在也不是掉以轻心的时候。”

我应该提一下虱子的事吗？但嘴里说的却是：“让我给你拿一杯水，再找几片阿司匹林，怎么样？”

他点了点头，然后躺倒在沙发上，不停地挠痒。

我开玩笑地说：“再来一些培根和鸡蛋怎么样？”

“也许明天吧。”他蒙着头，在毯子下面笑着说道。

回到查克的公寓里，我走到了还在打鼾的托尼身旁，拍了拍他的肩膀。我低声说：“文斯感到不舒服，劳伦也感到不舒服。”

托尼摇晃着脑袋，想让自己醒过来：“关上这里的门，如果出去的话就戴上口罩。”

托尼揉着眼睛，点了点头。我从浴室取出了一些阿司匹林和几个口罩，从我们的柜子中拿出了一瓶水，然后向睡在一起的查克和苏茜低声传达了同样的警告。

我戴上了口罩，回到走廊的时候，文斯早已坐在他的电脑前了。我把水倒进了笔记本电脑旁边的一个杯子里，他从我手中取了阿司匹林后，和着水吞了下去，然后戴上了口罩。

“坏蛋们都走开了吗？”我问道。

他打开了几张地图，查看了一下，说：“至少眼下不在附近。”

我停了一下，对我的下一个要求感到有些不好意思。“可以请你帮我做点事吗？”

他伸了个懒腰，长嘘了一口气，然后说道：“当然可以。你需要什么？”

“洗澡。”

“我能进来吗？”

“嗯。”里面传来了一声轻柔的回答。

打开卫生间的门，我笑了，因为我发现我的妻子正懒洋洋地躺在热气腾腾的浴缸里，一大堆泡泡底下。

艾琳娜给了我一罐软膏和一把细齿梳子，并指导我如何最有效地把虱子清理出来。这个得从发根开始梳头发，而且从前往后梳。

准备洗澡水花去的时间远远超过了我先前许诺的一两个小时。首先，我发现电梯走廊里的融水桶空了。我感到非常懊恼，二话没说，就向楼下冲去。文斯一声不吭，紧跟在我的后面，一直跑到外面街上，准备往水桶里填满雪，然后把它们提到楼上去。

可跑到外面后，我才明白为什么桶会是空的了。地上的雪很脏，上面还结了厚厚的一层冰。前后门入口附近的所有雪都已经被挖走了。要想挖出新的、干净的积雪绝不是一件容易的事。

幸好，我今天不需要饮用水，只需要洗澡用的水，所以当文斯将装满雪的水桶拖到里面去时，我就继续往水桶里装雪。在街上新鲜的空气中，文斯开始感觉好一点了，但戴着口罩干活还是让人很难受。

那天早上，是理查德在大厅里值班，但我觉得我要是告诉他，我正在为劳伦准备热水洗澡，会让我感到很不舒服。我只是跟他说我们正在重新装满水桶，仅此而已。他看起来好像有点怀疑我们在干什么，但他也只能看着我们把一桶桶雪提到楼上去。

我对接下来发生的事情感到有点头痛。查克的浴缸是中等大小的，但尽管如此，我发现需要五十加仑的雪才能填满它。雪融化为水以后，体积会减少到原来的十分之一，因此填满浴缸将需要至少十二桶的雪。

文斯要在我们原来的公寓里把水烧热，他把一个四十加仑的锡桶放在他正在研究的开放式油火装置上，用从地下室油箱里抽取来的柴油燃烧加热。

当所有的准备工作都完成时，我们已经花了七个小时来提雪、融雪，再把水烧热。尽管很累，但当我看到劳伦浸在水泡之中，脸上带着满足的微笑，再累也是值得的。

我走进浴室时，她说："我再有一分钟就好了。"

浴室里十分温暖，镜子蒙上了一层水蒸气，房间里还点着几支蜡烛。

刚开始时，只是想让劳伦洗一个澡的念头，现在已经演变成了一个宏大的计划，要让我们整个团队的每个人都得到一次彻底的清洗。自从停电以后，我们一直坚持洗手和洗脸，并试着用海绵擦身，但是在停水以后的十多天里，我们还都没有洗过澡。

"别着急，宝贝！"我挥舞着艾琳娜给我的梳子和药膏，兴高采烈地对劳伦说道，"我为你准备了一项特别的服务。"

她笑着向前滑入浴缸，将头和头发都浸入了水中。就在那时，她的身体露出了水面，可以看到她的腹部有一个虽然很小，但却清晰可见的凸起。我记得之前有了卢克的时候，我们看过一些有关婴儿发育的书籍。十四周的胎儿，大约像橙子一样大小，已经有了手臂和腿、眼睛和牙齿，一个完整的小人，一个完全依赖于母体的人。

劳伦在浴缸里坐直了，抹去了眼睛四周的水，朝着我微笑。几个星期以来，我都没看到过我妻子裸露的身体。现在看着她，温暖并且湿润，我觉得有什么东西在我身体里面搅动。

“你会穿着衣服来为我服务吗？”她笑着说，微笑之中透露出一丝诱惑。她靠在浴缸的一侧，点了一下她的手机，浴室里马上响起了巴里·怀特的爵士和弦。

“不，女士。”我解开腰带，和所有这一切发生前相比，我的皮带紧上了三节。我脱掉了毛衣，然后是袜子和牛仔裤。我把它们拿起来闻了一下，然后才把它们放在浴室柜台上。哇，我的衣服真的很臭。半裸地站着，闻着薰衣草沐浴皂的香味，同时我也闻到了自己身上的味道。实际上，我身上的气味有刺鼻。

我锁上了卫生间的门，然后脱掉了我的内裤，在劳伦的身后滑了下去。热水包围着身体的感觉是难以形容的。当巴里深沉的男中音开始吟唱他对获得的所有爱情仍还不满足时，我发出了一声低沉的愉悦的感叹。

“感觉很好，是吧？”劳伦靠在我的身上，低声说道。

“是啊！”

我拿起药膏和梳子，将药膏涂抹在劳伦湿润的头发上，然后细心地梳理头发，小心观察有没有小小的生物出现。劳伦在我梳头的时候身体保持不动。我从未想过寻找虱子也会是如此性感的事。在森林之中的某个地方，一只猴子在心仪之猴的毛发里清理小虫的景象突然出现在我的脑海里，我禁不住笑了起来。

“你笑什么？”

“不为什么。我只是因为爱你。”

她叹了口气，向后紧靠在我的身上。

“迈克，我真为你感到骄傲！”她在浴缸里一个转身，带着水吻了我一下，然后说，“我爱你。”

我向下伸出手去，抓住了她的臀部，把她拉到我的身上。我的激情在燃烧，她笑了笑，咬住了我的嘴唇。就在这时，门外响起了一声响亮的呼叫。

这个关头发生这种事情，真是的！

“干什么？”我抱怨道，劳伦的鼻子在我的脖子上擦来擦去。“你能给我们点时间吗？拜托了。”

“我真的不想打扰你们，”文斯在外面说道，“但这事有点急。”

“什么事情？”

劳伦继续吻着我的胸口。

“他们刚才说，纽约火车站里暴发了霍乱。”

霍乱？这听起来很糟糕，但是……我说道：“我能做什么呢？再给我几分钟就出来了。”

“嗯。但现在真正的问题是理查德在楼下拿着枪，不让从纽约火车站回来的那二十多人中的任何一个人进大楼。我想他很可能会开枪打死人的。”文斯在门外说道，语气有点急。

劳伦从浴缸里直起身来。我闭上眼睛，深吸了一口气。上帝待我太不公平了！

“好吧，”我回答的声音都有些颤抖了，“我马上就出来了。”踏出浴缸，我对劳伦说道，“我们等一会再回来洗完这个澡吧。”

她点了点头，把巴里的音乐关了，跟着我踏出了浴缸。她说：“我和你一起去。”

就那么一会儿，我让自己享受着难得的愉悦，看着她裸露且湿润的身躯爬出了浴缸。

“别忘了戴上口罩。”

第十七天

1月8日

“你感觉怎么样？”

“迷迷糊糊的，”查克回答道，“但没事。你现在还认为我们的社会需要罪犯吗？”

我笑了起来，说：“不需要那么多。也许，完全不能要。”

经过三天的半清醒半昏迷状态，查克终于完全清醒了过来，也恢复了部分生活能力。他从床上爬了起来，仍然非常健谈，正跟爱丽罗斯和卢克一起玩耍。

当他还处于恢复期的时候，我们有意不让他知道周围的事情。但我非常希望让他变得如此“虚弱和痛苦”的遭遇，不会落在其他任何人的身上。

“我错过了什么事情吗？”查克问道。

苏茜坐在他身后的床上，一手抱着爱丽罗斯，一手揉着查克的脖子。劳伦坐在她的旁边，而卢克则满地跑来跑去。

“还是和以前一样，瘟疫，传染病，武装对峙，以及西方文明的衰败，没有什么事是我应对不了的。”

昨晚，真像置身于一个超越现实的两极对立的世界之中，从梦幻般的水蒸气、烛光和巴里·怀特的音乐一步跨入了仿佛僵尸成群的世界末日的噩梦之中。在仅有一盏挂灯照亮的昏暗的大厅里，充斥着令人恐惧的尖叫和咒骂声，我可以看见手枪的影子在晃动，而一群衣衫褴褛、脏兮兮的人拥挤在门外，用力敲打着大门，恳求让他们进来。

值得庆幸的是，当我让他们进来以后，并没有人冲过来啃咬我们的脑袋。然而理查德的看法确实也是有道理的。如果纽约火车站暴发了霍乱，而我们楼里的这些人又一直在那里，让他们回到大楼里，其他人就得冒着可能会感染霍乱的风险。但在另一方面，迫使他们留在外面等于判了他们死刑。

最后，我说服了理查德，我们可以把从火车站回来的那些人隔离在一楼待上两天，维基和她的孩子们也在其中。我在查克给我的手机安装的传染病查询应用程序上查看了一下，两天的时间肯定比霍乱的潜伏期长。

我们戴着口罩和橡胶手套回到楼上，拿了一个煤油加热器下来，并将可能生病的人隔离在一楼大厅旁的一个较大的办公室里。当我今天早上去看他们的时候，下面的每个人都已生病并感到浑身疼痛，而所有住在六楼走廊里的人也都是那样。但症状看上去并不像霍乱，似乎更像是感冒或呼吸道感染。

我向查克讲了一下眼下我们面临的情况，他摇了摇头，说：“楼里通风良好吗？你是不是为了让油能烧更长的时间，一直在将煤油和柴油混合起来使用？”

“因为有人感冒，我昨天不得不关闭了所有窗户。”我承认道，同时也意识到是我出了差错。我怎么会那么傻？通风不好会造成一氧化碳中毒。饥饿真的会让人难以进行正常的思考。

查克深吸了一口气，说道：“一氧化碳中毒的症状很像流感。我们这屋里的人没病，因为我们使用的是电加热器，而其他人使用的是燃油加热器。”

我打开卧室的门，大声喊道：“文斯！”

即便生病了，文斯还在操作着他的计算机控制站，监控着每小时从城市各处传送来的几百张图像，并将紧急信息发送给威廉姆斯警长。

文斯把头伸进大门口——我跟他说过，不让他到里面来，所以他停在门框那里，探头往里看，他的眼睛是红肿的。

“大家都没生病，那可能是一氧化碳中毒，”我解释道，“打开一些窗户，给楼下发送一个短信，并通知托尼。”

文斯揉了揉眼睛，点了点头，然后一言不发地关上了房门。他看上去很疲惫。

“他们明天就会好起来的，所幸还没有造成持久性的伤害。”查克说，“把那些去过纽约火车站的人隔离起来其实是个好主意。”

我点了点头，心里仍然责怪自己很愚蠢。

查克挠了一下他的后颈脖，一转身把脚从床上放了下来，嘴里说道：“我的上帝，有霍乱啊！”

当查克向前倾身的时候，苏茜开始替他揉起背来。她说道：“宝贝，你确定自己好些了吗？”

“有一点恍惚，但还不错。”

“当时的情况还是非常危险的，”我说，“而且那不是一次偶然的意外。袭击我们的那个人是保罗的人。”

查克坐了下来，疑惑地问道：“你说什么？”

“我们有一张当时的照片……”

“你停下来拍了照？”

查克在受伤之前，只看到了网状网络的起步，在迷糊了几天之后，他已经不记得网状网络是怎么回事了。而现在，文斯估计连接到网络上的人已经超过十万了。

“不，不是我照的。这是那些看到袭击的人照的。这就是现在一些普通人自觉或不自觉地正在做的事情，想办法维持社会秩序，不让一切失控。”

查克停了一秒钟来消化我所说的话，然后说道：“你最好倒回去，解释一下到底发生了什么事情。”

“来一些热茶怎么样？”劳伦在旁边建议道，“然后你们可以慢慢谈。”

“那简直太好了！”

苏茜把爱丽罗斯从床上抱了起来。

我向查克解释了文斯他们如何在网状网络上发展出了社区监控和应急服务等应用程序，以及在文斯他们的指导下，人们如何将看到的事情都记录下来，并传送到像文斯的笔记本电脑这样的中央监控器上来。

“你有没有出去搞更多的食物回来？”

谁也没有忘记食物，特别是在紧急中心已被隔离的情况下。饥饿会让人将心思集中在每一块面包屑上。

“我们现在还剩下大约三天的食物。”我对他说，我们都已经成了定量配给专家，“我会在晚上带上夜视镜和AR眼镜出门，然后走路去找到食物。”

“你还干了些什么？我让你们自个待了几天就……”

我笑着回答道：“还干了些别的事情。”

“鸡蛋和培根？”

我摇了摇头，仍然微笑着说：“但愿如此吧！”

“文斯找到了把你的越野车降下来的办法。”

“到离开这里的时候了，嗯？”

我点了头。

“那是个什么样的办法？”

我开始向查克解释文斯的计划。我还没来得及说完，就听到文斯在公寓外面喊叫我们的名字。我打开卧室的门，文斯的头再次出现在大门口。

“他们都死了。”

我问道：“谁死了？”心里吓了一跳，想象着暴发了一场惨烈的霍乱，被隔离的每个人都彻底完蛋了，“是一层楼的那些人吗？”

文斯低下了头去，说道：“是二楼的那些人。我只是去看看他们情况如何，想不到他们都死了。”他一脸的无奈，然后说道，“他们有一个煤油加热器，开到了最大挡，而所有的窗户都关闭着。”

就在前一天我还去看望过那些家伙，那时他们还像我们一样，用安装在窗户外的电加热器来加热他们的房间。

“他们是从哪里搞到煤油加热器的？”

“我不知道，但我们现在遇到了更大的问题。”

比九个人的死去还大的问题？文斯的一句话，顿时让我紧张到了极点。

“保罗的位置在移动。”

第十八天
1月9日

“他们正在往这里来。”

我的肠胃开始打结。而在我脑子里却出现了一个疯狂的想法：希望他们会带了食物来。如果我们必须战斗，至少在战斗结束的时候，有人会给我们颁发一个食物奖。这是一种非理性的、不合逻辑的思维方式，是突然跳出来的想法，就像在开车时你突然转动方向盘，结果迎头撞上对面车道的车辆。我通常无法解释为什么在这样的时候，我的脑海中会出现这样的想法，但这次我知道是为什么了。强烈的饥饿感已经胜过了我和我的家人正被追杀的这一事实带来的恐惧感。

这些天，我吃得越来越少，每次吃饭我都只是做个样子给劳伦看，让她以为我真的吃了，但暗地里却把我的那份面包和其他食物的大部分都藏了起来。当卢克和我一起玩的时候，我会把藏着的那点东西给他做零食。对我来说，能让他的小脸上露出笑容，做任何事情都是值得的。

“你在监视着他们吗？”查克问道。“看起来有六个人。”

我点了点头，看着一连串小点在文斯的笔记本电脑屏幕上移动。从厨房柜台上的一个装饰碗里，我拿起一个玻璃球塞进我的嘴里，并开始吮吸起它来了。

这时，从查克的卧室敞开的窗口吹来一阵冷风。苏茜、劳伦和孩子们已经翻过窗户，爬到邻近建筑的屋顶，躲进了隔壁一栋已经废弃的公寓里了，而文斯正在帮助艾琳娜和亚历山大离开。我们可以从那里通过后面的防火梯下楼，然后从我们楼下半开的门重新进入我们的大楼。

我们打算抓住保罗和他的同伴，我们要从猎物变成猎人。

文斯制定了一个计划，这使我们决定今天要留下来战斗，而不是跑去把查克的越野车降下来。我们其实是想开着查克的越野车离开这里，可我们不知道保罗和他的团伙什么时候会来，所以我们必须先留下来和他们战斗。

作出决定以后，我们告诉六楼的每个人和一楼被隔离的那些人，我们将为卢克举办生日派对。我们告诉大家，这是一个私人的派对，只有我们小圈子的人才能参加。在举行派对的时候，我们不会监视外面，也不会接收他们要求帮助的呼叫。

这听上去有些怪异，但没有人发出任何抱怨，只有几个人向我们投来了异样的眼光，他们可能认为我们将会举行一场盛宴，却不邀请他们参加。

假称要举行派对的计划是查克的主意。我认为什么事情都不会发生，但是在下午5点之前，就在我们所说的卢克生日派对即将开始的时候，代表保罗匪帮成员的小点就在文斯的网状网络定位图上聚在一起了。看来我们楼层里确实有人向追杀我们的人通了风报了信。

那几个小点开始向我们这边移动了。

“当他们进来的时候，他们会在大门入口处至少留下一个人。”托尼说道，他是我们之中唯一一个接受过军事训练的人，因此他将指挥这次行动，“我们将让艾琳娜和亚历山大来对付那个人。我们四个人要等到他们都进了这个楼层，然后从他们的后面冲上去。”他看着查克和我，继续说，“你们两个就待在后面，行吗？”

他坚持说我们两个有孩子和妻子，所以他和文斯将冲在前面。文斯没有反对，当我们计划所有这一切的时候，他一声不吭。

我们已经穿上了户外着装，托尼和查克直奔开着的窗户，然后爬上了屋顶。

“如果他们分散开走该怎么办？”我问道。

文斯走出了房间，把他的笔记本电脑放回了原来的地方，然后回来，打开了他的智能手机，并递给我一副 AR 眼镜。他说：“这是你的任务了。你已经习惯用它们来发现那些埋藏的袋子，而现在的袋子就是那些坏蛋。”

我戴上了 AR 眼镜，看着窗外。黑暗中，六个小红点正沿着第九大道向我们这边移动。实际上，我们对面的大楼遮挡了正常的视线，从这儿看不到第九大道，现在通过眼镜看，那些红点都堆在一起，可以显示出了保罗和他的团伙的位置，就好像我可以透过大楼看到他们一样。

“眼镜上的红点很清楚，有了那些红点，你就可以透过墙壁看到他们了。”

“如果他们并不是每个人都将智能手机链接在网状网络上的

话，怎么办？”

文斯已经考虑过这种可能性了。他说：“我们将从屋顶上进行肉眼查对。”

我从窗口爬了出去，上了屋顶，马上陷入了齐腰深的积雪，我挣扎着转过身来，帮助文斯爬了出来。天已经黑了，但还不是深夜，天空非常晴朗。我们躲在屋顶的雪地里，低头看着第二十四街，等着保罗那些人出现。

一看到他们出现，我就竖起大拇指。眼镜上的每个红点都对应着大街拐角处的某个人的位置。

看着他们走上了我们所在的街道，我才意识到我刚才屏住了呼吸。我不得不强迫自己大口吸气，几天来我第一次忘了饥饿的感觉。

那伙人走到了我们大楼的后门，距离我们还不到一百英尺，但我看不到他们的脸。保罗从口袋里掏出了钥匙，然后俯身寻找锁眼。

“我调开了值班的人，”托尼低声说道，“现在没有人值守楼梯间。”

等那伙人一走进大楼，我们就从藏身的地方站起身来，赶紧通过防火梯往下走。我口喘粗气，心跳加速，我可以透过大楼的墙壁看到那些红点。

“他们中有一个人拿着一把霰弹枪，”托尼低声说，“你还能看到他们吗？他们到了哪里？”

“还在大厅里。”

我们的计划是在防火梯上避开他们，然后从三楼进入，绕到他们的后面抄他们的后路。红点开始移动了。

“不，等一下，他们现在开始上楼了。”

正如托尼所预测的那样，其中有一个人留在了大门入口处。当他们中的其他人顺着楼梯向上爬到我们那一层的时候，我们也到了三楼。我停下来，将门口那个人的位置发送给了守在二楼的亚历山大和艾琳娜。

当我加入我们的队伍时，托尼问道：“他们刚在一楼被隔离的人群那儿停留了吗？”我们都担心维基和她的孩子们。

我摇了摇头。当我看着 AR 眼镜时，注意到红点的直径越来越大，他们似乎就在我面前的砖墙上直接往上爬，直到整个墙壁在我眼前显示成了一片红光。

“他们就在我们面前。”我低声说道。

我们每个人都屏住了呼吸。

我眼前的一片红光开始向上移动了，然后再一次在我们头顶的位置分散成一个个红点。

“他们没有在其他楼层停留，看起来他们很清楚要去哪里。”

查克和托尼点了点头，看到我的手势之后，我们跟在里面楼梯间的那伙人的后面，沿着外面的防火梯往上走。我们在五楼防火梯处停了下来，在楼梯间的火灾紧急疏散门外等候着，等那伙人再次动起来。

“告诉我们你看到了什么。”托尼低声说。

我回答道：“看上去他们已经到了六楼的门外了，正停留在那里。”

“他们会快速行动，”托尼说道，“他们可能会派一个或两个人去理查德那里，其余的人会去查克那里。一旦他们打开那扇门，你就喊一声，我们就冲进去。”

在我们等待的时候，只听见外面寒风呼啸。几个小时前，我们曾来这里清理了积雪，现在查克又用脚清除了残留的一些积雪。我盯着墙上，看着那些红点。他们开始移动了，然后推门进去，并在走廊里分散开来。

“走！”

查克拉开了门，托尼先进去，然后是文斯，查克和我跟在后面。

当我们从楼梯间爬向六楼的时候，我低声说道：“他们中有一人去了理查德那一头，其他人都在查克的公寓门外等着。”

我们喘着粗气，在六楼的门后停留了一下，以做好最后的准备。每个人都拿出了枪来，我在口袋里摸索着我的枪。

托尼说道：“他们一旦进了查克的房间，你就告诉我们。文斯去理查德那一头，我们三个人要给进查克家的四个人一个出其不意。明白了吗？”

我和其他两个人一起点了点头，但我的眼睛仍然盯着右边的红点。它们很大，而且又聚集在一起了。

是三个，还是四个人？然后我听到袭击者们突然冲进了查克的公寓里，大喊大叫。不需要我说什么了，托尼打开门，悄声溜进了走廊。

我停了一下，心里有些害怕，然后强迫自己走了进去，紧接着就听到查克大声喊道：“你们这些混蛋在找我们？把枪放下！”

我跑到查克公寓的门口，拉下了AR眼镜，把枪直直地举起，对着我前面的人。三个男人站在那里，举着双手，有些震惊地回过头来看着我们，我认出其中的一个就是攻击查克的那个人。他们一个接着一个放下了武器。

托尼从我旁边冲了出去，去看文斯那边的情况。片刻之后，他大声喊道：“一切都搞定了！”

“保罗在你那儿吗？”查克喊道，“他不在，但我们抓住了斯坦！”

保罗也不在我们面前的人中间。他是怎么躲过我们，从楼梯上逃走的？

“第六个人在哪儿？”文斯问道。他跑到了我的身后，指了指我手中的AR眼镜。

我又戴上了AR眼镜，看着我们房间里的那三个家伙时，三个红点在我面前晃动。转过头去，我可以看到在走廊的另一头显示斯坦的那个红点。俯看我的左边，另一个点所显示的第五个人正向我们走来，一定是艾琳娜和亚历山大带来了他们在楼下抓到的那个家伙。那是第五个，那么第六个在哪里呢？

“我只看到五个。”我仔细检查后说道。

“该死的！”查克喊道，“把他们绑起来，保罗一定就在楼里的某个地方。”

我们把抓到的四个人都押到了我的公寓里，并把他们捆绑了起来，关在我们的小卧室里。这时，亚历山大和艾琳娜已经押着他们抓到的那个人到了门口。

“保罗在哪儿？”查克瞪着其中一个被绑着坐在在地板上的人大声喊道，我发现这个人正是视频里那个攻击查克的男人。他知道我们认出了他。

“他留在了走廊里。”他回答说，然后一脸恐惧地请求，“请不要杀我。”

“什么！他在走廊里？”

男人点了点头。

“为什么？”

“他说他要留在外面，防止有人来。”

查克诅咒着，用他的手枪抵了抵自己的后脖子：“你们为什么来这？你们是哪个帮派的吗？”

男人耸了耸肩，说：“保罗说你这里还有很多东西，比如食物、设备……”

“可他并没有跟你一起进来，到底为什么？”

“那个笔记本电脑。他说那上面有我们所有人的照片。”男人低声说道，“你知道，我们对人们做了些什么……”

“该死的！”文斯轻声惊呼。

他低头环视了房间的角落，然后看向外面的走廊，原来挺直的身体软了下去。

“有人把笔记本电脑拿走了。”

“所以这才是你们真正的目的？”他点了点头。

“那我们现在怎么处理这些人？”我问道，“我们可没有多的食物再多喂五张嘴。”

“喂他们？”查克笑了，“我们就把他们关在这里，不给他们吃任何东西，如果现在的状况过上一两个星期还没有改善，到时候再放了他们。在那之前，就把他们关在这里。”

眼前的危机算是过去了，我给劳伦和苏茜发短信，让她们回来查克的公寓。托尼和查克推开文斯，跑了出去。他们在大楼里搜寻保罗，但我知道他们找不到他了。我有一种感觉，保罗会断开与网状网络的连接。

“到底怎么处置这些家伙？”我在查克后面喊道。

“你把他们留给我吧，米哈伊尔。”艾琳娜柔声回答，我和文斯转头看着她和亚历山大，“我们有古拉格的经验。”

亚历山大笑着加了一句：“很高兴，这一次站在了铁丝网的另一边。”

第十九天

1月10日

我含着一颗玻璃珠子在嘴里转来转去。是谁说的吮吸鹅卵石会让人感觉不那么饿？我把玻璃珠子吐了出来。

雪又下起来了，但这次我很感激老天爷的帮忙。查克和我正赶去他的越野车所在的停车场，想看看文斯把车用绞盘吊下来的主意是否可行。我们是在清晨沿着第九大道走过去的，一张纯净的白色地毯掩盖了整个城市所遭受的伤害和混乱。

我们几乎不说话，只是听着我们踩在新雪上发出的有节奏的嘎吱声。

前一天晚上，有人在网状网络上发了一条推文，说美国人会把他们带回家的食物丢弃一半。通常情况下，这只会让我感到是一种浪费，但在现在这样的情况下是难以想象的。一边在雪地里跋涉，一边做着我的白日梦，思考着那些曾在我们冰箱里待了几天之后就被扔掉的食物，这次灾难过后，我会不会还像从前那样处置它们呢?

现在，每当我们吃着那点少得可怜的食物时，我总是感到十分羞愧，觉得自己没有尽责为家人提供足够的食物，但劳伦总是在我们吃饭之前亲吻我，好像那是一顿惊人的盛宴。仅仅一包多力多滋就被他们看作一个伟大的奖品。而我只有抓住每一个机会，把我的口粮节省下来留给劳伦和卢克。

我总是说我还有几磅体重可以消耗，为什么不呢?但饥饿对我来说是一种从未有过的体验，不知不觉中我会发现自己正在吃一些我计划要保存下来的东西。好像稍不注意，来自肠胃的饥饿感就会摧毁了我的意志力。

当我们走到第十四街拐角的时候，查克指着过去曾是甘斯沃尔特酒店的地方，说道:“你看看那边。”

自从过了圣诞节，最后一次来看了他的越野车之后，我们已有两个星期没去市中心了。这座城市几乎已经无法辨认了。在第九大道和第十四街的拐角处，就在苹果商店的外面，原来是一个城市公园。我经常去那里享用咖啡，看着喧闹的人群在切尔西进进出出。现在，积雪太深了，公园里的小树几乎被埋没，只有树梢从脚下的积雪中冒出个头，路边的红绿灯也只剩顶端的灯头摇摇欲坠，灯下则是堆积成小丘的冰冻的垃圾。

位于第九大道和哈得逊街拐角处的楔形大楼挺立在空中，就像一艘大船的船头，而堆积在大楼墙边的雪和垃圾，就像从城市黑暗的地下深处涌出来的水一样拍打着船舷。高高突起的、看起来像船的中心处的是甘斯沃尔特酒店烧剩的外壳。酒店的窗户都被砸破了，大楼的两侧是向上爬升的黑色污迹，黑色的外墙显示出当时楼内肆虐的火焰有多么猖獗。

酒店的门头旁挂着一个广告牌，它居然毫发无损。那是一个高级伏特加的广告，上面有一个穿着燕尾服的男人和一个穿着时髦的黑色礼服的女人，他们看上去像是来自外星球的生物，微笑着看着脚下的残骸，在我们受难的时候享受着他们的杯中物。

我眼角的余光瞥到有什么东西在移动，我转过头去，看到有人正从苹果商店的二楼往下看着我们。商店的落地窗边堆满了垃圾。当我再次往上看的时候，又有一个人出现在那里。

我拉了一下查克的胳膊，说道："我们还是走吧。"

他点了点头，我们就继续往前走去。

我们是轻装出行，身上没有任何看起来值得偷抢的东西——没有背包，没有包裹，衣衫褴褛。我们的武器也是显而易见的，我的手枪装在挎着的皮套里面，而查克的步枪就背在背上。这些武器在向那些看着我们的人宣示，我们不想被人打扰。此刻，我觉得自己就像一个狂野的西部枪手，行走在一个无法无天、冰天雪地的前沿阵地上。

当三天前有报告称在纽约火车站暴发了霍乱疫情，而所有的紧急避难所随即都被隔离之后，我们走廊里的状况变得尤其恶劣。之前，因为可以每天去领取食物和水，迫使大家做好了出行的时间安排，也逐渐地形成了一种模式。这种模式让我们楼上的大多数人有了起床和活动的动力。现在，他们都躺在沙发、椅子或床上，完全断开了与外部世界的接触。

但问题不仅仅在于缺乏外部的支持。直到几天前，我们仍然一直生活在某种惯性状态之中。人们设法在大楼里搜寻他们可以找到的任何东西——食物残渣、干净的衣服、干净的床上用品，等等。但是现在已找不到更多的这些东西了。衣服和床上用品都是灾难来临以后一直使用着的，并且染上了虱子，大楼里也再也找不到能吃的东西了。

更重要的是，我们收集饮用水和融化积雪的系统在第一周运作良好，到第二周时还可以控制，但进入第三周以后却变得难以把控了。水桶和水罐都很脏了，外面的积雪也很脏。我们试着去哈得逊河取水，但是码头边上的水被厚厚的冰块覆盖着。

我们之前把从纽约火车站回来的人隔离开来了，但我们在抓住保罗那伙人以后就不再实行隔离了。我们六个人不可能用枪口对着三十几个人。再说，确实无法肯定他们是否表现出了感染霍乱的迹象。因为我们每个人几乎都在生病，而且大多数人因为饮用不洁净的水而腹泻不止。

五楼的厕所已经肮脏得令人作呕，人们使用没人住的公寓里的浴室，从一间公寓转移到另一间公寓，一层一层地寻找干净的厕所。最后，每间公寓都变得像前一个一样肮脏了。

二楼有九个人死了。我以前唯一见过尸体的经历，是在殡仪馆里，那具尸体已经被安置好了，精心化妆之后，看起来好像是在安静地睡觉。但是二楼死去的这些人……看上去决不像是平静离开的样子。

我们打开了窗户，将二楼存放九具尸体的公寓变成了一个冷藏库。我希望拾荒者不会来偷抢这些尸体，不然的话，事情就太糟糕了。

我们所面临的困境，城市里其他地方的人们也一样在经历着。尽管政府的广播电台日复一日地重复：电力和水的供应很快就会恢复，人们应该待在室内，保持温暖和安全，但人们心中的希望正在冬季寒冷的空气中慢慢蒸发。政府所广播的“很快来电，待在暖处，保持安全”这样的话像是不好笑的笑话：我们把它用作相互之间的问候语，然而再也没人能笑得出来了。

我们终于走到了停车场。

“它就在那儿！”查克说道，一只手指着他的越野车。这是我几天来第一次看到他兴奋的样子。

一支军队的车队轰鸣着从我们旁边驶过，朝城西高速公路驶去。以前看到军队出现就有一种安全放心的感觉，但现在看到他们却让我气不打一处来。他们到底在干什么？他们为什么不来帮助我们？

网状网络上有报道说，有人听到了有空投紧急供应物资的传闻，但眼下我们很难相信任何传言。

车队过去以后，我抬起头来再次看着查克的越野车，它仍在空中五十英尺高的地方。它的位置现在成了我们的一种幸运。低一点地方的汽车都遭到了破坏，失去了它们的电池、零件以及在这种情况下任何有用的东西，但他的越野车看上去仍然完好无损。

“你认为我们可以将绞盘缆绳连接到那个上面？”他指着一个附近大楼一侧的广告牌平台。

“那个距离不到二十英尺，也许更近。你的绞盘最大承重量为二万磅，是吗？”

“半英寸缆绳的断裂点是二点五万磅，但车辆瞬间的冲击力将会很高。为了提高行驶里程，我的宝贝被拆掉了不少东西，但是，”查克沉思了一会儿，脑子里在计算着，“加上防滑板，它至少重七千磅。”

“那就很接近极限了。”

我是我们这群人中唯一的工程师。我能做到最好的，就是估算出垂直下降的能量会在摆动时转换为前进的加速度，在摆动到弧底部时将产生最大的下垂力。在越野车从平台上拖出来之前它不会开始摆动，我们可以通过将车子往上绞来使它下落时的摆动最小化。根据我的计算，即使我们小心翼翼，车子也会在摆动到达底部时产生五倍于自身重量的向下的力，这将远远超过绞盘的承受极限。即使绞盘没有失效，也还有另一个我们必须考虑的不确定因素：在我们取下车的整个过程中，广告牌平台会不会从墙上脱落开来。

“所以文斯愿意来试一下这个牛仔竞技表演？”当我们抬起头查看广告牌平台的情况时，查克摇了摇头问道。

如果我们想让这个计划成功的话，最好有人能坐在车里面控制绞盘，只有这样才有可能很好地控制车的下降。而我们的性命存亡就全看能不能取下车子了。若绞盘在没有得到控制的情况下进入摆动状态，车很有可能会在中途被卡住或破裂解体。我无法说服自己去担当这个任务，但文斯对我的计算能力比我更有信心。

我点了点头，回答：“他的要求是让我们把他带到马纳萨斯附近他父母家去。我查过了，那离我们要去的地方非常近。”

查克一边抬着头往上看着，一边开始计划起来。他说：“今晚你再出去一次，搜寻我们藏着的那些食物，我将尽可能多地把能打包的东西都装起来。”

我拿出了自己的智能手机，即便在这里，我们仍然连接在网状网络上。文斯开始在一台新的笔记本电脑上运行他的监控系统，但丢失的成千上万的图像却再也无法取回了。正当我给文斯发短信，告诉他看起来他的计划将会成功时，我收到了他传来的一条短信。

查克继续说道："我们需要大量的水，还有……"

我看着手机上的短信，并打断了查克的话："总统明天早上将向全国发表讲话，所有的广播电台都将同时播出。他们将会告诉我们，眼下正在发生的这一切到底是怎么回事。"

查克长长地呼出了一口气，说道："是时候了。"

我把手机放进了口袋，然后说："如果把那辆车落了下来但开不动，我们就得另找一辆停在街上的车，启动以后开走。我们必须离开这里。"

查克说："我们没有其他选择。要去我在弗吉尼亚雪兰多的掩蔽所的话，我的宝贝越野车仍然是我们最稳妥最安全的保障。"

突然头顶上响起了一阵低沉的轰鸣声，我们跑出了停车场，以便能站在街上更好地观察天空。一架军用运输机咆哮着进入了我们的视野，它掠过了大楼楼顶，噪声随着飞机的逼近而不断加大。飞机的后舱门已经打开，当我们看着它的时候，一个大托盘被推了出来。随后，降落伞在它的上面打开了。

查克一边踩着积雪向第九大道冲去，一边大声喊道："他们在空投物资！"我紧跟在他的后面跑着。转过拐角，向笔直的街道望去，我看到了一种近乎超现实主义的景象，一连串系在降落伞上的板条箱正在降落下来。风把离我们最近的一个降落伞吹向了一幢大楼，砸进了窗户里面。可以看到还有数十架飞机在远处嗡嗡作响，所有的飞机都在向城市的不同地方进行空投。

我被眼前的场景给迷住了，自言自语道："不知道应该开心还是担心。"在我们附近，一个箱子撞到了雪地上，突然间有数十个人冒了出来，爬到了箱子的上面。

查克点了点头，说:“跟我来，看看我们能抓到什么东西。”他把步枪从背上拉了下来，挥舞着枪口，冲向了面前的人群。

我摇了摇头，跟了上去。

第二十天

1月11日

“你知道我们是唯一一种身上会有三种虱子的动物吗？”

我挠了挠头，回答道：“我不知道。”然后又挠起了我的肩膀。

文斯正忙着检查他的毛衣。他说：“几个星期前，我看了探索频道的一个特别节目，人类就是那样的动物。”

我们把大楼里所有的人都召集在一起，收听总统的广播讲话。总统将在上午10点发表讲话。煤油加热器刚刚被重新点燃，走廊里开始升温。晚上的时候，我们会关掉煤油加热器，因为真的太危险了。

走廊里一共聚起了二十七个人，艾琳娜和亚历山大在他们的公寓里看守着那五个囚犯。现在，在这栋大楼里，我们知道的还有三十四个人，全部都在六楼。当然不包括二楼那九个死去的人。

鲍罗廷家自愿使用他们的卧室来关押保罗的同伙。劳伦则希望我们能把他们关在离孩子更远的地方，但是把他们放出去对我们来说是不安全的。我们已经不再守卫入口和楼梯了，而是改为在我们设立了屏障的走廊那一端的尽头巡逻。

艾琳娜告诉劳伦不用担心，如果他们家的卧室门被打开了，他们就会开枪。而且一两天之后，那几个被抓起来的人就会因为身体虚弱而无法动武了。

文斯继续说道："头虱、阴虱并不是那么糟糕，但体虱子……"他紧地盯着他的毛衣，忽然掐着了什么东西，然后举起手来让我看。

"现在，就是这些小混蛋在捣鬼。"他用两个手指掐死了那只虱子。

"野鸡"无线电台上一直在猜测总统将会告诉我们什么，大部分的猜测是：我们开战了，美国遭到了入侵。有可能是国家行为，还是国内外的恐怖分子所为？每个人都有自己的一套理论。

更令人担心的是，网状网络上报道说有数百甚至上千人在纽约火车站和贾维茨中心里面死去了，而且那场霍乱已经蔓延到了中央火车站。还有传言说出现了伤寒病例。

"我觉得我还没有染上阴虱。"文斯一边说着，一边往下看，"如果我真的染上了的话，我想也没有什么大不了的。最近并没有太多的活动。"他笑着抬起头来看着我，我摇着头笑了起来。

理查德瞪着我们，说道："你们能不讲虱子吗？我正在听广播呢。"如果周围环境成了污水坑的话，那生活环境就更糟了。

"那只是一些愚蠢的猜测。"文斯回了一句。总统的讲话尚未开始，我们正在听一位评论员推测总统讲话的内容。

我试图化解紧张的气氛，说道："他只是随便说说，想让事情变得轻松一点……"

理查德突然大吼了起来："我们已经受够了你们带来的麻烦。把我们当成诱饵，用网络监视我们。"

外面早已在传言，我们一直在使用文斯的网状网络跟踪每个人的行动，而且我们在策划抓捕保罗那一伙人之前也没有通知他们将会发生什么事情。理查德和罗利对此非常恼怒，但查克也同样愤慨不已。

查克忍不住爆发了出来："我们那样做是有充分理由的！你们中间有一个人是保罗的内应。"

他不想退缩。他知道明天早上我们就会离开，那是我们对我们楼层上的其他人仍然还保守着的一个秘密。

"内应？为他们做内应？"罗利反唇相讥，"你说的那个人是谁？你知道你自己在说些什么吗？"

查克用指责的语气，指着罗利说道："我不想再听你的解释。你是唯一一个接近过保罗公寓的人，还知道他从这儿去了哪儿的那些信息……"

"我早就告诉过你了，我已经没和他们联系了，我去那间公寓只是为了捡走附近的那些垃圾。而且我并不知道我们受到了监视。"

"你是一个卑鄙的小人，你一直在搞那些'匿名'黑客的东西。在这一切都开始之前，我曾看到你在那里与斯坦交谈。"

"你想知道谁和斯坦是朋友吗？"罗利指着理查德说，"你得问他。"

理查德摇着头，说道："不要把我牵扯进去。"

"为什么不呢？"我问道。

理查德大笑了起来，然后说道："我敢打赌你在用那个系统跟踪劳伦，不是吗？”

我忍不住了，充满愤怒地大声嚷道：“你闭嘴！”

劳伦就坐在我的旁边。她把手从我的手中抽走，眼睛看着天花板。

“你们的新朋友怎么样？”理查德继续说道，手指着文斯，“你对他有什么了解？突然间从天上降落到了这里，没有人知道他是谁。如果有人是……”

查克站起身来，说道：“这个年轻人擦干净了你的屁股，他救了很多人的命。如果没有我们，你们早就流落街头了，也许正在纽约火车站死去，也许保罗会偷走你们的一切。你难道没有一点感激之心吗？”

“哦，我们应该感谢你？”他挥着手，指着现在居住在他公寓的那些人说道，“当你们设置屏障保护你们自己的时候，我才是那个照顾别人的人。我们知道你们有秘密的食物供应。谁让你们当警察的？你为什么不给我们枪，让我们保护自己？”

这一直是一个痛点。从一开始，我们就一直管控着枪支，当查克开始怀疑我们的邻居之后，他就拒绝让其他人拥有枪支。

在走廊中间的沙发上，维基的孩子们开始哭泣了起来。

“我会告诉你为什么我们是警察，”查克说道，脸上泛起一丝微笑，“因为我们有枪！”

罗利笑了起来，说：“所以终于脱掉了羊皮，有枪的人就可以制定规则。你纯粹就是一个偏执狂。”

“那我就让你见识一下什么是偏执狂！”查克咆哮道。

“你们这些男孩能停一会儿吗？”苏茜抓住查克的胳膊，让他坐下来。“外面已经混乱成一锅粥了，不需要我们再乱上加乱。

这里是我们的家，无论你是否喜欢，我们都得待在一起，所以我建议你们这些男孩要学会如何相处在一起。”

爱丽罗斯开始哭叫起来。苏茜瞪了查克一眼，把孩子带进了他们的公寓，轻轻地安抚着她，让她安静下来。查克坐了下来，大家不再愤怒争执，走廊里的气氛稍稍缓和了一些。

在静默中，只听见收音机断断续续地说着：“还有片刻，总统就将向全国发表讲话。请大家耐心一点，广播讲话马上就要开始了。”

沙发上的孩子们抽泣着，他们感到害怕和不安。

我看着理查德身后的中国家庭。三个多星期以来，除了理查德之外，他们没有和我们中的任何一个人说过一句话。他们在开始的时候就很瘦，现在变得更憔悴了。他们看着我的时候，眼里是一种空洞的神情。我发觉来这儿避难的许多人也开始用同样的眼光看着我们。我原来以为这是因为他们所经历的事情让他们感到害怕，但现在我突然发现，完全不是那么一回事。我一直认为我们的团队是提供者、保护者，但从他们的角度来看，我们是拥有枪支、工具、信息和武力的人。这里是我们的空间、我们的地盘，我们背着他们隐藏了东西，跟踪并监视他们，我们已经成了他们所恐惧的人。

“我的美国同胞们，”总统用低沉的声音开始讲话。苏茜和爱丽罗斯回来和我们坐在了一起，文斯靠过身去，调高了收音机的音量。

“现在，在这个伟大的国家最黑暗的时刻，我怀着极其沉痛的心情，向你们发表讲话。我知道现在正在收听讲话的你们中间有很多人都感到很害怕，感到寒冷，饥肠辘辘，陷于黑暗之中，你们应该都想知道到底发生了什么事情。我感到非常抱歉，我们花了那么长的时间才和你们联系接触。”

他的声音停住了，发电机发出了奇怪的响声，走廊里的灯泡也开始闪烁不停。查克跳了起来，跑去检查发电机。

“在我们所谓的‘事件’中，通信系统几乎完全停止了工作，而我们现在能搞清楚的，就是这是一次协调进行的针对美国的基础设施和全球互联网的网络攻击。”

“告诉我们一些我们不知道的事情。”文斯低声说道。发电机重新恢复了生机，灯光又明亮起来了。查克站在苏茜身边，一只手搭在她的肩上。

“我们仍然不清楚攻击的范围，也不清楚不明身份的入侵者侵犯我们边界领土的程度。我现在不是从华盛顿，而是从一个秘密地点向你们发表讲话。在我们还需要更多地了解我们的敌人的时候，我们将保持这样的安排。”

听到这里，房间里的人发出了一片嘘声。

“虽然整个美国，实际上整个世界都受到了这一事件的影响，但并非所有地区都受到了同等的影响。密西西比河以西的地区只遭受了临时性的电力故障，而现在，在南方的大部分地区已经恢复了电力供应。然而新英格兰和纽约地区受到了严重的打击，接踵而至的巨大的冬季风暴使情况变得更加糟糕。”听到并非美国所有的地方都和我们处于同样的状态，多少让人感到了一点安慰。

“在事件发生期间，我们国家的军队曾进入了二级戒备状态，这是我们国家历史上等级最高的一次，但我们现在已经退回到了四级戒备状态。你们中间有许多人可能想知道，为什么我们的军队没有在当地部署更多的人员来帮助你们。这就是原因：我们必须时刻警惕攻击我们的敌人。”

“我告诉过你，”查克低声说，“我们国家正在从内部开始死亡，而他们却还在全力守护着那该死的围栏。”

“我们现在部署了四个航母战斗群，我们在等待联合国和北约组织其他国家的态度。我们不会退缩，也不想让我们的公民再遭受苦难。我有一些好消息，我已经启动了特殊应急预案，不管代价会有多大，我们将在未来几天内在纽约市和东海岸重新启动电力供应和应急服务。”

走廊里响起了一阵欢呼声。

“但是，”总统停顿了一下，“我必须很遗憾地告诉纽约的市民们，短期内，由于无法控制一系列由水传播的疾病的暴发，疾病预防控制中心要求，并且我已批准，对曼哈顿岛实行临时隔离检疫，时间在一到两天。我恳请纽约的市民们留在室内，保持温暖和安全，我们很快就会和你们会合。愿上帝保佑你们。”

收音机沉默了。我们也沉默了。

第二十一天
1月12日

天又开始下雪了。

我和托尼一大早就上了屋顶，一边和卢克一起玩雪，一边把新雪铲到桶里化成饮用水。雪花从天上无声地旋转着降落下来，窒息着被外部世界像防治肿瘤一样切断了关联的城市。

而我们仍然待在这里。

在总统广播讲话之后，我们在那一天剩下的时间里一起待在大厅里，收听着“野鸡”无线电台上播出的爆炸新闻。首先是曼哈顿人的震惊和难以接受，但在报道设置了军事检查站不让人们离开之后，公众的震惊就变成了愤怒和讨价还价。美国最好的律师中有很多人被困在了曼哈顿，他们威胁将对政府侵犯人权和宪法的行为发起诉讼的报道淹没了网状网络和电台广播。

但最让人眼花缭乱的新闻是有关阴谋论的胡言乱语。如果说美国人擅长什么的话，那就是制造阴谋论。

“这与地球上的任何人无关。政府隐瞒了外星人入侵这样一个单纯且简单的事实。”

外星人入侵的理论是我的最爱，但即便这样的理论也未能舒缓大众的情绪。

查克宣称他将持枪冲上桥梁。如果有人阻止他，他就会开枪。但当乔治·华盛顿大桥上发生枪战和伤亡事件的消息第一次传到网状网络上时，我们就意识到情况不妙了。当夜幕降临时，纽约人的情绪已经从愤怒转变成了沮丧和绝望。当接到命令不让他们离开曼哈顿时，他们就已经被当成动物一样来对待了。人们已经无可奈何，只有等待了，但是突然间每个人都觉得需要离开这里了。文斯的笔记本电脑上出现了越来越多的照片，有穿越东河冰面的人们、被卡在冰上的小船，以及人们像老鼠一样溺入水中的模样。

地铁隧道也没有什么用。没有电力供应，曼哈顿下城到切尔西的大部分隧道都在几天之内就被水淹没了。在寒冷的气温下，大部分地方现在都被冻住了。一定有人试图躲藏在隧道里，但我们没有听到任何关于他们的消息，我们也不想去探究和发现。

清晨没有给走廊上的人带来任何的生机和希望。我睡在那里，劳伦、卢克及文斯都蜷缩在我边上。被外界抛弃的那种感觉使我们都想要时刻待在一起。

我们甚至没有谈起取回越野车的计划。反正那个计划现在也没有用了。查克呆呆地坐在那里，看着墙壁，而文斯则紧张地盯着他的笔记本电脑的屏幕。时间已接近中午时分，我正在摆弄着智能手机上的无线电台应用程序，一个接一个地轮着收听“野鸡”无线电台。

“我不相信总统所说的话。我认为他们还有其他事情没有告诉我们。那只是对纽约的广播，目的是要让我们和他们保持一致，所以向我们解释为什么他们要让我们留在……”

我换了一个电台。

“把那些混蛋带到东城去，让他们看看那里正在发生的事情。他们怎么能把我们留在这里？为什么没人来帮助我们……”

我又换了一个电台。

“你能相信总统的讲话吗？如果美国的其他地方都没事，你认为总统会躲起来吗？看在上帝的分上，我们可以治愈癌症，为什么他们会如此害怕一些古老的……”

文斯坐了起来，问道：“你能把它换成公共广播电台吗？赶快！”

我连忙换了电台并调整了音量。罗利也调高了主电台的音量。帕梅拉整晚都没睡觉，照看着我们中间一些受感染的人，还有胃部不适和感冒的人。她现在在罗利旁边睡着了，电台音量的增加只是让她略微转动了一下身体。

“……阿西昂尼黑客组织现在声称对导致物流系统崩溃的‘抢夺’病毒负责，阿西昂尼组织称他们发起了……”

“是对前几年美国使用‘震网’病毒和‘火焰’病毒对伊朗进行的网络攻击的报复……”

苏茜在查克旁边坐了起来。爱丽罗斯和卢克在她面前的一个小型简易婴儿床上睡着了。

“最初的攻击是针对美国政府的网络的，但它迅速蔓延到了二级系统……”

罗利继续说道：“电台里所说的阿西昂尼集团并不听从伊朗

政府的指挥。”

“……北大西洋公约组织仍在考虑采取共同防御措施，而美国政府正处于单方面采取行动的边缘……”

“你似乎对那些家伙很了解。”查克对罗利说道。

罗利耸了耸肩，说：“我为《纽约时报》报道伊朗的消息，那是我的工作。”

“……虽然全球互联网运行速度异常缓慢，但欧洲已经开始恢复了，而美国东海岸大部分地区的陆基移动网络也已经恢复……”

“他们有那么能干吗？他们能做出所有这一切？“我问道。

也许这只是一种伎俩。某个中东地区的组织声称对超出其能力范围的事情负责，制造一些噪音，把我们的注意力从我们应该关注的地方转走。

罗利笑着说道：“他们负责网络部队的指挥官拉法尔是世界级的，你要知道的是美国在网络方面并没有技术优势。我们的军事思想是建立在压倒性的技术和数量优势的基础上的，但在网络世界中，所有那一切就不值一提了。”

“但互联网不是我们发明的吗？”

“当然是我们发明的，但现在它已经是全球性的了。你可以花费一百亿美元来研发一件新的超级军事武器，但一个聪明的年轻人只需要一台笔记本电脑就能让它失去作用。”

“所以你认为他们可能就是那些搞破坏的家伙？”

“伊朗人通过使用网络武器攻击民营公司从而改变了游戏规则——2012年底，‘萨满’攻击摧毁了沙特阿美公司的五万多台计算机——所以这件事与他们脱不了干系，这也可以算是对美国网络攻击的一个报复。”

查克带着反问的口气，说道：“所以你认为他们这样做是有道理的吗？”

“当然不是。我只是说这是符合逻辑的。但是为什么你没有意识到有人出面承认做了这些是非常重要的呢？也许从他们身上可以理出头绪来收拾这个烂摊子。”

我说道：“所以这就是网络战争，肮脏，有臭味，让人生病，被隔离起来……”

罗利点了点头，没有再说什么，他看起来非常瘦弱。他几周来没有吃太多的东西，但仍然疯狂地试图保持他的纯素饮食习惯。我很难想象他会是那个别有用心的与保罗暗通信息的人。

“你能把收音机的音量调高一些吗？”坐在走廊另一端的理查德问道，“很高兴能听到你们的高谈阔论，但我更想知道现在正在发生的事情。”

罗利调高了收音机的音量，我走向了走廊的中部。维基和她的一个孩子出去了，而另一个不到四岁的男孩独自一人坐在沙发上，玩着卢克的玩具消防车。我还从来没有和他说过话。

“你好吗？”我问道。

他挑衅般抬头看着我，说：“妈妈说不能和陌生人说话。”

“但我们一直都不是陌生人啊，”我开始说道，然后摇了摇头，微笑着伸出手去，“我是迈克。”

这个小家伙仔细看了一下我的手，想了一下。他的脸正在脱皮，他的衣服看上去至少大了两个尺码，就像是一个在街上流浪的孩子一样。由于睡眠不足，暗黑的眼袋在他的眼睛下面延伸。

他握了握我的手说：“我是瑞奇。很高兴认识你！”

"很高兴认识你！"我笑着说道。

收音机嗡嗡作响，"美国军方正在考虑从三个方面采取行动的可行性，有些事情是设定了要做，但从未进行过测试……"

"我爸爸是一名海军陆战队员，他正在战斗。"瑞奇以陈述某个事实的口吻说道，"将来，我也会成为一名海军陆战队员的。"

"你是这样想的吗？"

他点了点头，又开始玩起玩具消防车来。楼梯间的门打开了，他的母亲出现了，手中抱着他的妹妹。她看到我在瑞奇的身旁，就问我："一切都还好吗？"

"一切都很好，维基。我们正在聊天。"

她笑了笑，说："只要他听话就行。"

"他是一个坚强的男孩，"我说道，摸了一下瑞奇的头发，"就像他的爸爸一样。"

维基脸上的笑容消失了，她说道："我希望他不是。"

我说错话了。我们在尴尬的沉默中相互看了眼对方。

就在这时，我收到了威廉姆斯警长的一个短信，询问我们情况如何。我向维基道别，然后退到了走廊的尽头，给警长发了短信，询问他是否有办法帮助我们离开曼哈顿岛。

第二十二天
1月13日

我停了下来，把夜视镜推上额头，眨了眨眼睛，向黑夜望去。四周漆黑一片，无声无息，我感觉我的思绪突然脱离了现实。凝视着夜空，我成了一个存在于宇宙中的小小的浮点。起初感觉很恐怖，我的心灵在颤抖，但很快就安宁了下来。也许这就像死亡一样？孤独的一个人，平和，飘浮着，飘浮着，没有恐惧……

我把夜视镜重新戴好，可以看到幽灵般的绿色雪花飘落在我周围。

我的饥饿感在今天上午一直很高涨，这种饥饿感差点让我不顾危险，在白天就外出觅食了。查克把我拉了回来，不停地跟我说话，让我平静下来。我和他争论说，这不是为了我，这是为了卢克，为了劳伦，为了爱丽罗斯。可我像一个毒瘾发作的人一样，急切地想得到任何能让自己的肠胃获得满足的东西。

我悄声笑了起来。我对吃变得疯狂了。

飘落的雪花带有催眠的作用。闭上眼睛，我深吸了一口气。什么是真的？现实是什么？我感到自己现在沉浸在幻觉之中，我无法在思绪滑走之前牢牢抓住一样东西。得抓住它，迈克。卢克指望着你，劳伦也指望着你。

睁开眼睛，我让自己回到了现实，回到了眼下，轻点了一下口袋里的手机，AR 视镜中显示出了一连串向远处扩散的小红点。我又深吸一口气，小心翼翼地按照屏幕上显示的方向慢慢向前探行，穿过第二十四街之后，走近了聚集在第六大道上的一簇红点显示的位置。

在以前的几次出行中，我急于挖掘出食物袋就马上回家，没想过要对我所到过的位置作出标记。我们总共在四十六个地点埋了袋子，到目前为止，我在四次出行中挖出了其中的十四个。这次我找了四个地点，但没能找到任何东西。也许人们早已看到我们把袋子藏在那些地方，然后他们把袋子拿走了。又或者食物的藏匿处暴露了，也有可能我已经去过那些地点了。我的思路不再清晰了。

不管怎么说，我认为在剩下的这些地点里，至少有四分之一的地方是空的。但即便如此，这意味着仍然有二十个或更多的地方应该有吃的东西。而且我发现每个地点有三到四个袋子，每个藏匿处藏着的食物足够我们这个团伙一天所需的热量。

数字在我脑海中旋转起来。劳伦需要两千卡路里的热量，而孩子们需要的热量也几乎与劳伦相同。此时的我需要吃得更多。

我一整天都头晕目眩，感觉好像在发烧。如果我把自己给饿死了，我就无法帮助任何人了。我每天只允许自己消耗几百卡路里，但我曾经在书上读到过，北极探险家们由于寒冷，每天需要多达六千卡路里的热量。

天气很冷，寒风使情况变得更糟了，我甚至觉得狂风可能会把我吹走，像吹走一片树叶一样。

抬起头来，我眯起眼睛，试图在路过街口时看清路牌，搞清位置。这是第八大道，路牌背后的招牌在嘲笑着我——“汉堡王”。

而我的脑子里已经想象出了一个美味多汁的汉堡，上面浇上所有的酱汁，蛋黄酱和番茄酱。

可我需要做的就是不让自己穿过敞开的“汉堡王”的大门，而是在已有半腰深的积雪里翻挖。

找出一个也许被人扔在这里的汉堡？也许我可以启动那个丙烷烧烤炉？

我控制着自己的思绪，让它慢慢远离了汉堡，然后继续往前走。我们在第六大道雪堆中的八个地方藏了食物。那是一座名副其实的金矿，是我正要前往的地方。我的思绪再次在数字的循环中绕起圈来。如果我可以从所有二十多个埋藏地点把全部食物都找出来，我们将有十二天左右的食物供应，然后我们将会像其他人一样靠救济为生。

像他们一样。

像我们公寓楼里的其他人一样。

应急救援站已经关闭五天了，那里是我们楼里的其他人获取食物的唯一可靠来源。我猜他们已经很多天没有吃过东西了，大多数人所能做的只有整天睡觉。

今天早上，我去察看了维基和她的孩子们。在大厅中间的沙发上揭开层层的毯子，可以看到孩子们在昏暗的灯光下向我眨巴着眼睛，他们的嘴唇裂开了，红肿着，看上去是感染了。

脱水比饥饿更糟糕。

在一天的大部分时间里，文斯和我都在尽可能多地收集积雪，用滑轮把雪吊到楼上来。查克曾试图来帮助我们，但他头部的伤还没有完全恢复过来，他那只受伤的手又再次肿胀了起来。

在走廊里闻到了人的粪便的气味。

尽管环境已经变得十分残酷，但人们仍然时不时地会表现出一些小小的善意。苏茜尽她所能，到处给人送水，偷偷把我们余下的那一点点食物分给大家。我看到文斯花了几个小时清洁了一条毯子，然后把它交给了维基和她的孩子们。他也和他们分享了一些食物。

整整一天，理查德公寓的大门甚至没有开过一次。我们敲了门以确认他们没事，但他让我们走开。

到达第七大道后，我朝大街的两头张望着，但因为在下雪，能见度只有二十英尺。当我点击了一下手机的屏幕以后，我的AR眼镜上的显示就切换到了我眼下所在位置的俯视角度。

我可以先去第七大道，然后从第二十三街绕回到第六大道上来。

当我小心翼翼地走到街道中间的人行横道上时，脑子里浮现的场景全是我们二楼公寓里堆积的那些尸体。

今天白天，广播电台重新播放了CNN新闻报道的音频部分，那个报道已经在纽约以外的全世界的电视网上播放过了。它描述了纽约的状况，虽然困难但很稳定，并声称供应正在恢复，暴发的疾病正在被遏制。这跟我们面对的现实简直就不是一回事儿。这种巨大的反差助长了政府正隐藏着什么事情的猜测。

他们怎么能看不到这里发生了什么?

我管不了那么多了。我的生命已经降低到了只为劳伦和卢克而活着的程度，然后是为苏茜、爱丽罗斯以及查克提供一点吃的。我们的情况使我的优先顺序聚焦到了一个点上。我正在摆脱所有的其他因素，清除掉之前我认为必不可少的而现在已经根本不再重要的所有那些东西。

一种强烈的似曾相识的感觉紧紧地抓住了我，但那并不来自我曾经历过的任何事情。我觉得自己好像生活在艾琳娜曾经告诉过我的发生在七十年前的列宁格勒被围困时的故事之中。这次网络战给人的感觉，似乎与未来毫无关系，反而只是过去的一部分，好像我们正在努力挖掘人类看起来无穷无尽的能力来相互制造痛苦。

如果你想展望未来，那么你需要先回顾过去。

到达第六大道和第二十三街的转角时，我看到了一个空投下来的箱子的残骸。每当宣布有空投时，我们都跑了出来，但每次接收空投物资最终都变成了暴力的争夺。罗利为了争抢一些微不足道的物品受了伤，而抢到的物品中有一半是蚊帐之类的没用的东西。

现在，一个巨大的红色圆圈在我面前闪闪发光。我点击了一下手机上的图像，那上面标记了我正在寻找的地方的确切位置。我找到了那个位置，然后跪倒在地，开始挖掘起来。大约十分钟后，我收获了土豆、腰果，以及我们在另一个商场的货架上随手抓到的一些东西。

当我想象着吃了一些腰果时，我的嘴巴里产生了少许口水，只是一点点，没有人会注意到的。但我并没有打开袋子来吃，而是把所有的东西都塞进了背包，继续走向了就在第六大道上的下一个红圈。

一个小时后，我在那个地方收回了所有的袋子。我休息了一下，让自己吃了几颗花生，喝了几口劳伦为我装好的那瓶水，然后继续往前走去。

下一个红圈在一栋被烧毁的大楼旁边的脚手架下闪闪发光。当我走近的时候，浓烈的烧焦的木材和塑料气味迫使我把头巾拉到了鼻子上。几分钟后，我找到了我的奖品，我把它们从雪中拉了出来，里面有好几包袋装鸡肉。

对了，这些是我们从第二十三街的食品商店里拿来的。

弯腰的时候，我的背开始疼痛起来，把背包塞满了，估计有五十磅重，是时候回家了，明天早餐吃鸡肉。

从黑暗中突然传来了一个声音：“谁在那里？”背包还没有完全背到背上，我别扭地转过身来，摸索着我的枪。幽灵般的面孔出现在我夜视镜的绿光前面，并伸出了双手。我刚到达这个地方时，因为急于动手挖掘，没有仔细检查四周的情况。我应该是走进了一个临时营地，住在这里的一定是那些从烧毁的大楼里逃出来的人。

“我们听到你在那里挖掘。你找到了什么东西？”

我向后退去，直到靠在钉在脚手架上的胶合板墙上。

“不管那是什么，都是我们的东西。把它交给我们！”另一个嘶哑的声音说道。

现在，在黑暗中，我的周围出现了几十张绿色的脸。他们看不到我——四周一片漆黑——但他们可以听到我，感觉得到我的存在。他们那么多双手在空中摸索着，他们的脚在雪地里向前移动，但他们的眼睛看不见。我握住了口袋里的枪，我应该向其中一个人开枪吗？

我放下了背包，在里面翻找，最近的手离我只有几英尺远了。我大喝一声："退回去！我有枪！"

他们停了下来，但只是暂时停了下来。

我抓住一包腰果，把它扔向了最近的一个人身上。在夜视镜的绿光下，他脸色憔悴，眼珠深陷，眼睛萎缩，眼神空洞。他没戴手套，双手却是黑色的，还在流着血。一包腰果从他身上滑落下去，掉在了他后面的某个地方，他转过身去，一跃向那包腰果扑去，他与另外两个人撞在了一起。我往那个方向又扔了几个小包，所有的人都转身离开了我，开始抢夺那几个小包。

我背着我的背包，跑出了原来围着我的那堵人墙。几秒钟后，我在落雪的掩护下回到了开阔的街道上，喘着粗气让自己平静下来，然后继续向家走去。

在我逃离的时候，慌忙之中，我瞥了一眼我的旁边，看到那些人像一群野狗一样在打斗争抢，我的眼泪不知从哪儿冒了出来。当我在黑暗中跋涉，穿过漫漫无尽的雪地时，我无声地哭泣着。我得尽力保持安静，尽管我是孤身一人，却仿佛被数百万人包围着，压得我喘不过气来。

第二十三天

1月14日

“纽约电力管理局表示，曼哈顿的许多地方将在一周内恢复电力供应。”电台播音员报道着，然后加了一句，“但是，我们以前就听他们这样说过了，不是吗？保持温暖，保持安全……”

“你想再来一点茶吗？”劳伦问道。

帕梅拉点了点头。劳伦提着茶壶走了过去，装满了她的杯子，“还有谁想要？”

我不想要茶了，但肯定非常喜欢再来一些饼干。坐在走廊上的一张沙发上，我白日做梦般地看见了饼干。那是上面盖着一层巧克力的饼干，就像我祖母过去在节日里会为我们带来的格雷厄姆饼干。

“好的，请再来一点茶。”大厅尽头的年轻中国男子说道。

劳伦朝他那边走了过去，一路上跨过了地上横七竖八的腿、脚和毯子。即使有毛衣遮蔽着，劳伦肚子里的婴儿的形态也是很明显的，至少在我看来是如此。已经有十五周了。我的裤腰带紧了四节，和我上大学时一样瘦了。当我的肚子小下去的时候，劳伦的肚子正在大起来。

我的手机“叮”的一声，收到了一个网状网络的警报，在第六大道和第三十四街的转角处将举行一个医疗用品的交换会。他们最好有办法能确保他们不会遭到抢劫，因为有很多人想要那些被交换的东西。

招待中午茶是苏茜的主意。煮开水意味着我们可以对饮用水进行消毒，劳伦和苏茜还希望每天至少与每个人都能联系一下。走廊就变成了缺少食物者的康复中心，一排排憔悴的脸从各色的毯子下面向外观望着。杯子里只有漂浮的茶叶，但它给人们的身体补充了水和温暖。苏茜还希望，它也能给人们的灵魂注入些许热量。

查克指出，让温暖的身体集中在一个房间里将有助于保持室内的温度。他解释说，每个人的身体都会散发出与一百瓦灯泡一样多的热量。因此，二十七个人体的热量相当于二千七百瓦，那将是我们的发电机所产生的电能的一半。但我们没有谈论所有那些能量的来源。如果我们尽可能地减少移动，我们消耗的能量就会更少。但是查克低声告诉我说，因为天气很冷，我们实际上消耗了更多的能量。

三个星期已经过去了，尽管我们尽可能地节省，查克所有的煤油储存还是用完了，而我们的柴油也所剩无几了。在给两台小型发电机以及加热器和炉灶不断加油三周之后，再加上一些拾荒者的偷盗，楼下那个两百加仑的油箱几乎空了。

我们不再使用发电机了。走廊上燃起了自制的灯具，使用的也是从地下室锅炉取来的柴油。这几乎是柴油唯一的用途了，因为它太黏稠所以并不能用于发电机。在煤油加热器中单独燃烧柴油会产生热量，但也会产生难以忍受的烟雾，我们不得不打开窗户通风，这样也就失去了原先取暖的功效。

“几分钟后，我们将报道有关网络攻击调查的最新情况……”

苏茜调低了电台的音量，说道：“我觉得我们已经听够了那些报道。”

“我还想再听听。”劳伦说。她放下了茶壶，坐到了我的旁边。

我们拆除了一半的屏障，但仍保留了部分在那里。一张竖起来的的咖啡桌和几只箱子，标识出走廊的那一端对其他人是关闭的。劳伦想尽力保持我们那一小块地方的清洁，她使用漂白剂来清洗毯子和衣服，但这也产生了一种强烈的催人泪下的气味。

劳伦向前倾着身子，看着大家说：“他们为什么不把互联网搞得更安全些呢？”

这也是一个在网状网络上广为讨论的问题，人们愤怒的情绪越来越高涨，大部分人都把责任归咎于那个应该保护我们，但却十分无能的政府。

“我可以告诉你为什么，”罗利在毯子底下用嘶哑的声音说道，“你可以进行指责，但互联网不安全的主要原因是我们不想让它安全。”

这让查克激动了起来，他说道：“你说的‘我们’是什么意思？我是完全支持实施互联网安全防范措施的。”

罗利坐了起来，等了一会儿才说：“你可能认为你想要一个安全的互联网，但实际上你并不想要，而这也是现实世界落到今天这个地步的部分原因。因为归根到底，一个真正安全的互联网不符合普通大众或软件供应商的利益。”

“为什么消费者不想要一个安全的互联网呢？”

“因为一个真正安全的互联网对于自由没有任何好处。”

“这看上去很像现在的情况。”托尼说道。他坐在劳伦和我旁边的沙发上，卢克躺在他的身上睡着了。

“互联网正处在这样的状况，并将最终涉及我们之前所谈论的话题，隐私是自由的基石。我们的生活正在越来越多地进入网络空间，而当我们进入网络世界时，我们需要保护我们在物质世界中所拥有的一切。一个完全安全的互联网意味着我们每个人都在互联网的某个地方留下了信息的踪迹，这样一来，网络始终在跟踪着你正在做的事情。”

我从没那样想过。一个完全安全的互联网将与每个角落和每个家庭都装有摄像头的世界一样，记录下我们的每一个动作，这样它会更加具有侵入性。我们所进行的每次互动的完整记录都会让某些人能够深入了解我们的想法，甚至比我们自己更了解我们自己的想法。

“我会愿意放弃我的在线隐私，以避免出现现在这样的混乱。”托尼说道。卢克在他身上的毯子里翻动起来，托尼低声对他说抱歉。

“等一下，这不是和你之前所说的需要让互联网更安全的话自相矛盾了吗？”我问道。

“问题是我们正在社交活动和核电站运行方面使用相同的技术——互联网。这是两个截然不同的活动。我们需要尽可能地保证安全，同时不让某种中央集权掌控全部。”罗利用疲惫的声音回答道，“我们所谈论的是一种平衡，试图在未来的网络世界中防止滥用个人信息的权力。即便是现在，”罗利在烛光下挥动着手臂，“发生了这样的问题，情况还是会很快得到修复的。”

罗利看上去几乎都站不起来了，但他的声音里却充满了信心。

“更大的问题是软件公司不希望消费者拥有安全保障。”文斯说道。他俯身看着他的笔记本电脑，荧光屏的柔和光线照亮了他的脸庞。他让计算机在低功率模式下运行，并在夜间发电机运行的时候进行充电。

我说道：“你是说科技公司想要的就是一个不安全的互联网吗？”

“他们希望它能够免受黑客攻击，”文斯回答道，“但他们不希望消费者完全安全。他们通过硬件后门来远程更新和修改软件——这是他们有意设置的一个基层安全漏洞。那个‘震网’病毒的网络武器就利用了这一点。”

“他们当然不希望消费者得到安全保障，”罗利笑道，“他们特意免费向我们提供所有的软件，这样我们就无法因安全保护而将他们隔离，所以他们就可以监视我们，销售有关我们的信息。”

文斯看着他的电脑屏幕，说道：“如果你不支付产品的费用，你就会成为一个产品。”

苏茜困惑地问道：“那些追踪我网上购物信息的人是怎样来影响网络安全的呢？”

文斯耸了耸肩，说：“那就全靠那些小漏洞了，使用各种方法来跟踪你的活动，并进入你的计算机，这都是由软件公司放进那里的，那里面有很多黑客可以利用的东西。”

“所以你知道那些东西，是不是这样？”理查德突然从大厅的另一端发出了抱怨。

我们没有理他。

一天前，我们才发现此前是他把煤油加热器给了二楼的人，以换取他们的发电机，然后他把发电机放在了他自己的卧室里。他坚持说他告诉了他们要注意通风。作为可能对九个人的死亡负有责任的人来说，他并没有表示出任何歉意。

“那么政府呢？他们不是应该保护网络安全的吗？”劳伦问道，“现在发生的事情已远远超出了一个黑客入侵银行账户的程度。”

“准确地说，要他们保护什么？”罗利问道，“首先要保护电力和供水。”

“政府不再拥有那些东西了。这已经不是他们的责任了。”

“保护我们不是军队的责任吗？”

“在理论上，是的，一个国家的军队应该保护其公民生活和工业生产不受其他国家伤害——建立边界，然后保护边界——但这不再起作用了。在网络空间中很难定义边界。”罗利深吸一口气，继续说，“政府和军方曾经负责保护工厂免受外国政府和军队的攻击，而现在，在网络空间里，他们要求私营企业接管这一责任。”他耸了耸肩，“但谁又将为此买单呢？一家私营公司真的可以保护我们免受敌对国家的侵害吗？我们作为个体公民可以用武装部队的方式采取行动吗？当公司像国家一样强大时又会发生什么呢？”

文斯点了点头，说道：“我们首先使用了先进的网络武器，比如‘震网’病毒和‘火焰’病毒去攻击他们。当他们现在使用那些武器来攻击我们时，难道我们应该感到惊讶吗？”

这话听起来很熟悉，让我联想到了一些东西。我说道：“如果你决定在战斗中使用火，你必须确保自己需要的所有东西都不会烧起来。”

“孙子兵法？”罗利问道。

我点了点头，心里想着，事情变化得越多，它们就越相近。

“好吧，那么，”罗利笑道，“我们应该更加小心，因为我们的网络是这个星球上最具可燃性的网络。”

走廊里，没有人觉得那很有趣。

第二十四天
1月15日

“你还有吃的吗？”

这声音吓了我一跳，差点让我把正往上拉的装雪的桶松手放掉了。我听出了是谁的声音。

那是理查德的妻子莎拉。我转过身去，却再次被吓了一跳：声音是莎拉的，但她的脸和身体却……

在楼梯间昏暗的灯光下，绝望的眼睛从凹陷的眼眶中直直地看着我。她弯下腰去，在肩膀上拉上了一条褴褛不堪、脏兮兮的毯子。我可以看到她的头发上沾着虱子蛋。她偷偷地瞥了身后一眼，然后转过身来看着我，试图用肿胀并开裂的嘴唇作出一个微笑。她的牙齿发黄，结着污垢，她用一只骷髅般的手抚摸着脸上一处感染了的红色病斑。她的皮肤看上去像一张薄纸，以至于让我感到她在抚摸那个红斑时会把它给擦拭掉。

“帮我一把，迈克。”她低声说道。

“呃，当然。”我嘀咕道，心里害怕极了。我把绳子系好，让雪桶不往下坠。在我的口袋里藏着一块奶酪，那是我为卢克攒下来的。我掏出那块奶酪递给了她，她把它塞进嘴里，点着头向我表示感谢。

“莎拉！”

她像一只受惊的小动物一样畏缩了起来。理查德出现在了楼梯间的门口，而她蜷缩到了楼梯的扶栏上。

“来吧，莎拉，你身体不好。”理查德一边说着，一边把手伸向了莎拉，完全无视了我的存在。

她举起一只伤痕累累皮包骨头的手臂，推开了他伸出的那只手：“我不想进去。”

理查德瞪了她一眼，然后转过头对着我微笑。他穿着舒适的羊毛套衫和北面牌的裤子，脸上那粉红色的、仔细剃须后的皮肤发散出健康的光彩。

“她生病了。”他耸耸肩，解释道。

他向前走去，抓住了她围在身上的毯子。当他俯下身来抱起她时，她轻轻地叫了起来。他把他的妻子抱在怀里，转向我指了指装雪的桶说：“等你干完以后，能在我们那一头留下一些水吗？”

我目瞪口呆地看着他走开了。

“那是怎么回事？”查克走上了楼梯，手里提着一个装着四加仑柴油的油罐。

“莎拉向我要吃的。”

“我们不都想要点吃的吗？”查克幽默地笑了起来。当他开始走上最后一段楼梯时，他摇晃着油罐，说道：“只剩最后这一点了。”

我仍然看着敞开的门口，说道："她看上去身体很弱。"

"我们的身体不也都很差吗？"查克回答。他一边沿着楼梯向上走去，一边说道："你见过其他人在走廊里吃的什么东西吗？"

一些难民开始在楼下的大厅里抓老鼠吃了，艾琳娜教会了他们如何抓老鼠。老鼠动作太快而且咄咄逼人，必须将安眠药粉和其他毒药撒在地上的垃圾堆上，把老鼠毒死。如果人们正在吃老鼠，那么他们也在吃老鼠体内吸收的毒药。我在一个厕所的角落里发现了一大堆只是简单清理过的老鼠尸体。

我听到另一扇门关上的声音，那是理查德的公寓大门。我问查克："你最近去过他们那里吗？"

他停了下来，把油罐放下，说道："你肯定她看上去身体不好吗？"我感觉身体不舒服，好像天地开始旋转，我抓住栏杆稳住了自己。"嗯，你还行吗？"

我深吸了一口气，点了点头，说道："只需要把这一桶积雪提到融化桶里去就行了，然后我就会躺下来休息一下的。"

查克上下打量着我，说道："你为什么不现在就去躺下并吃点东西？"早上我们煎了一些鸡肉，现在想起那些鸡肉的味道还会让我痛苦地直流口水。我们试图隐瞒我们正在做的事情：在查克和苏茜卧室角落的一个小丁烷炉上做饭，但我确信气味已经穿透了墙壁，这可能是驱使莎拉找我要吃的原因。"说真的，你为什么不去多吃一点东西？我会干完这个的。"查克说道。

他放下油罐，透过栏杆看着我的雪桶。文斯和我正在尽我们所能，多提一点雪到楼上去，我们需要更多的水。

今天早上，当我从公寓出来的时候，走廊里的恶臭几乎让我呕吐。我以为我已经习惯了，情况不可能变得更糟了，但我错了。睡在走廊里的两个人盖着床单，形色枯槁，把大小便拉在他们自己的衣服上了。帕梅拉说那是因为脱水的关系，我也希望仅仅就是那个原因。她试图帮他们清洗干净，但那简直是一项不可能完成的任务。为了获得更多的水，我们征召了所有可以帮助我们的人。

一波恶心感战胜了肚子里燃烧的饥饿感，让自己变得像钢铁一样，我等待着饥饿感过去。“你还在考虑抓住保罗吗？”我问道。

查克点点头，说道：“但让托尼和我来处理这件事。我们必须把那台笔记本电脑拿回来，这是我们欠大家的。”

他谈论过很多关于笔记本电脑的事情，那上面储存的各种事件的记录和文件是十分重要的。但我们知道这里面是有个人情绪的，查克有他自己的理由。随着政府权威的崩溃，维持正义的责任就落到了我们自发组织的部落群体肩上了。

控制你的战斗队伍中头脑发热的人需要强大的中坚力量，但是如果那个中坚力量就是那个头脑发热的人，又该怎么办呢？

我们唯一拥有的最充裕的东西就是可以用于思考的时间，而保罗仍逍遥法外的想法在查克的头脑中四处乱窜，对他来说，一种饥饿取代了另一种饥饿。我没有力气再与他争论了。我们需要集中精力求得生存，而不是危险的“追逃游戏”。但是我对查克什么也没有说。

我对查克微笑着说道：“让我去躺一会儿。”然后转过身走回到我们的地方去。

查克说道：“不，我没有到过理查德的地方。他说我们在我们那头设置了屏障，所以他不会让苏茜或任何人进到他那里去。”

我没有转身，只是点了点头，深深地吸了一口气，然后走进了走廊。收音机的音量很小，“当救援人员试图全力挽救时，报告说至少有几十人被淹死了……”开什么玩笑——试图全力拯救我们？

原来计划只持续一两天的隔离现在已进入了第四天，人们试图越过河流逃离这座城市。曼哈顿岛的四周有一层宽阔的冰层，因此人们不可能直接登上船只，所以人们走到泥泞的浮冰上，推着或拖着各种各样的浮动装置。许多人掉入了开裂的冰层，淹没在了冰冻的河水之中。

他们的绝望挣扎说明情况已经变得多么糟糕！

随着大型急救中心、救助中心的关闭，街头无家可归者的数量正爆炸式地增长着。虽然开放了一些新的急救中心，但是太少，也太晚了。更多的建筑物被烧毁了，没有供热，没有水，没有食物，争抢空投物资的争斗变得更激烈了。

我们完全不到街上去了。

上万人死了，但官方的广播电台什么也没说，有的只是网状网络推文上的那些数字。一场致命的流行病正在肆虐。

当我回到查克的公寓时，我看见劳伦正在为大家准备中午茶。她抬起头来看着我，她的笑容消失了。

“我的上帝，迈克，你还好吗？”

我点了点头。我很虚弱，几乎快站不住了。“我很好，只是想躺一会儿。”

我的手机在口袋里发出了“丁零”一声，我把它掏了出来。这是威廉姆斯警长发来的一条短信：“我找到了让你的家人离开曼哈顿岛的办法，但我必须到你那儿去。”

我无法集中注意力看手机的屏幕，所以就靠在门框上给他作出了回应，告诉他可以来。

离开这里的办法！我想告诉劳伦这个好消息，我向她迈出了一步，接下来我所知道的就只是我的脸撞到了地上，我听到苏茜和劳伦大喊大叫起来。

我的眼前变得一片漆黑。

第二十五天

1月16日

婴儿再次在我怀里尖叫起来。

我的手很脏，我试着清洗它们，一遍又一遍地擦拭。我在森林里徘徊，踩着一层黄色落叶铺就的地毯，在白桦树之间穿行。宝宝身上湿了，我全身也湿了，天气很冷。

大家都在哪里？

我走进一个村庄，周围都是茅草屋和泥泞小巷。烟雾从烹饪的火堆中升起，孩子们出现了，他们的脸上沾满了泥浆，活像一群好奇的小动物。到下一个村庄还有很长的路要走。

也许我应该停下来？不，我需要继续前进。

然后我飞了起来，飞向空中，离开了那个村庄。在我的下方，白桦树的顶部在风中摇曳，挂在树梢顶上的最后几片叶子在风中剧烈地抖动着。

婴儿不在了，留在村庄里了。

一座城市出现在我面前。背靠着白雪皑皑的高山，在一片森林的簇拥下，挺立着一座由很多石头房子环绕着的石头城堡。我在天空中飞过，跃过两个台阶，降落在一条小巷潮湿的石板上。一个拉着马车的男人从我身边走过，漫不经意，或者是没有看到我，或者是并不在乎我在那里。他的车上，像柴火一样的死尸堆得很高，被诅咒的死人竟发出了无声的嘶喊，那声音在空旷的街道上飘荡。

他们生命中的一切都依赖于我，但他们并不在乎。社会已经崩溃了，又一个黑暗时代开始了。

走在小巷里，我在城堡的一侧登上了一条石阶。当太阳开始落山时，海鸥在远处嘎嘎地叫着，我可以听到森林里有人，那是伐木工人，他们正在砍伐树木。大树一棵接一棵地倒下，撞击地面的响声在城堡的墙壁上回荡。

到达石阶的顶端以后，我打开了一扇木门进到了里面。现在周围很热，我感到自己身体里面在燃烧。一台电视在一个没有人的空房间里播放着。

“最新一轮的气候谈判再次失败了，或者至少未能取得任何具体的成果。”可以听到电视新闻主播的声音，“看起来我们将会打破二十年前设定的排放目标，科学家现在预测到21世纪末全球温度将上升五到七度。一百万年以来，北极第一次没有了冰。没人知道将会发生什么事…… ”

“砰”，用力一砍！

我知道将会发生什么。在我们的国家生活着无数贪得无厌的人，百分之九十八的非食品生产者依靠百分之二的人生产所有可以果腹的东西。现在是时候了，那百分之九十八的人需要偿还他人的付出，而且以鲜血来偿还。

“砰”，用力一砍！

我回到了外面，走进了伐木工人人群中间。在曾经是一片森林的地方，现在罗列在我面前的是一片无尽的树桩，它们的影子在夕阳照耀下在地上向远处延伸。只有一棵树还在那里，一个人正笑着砍伐那根树干。

“砰”，用力一砍！

“进来吧。”

“砰”，用力一砍！

我睁开眼睛，看到查克正从门外走进来。那是我们卧室的门。

劳伦坐在我的身边，她的眼睛里充满了恐惧和忧虑。当我睁开眼睛的时候，她把一只手按到了自己的嘴上，泪水顺着她的脸颊流了下来。在我的脑海里，我仍然可以听到伐木的声音，就像一个节拍器发出的声音那样正在慢慢远去。

“哥们，你吓了我们一大跳！”查克说道，他坐到了劳伦旁边的床上。

“喝点水吧。”劳伦低声说道。

我的感觉似乎是嘴巴里塞满了棉球，我咳了一声嗽，我太虚弱了。

我哼了一声，用一只手肘撑起了半个身子。劳伦捧着我的头，把一只杯子送到了我的嘴边。杯子里的水大部分都洒在了我的脸上，但我还是设法将一些水喝进了嘴里，我可以感觉到水松开了舌头，冲下了喉咙。我坐了起来，从她手中拿起了杯子，又大大地喝了一口水。

“你看，”查克说道，“我说过他会好起来的。”

"你想吃点东西吗？"劳伦问道，"你觉得你可以吃吗？"

我想过这件事。我可以吃吗？我能吃饭吗？

我嘶哑地说道："我不知道。"我赤裸裸地躺在床单下，浑身出着汗。朝床单下看去，我几乎认不出自己的身体了。我是那么的瘦，几乎皮包骨头。"试试看吧。"

"你能不能拿一些带鸡肉的米饭来？"劳伦问查克。

他点了点头，说道："我们会帮你恢复体力的。"

"你有没有听到……"我还没把一句话说完，又是一阵咳嗽，我说不下去了。

查克在门口停了下来，问道："听到什么？"

"威廉姆斯，警长威廉姆斯。"

他摇了摇头，说道："为什么我们会从他那里听到什么？"

我想解释一下，但我太虚弱了。

"嘘，"劳伦低声说道，"休息，宝贝，现在就休息吧。"

"他会来这里帮我们离开曼哈顿岛的。"

闭上眼睛，我听到查克说道："我会留意的，你休息吧。"

然后，我又再次开始做起梦来了。在森林之上跳跃、飞行，而整个世界就在我的脚下慢慢死去。

第二十六天

1月17日

我听到了尖叫声。

我这是在做梦吗？我尽力让自己清醒过来，慢慢看清了我们卧室的天花板，我眨了眨眼，听着四周的寂静。现在是几点了？房间里很黑。这一定是个梦。

“那就是他！”

卢克开始在我旁边的婴儿床里哭泣了起来。

这不是梦。我本能地在床上摸索着，想感觉到劳伦的存在，但她不在这里。

“坐下，冷静下来。”我听到有人在走廊里说话。

那是劳伦。

更低沉的话语声，但是清楚地说道：“把枪给我。”

那是查克。

我坐了起来，感到有点头晕，不得不又躺了下来。我转身面向卢克，向他微笑，告诉他这没关系，但我没触摸他。我不知道自己是否有什么问题，但也不能确定一切都没问题。我竭尽全力，慢慢地坐了起来，双脚垂在床边。

我的智能手机就插在床边的充电器上，我把它拿起来了。晚上8点13分，没有短信。

尖叫声停止了，取而代之的是一个人在哭泣。外面很黑，但我可以看到微弱的灯光照射在窗玻璃上印下的细微的水晶状线条。我们的房间里堆满了箱子和成堆的废弃衣服、床单和毯子。我听到了发电机的嗡嗡声。

我向前倾身，找到了自己的几条牛仔裤。它们都很脏，但我顾不上太多，拿起一条就穿上了。然后在周围翻找到了一双最干净的袜子穿上。我抓起一件毛衣，慢慢站起来稳住自己，测试了一下我的平衡，然后走进了客厅。那里没有人，我探出头去，向走廊里张望。

查克、苏茜和劳伦围着莎拉，她正躺在我们家门外的沙发上。当我打开门时，他们都抬起头来看着我。

“怎么回事？”我吃力地说道，“你们在等卢克出来吗？发生了什么事？”

查克从他跪在莎拉面前的地方站起身来。他手上拿着一把大手枪。“让她们独自待一会儿吧。”他对我说道，推开了我正斜靠在上面的那扇门，又回过头去看着我们的妻子们。

苏茜把爱丽罗斯抱在怀里。爱丽罗斯的眼睛看上去在发炎红肿，还有脓液，她的皮肤皱巴巴的，正在剥落，像纸一样脆薄。她很安静，但看上去很害怕。她还小，但人已在萎缩了。

“发生了什么事？”当查克把我拉进门时，我又问道：“爱丽罗斯还好吗？”

查克看上去好像在过去的一周里老了十岁，“帕梅拉说她没事，只是体重减了不少。她不吃东西。”

“文斯和托尼在哪里？”

“在理查德的公寓里，或者说曾经是理查德的公寓里。”

“你这是什么意思？”我跟着他走到厨房里的柜台旁，他往一个锅里灌满了水，然后点燃了营地炉子的火焰。

“丁烷几乎就要烧完了，”他喃喃地说道。然后，他看着我，轻轻地说道：“莎拉把理查德给杀了。”

“什么？”我的脑子一下子转不过来了，“她是怎么干的？”

“用这个。”他把那把枪放在柜台上。那不是我们的。

“她说是他，而不是保罗，偷了我们的笔记本电脑，他就是那个帮助他们的人。”

我在厨房的一张高凳上坐了下来，脑子里仍然恍恍惚惚的。“所以理查德死了吗？”

查克点了点头。

“他就是和保罗联系的那个人？帮助保罗组织了对我们的攻击？”

他又点了点头。我从来没有真正相信过我们大楼里有某个人一直在暗地里策应帮助保罗，这种想法看上去似乎更像是查克瞎想出来的一个虚构的情节。

“为什么？”

“眼下还不清楚，但似乎他在让他那头的人挨饿，包括他的妻子在内。他把所有的东西都留给了自己。莎拉说，他曾与斯坦和保罗一起干过身份信息盗窃和冒用的勾当，而那些活动最终失去了控制。”

我叹了口气，靠在柜台上，揉着我的眼睛。我的头痛得很厉害。

“很高兴看到你能起来，朋友。”查克用他的那只好手调整了一下锅的位置，“你已经昏睡两天多了。”

我咳嗽着，回过头去看着他，问道：“你是怎么处理那么多事情的？”

“文斯病了，劳伦和苏茜一直在硬撑着，托尼昨晚出去找回了更多的食物。但是走廊里的情况变得越来越糟了，而这个城市……”他没说下去，只是看着锅里的水沸腾起来。

变得更糟？

“你的好友威廉姆斯来过了。”他揉了揉眼睛，指着沙发上的一堆黄色塑料物品说道，“那是我们出纽约的通行证。”

眯着眼睛，我仔细地端详着那堆东西，“是危险品防护服吗？”

“是的。”他把一个茶包扔进了锅里，关掉了丁烷，“他说，如果我们能把越野车放下来，他就会把我们的名字加到应急工作人员的名单上去，然后陪我们一起去乔治·华盛顿大桥的关卡。每个进出关卡的人都必须穿着防护服，所以我们也必须穿这些防护服，因为我们的名字就在名单上，所以我们就可以出去了。”

这听上去很有道理，只要他能把我们列入名单，但是……“孩子们怎么办？”

“我们得把他们隐藏起来。”

“藏起他们？”

他点了点头：“劳伦死也不肯离开，认为那太冒险了。这不能怪她。”他看着天花板说道，“收音机里说，曼哈顿的一些地区已经恢复供电和供水了。但我敢发誓，我们这儿没有一个水龙头是有水的。”

我并不相信收音机播的消息，问道：“网状网络上怎么说？”

“网状网络慢慢消失了，因为人们无法再为手机充电了。有人说在纽约上州一百英里以外的地方已经开始重新供水了，但这也许只是宣传，也许他们想让我们继续留在这里。”

“你怎么看呢？”

“我想我们应该离开这里了。只需要开车几个小时，我们就可以到达雪兰多山上的小屋了。”

“我也这么认为。”

“你必须说服劳伦。”

我点了点头，把头靠在了厨柜的台面上。

查克拿起茶壶给我倒了一杯。我瞥了一眼他那只骨折了的手，看上去真是可怕。

“你真的吓着我们了。”他用他的那只好手拍了拍我的背，说道：“你为什么不再躺一会儿？”

我从厨柜台面上抬起头来，问道：“你能不能让劳伦来见我，你知道什么时候是最合适的。”

走廊里响起了一阵抽泣声。

“我们昨天不得不用枪赶走了两帮难民。”查克说道，他正站着准备给女人们送茶过去，“和劳伦谈谈，我们必须离开。”

“我会和她说的。”

“再多休息一下。”

“我会的。”

“看到你好些了，真是令人高兴。”

“我也很高兴。”

第二十七天

1月18日

“怎么了，亲爱的？”

劳伦蜷缩在靠近床边的椅子上。现在是早晨，窗外的天空阴云密布，平和单调的光线照亮了整个房间。我今天感觉要好多了，但醒来以后，却发现她在哭泣。卢克还在睡觉。

她没有回答。

“你还在生我的气？”

前一天晚上，我们发生了争执。她拒绝考虑离开这座城市，说电力供应很快就会恢复的，供水也会恢复的，跑到城市外面去太危险了。还有，她也不想当我们通过乔治·华盛顿大桥上的关卡时，把卢克塞进一个袋子里藏起来。

她很害怕，我也很害怕。

“发生了什么事情？与理查德有关吗？“

即便他是一条蠕虫，他也算是她的朋友，我不知道她的感受是什么。

她又摇了摇头，深吸一口气，把想说的话咽了回去。她忍了一会儿，才说道：“我给他们送了一些水去。帕梅拉和罗利……”话没说完，她又开始哭泣起来。

“他们有什么问题吗？”

她摇了摇头，但同时又耸了耸肩。一定是有什么东西吓到她了。我就像一个久经战斗的士兵，发现那些未知的事情再也不能吓到我了。我决定亲自去看看，弄清楚是什么情况给她带来了那么大的痛苦。

我穿上一些衣服，悄悄走进了客厅。托尼和文斯正一起睡在一张沙发上，两个人都睡着了，我听到的只是发电机发出的有节奏的嗡嗡声。托尼睁开了眼睛，但我低声告诉他一切都好。我抓起了一盏头灯，犹豫了一秒钟后，拿起了托尼的枪。他再次睁开了眼睛，我再次低声告诉他不要担心。

我们一直在走廊上放着一盏昏暗的夜灯，当我跨过那些躺着的身体和毯子时，我没有打开头灯。走廊里的气味闻上去像一个打开了盖的下水道。由于我们晚上不再使用煤油加热器，所以走廊里很冷，可以看到我呼出的热气。

当我从大厅中间的书架旁走过时，收音机下面的一个形状让我想起了一盒甜甜圈，我经常把甜甜圈带到我的办公室去。尽管周围臭气冲天，我还是想到了巧克力覆盖的奶油甜甜圈和热气腾腾的咖啡。

至少我又感到饿了。

我的肚子里又泛起了那种熟悉的疼痛。而且我很渴。

我的喉咙后面干裂了，我用舌头舔着我的嘴唇，可以感觉到上面的水泡。到了罗利的公寓以后，我打开了我的头灯，深吸了一口气，然后用力推动门后面堆积着的垃圾，推开门走了进去。

公寓里面的房间里有着不同的气味，不像走廊那种腐臭。那仍然是一种腐烂的气味，但不知何故也有金属的气味。我想起了十几岁时帮助叔叔修理我们家附近管道的那些日子，我不知道罗利和帕梅拉是否一直想去取水。那种气味也让我想起了别的东西。我在楼下的一个厕所里看到过一堆粪便，其中有一些甚至涂到了墙上，而那里的恶臭在我的喉咙后面也留下了同样的金属异味。

也许他们遭到了意外？

他们的公寓是一个工作室。两个待在他们公寓里的四楼的邻居，一定睡在我看到的沙发上的毯子下面。罗利和帕梅拉的床放在公寓另一头凸起的平台上。床上覆盖着毯子，他们的头伸在毯子的外面。他们看上去很脏，脸上涂满了黑色。

我轻轻地唤醒了罗利，问道："你们都好吗？"

他在我的头灯的眩光下眯起了眼睛，看着我，他问道："迈克，是你吗？"

"是的，你们还好吗？"

细看之后，我发现他脸上的污迹不是黑色的。他的脸上覆盖着的全是红色……

"走开！"他把手放在我的头灯上，把我推了回去。

他的衬衫也染上了红色，那不是一般的红色，那是鲜血的红色。我拉开了毯子，罗利正在用勺子喂帕梅拉，他们两人都满脸的血。

"你们受伤了吗？发生了什么事情？"

"走吧，"他重复道，把毯子拉了回去，又重新盖上，"请走吧。"

我的脚踩到了地上的什么东西。往下看去，我看到了一个厚厚的塑料袋，里面装满了黑色的液体。不，是黑红色的液体。在床的周围的地板上乱扔着几十个袋子。我感觉到这些袋子很眼熟，以前应该在哪里见过他们。

在帕梅拉工作的红十字会血库！他们在喝人血！

我向后退去，难以遏止我的呕吐的冲动。沙发上撒满了相同的袋子，在远处靠墙的地方，我看到堆积在一起的几十个胖嘟嘟的像血蛆一样装满了血的袋子。

我忍不住感到恶心，但我心底里还对他们怀有一丝同情。

也许我不会喝，但我们可以用它做饭，制作血肠。血液中不是含有大量的铁元素和蛋白质吗?

卢克不会知道那是什么，而劳伦也需要补充铁元素。想到这里，我的肚子开始咆哮，然后整个人开始发抖。

灾难事件爆发的那天我还献了血!

我想象着帕梅拉是在喝着我的血，她的脸色苍白，咧嘴尖牙，她那双猫眼盯着我在看……

有人在我身后低声说道:“我们必须离开这里。我们现在就得离开这里。”我转过身来，心想这可能也是晚上出来的动物，但我在头灯的灯光下却看到了查克的脸。

“他们正在喝人血。”我低声说道。

“我知道。”

“你知道？”

“这并不完全是一件坏事，但我一直不想说出来，不要把人给吓着了。寒冷气温条件下，血液可以保持四十天不坏，而外面一直很冷。”

他怎么会知道这件事情?

不真实的感觉越来越强烈了，我觉得我正在失去意识。

“迈克，”查克说道，“站稳了，听我说。在你昏迷的那段时间里，情况变得非常糟糕了。”

非常糟糕?

他说那话时的那种语气……

“你还有什么事情没有告诉我?”

“你需要说服劳伦离开，现在就走。”

我直愣愣地看着他，问道:“还有什么没告诉我?”

查克深吸了一口气，说道:“二楼那九个死人……”

“他们怎么了?”

“现在只剩五个了。”

我不需要再问那四个去了哪里了。人体是纽约剩下的最后的卡路里热量的来源。我靠在墙上，面无血色，手指一阵阵刺痛。当我们谈到列宁格勒被围困的时候，艾琳娜曾经讲到过这样的故事：一群流浪匪帮攻击并吃人。

“理查德也不见了，”查克低声说道，“或者至少是他的一部分身体不见了。”

他的一部分身体……

我惊恐地颤抖着，问道:“你知道那是谁干的?”

他摇了摇头，说道:“谁看起来是最健康的?也许是这里的人，也许是外面的人，这是我的猜测。”他深吸了一口气，轻轻地加了一句，“或者说是我的希望。”

“不要告诉劳伦这些。”她可能已经知道了。

“那就得让她同意离开。”

血液又流回到了我的脸上，我的脸颊在燃烧。我仍然感觉很不舒服。查克直视着我的眼睛，说道：“我们明天早上必须离开。”

第二十八天

1月19日

“你确定要这么干？”文斯点了点头。

从停车库框架的顶上往下看，比从地面往上看时似乎距离更远一些。如果让查克到上面来，他一定能干得比我更好，但他现在仍然无法使用那只受了伤的手。我和文斯花了半个小时来清理车上的雪和冰。

托尼爬上了广告牌平台后，拴好了绞盘的缆绳，现在刚刚回到地面。他是唯一一个有力气把八十英尺长、重达一百多磅的缆绳拉上去的人。

我们将缆绳拴在靠近墙壁的地方，试图尽量减小可能从大楼墙上扯下广告牌的那股力量。墙面与停车平台是九十度的直角，而广告牌从墙面上伸出了一段，所以我们将让车子进入开放的空间。托尼在平地上向我竖起了大拇指，然后我回复了一个手势，并向文斯点了点头。

把车设在空挡状态以后，文斯打开了启动绞盘的开关，车子开始向前滑动。

“慢一点！”我大喊了一声，文斯踩下了刹车，同时把绞盘也停住了。

我对文斯说道：“你为什么不把停车制动器锁上，让绞盘来把车拖出去？”

“好主意！”文斯回答说。他戴着我们在车库里找到的摩托车头盔，一条长围巾缠在脖子上，一头甩在背上，看起来有些滑稽。他说：“我将让它慢慢地往前移动。”

这样做从理论上看虽然带有一定风险，但似乎总体上看来是可行的。然而当实际操作时，用绞盘把一辆悬停在五十英尺空中的三吨半重的越野车从金属龙门架上吊下来，看上去就很荒谬了。在爬上去并看清了任务的艰巨性之后，我告诉查克这个计划太疯狂了，我坚持说我们应该回去。

但是我们已没有什么地方可以回去了，也再没有其他地方可以去了。

文斯再次打开了绞盘的开关，然后又把它关上，看着我点点头，表示一切已准备就绪。我大声喊道：“前轮还有一尺就下去了！”他点了点头，再次打开了绞盘的开关。

昨天一天我们非常忙，得从雪地里提上来足够的雪化成水，来洗涤并刮胡子。劳伦给每个人理了发，而苏茜和查克清理了公寓，寻找干净的衣服。当我们到达检查关口时，万一他们决定对我们进行检查，我们看上去必须得像穿着整齐的救援人员，而不是被困的当地人。

托尼在夜晚出去找回了他能背得动的食物，他把它们埋在越野车附近的雪地里。在街上携带食物会增加我们在步行时受到攻击的机会，光携带最后一罐柴油就已经够危险的了。

随着“砰”的一声，车子的前轮从龙门架的前面滑了下来，整个车向前滑了几英寸后停了下来。文斯回头看着我，笑了一笑。

我摇着头，问道：“你行吗？”我的心在怦怦直跳。

文斯非常平静，回答：“一切都好。”

他的脸上带着微笑，但他按着绞盘开关的手却在颤抖。他再次打开然后关闭了绞盘的开关，将车向前移动了几英寸。

往停车库来的一路上都让人有一种超现实的感觉。我们最后一次冒险出行，到了比第二十四街更远的地方，差不多就是一个半星期前查克和我来检查越野车那一次出行的地点。在那时候，纽约是一片冰冷的荒地，到处散落着垃圾和人类的粪便。但在那以后，纽约就变成了一个战场。积雪在人们的踩踏下由白变黑，上面覆盖着人们留下的污垢。被烧毁的建筑物构成了第九大道上的阴森“峡谷”。外面的温度已经高于冰点，融化的积雪中出现了与垃圾堆混在一起的尸体。

“再有一尺，你就能把后轮拖到平台边上了！”

越野车又向前滑了一下，然后停住了，后轮停在离金属平台边缘只有几英寸的地方，车的前端悬空并在空中摆动着。路虎向后轮外延伸出去几英尺，因此即使后轮滑出去了，车的后端仍应搁在龙门架上，直到保险杠的最后一英寸滑落下龙门架。

至少，那是原来计划好的。

越来越多的流浪狗和猫加入了街上垃圾堆里的老鼠群，一起翻找和抢夺可能有的食物。查克第一次看到它们在啃人的尸体时开了几枪，但是我们需要保存弹药，而且开枪会引起别人的注意。不管怎么说，当它们看到有人过来时就四散逃跑了，可能感觉到它们自己有被吃掉的危险。

我们像是一个流浪街头的团伙，我又穿上了那件我在医院里拿来的褶边大衣。在此之前，我们最多一次出去两个人，但现在我们每个人都需要大衣，而我在几星期前，把查克借给我穿的派克大衣给了长老会医院的一名护士，所以不能挑剔了。我们拖着脚步，压低视线，又随时警惕着，前后各两个男人，露出我们的武器，护卫着中间的女人和孩子们向前走去。

这是一次漫长的步行，我仍然没有完全恢复过来。爬上停车台几乎用去了我所有的能量，但却抑制不住地感到紧张和刺激。

文斯再次打开绞盘开关，后轮从平台上滑了下来，越野车车的三吨半重量都落到了后框架上，撞击撼动了整个停车平台。车向前滑了一下，又停了下来。

越野车的车头向下倾斜了大约三十度，文斯坐在驾驶员的座椅上，悬挂在离停车平台边缘至少八英尺的空中。车前端离广告牌平台不到十英尺。

我对文斯喊道："就这样了！还有什么话要说？"

"给我一秒钟。"

"这是你的最后遗言？"

文斯对我笑了笑，我也笑了起来。

劳伦和苏茜站在下面往上看着。她们看上去很小，卢克看上去就更小了。大约有十几个围观的人聚集在下面，我看到更多的人正在往这儿走过来。托尼和查克挥舞着手里的枪，大声喊叫着，让围观的人往后退去，我们没有任何食物。

文斯说道："时间，只是一种幻觉。"随后，他轻轻按动了绞盘上的开关。一个多么奇特的年轻人。

保险杠的一侧先脱离了平台，这就使得越野车向一边倾斜，开始晃动起来。当另一侧也脱离了平台，车子就向下掉形成了一个环形弧，向着侧面装着广告牌平台的大楼墙壁晃了过去。我在餐巾纸背面计算时没有考虑到这个可能，它将大量的初始动力转回到大楼的方向，它让我们的计划更容易实现了。空中弥漫着金属呻吟的声音，当车在下面摆动出一个巨大的弧形时，广告牌平台在重力的拖拽下开始弯曲了。

“砰”，支撑平台的第一个金属支柱从墙上脱落出来，将砖块喷射到了空中。然后又一声“砰”，当车子到达摆动的顶点时，第二个金属支柱从墙上脱落了出来。

文斯一直在用绞盘把越野车向上推向平台，以尽量减少摆动的力，但当车向后朝我甩过来的时候，车鼻子几乎就撞上了平台。他马上转换了方向，开始把车子往下放。平台开始下垂并从墙上脱落开来。当越野车像陀螺一样旋转着时，广告牌慢慢从墙上剥落了下来，朝着地面掉了下去。

“砰”的一声，越野车的后保险杠撞到了地面上，掉落在了积雪中。幸运的是，当文斯降下最后几英尺时，车子的轮子，而不是车头先着地。广告牌平台同时也坍塌了，一端连接着绞盘缆绳，掉落到距离车子仅几英尺远的雪地里，而另一端仍松散地连接在大楼的墙上。

接下来是一片沉寂。

文斯高喊道：“太棒了！”他的头出现在车窗外，抬头看着我，舞动着一只拳头。

平台还在颤抖着，呻吟着。

“迈克，快下来！”查克喊道。衣衫褴褛的围观人群越来越多。“我们得离开这里！”

大口呼着气，我才意识到在文斯进行特技表演的时候我都没有喘气。我恢复了神智，沿着金属平台走到了龙门架后面的梯子上。当我爬下来的时候，苏茜和劳伦已经和孩子们一起坐在越野车的后座上了，托尼正在把最后一袋食物和柴油装进行李箱里。文斯站在车顶上，摘下了绞盘缆绳。

我跑过雪地，差一点滑倒，一溜烟跑向了越野车。就在文斯回到车里的同一刻，查克为我打开了门，我跳了进去。绞盘旋转着，将余下的缆绳卷回到了越野车的前部。

托尼曾在伊拉克驾驶过悍马。他转动着车子的方向盘，扫视着我们所有人，问道：“可以走了吗？”

“走吧！”查克回答道。我屏住了呼吸。

围观的人群围着朝我们的车挤了过来，托尼开车慢慢向前驶去，迫使前面的人分散开来。有些人敲着车窗，哀求我们停下来，带着他们一起走。

当我们的车到达甘斯沃尔特时，我们面前的唯一障碍就是第十大道边缘的巨大雪堤了，它阻挡了我们通往西侧高速公路的通道。那个雪堤比一个站立的人还要高，但是在路口中间，因为人流过往而被踩出了一个凹口。托尼踩下了油门，越野车开始加速。

“我们能过去的，”查克说道，催促托尼继续往前开，“每个人都得挺住！”

随着一声轰鸣，车子撞上了雪堤并弹跃着向上爬升，给人的感觉好像我们是在倒退。接着我们就到了另一边，沿着雪堤向下滑去，在西侧高速公路的北行车道上停了下来。那儿是一条铲得干干净净的路面。

托尼启动了越野车，转过头来，向北开往乔治·华盛顿大桥。我们将在贾维茨中心的东南角与威廉姆斯中士见面，然后他将把我们带到检查关卡。

我听到自己在告诉所有人:“让我们都穿上防护服。”

卢克就在我的旁边，坐在第三排的座位上，夹在劳伦和我之间，他的小脸露出了一点害怕的神情。俯视着他那双美丽的蓝眼睛，我解开了他的安全带，让他坐在我的腿上。我问他：“你想玩捉迷藏吗？”

应急工作人员是不应该带着孩子的。卢克对着我微笑了起来。我怎么能把他塞进包里去呢？我的思路开始不听指挥了，但劳伦把他从我身边抱走了。她亲吻了我一下，又亲吻了他一下。

“你得穿上你的危险品防护服。让我来照顾卢克。”

我皱着眉头对她说道。

“傻瓜，我为他们制作了一个婴儿床。你快穿上你的防护服吧。”

我解开了自己的安全带，扭动着套上了黄色的防护服。

远处已经隐约可见乔治·华盛顿大桥了。

第二十九天
1月20日

“在这里，快拿一些去。”

艾琳娜递给我一块热气腾腾的肉块。我正饿着，就从她手里拿了过来。一大锅水在她的炉子上沸腾着，我懵懵懂懂地跟着她走了过去，一边狼吞虎咽着盘子里的东西。几根大骨头从锅里伸了出来，水在它们周围沸腾着。那些骨头很大，太大了……

“我们需要活下去，米哈伊尔。”艾琳娜搅拌着锅里的东西，理直气壮地说道。

有人坐在她身后的储藏室里。不，不是坐着。那是与保罗一伙的斯坦，他被砍掉了一半，只剩下了腰部以上的躯干。他的眼睛盯着我，但却看不见，像蒙着一层不透明的玻璃。

一条血迹划过地板，停在了艾琳娜的脚边。

“你必须清醒过来，”艾琳娜说，“如果你想活下去的话。”她身上沾满了鲜血，正用力搅动着骨头。

“醒一醒！”

“醒一醒！”

“你在做梦，亲爱的，”劳伦说道，“快醒过来吧！”

睁开眼睛，我意识到自己还坐在路虎的后座上，盖着毯子。外面很黑，但太阳正在升起。车内亮着灯，苏茜坐在前排的座位上，正在给爱丽罗斯喂食。其他人都在外面聊着天，靠在一个混凝土的隔离路堤上。

我伸展了一下自己的脖子，哼了一声。

“你还好吗？”劳伦问道，“你在说梦话。”

“我很好，只是做了个梦。”

梦见了鲍罗廷他们。

艾琳娜和亚历山大似乎已经进入某种冬眠状态，他们几乎没有移动，靠着吃他们的硬饼干存活了下来，并从他们的窗外刮来积雪取水。他们带着枪和斧头坐在起居室里，看着卧室的门，那是关押囚犯们的地方。

当我告诉他们我们将要离开这座城市的时候，艾琳娜把门柱圣卷从他们的前门上拉下来送给了我，告诉我要随身携带着它，无论我们到了哪里都要挂在门口。这是我第一次见到她和亚历山大争论，他们说的不是俄语，而是另外一种古老的语言，一定是希伯来语。亚历山大心烦意乱，不想让她把门柱圣卷取下来。我试图拒绝，不接受它，但艾琳娜坚持要我收下。

它就在我牛仔裤的口袋里。

我问道：“我们在哪？”

我的大脑还在回忆着前一天发生的事情。

通过乔治·华盛顿大桥上的检查关卡搞得十分紧张，但最终却只是虚惊一场。我们按计划见到了警长威廉姆斯，他把纽约警察局的一些标贴贴到了我们的越野车的两侧，然后我们就开车经过人群到达了检查站。

但过关也并不是一帆风顺的。我们不得不在那里等了将近一个小时。我们的名字不在主列表中，我们的行驶证上登记着我们的住址是在纽约。但经过一些争论和与贾维茨中心来来回回的电话之后，他们让我们通过了。

劳伦用一些包装箱组装了一个婴儿床，里面填上了毯子，我们把卢克和爱丽罗斯放在里面。我们把他们喂饱了，估算着过关需要的时间，让他们睡过了整个过程。

“我们在I-78高速公路入口处的立交桥旁边。”劳伦回答道。

我昨天在过检查站时有些发呆，可能是身体虚弱的缘故。但我尽力保持微笑，看上去很正常的样子。回忆中的乔治·华盛顿大桥的灰色拱门，就像是一座跨越哈得逊河的大教堂，在我脑海中不时浮现出来。然后盘旋在我脑海中的就是在他们让我们通过后所感到的宽慰。

到我们驶上高速公路的时候，已经是下午晚些时候了。我们沿着唯一一条保持畅通的高速公路I-95行驶，穿过新泽西州向纽瓦克机场的方向驶去。远处可以看到帝国大厦的尖顶，自由之塔矗立在更远的地方，中间就是纽约的曼哈顿。

我记得当时还想着终于自由了，然后我一定是睡着了。

“我记得这就是我们当初出发的地方。发生了什么事？我记得大家当初都认为要尽可能地远离纽约。”

“当我们从I-95号公路转到I-78号公路上的立交桥时，路况变得非常糟糕，太阳也快落山了。查克不想在黑暗中冒险，所以选择了在这个地方过夜。你当时睡着了。”

“卢克和爱丽罗斯怎么样？”

“他们挺好的。”

感谢上帝！

我伸了个懒腰，说道：“我要和那些家伙谈谈，可以吗？”我拉着毯子，向前倾身，抓起了一瓶水，吻了她一下。

“你感觉怎么样？”她问道，回吻了我一下。

“很好。”我深吸一口气，答道，“真的很好。”我又给了她一个吻，然后打开了车门，向远处的地平线看去。

太阳正在金融区后面升起，阳光在我们前下方的新泽西港冰冻的码头和起重机外蔓延出去，自由之塔在远处闪闪发光。向左看，我试图找到我们公寓附近的熟悉的切尔西码头的建筑，那是过去一个月我们曾待在那里的“监狱”。

我们自由了，但是……

“路况怎么样？我们可以在路上正常行驶吗？”

那几个人转过身来，他们仿佛正在进行非常认真的讨论。

“嘿！睡美人！”查克开着玩笑说道，“决定加入我们一伙了？”

“是啊。”

“你感觉怎么样？”

我点了点头。也许现在比此前只是多了新鲜的空气，但我感觉还是要好得多了。

“有一段路还没有铲过雪，但车还是可以开过去的，”查克回答说，“至少对我的车来说没有问题。做好准备，我们5点钟就出发。”

让他们去讨论吧。我伸了一个懒腰，绕着越野车走了几圈，想让自己彻底清醒过来。雪在公路的路肩处更深些，公路的中间的雪满是轮胎的痕迹。已经有很多人走过这条路了，即使没人再来铲雪，雪也很快就会融化的。我从纽约上空的日出那里收回了目光，转过头去看着I-78号州际公路的立交桥，那后面是一个集装箱货场，再后面就是去往新泽西州和宾夕法尼亚州的方向。

我们行驶在路上。

尽管劳伦提出了异议，我们还是在纽瓦克机场停了下来。查克坚持至少要找一下劳伦的母亲和父亲。劳伦重复说她确信他们已经离开了，但不管怎么说我们都还得试一下。经过一排二十个废弃的且被大雪覆盖的收费站中的一个，我们绕过立交桥，在主航站楼前停了下来。当查克和托尼进去寻找的时候，文斯和我一直待在车里。从外面看，这个地方早已被遗弃了。不到一个小时，他们就回来了。在我们等待的时候，没有人接近我们，他们也没有找到劳伦的家人。查克和托尼都缄口不语，我们只能想象他们看到了什么。回到高速公路去的行程中大家都沉默着。

高速公路上到处都是废弃的平地机、滚压机和各种卡车及其他建筑用的车辆、机械设备，所有的车辆都被深深的积雪覆盖着。房子和树木在路边排成一行。我们经过了看起来正在砍着柴火的一群人，他们向我们挥手，我们也向他们挥手。

I-78号州际公路在这一段是一条低陷的高速公路，我们在一个接一个的立交桥下通过。每座桥上都挂着美国国旗，一些是新的，一些已经破烂了。还挂有一些横幅，上面写着“我们不会屈服”和“保持坚强”等字样。我想是那些挨冻受饿的人将它们放在那里的，他们还在旧床单上喷涂了有他们信息的文字和图案。

对我们来说，那些信息表达的是，你并不孤单。我心里默默地感谢着他们，不管他们现在在哪里，希望他们一切都好。

沿着I-78公路行驶70英里，就到了新泽西州和宾夕法尼亚州交界的菲利普斯堡，然后再行驶70英里，就到了I-78和去弗吉尼亚南部的I-81的岔路口。从那里，就可以直接开到160英里外的雪兰多山的查克的家庭小屋了。

在正常情况下，四个小时就可以到达那里。但当我们在高速公路中心的车辙上弹跃前进时，我觉得即便是道路状况在不会变得更糟的情况下，估算一下，我们也至少需要十个小时才能到达。但查克决心在一天之内赶到那里。不管情况如何，当我们最终停下来的时候天会变暗，所以查克坚定地要求托尼尽可能快地继续前进。

这是一次车辆不停弹跳震荡，使我们坐立不安的旅行。我让卢克坐在我的腿上，紧紧地抱着他。

他现在非常高兴，对他来说这似乎又是一次冒险。我觉得他和我们一样，也因为能从公寓的恶劣环境中逃脱出来而感到高兴。事实上，这几乎是一个梦。太阳出来了，我们把车窗放下，享受着外面温暖的天气。查克正在听着“珍珠酱”乐队的音乐。

周围的地形更开阔了，高速公路拔地而起，露出连绵起伏的丘陵和乡村。我们看到了烟囱、水塔以及无线通信的信号塔，信号塔现在仿佛只是大地上的点缀，现在没有一个还能工作。我一直在翻看自己的手机，但一路上都没发现有信号。输电线的铁塔高高矗立，上面的电线越过了高速公路，向远方延伸过去。

开始出现小城镇和村庄，烟雾从远处的烟囱中冉冉升起。我们看到有人在街上走动。

至少他们有很多木头可以燃烧，森林似乎是无穷无尽的。这里的生活正常吗？

然后我们又经过了一个农场，白雪覆盖的田野上突然出现了躺在血泊中的被宰杀的奶牛。一群人正在谷仓旁边用大砍刀砍劈着一条已经死去的牛，其中一个人在我们的车经过的时候向我们挥了挥手，想让我们停下来。

我们没有停车，也没有向他挥手。

一路上，当我们的车行驶得还算平稳的时候，文斯一直在摆弄着收音机，不停地交替播放音乐或搜索周围仍在工作的广播电台，但我们只能收听到从纽约播出的政府频道或偶尔有信号的民间“野鸡”无线电台。当他发现那些“野鸡”无线电台时，我们会收听他们的广播，有时是社区公告，有时只是怒吼的声音。很明显，这里没有电力供应，也没有能够工作的通信系统。

渐渐地，四周的人开始更多了一些，他们有的沿着路边行走，有的拉着雪橇，但我们没有遇到哪怕一辆别的汽车。我再次打起了瞌睡，我的脑海里模糊地记下了见到的景象：路边的麦当劳和奎兹诺斯快餐店的标志，一列停在那里、车身一半钻进了山洞的火车，红色和黄色的游乐园摩天轮。

当我们离开海岸线后，道路的状况有所改善。我们在下午驶上了I-81公路。I-81也有一段时间没有铲雪了，但与纽约相比，这里的雪下得要小得多。我们中途停了一次，用我们装在油罐里的柴油重新把油箱灌满。我们只有300英里的路程要走，油箱满载的越野车能开的路程远不止300英里，但加满了油的车总能让人感到更安全些。

当天开始暗下来的时候，我们看到有汽车从对面的方向开了过来，车头灯在阴霾中出现，然后在我们的身边掠过。世界看起来似乎很正常，除了四周的乡村漆黑一片。天上升起了满月，在地上投下了幽灵般的阴影。

当夜幕降临时，查克告诉我们马上就要到他家了。他指挥托尼将车从高速公路的出口开了下来，并说上山大约有半小时的车程。他很兴奋，谈论着他藏在家里的各种用品和我们将会吃到的美味佳肴，他的小屋有多么舒适！文斯说，他期待着能使用短波电台，收听来自世界各地的广播，了解外面到底发生了什么？

劳伦拥抱着我，我们一起抱着卢克，簇拥在一条毯子底下。我肩膀上的责任正在不断地减轻，前面至少将有一顿热饭和一张干净的床。在车头灯光的照射下，我可以看到我们的车正行驶在一条薄冰覆盖的小土路上。森林里仍有积雪，但只是零散的小片了。

当我们向他的小屋进发时，查克告诉我如何在雪兰多钓鱼，我们将在这里度过一个假期。当车停下时，查克抬腿跑上屋前的台阶，我们都跳出了车子，开始抓取我们的行李。这是一座美丽的小木屋。一瞬间，查克就跑进了里面，手电筒和头灯都打开了。我们开始把东西堆到了门廊上。

“不！”突然停止，查克在里面喊道。

我们都站住不动了，托尼掏出了他的手枪，喊道：“你没事吧？”

“该死的！”

“查克，你没事吧？”托尼又喊了一声。

我抱起了卢克和爱丽罗斯，然后朝着那辆还没熄火的越野车退去，劳伦和苏茜紧跟着我，我们所有的人都在看着门口。查克那张扭曲并愤怒的脸在那里出现了。

“发生什么事了？”苏茜低声问道。

“所有的东西都不在了。”

“什么东西不在了？”

查克的脑袋垂了下去。他喃喃地说道：“所有的东西。”

第三十天
1月21日

“我们等得太久了。”

“我们不该这么来看待这件事情。”

现在已经是中午时分了，我们从小屋的里间走了出来，把柴火塞进了烧木头的热水浴缸的炉洞里。

除了查克，还有谁会有一个烧木头的热水浴缸？我暗自笑了起来。

山间的空气令人难以置信的清新，天气温暖，至少比冰点要高十度。阳光透过桦树和冷杉树，照在我们身上，树上的鸟儿在歌唱。

“我们人都在这里，身体还算健康。”我继续说道。

“但是，如果我们再失去一些补给品的话，情况会怎么样呢？”

这儿有山上积雪融化后形成的淡水，在我们屋旁的一条小溪里冒着泡，我们还有几天的食物。查克向我展示了如何使用应用程序识别树林中的可食用植物，我们也可以钓鱼，并设套捕捉动物。

我不知道如何设套，但这也有一个应用程序可以学习参考。

查克把受伤的那只手贴在身上，用他那只没有受伤的手拿起一根木头，把木头扔进了热水浴缸一侧的火炉里。小屋建在一块相当平坦的地面上。我们从屋后露台下的柴火堆里抓起一根根木头，人就站在树叶堆里。他摇着头，笑着说："你说得对，这简直难以置信，不是吗？"

卢克就在我们的脚边玩耍。他找到了一根棍子，握着它跑来跑去，高兴地用它划拉着地上的落叶。他知道的词汇大约只有十来个，所以他无法告诉我们，能走到房廊外面来，他是多么的高兴，但他满脸的笑容说明了一切。我看着他时也笑了起来：他的脸上有污垢、头剃得光光的、浑身肮脏、衣衫褴褛，在树林里高声尖叫，看上去就像一只野外的动物。但至少他看起来很开心。

偷窃查克小屋的那些人并没有把所有的东西都拿走。他们打开了他的储物柜，但楼上的衣柜里还留有备用的衣服，卧室也完好无损。藏在储物柜里的大部分食品和应急设备，以及发电机和丙烷罐里的燃料都被拿走了，但是他们留下了咖啡。

像婴儿一样在新床单上好好睡了一晚之后，我早早起了床，坐在门廊下双人秋千椅上，在火坑里的明火上煮了一壶咖啡。我们所在的地方海拔有两千多英尺，站在前廊上往东向马里兰州的方向看去，沿着山脊延伸出一片美丽的景色。我上次喝咖啡还是一个多星期之前的事了。现在坐在双人秋千椅上，喝上一杯咖啡，在蓝色的天空下呼吸着山间新鲜的空气，这真是太神奇了。

我记得曾经有人说过，文艺复兴之所以会发生，部分的原因是因为欧洲引入了咖啡，要归功于咖啡因对心灵的促进作用。我笑了起来，现在我完全接受了这样的说法。这几乎让我忘记了我们刚刚经历过的恐怖，不再顾虑我们周围的世界是否依然在燃烧。

当我捧着我的咖啡杯子，坐在双人秋千椅上的时候，我注意到不远处升起了一股黑色的烟雾。查克告诉我，那一定是来自他的邻居贝勒家的烟囱。

我问查克："你觉得托尼还有多久才能回来？"

我们答应过文斯，会把他送到他父母那儿去的。托尼自告奋勇，开车送文斯去他父母居住的马纳萨斯，或者到尽可能靠近马纳萨斯的地方。大约两个小时前，他们的离开引发了一轮泪流满面的告别仪式，大家承诺要保持联系。如果文斯未曾进入我们生活，那么每件事情都会变得非常不同，而且可能会更糟糕。在许多时候，是他救了我们的性命。他的离别，让人感觉就像失去了一位家庭成员。

查克和我一直在讨论，我们两人中是否也应该去一个？但我不想离开劳伦和卢克，而查克也不想离开苏茜和爱丽罗斯。越野车上的GPS仍在工作，所以对托尼来说，找到回来的路应该不成问题。

"应该马上就会到了，这取决于他到底跑了多远？"查克抬了抬眉毛说，"如果他还要回来的话。"

查克的脑子里在想着，托尼有一半的可能性会驾车离开，到他自己母亲所在的佛罗里达州去。

就在这时，我们听到了引擎的轰鸣声。查克伸手想去拿柴堆上的霰弹枪，然后又把手放了下来。那是我们越野车的声音，托尼回来了。

我笑了起来。“可不就是他回来了吗！”

“你们为我烧好热水了吗？”露台上的门拉开了，传来了一个银铃般的声音。

那是劳伦。她笑着，不好意思地揉着头上残留的发根。

在我们到达小屋的那天晚上，让查克平静下来之后，我们都脱了个精光，把那些虱子出没的衣服堆放在前廊的一侧，穿上了从里面壁橱里找到的任何可以称为合身的衣服。

我们都剃了光头，即便是女士也如此。

我一边敲打着热水浴缸的一侧，一边笑着说：“这是为你准备的，宝贝。”我摸了一下汗湿的光头，这是我一生中第一次裸露出了头皮。

当我们到达时，热水浴缸是被遮盖着的，里面装满了水。这真是一个上天赐予我们的礼物，因为这儿没有自来水管网，从小溪里提水灌满浴缸得花费不少的时间。查克对地窖里留下的物品做了一个清点，发现氯片还在那里，所以我们往浴缸里扔了很多氯片来消毒以获得清水，用来清洗衣服和我们自己。

从小屋前面传来车子在车道上嘎吱作响的声音，然后我听到发动机熄火了。一扇车门被打开，又“砰”的一声被关上。

“我们在后面！”我大声喊道。

几秒钟后，托尼出现在小屋旁斑驳的阳光底下，他看起来很滑稽。托尼比查克高了几英寸，并且更粗壮一些，因此壁橱里的衣服几乎都不适合他穿。他的牛仔裤短了两英寸，腰身太紧，夹克和T恤也太小了。他刚刚剃了光头，看上去就像是一个逃亡的囚犯。

看到我们对他微笑，他也大笑了起来："我觉得我加入了一个狂热的光头党，一起躲在山里面。"

"只要不喝毒药就行。"查克笑着，朝着热水浴缸点了点头。他俯身检查了一下柴火炉子，里面正烈火熊熊。

卢克看见托尼后就立刻向他跑了过去。"一切都好吗？"我问道。

托尼点了点头，说："那里有很多人，我不想找麻烦。所以当我们在大路上靠近了他家的位置，他就跳了出去。"

"你还看到了什么？"苏茜问道，"没有和任何人交谈一下？"

"没有电力供应，没有无线信号，我不想冒险停下来和人说话。"

"在这里收听不到任何广播电台，也没有网状网络或无线网络。在这里要比被困在纽约的死亡陷阱里要好得多，但我们与外界几乎完全隔绝了。"

我们把发电机留在公寓里了——它太重，不可能随身携带，所以我们发电的唯一方法就是利用越野车。查克把我们所有的手机都连接到了车子的点烟器接口上，使它们都充足了电。我们可以使用这些手机建立迷你网状网络，彼此进行通信联络，它们也仍然可以用作手电筒，还可以存储我们需要的生存指南信息。

托尼问："我们有什么计划吗？"

查克说："让我们先清理干净，洗一下衣服，清点我们所有的东西，放松一下。明天我们可以去邻居那儿，看看那里的情况怎么样？"

“听起来不错。但有一件事，我觉得车底下的消声器松动了，可能是尾部滑落到雪地上造成的。”托尼笑着说，“那真是了不起！”

“我会把工具从地窖里拿出来，然后检查一下。”我说，“我对汽车还是知道一点的。”

“太棒了，”查克笑着说，“那就让我们开始工作吧。”

我们再也没有谈起过纽约公寓二楼遗失的尸体，但那些记忆仍会在脑海中不断浮现。我想忘掉它，假装它从没有发生过。那一切似乎都在百万英里之外了。

我走向地窖，看着白桦树下那一层薄薄的落叶铺成的黄色地毯。不知为什么，我总感觉有些事情不太对劲。我摇了摇头，深吸了一口气，把那个思绪压了下去。

第三十一天

1月22日

“你会爱上那些家伙的！”

查克和我还有劳伦一起往贝勒家的方向走去。查克的先辈在这个地区被划为国家自然保护区之前就在这里建起了自己的家园，整座山上只有几间小屋。

那天早上，我们可以看到树林里贝勒家的烟囱里再次冒出了烟雾。

吃了一顿丰盛的早餐以后，我们把所有的旧衣服都清洗干净了，现在是时候去邻居家打个招呼了。

“他们全年都住在这里，家里总是有人的。”查克说，“兰迪是退役军人，甚至可能是中央情报局的人。如果有人能知道发生了什么事情的话，那一定是他。他们设备齐全，可能都不会在乎有没有电力供应。”

贝勒的家离得不远，大约半英里，所以我们决定走路去。苏茜和托尼留了下来，从小溪里提水来稀释热水浴缸里极度氯化了的热水，让孩子们可以在里面玩玩水。那是美好的一天，圣诞节的寒冷已经让位给了早到的暖春天气，而我们现在的位置是在比纽约更南端的地方。

沿着山间蜿蜒的土路两侧，灌木丛中有着各种各样的昆虫，显示出一派生机，那种潮湿的地气与我们脚下的泥土气味混合在了一起。阳光明媚，我穿着衬衫和牛仔裤，身上开始出汗了。

我希望能在我的头顶抹上一些防晒霜。这个念头让我自己都笑了起来。

我的头皮以前从未见过阳光。

查克一路走，一路踢着路上的石头，他兴致很高。我觉得自己也像一个重生的新人。劳伦和我手牵着手，一边沿着小路前行，一边不经意地摆动着双手。当我们拐过一个转角后，贝勒家的房子就出现在树林里了。我们走上了他们弯曲的车道，朝着前面停着的两辆车走去，然后走上了他们的前廊。

查克敲着门，大声喊道："兰迪！兰迪！"没人答应。他又喊道，"兰迪！是我，查尔斯·芒福德！"

还是没人答应。但有人在屋里，可以听到房子的后间里播放着乡村音乐。"兰迪！是我，查克！"他又大声喊道。我闻到了烹饪的气味。

"我到后院去看一下，也许他们在院子里劈柴或收拾什么东西，你们两个待在这里。"

他跳下了门廊，一眨眼就不见了。劳伦紧握着我的手，我们跟着烹饪的气味，走到了门廊的另一边。透过百叶窗看见厨房，我看到一口大铁锅上正冒着蒸汽，锅里的骨头伸出了锅沿。

手上感到一阵刺痛，我低下头，看到了劳伦发白的指关节，她的指甲深深地捏进了我的掌心。随着她的目光望去，我可以看到厨房旁边的餐厅里一片混乱。我调整角度，透过百叶窗的窗叶向里张望，想弄清楚看到的到底是什么。

我听到查克大声问道："你到底是什么人？"通过房子后面的滑动玻璃门，我可以看到查克举着手遮住了刺眼的阳光，在看着什么人。

"我可以问你同样的问题。"我听到屋后面的某个地方有另一个声音在回应。

劳伦催促道："我们得赶快离开这里。"

我低声说道："我们得等查克一起走。"她的指甲更深地捏进了我的手掌心里。

我转动了一下脑袋，想更好地看清餐厅里的景象。看上去是有人躺在地上，浑身是血，身体的一部分被切掉了。沸腾的肉汤的气味笼罩着我，我几乎要呕吐出来了。

"滚吧！"另一个声音，一个新的声音，在后院喊道。

查克拔出了他的那把手枪，用枪指着那个走上后院露台楼梯的人。那个人也端着他的霰弹枪对着查克。

"贝勒家的人在哪儿？"查克喊道，他退后一步，将枪对着一个人，又转向另一个人，"你们对他们干了什么？"

当我的直觉又陷入恐怖之中时，那种不真实的感觉再次让我困扰起来。

"我们告诉你赶快离开这里，年轻人！"

"我不会离开的！你必须告诉我发生了……"

只听见"嘭"的一声，查克的枪和对方的霰弹枪几乎同时开了火。查克是在近距离下被对方打中的，我们甚至可以从远处清楚地看到血花飞溅，他被抛向空中并旋转着向后倒在露台的地板上。劳伦在我身边大声哭了起来，我们都弯下腰，躲到了可以隐蔽身体的地方。

我低声对劳伦说道："快跑！"并把她推到了我的前面，"快跑！"

我们沿着车道半蹲着跑过了停放的汽车，然后直起身来，冲上了马路，拼命地甩动着胳膊和移动着双腿。我感到肺部似乎在燃烧，我无法接受刚才发生的事情。

我应该带把枪来。为什么我没有带枪？如果我带了枪来，我可能也被打死了。赶紧跑吧。

在我身后，我可以听到一阵骚动和叫喊。他们一定是看见我们了。得更快地跑掉！

感觉好像跑了很久很久之后，我们终于到达了查克小屋的车道。越野车的车窗放了下来，音响系统正播放着"魔力红"摇滚乐队的歌曲，亚当·莱文正唱着"向贾格尔致敬"。我听到了身后远处传来的声音，那是汽车引擎的声音。他们在我们后面追上来了。

我在车旁停了下来，从手套箱里抓出了另一把点三八口径手枪。我对劳伦大声喊道："到屋后去，他们一定在热水浴缸里！"

我们飞快地跑过拐角处，看见苏茜正在露台上和卢克一起跳舞；托尼跪在地上，拉着爱丽罗斯的手。

我大声喊道："赶快下来！我们得马上离开这里！"托尼惊讶地看着我们，问道："发生了什么事情？"

我对着托尼喊道："赶快下来吧！我们得马上上车！"劳伦已经伸出双手抓住了卢克。

"查克在哪儿？"苏茜问道，她的声音中充满了恐惧。她从托尼手中抱起了爱丽罗斯，沿着露台楼梯向我们走来。

“赶快！”我又喊道。

但已经太迟了。在车子引擎低沉的轰鸣声中，我能清晰地听到一辆汽车已经开到了屋子前面的碎石路上。

我该怎么办？

“查克在哪里？”苏茜带着哭声再次问道。

“他被枪打中了，倒在了贝勒的房子那里。”我回答道，脑子里拼命想着下一步该怎么办。

“托尼，带上你的霰弹枪，把大家带进地窖去，让我跟他们谈谈。”

“跟谁谈谈？到底发生了什么事情？”

我们可以听到前面传来了关闭车门的声音。

苏茜的眼眶里满含着泪水。她低声对托尼说：“带上爱丽罗斯。”然后吻了一下爱丽罗斯，把孩子交给了托尼。她说道，“我得把查克找回来。”泪水顺着她的脸颊流了下来。

“你想干什么？他死了，他……”

但她跑向屋子的另一侧，远离了我们。我把托尼和劳伦拉到了我前面，打开地窖的门，催促他们赶快下去，就在那时，有三个人拐过屋角走了过来，其中两个人手上拿着霰弹枪。

让酒窖的一扇门开着，我站在地上没有移动。也许这只是一场意外。但那些骨头……

“你们想要干什么？”我挥舞着手中的枪大声喊道。他们一言不发，其中的一个人举起枪就射击，当子弹呼啸着从我身边飞过时，我感到浑身一震。我吓坏了，一步跳下楼梯进入了地窖，然后赶紧把身后的门关上，把木梁横到门闩把手上，想着把地窖门锁上。我们需要有东西来把他们挡在外面。

楼梯旁边是一个堆满木头的金属架子，我用颤抖的手将架子拖了过来。如果门被打开，那个架子和上面的木头就会挡住进门的通道。

这儿必定还有另一条出去的路。

但是当我拉动架子的时候，架子翻倒了，压在了我的身上。劳伦尖叫了起来。

“我没事，”我哼哼唧唧地说道，一面试着把自己从架子和木头堆底下拔出来，“看在上帝的分上，千万不能让他们把孩子带走！”

劳伦抱着爱丽罗斯，蜷缩在地窖的一个角落里，尽可能地远离着地窖的门。地窖里没有光线，可以闻到锯末、机油和旧工具的气味。卢克站在劳伦旁边，脸上满是泥巴，因为害怕不敢发出任何声音。我匆忙地从一堆原木下面把自己卡住的腿弄了出来。

“别担心，迈克，我不会让任何人进来的。”托尼站在楼梯上，眯着眼睛，透过破碎的酒窖木门的裂缝射进来的阳光向外张望着，“他们有四个人。”

“我们杀了你们的朋友。”传来了一个嘶哑的声音。

劳伦开始哭泣起来，她紧紧抓住了孩子们。

“请注意了，我们并不想那样做，”那个声音继续说道，“现在这一切都搞砸了。”

“赶快离开这里！”我喊道。托尼向后退了一步，将步枪指向了地窖门口。

“把你们的孩子和女士送出来。”

我再次用力，在骨头受压、皮肤撕裂的痛苦中，把自己从散落的原木堆中拔了出来。劳伦对着我猛烈地摇着头。

然后是一片寂静——可以听到外面的落叶被风吹着掠过地面时发出的沙沙声，只有我的心跳在我的耳朵里怦怦作响。我试图在地上站稳，忍住疼痛，确保手枪的安全栓已经打开。托尼瞥了我一眼，点了点头，告诉我他已经准备好了。

一声巨大的轰响，地窖的一扇门被轰碎了。托尼摇摇晃晃地向后退去，单膝跪在了地上。又一声霰弹枪射击的巨大轰响，他侧身倒了下去，但他仍能抬起他的步枪并扣动了扳机，外面传来了一声疼痛的尖叫。接着，又一声巨大的轰响，地窖的另一扇门也破碎了。

托尼哼了一声，试着移到旁边去，但他在我的面前倒了下去。我抓住他的手，把他拉到了我的身边，但为时已晚，他的身体一阵痉挛。他看着我的眼睛，眨了眨眼忍住了泪水，然后人就不动了。

“托尼！”我叫了一声，试着把他拉得更近些。他的眼睛盯着我，但他再也看不见了。

我的上帝，托尼，你不能死！赶快醒来！赶快……

“该死的，你把亨利的耳朵给打掉了！”外面有一个声音在吼道，“你要么把你的女人和那些孩子送出来，不然的话，我们就把这个该死的地方烧掉！”

恐慌之中，我再次试图让自己从木头堆底下挣脱出来，皮肉撕碎了，但我仍然无法脱身。劳伦在恐惧中哭泣，卢克睁大眼睛看着我。

“你准备怎么办，小鬼？”

我咬着牙放开了托尼的手，俯身倾向柴堆。这不应该发生，这不应该发生……

外面突然轰隆一声枪响，声浪冲进了地窖。一个嘶哑的声音尖叫：“这是怎么回事？”

我能听到他们跑进了树林，大喊大叫，一阵混乱。

“房子里有人！”

更多的枪声和玻璃破碎的声音。从更远的地方传来了一声响亮的枪声，在树丛中回荡，那是一把不同的枪，然后传来了更多的枪声和叫喊声。在短暂的静默之后，我听到了一辆汽车的发动机点火的声音，然后听到了我们的车子隆隆的轰鸣声。

经过最后一次难以忍受的努力，我终于把腿拉出了木堆，然后跳了起来，瘫倒在地窖的楼梯上。车辆发动机的咆哮声越来越大，通过酒窖的门口，我看到它咆哮着开走了。它撞倒了房屋的露台，我们头上的屋子一阵颤抖，然后噪声开始消退了。

我从地窖门破碎的裂缝中向外张望了一眼，然后把门打开，探出了头。苏茜站在那里，手里拿着枪，看着车道。她回头看了我一眼，又对着一个正向小屋走来的人喊道：“没事了，他们走了。”那个人拿着一把霰弹枪。

“他拿着一把枪！”我对苏茜喊道，然后低下头去，藏身进了地窖，“不要站在那里！”

一片寂静。

只听到查克用嘶哑的声音喊道：“是我，你这个傻瓜！”

我顿时感到浑身放松了。这时我已经回到了托尼的身旁，我撕开了他的衬衫，他浑身是血。

我应该对他进行口对口人工呼吸吗？

劳伦还在地窖的角落那边，紧紧地抓着孩子们，她看着我，然后又看着托尼。

他有脉搏吗？我的双手在颤抖，我伸出两根沾满了血的手指，按在他的脖子上，然后俯身下去，看他是否还有呼吸。他没了脉搏，也没了呼吸。

我高声喊道：“赶快下来！”

第三十二天

1月23日

劳伦选择了一个美丽的地方来埋葬托尼，它在树林中的一块空地上，在小屋的北边，就在一片山茱萸树的旁边。那些树的树枝现在还是光秃秃的，但苏茜说，到了春天，它们很快就会鲜花绽放的。

这是一个美丽的安息之地。

是的，这是美丽的地方，但在几英寸腐烂的叶子下面，地里满是打结的树根和石块。挖掘到我们所需要的深度，就必须挖出树根，并撬走石块。这是繁重的劳作，但我们心里的感受则更为沉重。

当他本可以离开曼哈顿去布鲁克林的时候，托尼却自告奋勇地留在我们的大楼里。我确信他是为了我们，为了卢克才留下来的。如果他不留下来，这会儿他应该和他的母亲一起沉浸在佛罗里达的阳光之下。

但是，我们现在正在挖掘着埋他的坟墓。

我们没能为救托尼做任何事情，他几乎一下子就死去了。我试图清洗他的身体，但我放弃了，只是用毯子把他裹了起来。我坐在酒窖的台阶上哭着和托尼一动不动的身体说话，感谢他一直保护我们。我无法让他一个人待在那里，所以就拿了一张简易窄床睡在他的旁边。

太阳出现在蔚蓝色的天空之中，鸟儿在头顶上快乐地啁啾着，苏茜和我把托尼的尸体拉过了地上的落叶。他身体很重，超过了两百磅，所以我们只能把他裹在毯子里拖过去。当我们到达距离小屋几百英尺的那处林中空地时，我身上已经出汗了，弯着身子，气喘吁吁。苏茜和我花了很大的力气才把他放到了地上挖好的坑里，但他的身体滑下去的时候姿势没能摆正，双腿倒向了一边。

苏茜自告奋勇，“让我来把他的腿摆正。”

她小心翼翼地爬进了坑里，把托尼的双腿摆正了，让他舒适地躺在那里。

我坐在树叶上仰望着天空，慢慢恢复了正常呼吸。劳伦在远处喊：“都好了吗？”

苏茜从坑里爬了出来，将脏手在牛仔裤上搓着，对我点了点头。

我大声回答：“好了！”但脑子里想的却正好相反。我清理了一下自己的思绪，站了起来。透过树林，可以看到劳伦抱着爱丽罗斯和查克一起慢慢地向我们走来。然后我看到了卢克，他正歪歪斜斜地跳跃着向我们跑来。

他整个上午都在找托尼。我不知道该对他说些什么。

我举起了一只粗糙的手抚摸着我头顶上的发楂，感觉到照在我脸上阳光的温暖。我的思绪仍然处于麻木状态，不知道除了害怕之外还能感受到什么？

但我们都还活着。

夜幕降临了，升起了一轮新月。我坐在前廊的双人秋千椅上，握着霰弹枪在站岗。屋里，客厅的火炉里柴火正在熊熊地燃烧着。

至少我们还很温暖。

查克一直穿着防弹背心，那是威廉姆斯警长在送来防护服时给他的。

他自己不知道为什么会这么做，他说，可能只是谨慎而已。也许这就是为什么在贝勒家时他会如此大胆，面对那些人毫不退缩。但即使穿着防弹背心，他还是受伤不轻，手臂和肩膀里留下了霰弹枪的弹丸。

我的腿伤并不是太糟糕，只有瘀伤和一个钉子刺进去留下的很深的伤口。苏茜帮我把伤口包扎起来，我现在走路几乎一点都不瘸拐。

我们现在该怎么办呢？我们现在没有车，几乎没有食物——我们的一半供应都放在车里。几天前这个地方似乎还很神奇，但现在它令人感到存在着邪恶和威胁。

我曾经认为也许只有纽约城里才是疯狂的，世界上的其他地方仍然还是处在理智和秩序之中。但现在看来，这里似乎也和纽约是一样的疯狂。

天上的一颗星星移动着，眨了眨眼睛。跟随着那点微弱的光亮，我看着它在徐徐下降，而我的大脑则拼命地想搞明白看到的是什么东西。

那是一架飞机！它一定是一架飞机。我一面咒骂着，一面看着它在地平线上降到了一个光亮的地方，我脑海中突然想起了什么。我跳下秋千椅，跑到前门，把门打开后笔直朝楼上跑去。

当我拍打着楼梯上楼时，查克在楼上喊道："他们又来了吗？"

我急切地低声说："没有，不是的。"劳伦和孩子们都在睡觉，"一切都好。"我打开了一间卧室的门，发现查克躺在床上，身上穿着血迹斑斑的衣服。

苏茜倚着他，一只手拿着镊子，另一只手拿着一瓶消毒酒精。查克问："出了什么事？"

"你躺在这里，能看到地平线上那边是什么吗？"

查克看了一下苏茜，然后把眼光转回到我身上，缓缓地说："在晚上，你可以从这里看到华盛顿，直线距离大约是六十英里。至少，你可以看到城市的灯光。为什么问这个？"

"因为我看到华盛顿了。"

第三十三天
1月24日

“如果你回不来了，我们怎么办？”劳伦恳求我不要去华盛顿。

“我肯定会回来的，不用担心。我只是离开一两天而已。”

她坐在一个倒下的树桩上，紧紧地抱着卢克：“答应我，你不会和任何人说话。”

“我向你保证。我将会直奔国会大厦，如果有人拦住我，我就让他们看这个，对吗？”我举起了她的驾驶执照。她是西摩，是国会议员西摩的侄女，她的身份应该足以让卫兵来帮助我们。她必须和她的家人在一起。

这仍然无法让她放心。

我说：“我们不能只是待在这里什么都不做。那些坏蛋喘过气来之后会回来的，然后我们该怎么办呢？”

“我不知道，或许可以躲藏起来？”

“我们不能永远藏在这里，劳伦。”

我们使用了一些防水布在远离小屋的树林里建造起了一个临时营地。从那里，我们可以很清晰地看到车道和大路。但这只是一个临时的解决办法，我们需要采取行动，所以我决定去华盛顿走一趟。这本来应该是濒临绝望时才会采取的一个举动，但我们还有其他选择吗？

查克和我争辩，说我那样做风险太大了。他认为我们应该等待，但那让我更加害怕。我们在几天内就会吃完我们剩下的那点食物，然后怎么办呢？查克因受伤不可能很快就站立起来，我能为大伙钓鱼或诱捕动物吗？也许查克根本无法重新站立起来，他需要得到很好的医疗照顾，爱丽罗斯也是如此，她正在很快地消瘦下去。

时间已经成了我们的敌人，我对不知道的正在发生的事情感到非常的不耐烦。

“我只需要一天，我可以在一天之内走到那里，我保证不做任何冒险的事情，也不和任何人说话交流。”

劳伦紧紧地抱住了卢克，用带着颤抖的语调说：“你一定得回到我们身边来，你一定得回来。”

第三十四天
1月25日

我在黎明前出发了。

在我的一生中，我不记得曾经最多的一次走过几英里的路，也许是某个下午的徒步旅行，但我确信我可以步行六十英里。一小时走四英里，十五个小时走六十英里。

我可以在一天内走六十英里。一天。

只要走上一天，我就可以知道这个世界究竟发生了什么事情，为什么这些事情会发生在我们身上？我们最近听到的消息说，总统已经离开了华盛顿，但那里的灯还亮着。劳伦的叔叔是国会议员，我要做的就是去国会大厦，解释我是谁，我妻子的叔叔是谁？我只要花上一天时间，就可以把帮助我们的人带回来。

当我离开小屋时，一小弯月亮仍然悬挂在空中。我关闭了头灯，在半明半暗的天色中踏上了泥泞的道路。我经过了贝勒家的房子，我的心快跳到嗓子眼了，但那里没有亮光，也没有动静。

当我从山上下来，到达大路时，天开始亮了起来。

尽管有点轻微的跛瘸，但我的步子还是迈得很快的。

在山下面，积雪已经融化了，山丘、田野和森林在我面前展现了出来。当太阳慢慢地在我面前的地平线上升起时，金黄的色彩驱走了原有的昏暗。路边的草地上沾满了一滴滴露水，我感到精神抖擞，精力充沛。

在经历了那么多艰难之后，我只要再忍受一天。我不可能迷路，从山上下来，沿着I-66公路一直向东走，直接到达华盛顿的中心，看到华盛顿纪念碑，然后沿着纪念广场走向国会大厦。

我带着手机，GPS仍然在工作，但是因为没有下载相关的数据库，无法显示当地的地图，只有查克手工加载的纽约地图。不过，为了以防万一，我还是带上了它，也许某处的无线网络正在工作。

我走啊，走啊，走啊走。

太阳升到了天空之中，我开始感受到它照在我身上时所带来的热量。快到中午时，我开始看到路上来回穿梭的汽车。我沿着一条与I-66公路平行的小路行走，试图不引起人们的注意。

低着头，不要引人注意，继续不停地走。

时不时会有一辆汽车在远处嗡嗡作响，看着它越来越大，在主干道上从我面前一闪而过。我心中一部分想要挥手让它停下来交谈一下，但更大的一部分仍然是害怕。卢克和劳伦都指望着我，我保证过不会和人交流搭讪的。

我不能冒任何危险。走啊，走啊，走啊。我走了多少英里了？

我会把目光锁定在地平线上的一座小山，然后一直看着它。初时，它看上去是那么的遥远，山的大小始终不变，但慢慢地它会越来越大，最后我会从它边上走过，然后我会重新选择一座新的小山凝视。在我的一个口袋里藏着艾琳娜送的门柱圣卷，我时不时会握住它，幻想着有一股神力在暗中保护着我们。

我的脚开始感到别扭，腿上的伤口也火烧般地疼痛起来。

到了吃午饭的时候，太阳已经把我烤得够呛，浑身都被汗水湿透了。我背着一个小背包，里面大部分是装满了水的瓶子。背包的重量让我浑身发热，以至于我不时地把它解下来，让汗水从我的背上流淌下去。

经历了五周的冰天雪地之后，我没想到气候这么快就会变得如此炎热。我应该只穿着内裤走路，为什么不可以呢？带着一丝羞涩，我脱下了牛仔裤，检查了我的右小腿。我摸着伤口的边缘，还是有点疼。穿上我的运动鞋以后，又察看了一下我那苍白、纤瘦的双腿和那双肮脏且不配对的袜子。

我感到内裤的裤腰太松，因为我失去了太多的体重。我已经在腰带上又加了一个凹口，总共有五个凹口，不让裤子往下掉。我的腰部一定细了六英寸，我不得不把内裤的腰带再次抽紧，以防止它掉下去。脱了长裤后，我的腿上立刻接触到了凉爽的空气，人感到轻松了不少。

我带了一点食物，一些花生，而且还带了钱，还有信用卡。如果那儿有灯亮着，那么城市就还活着，我可以在那里买点东西。我幻想着我第一次购买时会买些什么，可能是一个多汁的汉堡包，或许我可以停下来吃一块牛排。然后我想到了昨天在锅里煮的那些肉，我的肠胃又拧了起来。

谁对我们干了这些？谁把我们变成了动物？这绝不会是一场意外事故，只要看看它展开的方式——对物流系统的攻击，让互联网失去功能，禽流感的警报，以及对美国领空的入侵和关闭供电网络，这不可能是普通的犯罪分子干得了的，他们能从中获得什么？是恐怖分子干的吗？整个行动协调周密，策划得过于精密了。

到了下午的时候，我的腿疼得更厉害了，我把我的疼痛转变成了愤怒。我认为这一定是中国人干的！在中国南海进行的战斗，所有的新闻报道都是关于他们如何渗透进了我们的计算机网络，从我们这里窃取情报。随着华盛顿越来越近，问题变得愈加紧迫，答案也会更清楚了。

我迫不及待地希望太阳快点下山，这样可以让空气降降温。眼前的景观从山麓变成了连绵起伏的丘陵，森林和原野变成了农田和小镇的郊区。在下午晚些时候，我第一次见到了另一个人。当我们在路上错肩而过时，我低下了头。后来，我停了下来，重新穿上了牛仔裤。当太阳落山的时候，路上有几个人和我在一起行走，他们走在我的前面或后面，每个人都保持着一定距离。

所有的地方都没有电力供应。我看到的大多数房子都处于黑暗之中，但有些窗户闪烁着微弱的亮光，我觉得那应该是蜡烛的光。沿着I-66公路往前看，地平线上的天空闪烁着光亮，那点光亮越来越近，越来越近。

但还是非常遥远。

我应该继续我的苦斗吗？脚上的疼痛已经变得几乎无法忍受了。我的腿、我的脚，我的背部——我身上几乎所有的部位都在痛，我不得不咬紧了自己的牙关。

我还能走一整夜吗？

我朝地平线望去，华盛顿离得太远了。我必须休息。明天一定可以走到那里。

一轮新月挂在空中，在夜晚的大地上投下了昏暗的阴影。在前面，一大块隆起的黑影遮住了路边的树木。一瘸一拐地走向前去，我走近了它，才发现那是一个有点年头的谷仓或棚屋，木质的墙板饱经风霜，随着时间的推移而卷曲了。它没有门。我从背包里拿出了头灯，把它打开。

“有人吗？”我喊道。

棚屋里散落着随意丢弃的物品——木板、旧鞋、生锈的三轮车等。一辆陈旧的雪佛兰皮卡停在一个角落里，没有轮子，趴在几个水泥块上，车上堆满了垃圾。

“有人吗？”我又喊了一声。

我的声音在棚屋里回荡，没有回应。我感到筋疲力尽了，不，远远超过了筋疲力尽的程度。我往棚屋的后面走去，在我的头灯的光照下，我走过了一个看起来像旧床单的东西，也许是一个旧窗帘？我把它捡了起来。它很脏，沾满了尘土。我摇晃着它，抖落了尘土，把它尽可能地清理干净。

我的身体开始颤抖起来，潮湿的汗水仍然贴在我的背上，让我在夜晚凉爽的空气中冷却下来。

到了雪佛兰皮卡的边上，我爬上车去打开了车门，里面有一排长长的座椅在迎接我，我笑了起来，一侧身坐到了方向盘的后面。我把背包放到座椅的一头当作枕头，关上了车门躺了下来，拉上了那块窗帘布盖住了身子。

我口袋里有什么东西顶到了我的身体，我想起来了，那是艾琳娜的门柱圣卷。我用一只手肘支撑着自己，把它掏了出来，楔入了车门侧面的一个生锈的洞里。那不也可以算是一个入口吗？

我把头枕在背包上，很快就睡着了。

第三十五天

1月26日

华盛顿纪念碑。当我从一个地下通道走出来的时候，我可以看到纪念碑的尖端在前方的树梢顶上指向天空。

我在黎明时醒来，有点感冒了，喉咙感到干涩。在喝完最后一口水并吃完了花生之后，我又回到路上，继续我的艰苦跋涉。我差点忘了门柱圣卷，但在离开棚屋之前我还是记起了它，并把它拿了回来。

当我离华盛顿越来越近时，我开始注意到沿着高速公路两边出现了越来越多的加油站和便利店。大多数加油站和便利店都被遗弃了，但我看到一排空车停在一个加油站的外面。我无法抑制自己的好奇心或饥饿感，就走进了加油站旁的便利店。店里面的货架上一无所有，但柜台后面的一名男子告诉我，明天就会有汽油了。

他灌满了我的水瓶，在我离开的时候，还给了我一个三明治，那可能就是他的午餐。我接受了他的好意，狼吞虎咽，一口气就把三明治给吃了。他告诉我，在华盛顿不会找到任何东西，我不应该去那里，待在乡下更加安全。

我感谢了他以后，继续往前走去。

当我们走进城市时，行人已经占据了高速公路的一整条车道，我和其他人磕磕绊绊地走在一起。

时间已经是正午了。好几栋办公大楼耸立在我右边的灰色天空之中，大楼之间是废弃的起重机和建筑设备。在我的左边是一排形似骷髅的树木，上面挂着绿色的藤蔓。罗斯福大桥的标志指向正前方，而五角大楼和阿灵顿的标志指向右侧。

我快到了。

那些人在五角大楼干什么呢？

五角大楼就在那里，就在离我只有一英里远的地方。

有什么计划吗？派出了那些勇敢的士兵去保卫我们的家园了吗？

在我的一生中，我从未做过一件可以称得上是勇敢的事情，绝对没有一次是身体力行意义上的勇敢行为。

这次是勇敢的行为吗，步行六十英里进入一个未知的世界？

是恐惧促使我这样去做的，而让我最害怕的是离开卢克和劳伦，特别是当她请求我不要离开的时候。

我沿着高速公路的路肩走着，周围的人群越来越多，一条通道夹在两边高高的路障之中，墙上爬满了葡萄藤。当我们经过费尔法克斯、奥克顿和维也纳进入城市时，我们就是一群走在路上的难民。那天早上，支撑着我忍痛继续走下去的最重要的力量是我对劳伦和卢克的爱，它让我的双腿在痛苦中不断地移动，让我不停地把一只脚放到另一只脚的前面。

驱使我往前走的另一个力量是我的愤怒。之前，我只是千方百计地试图活下去。但当我走进华盛顿时，知道这件事情的原因和结局的前景变得越来越真实了，我的脑子里出现了恶有恶报的念头。

谁伤害了我的家人，谁就得为此付出代价。

我沿着大路走到了横跨波托马克河的一座桥上。水面很低，海鸥在远处飞翔，华盛顿纪念碑笔直地刺向空中。我跟随着人群沿着宪法大道向前走去，设置的路障让我们远离了林肯纪念堂，把我们带到了一个不知名的目的地。

我们就像是一群被放牧的牛羊。

天上开始下起小雨来了，低矮的云层取代了早晨灿烂的阳光。车辆在路上来回流动，其中一半是军用车辆。我尽力克制着自己的冲动，不去主动接触任何人。

但又会有谁会停下来跟我说话？我只是漫步在雨中的衣衫褴褛的人群中的一个。但不管怎么说，再走两三英里，我就将完成我的使命了。

透过树木可以看到往日熟悉又令人安心的景点——白宫，以及更远的史密森尼博物馆建筑大楼的顶部。

在我的右边是纪念广场，但从林肯纪念堂一直延伸到国会大厦的那一大片绿色的开放空间却被一个顶上带有铁丝网的高栅栏完全围住了。栅栏被遮挡起来了，但我可以透过缝隙看到它后面像一个蜂巢一样，熙熙攘攘的人群正四处奔忙。

他们想要掩盖什么？

十字路口上站着维持交通秩序的警察，但我信守着向劳伦作出的承诺，没有和任何人交谈。当我走到纪念广场附近的美国自然历史博物馆时，我看到路边有一个向上伸展的脚手架。我想看清栅栏后面到底发生着什么，所以就走到了街道的那一边，在确定没有人看着我时，沿着栅栏溜到了脚手架的底下。

脚手架周围悬挂着蓝色的保护罩棚，所以当我到了脚手架下面以后，就没有人能看到我了。我抓着脚手架往上爬去，一层又一层，在大楼一侧慢慢地向上爬。爬上了几层楼之后，我已经到了屋顶上。然后，我慢慢地爬向边缘并向外看去。

纪念广场变成了一个由不计其数的卡其布帐篷、军用卡车和钢铝架组成的巨大的军事基地。它在我的右边，从国会大厦开始，环绕着华盛顿纪念碑，一直延伸到远处，吞没了反思池和林肯纪念堂。这一定都是军事部署。

但有些事情看上去不太对劲，那些卡车看起来不像是美国军队的。当我试图搞清楚我看到的究竟是什么的时候，一架直升机从基地中间起飞了，将一件装备吊运到了空中。然后我看到了栅栏后面的士兵，距离不到一百英尺，他们身上穿的不是美国军队的制服。

他们是中国人！我不敢相信自己的眼睛，我的身体开始发麻。我揉了揉眼睛，深吸了一口气，再次睁大了眼睛看去，我所看到的所有的人都是亚洲人。他们有些人穿着卡其布军服，有些人穿着灰色的制服，还有许多人穿着迷彩战斗服，但他们都戴着红色领标，他们戴着的帽子中间都有一颗鲜红的星星。

我在华盛顿市心脏地带看到了一个中国军队的基地？

当我爬回到屋顶凸沿后面的时候，我的脑子里一片混乱，我急切地想要理清看到的所有一切：美国空域中身份不明的入侵者，总统为什么要离开华盛顿，我们为什么会在纽约遭罪，为什么只有华盛顿有电力供应，所有的谎言和错误信息——现在这一切都可以理解了。我们被入侵了！

我轻手轻脚地移动了身子，从口袋里掏出手机拍了几张照片。

去国会大厦已经毫无意义了，我不可能在那里得到任何帮助。如果我被抓了，将永远无法回到劳伦的身边。我必须马上离开这里。

我从脚手架往下爬的时候，激涨的肾上腺素给了我巨大的力量。我回到了街道上，走进了难民的人流，试图不引起别人的注意。但似乎没有人注意我，所以我停了下来，打量着纪念广场的栅栏。一名警察就站在离我几英尺远的地方，我无法控制住自己了。我指着栅栏向他问道："那里面有军队吗？"他对我点了点头。

"中国军队？"

"是的，他们就在那里，"他回答说，但显然有些泄气，"他们不会去其他地方。"

他的话就像一拳打在我的肚子上。我看着他，无法相信他的话。在他身后，华盛顿纪念碑在雨中挺拔矗立。

"朋友，你必须得习惯这一切。"他补充说道。看到我直愣愣地看着他，他又说，"现在你得继续往前走了。"

我摇了摇头，继续直愣愣地看着他，我想要做些什么，也许想要大声尖叫。所有那些人都在干什么？

他们走路时都低着头，没有人说话。就像他们被打败了、他们投降了那样。美国已经投降了吗？

我开始走了起来，然后开始小跑。这不可能！这怎么可能？

我必须回到劳伦和卢克的身边，这就是最重要的。恍惚之中，我在雨中走回到了波托马克河的桥上，然后越过大桥，将华盛顿留在了身后。然而，我没有从桥上重新走回到I-66公路，而是走到距离它入口处几百英尺的地方，发现自己正站在阿灵顿国家公墓的入口处。

我站在人行道尽头一个巨大的椭圆形草坪的边缘，草坪上散落着一大群加拿大鹅。当我向鹅群走过去时，它们都大声叫唤了起来。宽阔的马路两边布满了高大且修剪整齐的灌木丛，上面挂满了小小的红色浆果。

我不知道那些浆果能不能吃，它们可能会让我生病的。

在灌木丛后面，光秃秃的树枝伸向了天空。我走过了第101空降兵师的纪念碑，碑顶上是一只飞翔的青铜老鹰。我不知道101空降兵师的那些人现在在哪里？我们的国旗仍然半悬在国家公墓中心的一座小山丘上的柱状米色建筑上方的旗杆上。

我必须继续往前走，和华盛顿保持一定距离。

我来到了国家公墓的附近，站在一个圆形喷泉前。整个公墓空荡荡的，周围没有一个人。那个场地有四个拱形入口，我选了左手边的那个入口进去。我走上了几阶台阶，发现拱门里面是一座有玻璃幕墙的建筑。我可以看到建筑的内墙上挂满了照片和绘画，像一张海报上写的那样，这是一种视觉效果上的对“最伟大的一代”的致敬仪式。那些人像我的祖父一样，曾在诺曼底的海滩上战斗过，他们在我走上台阶的时候看着我。

当我到达台阶顶端时，我看到在修剪得很整洁的草坪上，一排排白色大理石的墓碑站立着迎接了我。每个墓碑上都装饰着鲜花和红色的蝴蝶结，一切看上去都非常美好。我面前的墓碑阵一直延伸到了山坡上，散落在橡树和桉树之间。

我们的英雄，躺在这里看着那些可怖可恨的事情发生着。

我在墓碑之间徘徊，读着上面的名字。我走上了山坡，经过了肯尼迪兄弟的坟墓和阿灵顿之家。我在山顶上停下脚步四处张望，华盛顿隐约可见，灰色的波托马克河在沉闷的细雨中伸展到了远处。

我摇了摇头，从公墓的另一边走了下去。我该怎么办呢？

我意识到了自己口渴得厉害。雨下得更大了，但我的舌头已经贴在了我的上颚上。在墓地后面的马路两边，水流在排水沟中流淌，我跪了下去，用一个空瓶子去装排水沟的水。有人在人行道上走近了我，但他在经过时离我远远的。

我的样子一定很可怕，像一个被困的野兽，我的衣衫褴褛，浑身湿透了，还剃了光头。

我真想对那人大声喊叫，我心中的愤怒沸腾了。他为什么走得那么慢？他要去哪儿？

难道他没有看到这个世界已经完蛋了吗？

当我向高速公路走回去的时候，身上沸腾的肾上腺素已经消退了，压在我头上的是前方漫长的旅途。我感到我很虚弱，浑身透湿，不可能一路走回到查克的小屋去。当我心中的怒火冷却下来以后，寒冷和疲惫啃噬着我的骨骼和肌肉。我不仅无法一路步行回去，我甚至开始怀疑自己还能不能够活下去。

走到高速公路的匝道时，我决定尝试搭乘便车，我不得不冒一下风险。低着头，我一瘸一拐慢慢地走着，一只手竖起了拇指伸向公路。我的身体剧烈地颤抖着，我需要尽快进到车里去。

当我在思绪中几乎迷失时，我没有注意到一辆皮卡车减速停在了我的面前。一个男人把头伸出车窗，问道：“需要搭车吗？”

我使尽身上剩下的那点气力慢慢走到了卡车的窗口旁，点了点头。气温正在下降，我浑身都已经湿透了。

前座上坐着三个孩子，其中的一个问：“你要去哪里？”收音机里正在播放着乡村音乐《好老头》，我闪躲了一下。

“哇，你还行吗，伙计？”

“还……好，”我结结巴巴地说，“过了盖恩斯维尔，我需要在十八号出口下车。”

他转向车内的其他人，开始和他们交谈，我站在雨中等待着。

“就你一个人？”他转过身来又问，同时把脖子伸出窗外，朝高速公路后侧张望了一下。

我点了点头。

他用拇指朝着皮卡车的后车厢指了一下，说：“我们可以把你送到那儿去。但前面已经坐不下了，后面还有空间。你可以和其他几个人一起坐在后车厢里，它至少还是有遮盖的。你看行吗？”

我别无选择。我慢慢向后车厢走去，看到有人已经拉下了后挡板。我爬进了后车厢，关上了后挡板，卡车加速开走了。

在昏暗的灯光下，我可以看到挤在后面的其他几个人。一共有五个人挤在一起，坐在肮脏的布单和衣服上。我让自己缩到卡车的一个角落里，远离其他人。我在那里静静地坐了一会儿，想不说话，但又按捺不住。我问道：“中国人来这里多久了？他们入侵华盛顿有多久了？”

没有人说话，但其中一个人给了我一条毯子。我喃喃地说了声谢谢，用毯子捂着自己，身体仍然在颤抖。

我能相信他们吗？

我并没有太多的选择，寒冷和潮湿会让我死在那里的。这个小车厢对我来说就像神的救赎一样，我必须回到山上去。

“他们在这儿有多久了？”我再次问道，我的牙齿在打架。还是没有回答。

正当我准备放弃的时候，一个戴着棒球帽的金发小男孩回答：“有几个星期了。”

“发生了什么事情？”

“网络风暴，那就是正在发生的事情。”一个梳着莫霍克发型的孩子说。我能看到的，就是他身上有十几个穿刺饰品。

他问：“这段时间你待在哪儿？”

“纽约。”

他停了一下，说：“那里非常紧张，是吧？”

我点了点头，但我无法简单描述我们所经历的所有的恐怖，所以只是点了一下头。

“我们的军队在哪里？”我问，“他们怎么能让我们被入侵了？”

“我很高兴中国人能在这里。”莫霍克小孩回答。

“你很高兴？”我喊道，“你脑子有病了吗？”

那个金发男孩把身子坐直了，说：“嘿，你这么大个男人，冷静一点好吗？我们不想找任何麻烦。”

我摇着头，把毯子拉到了身上。这些孩子是我们的未来吗？难怪这一切都发生了。几周前，美国似乎是坚不可摧的，但现在……

不知怎的，我们被打败了。

现在最重要的是找到我的家人，保证他们的安全。我叹了口气，闭上了眼睛，背转身去远离了其他人，将脸贴在冰冷的金属挡板上，听着汽车的轰鸣，慢慢进入了梦乡。

我知道的下一件事是有人在戳我的肩膀。“嘿，朋友，醒醒吧！”一名坐在卡车前面的牛仔把我叫醒。后挡板放下来了，他正站在路边上。

我们停在高速公路的一个出口处。他们想早早把我踢出去吗？“你的地方到了。”

我摇晃着脑袋，意识到自己刚才睡着了。皮卡车的后厢已经没有其他人了，孩子们都走了。我盖着毯子，另一条毯子甚至折叠起来枕在我的头底下。他们一定是在我睡着的时候，把它放在我身上的。我为对他们生气而感到自责。

我咕哝道：“谢谢，谢谢！”从毯子里脱出身来，抓起了我的背包，跳出了车厢。天已经不下雨了，但又一次变黑了。

他看到我仰望着天空，说：“我们花了比我原来想象的更长的时间，我们必须先把那些家伙送到……”

“谢谢！”我说，“我真的对此非常感激。”

他抬头看着远处的山脉，说：“你要去那里吗？”

“不，”我指着山脚下方说，“我要去那边。”我担心他们会跟着我，或者更糟糕的是他们会走在我的前面。

他看着我觉得有些好笑，然后耸了耸肩向我走近一步，我后退了一步，以为他要抓住我的背包。但他没有，而是拥抱了我。

“你得小心点，你明白吗？”牛仔说。当他紧紧地挤压着我的时候，我只是僵硬地站在那里。

“好吧，”他笑着说，放开了我，“注意安全！”

我看着他走回到卡车里面，说不出一句话来。他们开走了。我没有注意到，泪水在我眼眶中涌动。

我把背包背在肩上，抬头望着上山的道路。天已经黑了，我将很难找到自己回家的路，希望今晚能有一点点月光来帮助我。我踏上了回家的路，虽然心情很沉重，但很高兴能很快就和劳伦和卢克在一起了。

还有一件事情，一件我一直念念不忘的事情，今天是劳伦30岁的生日。我想给她带些礼物，一些可以让我们忘却最近几周所经受的痛苦和恐惧，能给我们带来希望和自由的礼物，可我却空手而归，甚至比空手而归还糟糕。但至少我安然回来了。

我希望山上的他们安全顺利。

尽管浑身酸痛，我还是加快了自己的步伐。

第三十六天
1月27日

地平线上的光亮在远处嘲笑着我。差不多是晚上10点了，我们坐在查克小屋的前廊上，凝视着远处灯光闪烁的华盛顿。就在几天之前，它还像一个拯救我们的灯塔但现在它已经成了绝望的象征。

苏茜望着灯光，说："我仍然不能相信。"

我拿出手机，说："看看这些照片。"

她摇了摇头，说："我见过这些照片。我的意思是，我无法相信这样的事情确实发生了。"

卢克还没有睡，他在前面的坑里玩火，正把一根棍子戳进了火焰堆中。劳伦站起身来，大声喊道："卢克，别…… "

我一把抓住了她的胳膊，让她坐回到椅子上去。我说："他需要为自己学习，让他去玩吧，我们不可能总是在他身边保护他的。"

劳伦看起来好像并不同意我的意见，但还是停了下来。她坐下来以后，仍然一直看着卢克，但不再出声了。

前一天晚上，即使用了头灯，我还是在黑暗中迷失了上山的路。周围的一切看上去都是一样的，最后我躺在空旷的地上，抓起身边的叶子盖在身上取暖，等待太阳升起。半夜里又下起了雨，但不知怎的，我仍然睡着了。当我醒来的时候，我几乎无法动弹，我的手臂和腿脚因为寒冷而近乎瘫痪了。

当我在晨曦中终于发现我们的临时营地时，苏茜几乎开枪打死我。他们期待着救援车队、直升机和热的食物，但他们等到的却是半死不活、神志不清的我。我已经濒临体温过低的危险边缘，疲惫不堪，滔滔不绝地谈论着中国人。

我们回到了小屋里面，启动了火炉。他们把沙发移到了火炉的前面，让我裹着毯子蜷缩在沙发上，一直睡到了下午晚些时候。当我醒来以后，我做的第一件事就是告诉劳伦，我有多爱她。然后我和卢克在沙发上玩了一会儿，试图想象他的未来会是什么样子。

每个人都想知道发生了什么事情，但我想给自己一点时间来处理了解到的情况，搞清楚如何解释我们将得不到任何帮助，我们能依靠的就只有自己。

也许我们已经不再是住在美国了。

最后，我只是向大家展示了手机上的图片。有很多问题，但我没有答案。

“所以他们就让你走了？”查克问道。

他的伤势并没有很好地痊愈，而且在树林里待了两天让事情变得更糟了。苏茜无法从他的手臂中取出所有的弹片，他那只坏手看起来也很痛苦，他的整个手臂都被绑带绑上了。

"是的，他们就让我走了。"

"你没有在那里看到我们的军队、我们的警察？没有人干点什么吗？"

我回想起我走进华盛顿时的情景。当我看到中国军队的基地之后，我之前看到的所有一切都有了新的含义。我在脑海中重温着我见过的一切，试图弄清楚我所看到的事情的真相，但也许我并不理解那所有的一切。

"那里有我们的警察，绝对是美国人，他们指挥着难民的人流。我在路上见到过一些军人，但我觉得他们是中国人。"

"你看到过有什么战斗的痕迹吗？"

我摇了摇头："每个人看上去都像被打败的样子，就像美国已经完蛋了那样。"

卢克把棍子戳进了火堆之中，他跑上台阶，跳上了劳伦的膝盖。

"没有被轰炸过的大楼？所有的建筑物都完好无损？"

我点着头，试图回忆起我所看到的一切。

"他们怎么能在没有经过战斗的情况下就投降了呢？"查克说，他很难接受这一点。他相信我，但他无法理解为什么整个事件会如此迅速地结束？我也无法相信这一点。

我想到了这一点，"如果中国人用电子战让美国军方的通信和武器系统失去了能力，那就很难反击了。我们沦为了试图反击现代军队的山洞人。"

"华盛顿看上去很正常吗？"劳伦问。她抱着卢克，试图不让卢克挡住她的视线。

"你有没有去过国会大厦？"

"我没有去。就像我说的那样，我当时很害怕，以为他们正在把人们送入拘留营，我以为回不来了。"

"但是，有美国人在那里走来走去吗？"

"有人开车吗？"查克问。

我描述了我在街上看到的那些人，他们中有些人四处走动，仿佛什么也没有发生过。我还给他们讲了那几个把我带到这里来的牛仔。

苏茜叹了口气，说："很难想象发生了这样的事情，但我想生活还得继续下去。"

我说："二战期间，被占领的法国人也仍然得继续生活下去，巴黎没有战斗就放弃了。没有炸弹、没有战斗，前一天还是自由之地，次日就被占领了。法国人还是会出去买长棍面包，喝酒……"

"这一切一定是我们在纽约的时候发生的。"劳伦说，"我们被隔离了一个多月。这可以解释信息缺失的怪异和事情发生的方式。"

这确实能够解释很多奇怪的现象。

天已经不再下雪了，但现在仍然还是冬天，没有一只昆虫如蟋蟀之类的在昏暗的森林里歌唱。死一般的寂静让人觉得像耳聋了一样。

我叹了口气，说："不管怎么，我们还是离开纽约更好些。看起来政府会让它彻底烂掉的。"

"那些混蛋！"查克从椅子上站起来喊道，他站起来，挥舞着他那只没有受伤的拳头，"我决不会不战斗就躺下去！"

"冷静一点，宝贝。"苏茜站起来捧住了他的手臂，低声说，

“现在还不是战斗的时候。”

我笑了起来，说：“我们差一点就没能活下来，怎么去回击？”

查克盯着地平线，咬着牙说：“以前就有人做过：进行地下活动，组织抵抗力量。”

劳伦瞥了一眼苏茜，说：“我认为我们今天已经说得够多的了，你说呢？”

苏茜显然也是这么想的，她说：“我想我们应该争取睡个好觉。”

查克低下了他的脑袋，一边转身走向门口，一边说：“迈克，你去睡觉的时候喊我一声，我会下来站岗的。”

劳伦俯身吻了我一下。

我低声说：“真对不起，我错过了你昨天的生日。”

“你能安全回来就是我有生以来有过的最好的礼物。”

“我非常想要……”

“我知道，迈克，但最重要的是我们能在一起。”她吻了一下抱在怀里的卢克，然后站了起来，他已经睡着了。

我默默地坐在那里，抬头看到了门框上嵌着的艾琳娜的门柱圣卷。我指着它，问：“那是谁放上去的？”

“我放上去的。”劳伦说。

“你不觉得放得有点晚了吗？”

“永远不会太晚的，迈克。”

我叹了口气，把目光重新投向了地平线。

“我想在这里再待一会儿，”我对她说，“行吗？”

“快点上来睡觉。”

“我会的。”

我坐在那里，凝视着远处华盛顿闪亮的灯光，脑海中不时浮现出在那里穿行时所见到的画面。我只离开了两天，但好像已经过了好几年。我的脑海中出现了确定的意念：世界真的改变了。

我在那里坐了一个小时左右，怒火在我心中不停地翻滚着。最后，我站了起来，背对着华盛顿，走进了小屋。

第三十七天至第四十一天

1月的最后几天

天气再次变得阴沉并潮湿起来，这对外出显然不利，但对钓鱼却大有帮助。

“他们一定是别无选择。”苏茜说，她仍然试图给已经发生的事情作出一个合理的解释。

我们正在下山，往雪兰多河走去。进入了西边的山谷，空气中弥漫着细细的雾霭。

我希望天不会下雨，受了潮的东西好几天都不会干。雾霭在树木之间向远处延伸而去，山的这一侧只有两间小屋。当我们沿着山路向下蜿蜒前行时，我们走在远离小屋、树木繁茂的小路上。

“也许你是对的。”我回答道，“也许现在的战争就是这个样子，我真希望我们能准备得更充分一点。”

在打出第一枪之前就已经结束了——这就是现代战争。我无法控制自己的思绪，不断地回想起我曾经看到过的关于网络威胁的报刊文章，并为没有认真对待这一威胁而诅咒自己。如果重新来一次，很多事情我可能会以不同的方式去做，从而能更好地保护劳伦和卢克。这都怪我。

走到河边时，道路变得非常泥泞。我寻找着，看有没有其他人来过的足迹，还好，我没有看到新鲜的脚印。

“你不可能准备好一切，”苏茜想了一会，然后说，“也许这样更好一些。”她脸上的皮肤呈蜡状，像一层薄纸，即使在灰暗的光线下也是半透明的。

靠近她头皮的地方有大块皮肤在剥落。她注意到我在看她，所以我转移了视线，发现在小路旁的一组灌木丛中悬挂着不少棕褐色的椭圆形豆荚。我问道：“看那些豆荚，它能吃吗？”

“那些是泡泡果。”苏茜说，“我很惊讶，松鼠居然没有把它们全都吃了。”

我们走到灌木丛中，把它们摘了下来。她把它们放进了她的口袋里，说：“这些是秋天的果实，虽然冻坏了，但还是可以吃的。”

“你说‘也许这样更好一些’是什么意思？”我又问。我们收集了更多的泡泡果。

“我的意思是说，网络攻击总比被炸弹焚烧要好一些。”

当我们向河边走去的时候我一直没有说话。我不知道鲍罗廷他们现在怎么样了，不知道那几个被抓起来的人现在又情况如何？或许鲍罗廷们会让他们离开，或许他们已经饿死了。

苏茜弯下腰去，拉上了我们在灌木丛中设置的一根钓鱼线。她摇了摇头，我们又走到下一个地点。高大、细瘦的白桦树挺立在雪兰多的河岸上，黄色的落叶覆盖着森林的地面。我们经过了好几条潺潺流淌的小溪流，我们此前在小溪流入的水塘中设置了几根钓鱼线，我手机上的生存指南说这样的水塘是钓鱼的好地方。

“也许我们应该投降。”苏茜说。

“到底向谁投降？”

“也许是中国人？”

“你想走六十英里路去投降？”

“那儿一定有我们可以交谈的人。”

“我不觉得那是一个好主意。”

在我们刚到这里就发生了那件可怕的事情之后，我们害怕靠近任何其他的小屋。我们有时会看到有人穿过树林，但我们尽量和外人保持距离。

“迈克，总是有希望的。”苏茜说，好像她正在读出我脑子里的想法。

即使我们投降了，我们又会去哪里呢？中国人的监狱营地会更好吗？我想起了我在华盛顿时身边走过的难民潮流。他们都去了哪里？我的脑海里充满了模糊的旧日战争电影里的场面，以及热气腾腾的越南丛林中的集中营场景，还是待在这里更加安全。我们必须尽我们所能，隐蔽起来，生存下去。

“他们最终会离开的，”苏茜又补充说，“他们必须离开美国，联合国或北约决不会让他们留下来的。”

我站上了溪流底部水塘中的一块岩石，然后拉上了设置在那里的一根钓鱼线。手上的感觉很重，就像钓鱼线被卡住了一样，然后那根钓鱼线又往回拉了过去。

“嘿！我们钓到了一条大的鱼，太棒了！”雪兰多的鲇鱼可能会有二三十磅重。

“你看，”苏茜笑着说，“总还是有希望的。”

我把鲇鱼从水中拉了出来，它就悬挂在我们面前，被一些它不明白的东西给钓住了。

我原本应该做好准备的，我不应该让那样的事情发生在我的家人身上。当鱼在鱼线上挣扎的时候，我看着它的眼睛，然后抓住了鱼尾巴，把鱼头撞到了岩石上。

第四十二天至第四十八天

2月的第一个星期

在满月的月光照耀下，森林活了起来。

我悄悄地穿过树林，微小的生物在黑暗中匆忙地飞过，一只猫头鹰叫了起来，一阵凄美的哭嚎在寒冷的空气中回荡。一大片星星挂在我的头上，透过光秃秃的树梢可以清晰地看到它们。星星似乎并不遥远，它们让人感到很亲切，仿佛我可以爬到树顶上去触摸它们。

我感受到了月亮变化的周期。当我在房间里睡觉的时候，我能感受到气压和风力的变化，那些都是将要下雨的信号。就在几周前，我的感觉器官曾经是麻木的，与大自然完全脱了节。但现在，我正在慢慢地变回来。

我又变成了一个动物。

我们见证的暴力事件不应该让我感到惊讶，因为人类是野蛮的。我们是顶级的掠食者，我们每个人之所以都能活下来，就是因为我们的祖先杀死并吃掉了其他动物，在竞争中超越了其他一切生物而生存了下来。我们所赖以进化演变的每一个祖先，一直上溯到地球的生命起点，都是在被杀死之前先杀死他物而生存下来的。我们是难以计数的杀手传承下来的最终产物。

技术无法还原，但人类可以。当现代世界的陷阱消失的时候，他们就以惊人的轻松且迅捷的方式那样做了。动物的部落群体总是有的，它们就隐藏在我们的拿铁咖啡、手机和有线电视的生活表面底下。

我现在白天就想睡觉。在我的睡梦中，我总是被困在我们公寓楼里肮脏、虱子出没的走廊上。劳伦会在泡泡浴中漂浮到我的面前，干净但无法触摸。那儿总是有一个婴儿，滑溜，冰冷。在白天，我睡着了以后就不再感到饥饿，但随着夕阳的落下和月亮的升起，我的饥饿和愤怒就又回来了。

今晚的满月让我醒了过来。我觉得饥饿和愤怒就像一只看不见的手一样，把我拉到了外面，我脖子上的头发都竖了起来。我手上拿着一把刀，去了贝勒家的房子，随时准备砍杀。

但那里没有人。

我沿着森林小路向下绕着山丘往前走向了一座小屋，我在河边散步时透过树林看到过那座小屋。我曾一夜又一夜地回到那里观察，就像一个猎人跟踪猎物一样。小屋的窗户在我面前闪烁着光亮，我蹲在树林里等候着。我可以看到一扇窗户里点着蜡烛，蜡烛的火焰有气无力地闪烁着。一个男人进入我的视野，烛光映照在他的脸上。他是在贝勒家的那些人中的一个吗？我判断不出来。他朝着我的方向看了看窗外，我屏住了呼吸。但他没有看到我，也不可能看到我。

他在说话，屋里还有别的人。

今天我从我们房间里的一面镜子前走过，我在镜子中所看到的人让我十分震惊。一个陌生的人正从镜子里看着我，他的脸颊凹陷，头皮上留着短短的发楂，两肋瘦骨嶙峋，挂在胳膊上的皮肤像发皱的麻袋布。我看到的是一个在监狱里的囚犯，只有那双眼睛是我自己的，它正惊恐地从镜子里看着我。

每晚冉冉升起的月亮给了我力量，触发了我心中憋了很久的怒火。为什么我们要投降？

我的祖父曾经参加过第二次世界大战，没有人知道他曾经历过的生死存亡的恐怖体验。我的祖母说他从不谈论战争，我现在开始明白那是为什么了。

窗户里的男人向前倾身，吹灭了蜡烛。

我握紧了手里的刀把子。我从来没有向任何一个人提起过，那个把我送回来的牛仔是个善良的人，当他拥抱着我说再见的时候，他眼中流露出来的悲伤神情让我现在怒火中烧。

我不需要别人的怜悯。

我蹲伏在黑暗之中，人的本能催促着我走向小屋，但我再一次想起了那个年轻的牛仔，想起了他给予我的温柔。

看着小屋，我想象着他们在里面睡觉，我开始哭泣起来。

我该做什么？杀了他们？

也许里面还有孩子。即使没有孩子，这些人曾经伤害过我吗？我为什么要杀了他们？我的肚子里饥肠辘辘。我向后退去，潜入了黑沉沉的夜色。

我是一个动物，但我还是人。

第四十九天至第五十五天

2月的第二个星期

我只想睡觉。

“你肯定不去吗？”劳伦问。她想让我和她一起去检查一下抓松鼠的陷阱，“卢克也会去的。”

要是在过去，我会质疑她，带着我们两岁的儿子到树林里去寻找被抓住的啮齿动物是不是聪明的选择。但现在我只是翻了个身，直面着她不是一件容易的事情。

我停顿了一下，在床单里踢了几下，说：“我不想去，我真的很累。”

我等着，她会离开的。

“你已经睡了几天了。你肯定不去吗？你知道明天是什么日子？”

我不知道明天是什么日子。

我把床单拉到头上，试图挡住透过窗户照进来的阳光，喃喃地嘟哝：“拜托，我只是累了，让我睡一会儿好吗？”

她在那里站了很久，我有一种感觉，她想告诉我明天是什么日子。但最终我听到她的脚步声渐渐远去，楼梯在吱吱呀呀地作响。我蠕动了一下身子，想找到一个舒适一点的睡姿，但虱子又出来活动了，这搞糟了一切。但如果我能躺着不动，睡意最终会把我囊裹起来的，我就不会再注意到它们了。

我想让自己不去注意周围的所有一切。

我一直认为自己是一个能解决问题的人。告诉我一些困扰着你的事情，我就能为你找到一个解决的方案。但是我无法解决眼下的问题，我的脑海中找不到走出这个迷宫的途径。我想象着向南走，或向北走，找到一辆自行车，在路上与某人交谈一下，但每一个选择都充满了危险和不确定性。

最后我睡着了。

唯一能让我起身的东西就是食物，我已经厌倦了吃那些苏茜所说的“森林绿色食品”，我们吃的是杂草。每隔几天会钓到一条鲇鱼，但我们必须在一两天内吃完整条鱼，不然鱼肉就会变质。苏茜试着用盐把我们不能立即吃完的那部分腌起来，结果不算很坏，但也不能算好。

松鼠肉更好吃一些，但它们不容易捕捉。我们抓住了几只，它们很聪明，已经学会远离我们的陷阱了。

我们不是唯一为生存而奋斗的生物。

而这已经不重要了。我找到任何可吃的东西，都试着为劳伦攒下来。当我的肚子继续凹陷下去的时候，她的肚子继续向外隆了起来，在她的衣服下面明显地可以看到她肚子里的婴儿肉团。

我试着要搞清楚今天是什么日子，现在是她怀孕的第几周？

明天又是什么日子?

为什么她会问我这个问题?我们的最后一部手机也已经没有电了,而且由于没有人有手表,时间对于我们来说开始失去意义了。

23周。她已经怀孕23周了。刚过了怀孕周期的一半。然后怎么办呢?她要生产的时候我们该怎么办呢?

她是对的,我们应该选择堕胎,但现在已为时过晚了。在我脑海中出现了一个新的思路。

情人节,明天是情人节!

转过身去,我闭上了眼睛,把自己蜷缩成胎儿的模样。

我睡着了。

第五十六天至第六十二天
2月的第三个星期

一股气味唤醒了我，一股令人难以置信的美食气味。

那股气味把我从床上拉了起来。天气很冷，所以我去梳妆台的抽屉里翻找，看看有什么能穿的。我发现了一排排折叠得整整齐齐的衣服，我从中拿出了一件毛衣，它挂在我纤瘦的身架上，就像一顶帐篷。我看到我们的房间整理得十分干净，唯一显得有点乱的是床上揉皱的床单，还有就是我。

那是什么气味？是培根？

我听到外面有人在劈砍木头，我走到窗前，拉开了窗帘。我可以看到我怀孕的妻子，她卷起了衬衫的袖子，用头巾把头发扎了起来。她正拿起一根木头，平衡直立在另一块较大的木头上，太阳在蓝天上闪耀。她用一只手背抹去了额头上的汗水，另一只手握着一把斧子。她的双脚站得比肩更宽一点，然后抡起斧子，“啪”的一声，斧子正好落在木头的中间，将它劈开了。

记不起这已经有多久了，我的头脑第一次感到是清醒的，而且肚子感到很饿。通过我们卧室敞开的房门，我可以听到一些流行音乐和煎肉时才会有的“嘶嘶”声。

我还在做梦吗？

它甚至听上去就像是培根。

我穿上了运动鞋，沿着昏暗的走廊走了出去。

不假思索，我拨动了墙上的开关，然后自己笑了起来——开灯并检查手机的本能仍然还在。

在楼梯的底部是一个四周是木板墙壁的开放空间，地板上铺着地毯，墙上挂着褪色的景观油画和旧的雪地靴。在一面墙上有一个石头壁炉，煤炭火在壁炉里发出光亮，查克盘腿坐在壁炉前面。听到我走动的声音，他转过身来，他的那只没受伤的手握着一个放在煤炭火上的大煎锅，煎锅的把手裹在毛巾里面，他受伤的那只手仍然捆绑在吊索上。

“我想这可能会叫醒你的，”他微笑着说，“快来帮帮我吧，我觉得我把它们都烤焦了。”

“那是什么？”

“培根。”

我几乎是在房间里飘浮过去的。查克把煎锅放在光秃秃的木地板上，然后给了我一把叉子。他说：“是这样的，这不能说是真正的培根，它没有经过熏制和风干，但它有猪的脂肪和猪皮，尝一块怎么样？”

我蹲在他的旁边，感受着炭火传到我脸上的热量。我犹豫了——为了宝宝，我应该为劳伦保留这些。

“吃吧，”查克在一旁说道，“你需要吃点东西，伙计。”

我叉起了一条肉片。当我垂涎欲滴的时候，因为脱水的痛苦而有些畏缩，但尝到的肉片的滋味在我的舌头上炸了开来。

“用不着哭。”查克笑着说。

眼泪伴随着强烈的感觉在我的脸上滚落下来。

“你可以多吃几根，我有一整锅呢。我只是这样煎一下炸点油出来，待会可以去煎剩下的那些肉。还有一些面包可以就着吃。”

他侧身伸手到旁边的柜台上拿了一块烤焦了的面包。我拿起又一根培根，夹着面包塞进了嘴里。

“你在哪里搞到的培根，还有面包？”

“面包是用香蒲粉做的，我可以教你怎么去做。河边的一个陷阱逮住了一头小野猪。我听说这些树林里有野猪，盖恩斯维尔的报纸在过去几年里一直在抱怨它们，但我今天肯定不会抱怨。”

“一整只猪？”

他点了点头，“不过，那只是一头小猪，苏茜现在正在酒窖里分割它呢。为了让事情能顺利进行，我就把这些猪皮先拿来煎煮一下。”

“苏茜在宰割小猪？”她给我的印象总是娇声娇气的。

查克笑了起来，说：“你知道谁在这里看顾周围的事情吗？我是个伤残人士，你……”他停了一下，说，“你一直在休息。我们的女士们一直在外面打猎和钓鱼，砍伐树木，清理房屋并保持温暖，还让我们吃饱肚子。”

“我还没有想过这些。”

“从那儿抓一点蕨菜过来，”查克说，朝着沙发上的一堆蕨菜点了点头，“我们可以用培根的油来煎炸它们，把它煎透了，让你有一些好吃的东西来填饱肚子。”

我抓了两把蕨菜，然后把它们放进了锅里。当他把煎锅放回到炭火上去的时候，可以听到蕨菜在锅子里嘶嘶作响。他松开手柄，放下了毛巾，低头看着地板，挠了挠头，说：“我们知道你有时晚上会出去。”

我差点忘了那一茬。

“说实话，让我的太太跟着你出去让我很心烦。你不能再在晚上出去了，迈克。”

“很对不起，查克，我不知道……”

“你不需要道歉，”查克说，“不过，我很高兴看到你能回来。你这样已经有两个星期了。”

我不知道该说些什么好。

“你为什么不来叫醒我，告诉我别再这样下去了？”

他搅动着锅里的蕨菜，缓缓地说：“我们每个人都在经受自己心里的挣扎，我们觉得也得让你经受你内心的挣扎。我们无法解决你的问题，你必须自己来解决。”

“你看到有什么事发生了吗？你和别人谈起过这件事吗？”我问道。也许自从我迷失以后，情况已经改变了。

“我们晚上一直在观察华盛顿：没有战斗的迹象，也没有大规模的撤离，我认为情况没有任何改变，我们也没有和任何人交谈过。”

“那么，我们有什么计划吗？”

他搅动了一下蕨菜，挑了一根让我尝尝，说：“我们得等待，必然会有抵抗运动、地下组织或某种力量出来活动的，也许只有东海岸被占领了。”

“所以我们得等待？”

查克看着我，说：“我们能做到这一点，迈克，我们活了下来。”他的语气中充满了自信。他向门口点了点头，又说：”劳伦很棒。你为什么不去打个招呼？”

我伸直了腰，深吸了一口气，感觉肺里面充满了新鲜的空气。

“那不是你的错，迈克。你不能只让自己一个人去面对它。去看看你的家庭，走出迷失吧。”

我朝门口望去，尘埃的微粒正在从门口流入的光线中打转。这就是生命，现在是继续活下去的时候了。

“你说得对。”我回答道，同时站了起来。

透过窗户，劳伦看到了我，她笑了起来，腹部婴儿的凸起已清晰可见。我挥了挥手，她摔下斧子，向门口跑来。

她是那样的美丽。

第六十三天

2月23日

我问查克：“这个能吃吗？”

我正在查看一棵生长在河边腐烂原木下面的蘑菇。我嗅了嗅它，然后戳了戳它的根部，在蘑菇底下发现了一团扭动的蛴螬。

“不知道。”他回答。

出于某种原因，我想起了曾经在某本书上读到过，身体有两个大脑：一个在脑袋里，我们称之为大脑；另一个在肠胃里，人们称之为肠道神经系统，那是我们最古老的大脑。就像我意识到了天空、气候和月亮的周期一样，不知何时，我觉得我开始听从这个古老的大脑的指挥了。现在，它正在向我的心灵意识发送一条信息：不要吃那些蘑菇。但另一方面，那些蛴螬……

我拿出了一直带在口袋里的勺子，将蛴螬挖出来装进了塑料袋里。

我们走到了河边，检查了钓鱼线和陷阱。山上的动物不时会下来找水喝，所以这里是设置陷阱捕捉猎物的最佳地点。我的肩膀上挂着步枪，以便万一我们看到一只鹿或野猪时能开枪。当然，这也是为了防范我们可能会遇到某些不友好的陌生人。

我们附近的所有其他小屋现在都是空的了，就连我夜间曾经逡巡不前的那间小屋也空无一人了。我们是唯一仍然留在山上的人。我们勉强维持着边缘生存，每天晚上看着远方地平线上的光芒，等待着活动或变化的迹象。

“露台地板上的垃圾袋里是什么？”我问道。今天早上我们离开时，我注意到了那些垃圾袋。我们把所有的有机物都用来堆肥了，我们没有任何可以称为垃圾的东西。

“那是你太太的一个‘项目’。把衣服和床单放在垃圾袋里面，把袋口扎紧，等两个星期，就可以杀死所有的虱子，甚至虱子蛋。它们都会孵化出来，然后死掉。”

我点了点头，两眼仍然寻找着森林中任何看上去可以吃的东西。森林里有很多可以吃的东西，浆果、坚果、叶子和嫩芽等。我过去一直以为是人类的大脑让我们征服了这个星球，但实际上是我们的胃在真正发挥作用，我们有吃下去几乎所有东西的能力。问题是某些东西吃下去以后会杀死我们，或者让我们生病。但鉴于我们目前的情况，这两者的结果几乎是一样的。

我说：“我可能并不介意做一个中国人。”

最近，我越来越经常地会想到这个问题。它真的会有什么不同吗？中国所拥有的金钱和物质财富正让它变得越来越接近西方的水准，而美国跟其他国家差不多，也开始监督起自己的公民来。也许我们已经达到了中间点，也许谁来领导世界再也没有什么差异了。

“华裔美国人，还是美籍华人，是这样的吗？”查克笑道，“那是你正在思考的事情吗？”

“我们不可能在这里待上很久的。”我回答。

随着最后的积雪融化以后，小屋附近的小溪已经干涸了，变成了一条穿过森林的泥泞小路。为了获得淡水，我们现在不得不步行到河边，走过一千英尺上下高程、长达几英里的路程。查克找到过一些碘，用来消毒饮用水，但碘现在已经用完了。现在我们不得不喝煮沸了的水，但每天要煮沸所有的饮用水很难，所以我们开始饮用未经处理的水，但那让我们都开始腹泻。我们的身体正在变弱，并慢慢地由于饥饿而走向死亡。

没能在我们的钓鱼线和陷阱中找到任何东西。我们装满了水瓶，然后在河边激流拐弯的下方坐了下来。我们必须休息一下，才能开始长途徒步回到山上，又一次空手而归。

“你感觉怎么样？”经过长时间的沉默以后，查克问道，溪流柔和的水声令人舒缓。

“挺好。”我撒谎了。我感觉不舒服，但至少我的头脑回到了这个世界。

“你饿吗？”

“不怎么饿。”我再次撒了谎。

“你还记得那一天，就在所有这一切都开始之前，我带着午餐到你们家的情景吗？”

我的思绪倒流了回去，回想起在纽约的日子，就像是在看一部虚构的故事影片。现实的世界就在这里，这个充满了痛苦和饥饿、恐惧和怀疑的世界。

“当时我和卢克在沙发上睡着了？”

“是的。”

“当时你带来了鹅肝酱和炸薯条？”

“没错。”

我们默默地坐在那里，想起了那些晶莹剔透的鹅肝酱，重温着那些难以忘怀的醇美滋味。

“哦，那真是好吃！”查克喃喃地说，他一定想象着和我脑海中一样的东西，我们都笑了起来。

我嘴里突然感到一阵疼痛，我赶紧咬紧了牙关揉了揉脸，感觉我的牙齿在牙龈里松动了，我的手指沾上了血迹。

“你知道……”

“什么事？”

“我想我患上坏血病了。”

查克笑了起来，他说：“我也得了坏血病，只是我不想谈论它。等春天到了以后，我们应该能找到一些水果。”

“你总是一个胸有成竹的人，是吧？”

“是的。”

我们又静静地坐在那里了。

“我觉得我有胃虫了。”查克叹了口气。

我们重新又静静地坐在那里了。

我先打破了沉默，说：“查克，我很抱歉你得和我们待在一起，你本来可以在更早的时间就来到这里的。所有的那些准备工作，我把它们给搞砸了。”

“不要这么说，你们和我们是一家人。我们是在一起的。”

“你可以早就离开这里，去到西边更远的地方，我相信那里还是有一个美国的。”

一阵痛苦的呻吟打断了我的话，我看着查克，他抱着他的胳膊。

“你还行吗？”我问道，“你怎么了？”

他哆嗦了一下，把绑在吊索上的手臂伸了出来，他之前一直用衣服盖着它。我可以看到他的手很肿，手上的组织都变成黑色的了。

“它被感染了。我想是霰弹枪的铅粒打进入了我的皮肤，感染了我的手臂。”

他的手在纽约的公寓大楼的楼梯间受伤以后就从未完全痊愈。现在那只手比原来大了三倍，暗黑色条纹在半透明的皮肤下面延伸上了他的手臂，这是不祥的兆头。

“这是几天前开始的，现在变得非常糟糕了。”

“也许我们可以在树林里找到一个蜜蜂蜂巢。”

我在生存应用程序中读到过，蜂蜜是一种强效的抗生素。查克没有回答，我们再次陷入了沉默之中，而且这次沉默的时间更长久了。一只老鹰在远处的树梢上盘旋，蓝天上布满了白云。

“你必须截断我的手，也许得把我肘部下面的整个手臂都截掉。”

我看着老鹰，低声说：“我不能那样做，查克。我的上帝，我不知道……”

他抓住了我的胳膊，急切地说：“你必须做，迈克。感染正在扩散。如果感染到了我的心脏，我就会死。”他的脸颊上满是泪水。

“我怎么去干这件事？”

“地窖里有一把钢锯，它能锯断骨头……”

“那把生锈的锯子？它会让感染变得更糟。它会杀了你。”

“不管怎样我都会死的。”他哭喊着，又笑了起来，转过头向远处望去。老鹰在远处盘旋着，盘旋着。

“为我照顾好爱丽罗斯和苏茜，尽量照顾好她们，你得答应我。”

“你不会死的，查克。”

“答应我，你会照顾她们。”

“我答应你。”眼泪遮住了我的眼睛，老鹰看上去变得模糊了。

他深吸了一口气，把手臂放回到了吊索里。“够了，”他站起了身，河水潺潺地流淌着，说，“我们回去吧。”

我擦了擦眼睛，也站了起来。我们走回到了小路上，太阳正在下山。

第六十四天

2月24日

当我听到卡车驶近的时候，我正和苏茜一起在屋外。

劳伦在地窖的一个角落里发现了一些旧的蔬菜种子包，有胡萝卜、黄瓜和西红柿的种子。包裹泛黄，看上去已经有些年头了，但种子可能仍然是好的。所以我们就在屋外光照最好的地方挖了一块地，把蔬菜种子种了下去。

查克在屋里面休息，劳伦正在生火，准备煮一些树皮茶。爱丽罗斯躺在近旁的草丛中，看着天空中的云彩，咀嚼着苏茜给她的一根小树枝。她看起来像是一个已经有了一百岁的宝宝，身体萎缩，眼角旁有了不少的皱纹，皮肤发红且正在脱落。她发烧了，整夜哭着。苏茜寸步不离地看护着她，那情景真令人心碎。

我们给了卢克一把小镘刀作为铲子，他用来翻土铲地。当一阵像是外星人的飞行器飞过带来的轰鸣声飘过树林时，他正勤快地挖着地，每铲起一铲土就向着我微笑。一阵轻轻的微风吹拂过树叶，我停下了手中的劳作，集中注意力倾听着。

“那是什么声音？”苏茜问道。

风静了下来，又听到了一阵从远处传来的低沉的隆鸣声，那是机械发出的声音。

“让孩子们下地窖去，赶快！”

苏茜也听到了隆鸣声，她挺直了双膝站了起来，抓住了爱丽罗斯，然后又抓住了卢克。我跑进屋里，又跳到破碎的后廊露台上。

“劳伦，赶快到地窖去！”我一边从后门跑出去，一边喊，“有人来了！赶快把火灭了！”

劳伦看着我，手足无措，我赶紧从柜台上拿起一瓶水，把它倒在火炉里正在燃烧的树枝上。

“那是什么人？”她问道，“发生了什么事？”

“我不知道，”我喊着，一边赶紧跑上楼去通知查克，“赶快和孩子们，还有苏茜，一起下地窖吧。”

查克已经醒了，正凝视着窗外。

“看起来像是军用卡车。”我走进房间时他对我说，“我刚才看到它们在山脊下，再有一分钟他们就会到这里。”

我帮助他下了楼，抓起了步枪，走到了前廊上。我们看不到卡车，但可以听到它，隆鸣的声音越来越大。

“让我留在这里，”查克说，“我来和他们交谈，看看他们想要什么？”

我摇了摇头，说：“不，让我们一起去地窖吧。他们不知道我们在这里，我们可以隐藏起来，看看他们到底是什么人。”

查克点点头，我们一起走下了地窖。苏茜用废胶合板重新做了一扇很好的门，我们的太太在楼梯底下看着我们。苏茜拿着一把点三八口径手枪，劳伦也是如此。当听到卡车在车道的碎石上嘎吱作响时，我们关上了门。我卧倒在楼梯的顶部，透过裂缝看着外面正在发生的事情。

“有两辆卡车，”我低声说。当卡车车门“砰”的一声关上以后，我们可以听到脚步踩在碎石上的声音，听起来像有不少人。

“是我们的人吗？”查克低声问。

“他们想要什么？”苏茜怀里抱着爱丽罗斯问道，她试图表现得冷静沉着。

我侧着头，想通过那个微小的裂缝看出些什么。车道上的男人们都穿着卡其色的制服，但这并不说明任何问题。然后我看到了一张脸，一张亚洲人的脸，他朝我们的方向望了过来。我赶紧低下头，躲了起来。

“那是中国人。”我嘶声说道，慢慢地退下了楼梯。

我拿起了步枪，跪在坚硬的地面上。在我们头顶的房子里，可以听到低沉的话语和靴子走来走去的声音。

查克在昏暗的灯光下眯起眼睛，听着，“那是中文吗？”

我们听到有人走上了楼梯，然后又回到了门廊。

“也许他们只是四处看看？”劳伦满怀希望地说。然后……

“迈克！”外面有人喊道。他在喊我的名字吗？

那声音似乎很熟悉。我对查克皱了一下眉头，他对着我耸了耸肩。

“迈克！查克！你们还在这儿吗？”那个声音再次喊道。我看着地窖里的每个人。

是那个文斯？

“我们在这里！”苏茜喊道。

“嘘！”我低声地说道，但这已为时过晚。脚步声掠过了草地，然后地窖的一扇门被打开了，向后倾斜着。我眯着眼睛看着外面的光亮，把枪指向了门口。文斯的头出现了。

6月29日

婴儿在我的怀里尖叫着，不停地尖叫着。她浑身滑溜，仍然是湿漉漉的。但我微笑着抓住了她，没有滑脱。

“是一个女孩，”我说道，泪水涌了出来，“是一个女孩！”

劳伦被汗水湿透了，而我也几乎全身湿透了。

“她真漂亮！”我把她放在劳伦的怀里，说，“你想给她起个什么名字？”

劳伦看着婴儿，笑着，又哭了起来，轻声说：“安东尼娅。”

我抹去了一些眼泪，说：“是个好名字。”

“我们可以带她出去了吗？”护士问道，她从劳伦那里接过了安东尼娅。

“她看起来非常健康，”医生走到大玻璃窗前，问，“我可以吗？”

我点了点头，他拉开了窗帘，露出了一大堆面孔——文斯、查克、威廉姆斯中士、劳伦的母亲和父亲。我们现在在纽约的长老会医院，就在几个月前撤离的时候，这地方看上去曾经是一个完全不同的世界。苏茜抱起卢克，所以他也可以看得到。我竖起了两个大拇指，大家爆发出了一阵欢呼声。

我问劳伦:“你还好吗？”

护士和医生清理了安东尼娅，给她做了一个体检，然后把她送回给我们。在我们经受那一切之后，我们决定不事先寻求知道婴儿的性别。我们想要一点点地去体会这个珍贵的宝贝给我们带来的惊喜。

“如果你们愿意的话，可以让你们的朋友进来，”医生说，“一切都很完美。在她经历了所有那些事情之后，这是一个小小的奇迹。”

我对着医生微笑，在给出信号让每个人都进来之前，俯身倾向安东尼娅。

查克第一个冲了进来，他那只假手拿着一瓶香槟，而另一只手拿着四只高脚酒杯。即使他在医院里接受了治疗，他们还是不得不截去了他那只受伤的手，好在他有钱和好的医疗保险。他们用来取代他那只坏手的机器人假肢极为出色，查克甚至开玩笑说比他原来的那只手还要好使。

当大家走进房间祝贺劳伦和安东尼娅时，查克打开了酒瓶的软木塞。我向他走去，他倒满了两只高脚酒杯，香槟溢出了酒杯，流到了地板上。

“为永不投降干杯！”他笑着递给了我一杯酒，“当然，还有为安东尼娅。”

文斯加入了我们，从查克那里拿了一杯香槟，“这是为搞错了情况干杯！”

我笑了起来，摇了摇头，说：“为搞错了情况干杯！”

这是我们第一次嘲笑搞错了情况、怀疑错了人，但感觉非常好。看着其余的朋友们聚集在劳伦和安东尼娅的周围，我们频频举杯，畅怀痛饮。

我搞错了，但那个时候，整个世界和我一起都错了。

华盛顿特区的心脏地带并没有成为中国军队的基地，中国人是受到邀请在市中心建立一个临时营地的，临时营地只存续了几个星期的时间。这是一项大规模的国际人道救援工作的一部分，以帮助美国东海岸从媒体称之为“网络风暴”的灾难中解救出来。

开始两周灾难的规模并不算大，影响也并不明显，至少对纽约以外的地区来说是这样。后来世界范围内的通信被中断了，但辗转传出的不完整的报告表明，电力、水和紧急服务将迅速得到恢复，这在全美国的大部分地区都是实情，但在美国东海岸，尤其是曼哈顿地区是例外。

在任何灾难中，灾难的影响总会有一个延后的反应，集体的思维与对需要了解的前所未有的突发状况之间有一个差距，而在纽约发生的这次灾难事件也同样是这样。仅仅网络的破坏就会在短时间内造成城市的瘫痪，再加上纽约本来就处于崩溃边缘的基础设施，例如那些老化了的管道长时间被海水侵蚀，在供水停止及低温情况下冻结爆裂，随后又下起了漫天大雪，供电网络和通信网络都中断了，所有这些加在一起，形成了致命的陷阱，造成了数万人的死亡。

“你没关系吧，迈克？”查克问。

我笑了起来，说：“你不再生气了吗？”

“我从来没有对你生气过，我只是对整个情况不满意。我只需要一点点时间，我们都需要一点点时间。”

我们被救出来已经四个月了，那是身心备受煎熬的四个月。在失去了近一半的体重之后，爱丽罗斯因为营养不良而住院治疗，查克也在医院里住了一个多月。我们所有的人都生病了。

我转向文斯，说：“我真不知道该怎么感谢你才好。”

在文斯的家乡，电力在他回家后一周内就恢复了，生活也开始逐渐恢复正常。他试图联系我们，并最终与劳伦的家人取得了联系，但没有人知道我们在哪里。他们就搜索查克小屋的位置，然而土地登记处的电子数据库还没有重新上线，他们无法找到我们的地址。文斯对如何到达那里有一个大致的印象，所以他就带领一个搜救队进入了山区。

文斯看着地板，说道：“我应该感谢你们，你们也救了我的命，让我和你们在你们的大楼里待在一起。”

我从地窖里看到的那个我认为是中国士兵的人，实际上是一个日本血统的亚裔美国军人。我那偏执心灵只能看到事情的一面。

而我走进华盛顿时看到的情况也是一样的。我认为是中国人袭击了我们，所以我把所看到的一切都归入了那条思路，以加强那个偏见。在博物馆的屋顶上，我一直看着的是中国的工程兵部队。他们之所以会在那里，是因为中国是唯一能够置换被破坏了的20吨重的发电机的国家，中国有安装那些发电机的技术人员。

如果我在那个屋顶上能看到更远的购物中心，我就会看到来自印度、日本、法国、俄罗斯和德国的士兵。一旦灾难的规模和影响为众人所知，特别是当事件的细节开始浮现出来以后，整个国际社会就都团结一致来帮助美国了。

我把香槟放在小桌上。在度过了一个不眠之夜之后，酒精让我感到头晕。我说：“我想去喝一杯咖啡，有谁也想要一杯吗？”

查克答道：“不，谢谢！”

我对着查克和文斯说：“你们两个和劳伦在一起待一会儿，我去去就回来。”

查克和文斯点点头，加入了床边的人群，而我就悄悄地向门外走去，关上了身后的门。我走到了自动售货机的面前，今天刚出版的《纽约时报》就放在旁边的一张小桌上，报纸头版的大标题是《联合国安理会发布网络停战和宽恕决议》，我把报纸拿了起来。

我们在收音机上听到的故事似乎是很久很久之前发生的。在网络风暴开始后的第三周时，阿西昂尼集团声称是他们释放的“抢夺”病毒攻击了北美的物流系统，以报复美国在几年前用“震网”病毒和“火焰”病毒对伊朗发动的网络攻击。为了搞浑这潭水，在阿西昂尼集团释放“抢夺”病毒的同时，“匿名”黑客发起了指示联邦快递进行拒绝服务操作的网络攻击。

此后，中国的网络分析人员开始追根寻源，其中包括一支中国军队组成的小团队，调查向美国发动网络攻击这一连串事件的起源及经过：这场像多米诺骨牌一样日益严峻的网络风暴始于发生在康涅狄格州的一次电力故障，而他们确认那次故障的罪魁祸首就是俄罗斯境内的黑帮犯罪集团。

这个黑帮犯罪集团入侵了康涅狄格州一个对冲基金公司的备份系统，在其中注入了一种蠕虫病毒，当公司的网络中心失去电力之后，就会触发病毒对公司的备份财务记录进行修改。正是这个犯罪集团，为了从对冲基金那里盗取资金，破坏了康涅狄格州的供电系统。

俄罗斯境内的黑帮犯罪集团知道，对冲基金公司的管理人员会发现他们的行动，正常情况下甚至可能在他们盗取对冲基金的钱财之前，就会发现蛛丝马迹并作出相应处理，因此，为了尽可能地避开员工，这个犯罪集团还干了两件事：在平安夜发起攻击，因为那时很少有人还会在工作；同时，发布关于禽流感暴发的虚假紧急警报。

禽流感警报所造成的破坏远远超出了他们的预期，就像停电一样，它通过系统扩散了出去。在这个事件中俄罗斯黑帮犯罪集团太成功了，他们也把自己从单纯的罪犯变成了恐怖分子。

中央情报局正在追捕他们。

同时，由于中国和美国的航空母舰正在中国南海对峙，因此就很容易将康涅狄格州的停电、禽流感的假疫情和对物流系统的攻击联系在一起，认为整个网络风暴是中国人发起的一次协同攻击，以对抗美国军队对他们的威胁。

当美国国铁的列车撞毁，造成了平民生命损失以后，美国的网络司令部发起了对中国基础设施的攻击。但即便在那个时刻，中国当局虽然发出了严厉的警告，但并没有采取报复行动。他们想先搞清楚，究竟发生了什么事情。

据了解，正是某个黑客组织的攻击毁坏了发电机，并堵塞了纽约的供水系统。在正常的情况下，只是这些破坏就会造成严重的混乱，再加上东海岸经历了一连串最强烈的冬季暴风雪，网络风暴便引发了一场致命的灾难。

说到底，这次大灾难是网络世界和现实世界中同时发生的事件旋涡式碰撞造成的结果。表面上看来，这似乎是一个奇妙的巧合，其实完全不是。每天，互联网上会发生数以百万计的网络攻击，就像波浪始终在海洋中滚动一样，运用简单的概率定律推算，一系列的网络攻击波可以合成为一体，就像海洋中注定会出现惊涛骇浪一样，虽然来去全无影踪，但却会造成严重的破坏。

有一些记者也等候在候诊室里，他们的目标不是我，他们是为了追访文斯。文斯作为网状网络的创始人而出了名，它拯救了无数人的生命，并在社会失序的时候帮助维持了秩序。网状网络上记录下了数百万的遇险呼叫和求助信息，还有成千上万上传的照片及图像。人们正在梳理那个档案，搜索他们所爱的人的照片，设法弄清楚在混乱中究竟发生了什么事情？当局正在利用它作为追踪罪犯的依据。他们现在把它称为文斯网络，它仍然在运行。

我从口袋里掏出了一些零钱，把它投进了咖啡机，然后选了一杯拿铁咖啡。那些媒体和记者其实就是麻烦的一半。之所以花费了那么长的时间才搞清楚紧急状况的原因、规模及影响，部分的原因就是因为他们。随着通信的中断和暴风雪袭击城市，记者们无法了解曼哈顿正在发生的事情。CNN 和其他广播公司驻扎在皇后区和其他外围地区，并根据那里的情况进行报道，但是没有人知道在曼哈顿岛的情况是多么令人绝望。全世界都听到了关于纽约遭遇困难的报道，但报道给人的印象是曼哈顿正在积雪下睡觉。当这个岛屿“暂时”被隔离以后，灾难的程度才变得明朗起来，全世界惊恐地看着人们为了逃离曼哈顿，在哈得逊河和东河被淹死、冻死。

我拿起了我的拿铁，对着它吹气，让它快些冷却。

那是部分的自然灾害，加上部分人为造成的灾害，当然这两者之间的区别会引起争议。一些气候学家宣称暴风雪是气候变化的结果，而气候变化依据理论来说也是受人力影响的，因此这些暴风雪与网络风暴一样，都是人为灾难。

可如果要问责每一个人，不就等于没有人可以问责了吗？

“你还好吗，迈克？”

我放下手中的拿铁，抬起头来。文斯正被一群记者包围着，他旁边站着一位老太太。

“还好，我只是在思考一些事情。”

“我想每个人都在思考。”老人温和地说道。

“迈克，”文斯指了指老人，正式地介绍道，“这位是我在麻省理工学院的论文导师帕特里夏·基里亚姆。”

我伸出手去，说：“很高兴见到您！文斯经常向我提起您。”

“应该不是说我的坏话吧？”她笑着回应，她应该有八十多岁了，但看起来像六十多岁的样子，“听说你有了一个小女儿，恭喜你。”

“谢谢！”

她依然握着我的手。

“我希望你不要介意。”文斯说，“帕特里夏会在这里待一天，我想应该介绍你们认识一下。”

“你在纽约事件中的所作所为，我听说了一些，”帕特里夏说，“非常有趣！”

我笑了笑，说：“您都是听文斯说的吧？”

“我还想听你讲一讲，如果你愿意的话。”

“我非常愿意！”

她看上去是如此的和蔼可亲，让人无法拒绝。

“不过现在好像不太方便。”

她微笑着说：“如果可以的话，我想去看看安东尼娅。”

我笑着点了点头，然后看向走廊，说：“那真是太荣幸了！”

7月4日

“你想去看看文斯叔叔吗？”我笑着朝安东尼娅说。

她把两根手指插进了嘴里。

“我把这个当作你同意了。”

我笑了起来，把她抱在胸前的婴儿背带里。她太小了，这将是她第一次到外面散步，这是她第一次看到纽约，我指望这能带来一些特殊的意义。我们将去中央公园观看7月4日的国庆活动。

我们的公寓里装满了搬家的箱子。安东尼娅收回了她的手指，我停了下来，想花一点时间来告别。

在我们离开弗吉尼亚州几天之后，我们所住公寓的电力和自来水供应就恢复了。当我们离开纽约时，供水实际上已经大面积恢复了，但进入我们大楼的管道爆裂了。我们本应留下来不走的，但在经历灾难的每一天里，他们都一直在说电力和服务马上就会恢复的。直到实际上它真的恢复了，我们才能确认消息的可信度。

实际在我们离开这座城市之前，气温就已经开始上升了。当我们在3月的第一周回到纽约时，电力供应和服务已经恢复有六周的时间了，所有的积雪都融化了，纽约则看上去已擦洗得干净无瑕了。提醒我们记住这场灾难的是那些点缀在背景中的被烧毁的大楼的外壳，以及仍弥漫在空气中的黯淡的失落感。

在纽约围城开始之前，我们大楼里的大多数人都设法逃离了。灾难过后，他们回来了，看到的景象，仿佛刚刚经历了一场战争一样。现在垃圾都被处理掉了，门窗被加固了，并刷上了新的油漆。

人们有一种几乎是狂躁的紧迫感，要把曾经发生过的事情尽快忘记，外面街上，迎面向我扑来的是一股潮热的空气和纽约特有的嗡嗡声。远处，一台冲击钻在“嗵嗵嗵”地作响，伴随着其他嘈杂的声音和头顶上飞过的一架直升机。朝哈得逊河望去，可以看到一艘帆船正悄无声息地在河面上滑过。

看来，纽约又恢复了原来繁华而又嘈杂的表象，几乎看不到灾难留下的影子。

沿着第二十四街步行，我穿过了第九大道，向着下城金融区的方向望去。俄罗斯的犯罪分子只是针对康涅狄格州的对冲基金公司发起了攻击，但他们却瘫痪了整个系统。令人惊讶的是，一旦重新启动电源并清理网络后，大多数金融公司都能够立即重新开展业务。

被烧毁的那一排建筑物已经被拆除了，为新建大楼搭起的脚手架也已经立了起来。在短短的几个月内，这座城市几乎恢复到了以前正常的状况，然而也还留着有待痊愈的伤痕——其他街区还有被拆毁和破坏的大楼，有几个街区依然被列为禁区。

网络风暴所造成的损失估计有数千亿美元，这让美国历史上所有的其他灾难与之相比都相形见绌，这还不包括数百亿美元的营收损失以及恢复网络和互联网的费用；而最大的代价是人的生命——七万多人失去了生命，而且这个数字还在上升，这已超过了在越南战争中美军的死亡人数。

然而，媒体已经在将网络风暴与战争或其他气候灾难进行比较了。比如2003年肆虐欧洲的热浪，导致巴黎七万人丧生。他们不得不打开冷藏仓库来储存死者的尸体，因为停尸房已经不够使用了。我记得我曾经读到过关于巴黎热浪灾难的文章，在某天早上开始我的一天工作之前，喝着咖啡，只是随意地扫了几行文字，并没有对我造成太大的震撼。现在世界各地的人们可能也会对关于纽约这场灾难的新闻采取同样的态度，这只是每天海量新闻报道中的一条。

到达第八大道的拐角处后，我向北走去，并检查了我的手机，现在是2点10分。我要在3点钟到达哥伦布圆环，在中央公园的入口处与文斯和劳伦会合，现在我还有足够的时间来享受散步。

我向上城走去，过了几个街区，很快就到了麦迪逊广场花园。它已经关闭了，甚至可能永远不会重新开放，但它周围的街区挤满了人。人行道上摆满了纪念死者的鲜花，有些地方鲜花甚至堆到了马路上面，广场花园建筑的外墙上贴满了照片和写满了字的纸片。

文斯和他的追随者们在网上也创建了一个相似的纪念网站，网站收集了几十万张网络风暴期间拍摄的手机照片。死者的亲人由于看到了照片而有所慰藉，有人甚至与拍摄照片的人进行联系，以了解当时的真相。成千上万的人因他们的犯罪行为而被绳之以法，检察官和警察局通过网状网络账户与目击者取得了联系。

在物质世界中，一排排联邦紧急救援署的卡车仍然占据了临时纪念馆周围的几个街区。尽管联邦紧急救援署尽了最大的努力来作出回应，但他们当时并没有应急计划来援救被困在冰天雪地中的六千万人，没有电力和食物，许多人没有饮用水。使问题变得更加复杂的是通信和计算机网络的瘫痪，人们不知道救援队在哪里，不知道如何去寻求救援，不知道如何与救援队取得联系。道路被积雪堵住了，无法通行。

花了两周时间，网络和通信系统才开始重新工作，政府才有能力采取重大的措施来恢复运行，并在华盛顿和巴尔的摩先行展开了救援工作。只是在我们离开以后，他们的注意力和救援工作才开始转向纽约。

一旦对发生的灾难有了准确的认识，大量的资源和人力投入到了救援纽约的行动之中，但在最初的几周没有办法将物资和人员送到这个城市。这不仅仅是因为网络攻击，还因为有线通信网络、移动通信网络以及电力系统方面的基础设施都被冰雪给毁坏了。

主要的供水系统的运行只停了一个星期，但在那段时间里，供水管道由于极度的寒冷大量地爆裂了。当供水恢复的时候，流入曼哈顿下城的自来水只是涓涓细流，他们不得不将供水系统关闭进行维修，而在一个被几英尺冰雪覆盖的城市里，没有通信系统，没有工作人员，没有电力，这成了一项几乎不可能完成的任务。

在最初的系统瘫痪之后，总统立即援引了“斯塔福德法案”，让军队可以在国内开展救援行动。但有几周的时间，军队在作战争准备，因此手脚也被捆绑住了。

再加上雷达显示的踪迹表明，在网络风暴开始的第一天发现了不明身份的飞行物进入了美国空域，大多数分析人员认为那是自动无人机在准备攻击，是他们刚刚开始意识到的新威胁。但在一个月之前，空军曾确认过，华盛顿州麦康德机场雷达的计算机系统受到了病毒感染，所产生的雷达报告是一种假象。一旦勾勒出了总体情况，在灾难发生四周以后，中国和美国的网络安全团队有机会进行了大量幕后的交流，并启动了全面的救援工作，这也包括中国的团队带来了更换部件和人力去修复东海岸的电网。

我经过第四十七街的时候，看到街道上纽约观光公司的红色双层巴士在来回穿梭，上面坐满了游客。但他们不像以前的游客，这些人是“心理黑暗的游客”。他们来这里是来看我们城市的灾难和重建的笑话的，他们就像那些沉醉于观看道路交通事故的人一样。

望着远处的中城区，时代广场上的霓虹灯标志甚至在白天也闪闪发光。在我的头上，一个数字广告牌滚动显示着这样的文字：参议院听证会开始调查为什么没有认真准备对付网络威胁？

当看到这些文字时，我不禁摇着头，低声笑了起来。他们能讨论出些什么结果？

事实上，政府对网络威胁是十分认真的，但在网络风暴之前，“网络战”对大多数人来说只是一个词汇而已，就像“对肥胖的战争”一样。现在，情况已经完全改变了。人们正在评估损失，计算重建的成本，他们亲眼看见了它所造成的灾难与恐怖。

这只是一系列不太可能发生的事件偶然聚集在了一起吗？

也许是吧。但百年不遇的事件在这个世界上不断地发生，那又是因为什么？即使事后对所有的因素进行了分析，也没有人能够弄清楚怎么会一下子所有的事情就都出错了？

所有的一切都是相互联系在一起的，大城市依赖于错综复杂的系统的完美运行。当那些系统瘫痪以后，人们很快就会经历灾难，开始死亡。

缺少了几条支撑城市运行的“腿脚”所造成的问题因为涉及面太大而无法修复，最终陷入了僵局，无法退回到以前的技术或系统中去了。

真正的问题是，为了遏制核武器的可怕威胁，政客们和军队高层制定了威慑已知对手的治国方略和交战规则。但却没有制定类似的协议来应对网络攻击。

正是因为这样，灾难才会一步步升级。

什么是网络武器的爆炸半径？你怎么知道是谁启动了攻击？有关规则和国际协议的缺失与网络风暴的制造者，对刚刚过去的混乱局面负有同样的责任。

当然，人们总能找到一种生存之道。媒体上有一些关于灾难中人类吃人肉的报道，那是曾经确实发生过的事情。但媒体没有将其妖魔化，而是引用了一些具有可比性的历史事件进行论证，把它归结为人类在特定条件下求得生存可能会作出的举动。

当局对我们在弗吉尼亚住处附近的几座小屋进行过调查。

事实是贝勒他们全家度假去了，我们遇到的人都是闯入者。

他们可能从查克的小屋里偷了装备和物资，但我们也曾从纽约的邻居那里偷走了我们需要的东西。

没有证据证明小屋里有人类相食，在小屋里发现的骨头，能够充分判定为他们捕获的野猪的骨头。他们为了生存，被迫猎捕野猪以充饥，就像我们后来所做的那样。由于我们内心的恐惧和可怕的经历，我们对攻击者过早、过快地下了结论。

我走到了哥伦布圆环那里，站在马路边上看着轻型汽车和卡车在它周围隆隆而过。在前方，中央公园的树木就像是高层建筑之间的绿色峡谷，交叉路口中间的纪念碑高耸在我们的头上方，而环绕着它的喷泉正喷洒着清新的泉水。人们坐在长椅上，享受着阳光。

城市仍在运转，生命仍在继续。

等待着路口的红绿灯转换，我抬头看到了在右边的艺术与设计博物馆的灰色墙壁，在其弯曲的墙面上喷上了一条由巨大的环状字母组成的信息，从地面一直延伸到了屋顶。那条信息是这样写的："有时事物会分崩离析，为的是让更好的事物能出现在面前。"下面写的是："玛丽莲·梦露"。

我指着那条信息对安东尼娅说："看到那个了吗，安东尼娅？你认为更好的事情会来吗？"为了她，我当然希望如此，但是我的心里却感到一种深层的不安。

和许多可怕的事情一样，灾难过后会出现一些好的苗头。各国政府承诺将彻底修改国际法。至少，他们在纸上是会这样写的。我们得睁大眼睛看着，这是否真的会发生？

网络世界和现实世界之间的间隔正在消失。网络霸凌与现实中的霸凌无异，而网络战争也是真正的战争。当我们不再把网络仅仅作为一个词语时，真正的网络时代就开始了。

走进哥伦布圆环时，我看到劳伦站在文斯旁边向我们挥手。劳伦手上牵着一根皮带，那是我们领养的救援犬巴迪。灾难发生后，庇护所里满是动物，收养巴迪是我们减少动物痛苦的一点小贡献。

“看，那是妈咪！”

我难以相信自己会变得如此盲目，如此短视；以致当她所做的一切都是为了让她和我的生活更加美好时，我反而在怀疑她变得不忠；同样的疑神疑鬼，同样的单一思考，使我在华盛顿只看到了中国人的“入侵”，而无法看到任何其他事情，这差一点就让我们丧了命。

“嘿，宝贝！”我喊道，“安东尼娅和我进行了一次非常棒的散步。”

劳伦跑到我们面前亲吻了我，文斯跟在她的后面，推着卢克坐着的婴儿车。这真是美好的一天，蔚蓝的天空清澈无云，中央公园的入口处挂着美国国旗。我们将在中央公园观看独立日的庆祝活动，见证文斯从市长手里接受纽约市的钥匙。

我们走进了中央公园，走到了即将举行文斯授钥匙仪式的舞台周围的人群边缘，与查克和苏茜会合。

当我们互相打招呼的时候，我敦促着文斯，说：“赶快上去吧，现在是你出名的时候了。”

他笑了起来，说：“‘时间’绝对是一个关键的词汇。”

仍然是一个奇特的年轻人。当他朝舞台后面跑去时，我摇了摇头。舞台前面聚集起了一大群人，我把安东尼娅从婴儿背篼中取出来，抱住了她。

“看，”我说，把她对着舞台举了起来，文斯在人群面前显得有些拘谨，“那是你的文斯叔叔。”

安东尼娅哈哈哈地笑了起来，我也笑了起来，心里惊叹着这么微小的生命会如此的美丽。

整个世界越过了一个门槛，它再也不会和以前一样了。尽管电视上到处都是握手和笑脸，但暗流涌动的依然是冲突和危险，我不知为何我开始怀疑人们会不会长久地记住我们所遭受到的沉痛教训？

环顾四周，人们可能会以为什么事情也没有发生过，这让我想起了曾经的波兰华沙。在“二战”行将结束时，纳粹德国从华沙撤退时，他们炸平了整个城市中心，摧毁了尽可能多的建筑物，希特勒决心将华沙从地图上抹去；然而在战后，华沙的人民一砖一瓦地把城市重建了起来，就像希特勒试图在地图上抹去华沙那样，在现实世界中抹去了希特勒。

纽约看起来似乎和以前一样，但它实际上已经不一样了，而且永远也不会一样了。和那些曾经与我像家人一样待在一起经历了那场灾难的朋友现在一起站在阳光底下，眼泪涌上了我的眼眶。

安东尼娅在我的怀里咯咯地笑了起来。有七万人失去了生命，但至少有一个人在这场灾难中幸运地活了下来。如果这一切都没有发生的话，劳伦可能会去堕胎，而我永远也不会知晓。在我的生命中永远不会有安东尼娅，我永远不会知道她曾经存在过，而且我也可能会失去劳伦。

看着安东尼娅的眼睛，我意识到自己的生命也从中得到了救赎。

后记

9月28日

大厅里悬挂着的枝形吊灯闪闪发光，莫扎特的乐曲声在人群中飘荡。劳伦穿着一件黑色的晚礼服，坐在我的身边，而我则穿着一件燕尾服。我们坐在摆设在广场酒店宴会大厅的头桌旁边，大厅里挤满了人。这是一个庆祝我与帕特里夏·基里亚姆博士共同创办的人工智能感官公司成立的招待酒会。

在基里亚姆博士向我介绍了人工智能感官的概念之后，我就无法在脑海中摆脱那个念想。那是一个革命性的概念，通过嵌入式的生物电子界面，人们可以完美地模拟感官刺激。这项技术现在还只是处于起步阶段，但她认为它的应用将远远不止于制作游戏。

她的研究表明，和真实物体相比，人们能从模拟的虚拟物体那里获得同等的满足感，他们对模拟状况的满意程度取决于那些状况显现的真实程度。她由此推论，如果我们能让人们对虚拟商品感到满足，那么我们也许可以减少使用物质资源来满足每个人的物质需求。

也许可以用这项技术来帮助我们拯救地球。我听说过比这更为疯狂的念头。

那是一个崇高的目标——对投资者来说它太崇高了——所以我试图把它淡化一下，把它描绘成我们能够用来创造出极具真实感的视频游戏，并提高我们工作效率的一项新技术。

尽管这主要是文斯的想法，但当媒体报道了我是如何在网络风暴灾难中使用AR技术来生存下去的故事以后，我也成了一个小小的名人。我想这也是基里亚姆博士会邀我和她一起合作的原因。

音乐停了下来，基里亚姆博士向我点了点头，在我们的桌子旁站了起来，开始发表她的演讲。艾琳娜和亚历山大今晚也来了，穿着礼服，就坐在我们对面。我对着亚历山大举起了酒杯，他也举起了他的酒杯，并朝着我眨了眨眼睛。

“你看到了有关尼泊尔的新闻了吗？”坐在我旁边的查克低声说。苏茜坐在他的另一边，正和一位风险投资人聊天。

“我看到了。”

在经历了网络风暴之后，世界安宁了一个夏天，然后又再次回到根深蒂固的利益对峙和全球冲突的老路上去了。

当网络风暴刚结束时，整个世界似乎都在寻求办法进行变革并规范法律，找到解决问题的途径。但这只持续了几个月，而现在看来似乎大部分我们的诉求都是无法实现的。

没有人知道“和平”能持续多久。即使中国人帮助我们重建了电网，重建了我们的信息网络，但许多人选择只看到中国人与我们利益冲突和对峙的那一面，而对中国人帮助我们所体现出来的大局意识有意视而不见。

也许更准确地说，这些人并没有视而不见，而是选择把它作为一种政治武器。

劳伦的父母坐在我们对面，和一个我虽然见过，但并不知道身份的中年男子坐在一起。帕特里夏完成了她的演讲，当我们全都在拍手时，身穿白色燕尾服的文斯出现了。他是人们一眼就能认出的，也因为他今晚带来的约会对象是那位最新的美国小姐。

文斯在劳伦和我之间单膝跪地，说："你听说我搞定了自己的融资了吗？"他的约会对象就站在他身后，当她看着我时劳伦翻了个白眼。

"恭喜，恭喜！"我热情地回答。

文斯一直认真地希望能创建一种预测未来的技术。凭借他的声誉，他成功地为他的事业吸收到了一大笔资金。

"我将把它称为未来新闻网，"他十分自豪地说，"就像CNN那样的有线电视新闻网，但是发布的是未来的新闻。而且我会用'Phuture'而不是'Future'来拼写它，这样看上去就更像是网络时代的产物。你觉得怎么样？"

"未来新闻？"我笑着回答，"我很喜欢这个名字。"

"太棒了！"

有人拍了拍我的肩膀，那是查克，他指了一下劳伦的父亲，他正和我见过的那位与他坐在一起的中年男子站在我的另一边。

"我们稍后再谈。"文斯说道。他在劳伦的脸颊上吻了一下，就和他的约会对象一起走开了。我看着他朝着帕特里夏那边走去，并听到他们开始谈论他们正在合作的那个维基世界的项目。

“迈克，”西摩先生试图把我的注意力引回到我们这边来，“我想为你介绍英国考克尼克斯公司的创始人赫尔曼·凯塞林先生。”

我站起来握住了凯塞林先生的手。

没错，考克尼克斯公司，就是他们使用人工智能引擎破解了群集，最终发现是俄罗斯黑客搞的鬼。

我对凯塞林先生致意：“很荣幸能认识你！”

“我能向你证明，我更为荣幸！”他回答道。

在那个时刻，帕特里夏与文斯已经谈完了，开始走回到我们桌旁来。几位记者紧随在她身后，但她不动声色，坚定地把他们推开了。

“基里亚姆博士，”西摩先生大声说，“我希望我能和你与迈克一起聊一会儿。”

“你为什么不坐到我的椅子上来，”劳伦站起来对帕特里夏说，“我想到酒吧去弄杯果汁来喝。”

西摩先生点了点头，说：“亲爱的，谢谢你！我们只需要一小会儿。”劳伦侧身靠向我，吻了我一下，然后就起身去酒吧了，而西摩先生、凯塞林先生、帕特里夏和我就围坐成了一圈。

“我想你是知道凯尔塞林先生的？”西摩先生对帕特里夏说。

她点了点头，微笑着对凯塞林说：“是的，我对考克尼克斯的许多人工智能引擎进行过初始研究。”

“我们想对你们两个人提出一个项目建议。”西摩先生继续说。

我一边回答“行啊”，一边对帕特里夏耸了耸肩，我不知道他会说些什么。

凯塞林说:“这个世界目前所处的这种混乱局面不会很快结束，你们同意这样的预测吗？”

帕特里夏和我都点了点头，尼泊尔的冲突似乎需要数年才能得到解决。没有一个人笑。

“像网络风暴那样的事件只是一个开始。我担心，未来地球上将只有极少的地方是安全的。”

“我同意你的看法，”我说，“但你想谈的就是这些吗？”

西摩先生向我们靠近了一些，说:“我知道这可能听上去很离谱，但凯塞林先生和我以及一群企业界领袖一直在讨论在公海上建造浮动城市、建造整个国家的想法。”

我大声笑了起来，说:“你这是当真的吗？”

然后我脸上的笑容消失了，我喃喃地说:“你是认真的。”

“在发生了这次的网络风暴事件之后，许多有钱有势的人已经对政府保护他们的能力失去了信心，”凯塞林说，“他们已经在谈论在亚洲爆发新的毫无意义的战争的可能性了。那么多国家的政府是不是已经搞清楚了为什么网络风暴会发生？”

这是一个很重大的话题。

“是凯塞林先生的公司发现了组织第一波网络攻击的俄罗斯黑客的名字——谢尔盖·米哈伊洛夫。”西摩先生说。

我从眼角中看到艾琳娜在听到谢尔盖·米哈伊洛夫的名字时朝我们这边看了一下，然后俯身向亚历山大低语了几句。

“这仍然是高度保密并且需要进一步证实的。”凯塞林补充说，“但即便确实是米哈伊洛夫发起了网络风暴，并且我们已经弄清楚他是如何发起攻击的，但仍然没能回答为什么他能够发起网络风暴这个问题。”

凯塞林提出了一个很好的问题。尽管通过了很多新的法律，人们希望解决网络攻击这个问题的愿望也非常强烈，但关键基础设施的大多数弱点似乎仍将继续存在下去。在三四十年前设计完成的系统中的安全漏洞几乎是不可能完全被堵上的。

“我们可以在海洋上建造新的城市，并且可以完全从头开始，”凯塞林继续说，“或者在那种情况下，可以说是从水中开始。”

“你们真的对此非常认真？”

“是的，我们对此是非常认真的。”西摩先生说，“我们已经获得了数十亿美元的预付资金，还获得了若干国会议员的支持。”

“那么，你们需要我们来做什么呢？”帕特里夏问道。自凯塞林开始谈论他的想法以后，这还是她第一次开口说话。

我开始感到有些担忧。她认识凯塞林，我不知道他们以前是否有过什么交往。

“我们正在寻找能够互补的高科技初创公司参与其中，把他们的总部设在我们的第一个浮动城邦上面，”凯塞林说，“我们希望合成感官公司能成为最先作出这一承诺的公司之一。”

“你们为什么要那样做呢？”帕特里夏问道。

我们面临的一个问题是，帕特里夏的研究需要获得干细胞系列，而政府最近已经转变了在干细胞来源立法方面的立场，我们将很难在美国开展工作。

“你知道为什么，我们非常希望你能参与我们合成智能项目下一阶段的开发工作吗？”

这听上去好像我被夹在中间了，这让我感到有些不安。

“我们已准备好立即为你们的初创公司提供下一轮的融资。”

我几乎从椅子上跌了下去。我们只是刚刚获得了第一轮融资，而确保得到下一轮融资就意味着能提供多年的财务保障，意味着我的家人将获得财务上的安全与自由。

帕特里夏叹了口气，她显然感觉到了我的反应，“这是一个非常慷慨的提议。”

“你有什么文件可以送给我们看看吗？”我问道。

“我现在就把它发送给你们。”凯塞林说，然后在他的智能手机上轻轻点了几下。

帕特里夏看着天花板说：“这个漂浮的岛屿，你们想怎么称呼它？”

“我们希望它能成为一个没有国界的世界，”西摩先生说，“我们正在考虑将它命名为亚特兰蒂斯。”

“亚特兰蒂斯？”帕特里夏说，“如果你们想要建立一个没有国界的世界，为什么不用它的真实定义来称呼它？”

“那会是什么？”凯塞林问。

帕特里夏看着我们所有人，缓缓地说：“无界之域。”